魅丽文化 横天工作室

大叔，你好 下

大江流 /// 著

Hello, uncle

广东旅游出版社
GUANGDONG TRAVEL & TOURISM PRESS
悦读书·悦旅行·悦享人生

中国·广州

图书在版编目（CIP）数据

大叔，你好：下 / 大江流著 . — 广州：广东旅游出版社，2019.5
ISBN 978-7-5570-1769-9

Ⅰ . ①大… Ⅱ . ①大… Ⅲ . ①长篇小说－中国－当代
Ⅳ . ① I247.5

中国版本图书馆 CIP 数据核字（2019）第 067147 号

出　版　人：刘志松
总　策　划：邹立勋
责 任 编 辑：梅哲坤

DASHU，NIHAO：XIA

广东旅游出版社出版发行
（广东省广州市环市东路 338 号银政大厦西楼 12 楼）
邮编：510060
邮购电话：020-87348243
广东旅游出版社图书网
www. tourpress. cn
湖南凌宇纸品有限公司印刷
（湖南省长沙县黄花镇黄花村）
880 毫米 ×1230 毫米　32 开
9 印张　209 千字
2019 年 5 月第 1 版第 1 次印刷
定价：36. 80 元

目录
CONTENTS

第一章

1

姜大伟浑浑噩噩度过了一天一夜，终于等到了姜宴超基本没大事儿的消息，人就再也支撑不住了。他又仔细看了看小孩一眼，叮嘱了照顾的护士，自己就去旁边的酒店开了个房间休息一下。这时候，他才想起手机没开机，充上了电，开机后看见了姜晏维打过来的一连串未接电话。

要是原先，姜大伟肯定挺高兴的，毕竟姜晏维从搬出去把他拉黑后，几乎就没主动打过电话给他。可如今，他笑不出来了。他看着这串电话，终究没有回拨——没心情，也不知道说什么，更是装都装不出来。

对，他终究不是一个没底线的人，他是那种不做心痒，做了后悔的人。现在这种乱糟糟的日子，他无法用一个爸爸的心态去对待姜晏维。

应该说，这两天对姜大伟来说，不比当年创业平顺。他已经很久都没有经历过这种心情大起大落，并且担惊受怕的日子了。

姜宴超的身体，他跟郭玉婷突然改变的关系，还有一系列因此而产生的事端，都是麻烦。

他突然想起了于静和他离婚的时候跟他说的话："我为什么要离婚？为什么死咬着你不放？姜大伟，不是我道德标准高，而是你已经在沦陷了。你出轨，我意外但不难过，你也是有孩子的人，如果维维是个女孩的话，他跟郭聘婷差不多大，你是怀有什么心理才能对这样一个只比自己孩子大了两岁的女孩下手的呢？如果是个二十七八岁的女孩子，我都没那么失望！

"我想不通，永远都想不通。对！你说周立涛也出轨，他彩旗飘飘还红旗不倒，那是因为没有触到他老婆的底线。对不起，我的底线就这么高，一个就接受不了。我觉得你已经不是我认识的那个一门心思做生意过日子的老实人了。谁没有欲望呢？可有道德标准的人会控制自己的欲望，你控制不了，你从伸手那一刻就不一样了。即便我原谅你，你也会一步错步步错的。"

现在，似乎真的这样了？怎么就这样了呢？

这个男人即便能够白手起家，可对于自己的一步步堕落，也是无法解释的，或者说，他明知道自己心里的弦何时松了，却不想面对。

当然，姜宴超没大事了，郭玉婷那边也消停了，保姆和阿姨再请都是小事，但于涛夫妇是大麻烦。

因为邵霞帮忙抢救孩子及时，姜大伟的确很感激，可这两个人都不是什么好鸟。他俩把孩子送过来后就离开了，离开前，于涛拿着手机来了句："大伟，我替你瞒两天，你可想好了怎么处理，我妹可天天给我打电话呢。一条命外加这事儿，可别把我们当叫花子打发。"

这是要狮子大开口啊。

要是原先，姜大伟根本都不搭理于涛，这小子虽然表面上清高得不得了，看不上他，但实际上，除了嘴上说说，遇事儿还得求他。可如今，却是真让人牵着鼻子走了。

由着于涛把这事儿捅给于静，其实是最好的方法，可他接受不了。他是有脸面、有尊严的人，他试图在于静离开后过得更好，而如今一片混乱，他怎么好意思让于静知道。再说，还有姜晏维。姜大伟看了看那一串电话叹口气，他从小养大的孩子，说不疼是不可能的，父亲这个形象原本在姜晏维心里恐怕就毁得差不多了，如果再让姜晏维知道这事儿，姜晏维那狗脾气，八成就真不理他了。

他把手机扔到边上，闭着眼睛就当没看见，也许是太累了，不一会儿就进了梦中。

光怪陆离的，许多片段一闪而过却又非常清晰，最后定格在去年姜晏维过生日的时候。那时候他已经出轨了，只是家人都不知道，一家人还是和睦温馨的样子。

姜晏维对着生日蛋糕许愿，吹了蜡烛就缠着他说："爸爸、爸爸，你知道我许了什么愿吗？我告诉你呀！"

于静在旁边说："愿望不能说出来，说了就不灵了。"

姜晏维才不听："妈，你每年都强调一次也不嫌烦，我每年不都说出来了？"

于静瞪了他一眼："对，你跟猴儿一样精，从小就借着机会要玩具，大了以后提要求，可不是要说出来吗？说吧，今年又有什么想要的？"

姜晏维被戳穿了，摸着脑袋挺不好意思地冲他妈"嘿嘿"笑，还是姜大伟说："告诉爸爸，你想要啥？甭理你妈，她更年期。"

姜晏维笑嘻嘻道："也没什么。第一个愿望，当然是祝愿我们家一辈子这样和和美美；第二个，是希望你们都健康；第三个才是我的小要求，"他还指了指自己小拇指的指甲盖，示意就一点点，"我想暑假去国外转转，成不成？"

姜大伟诧异道："呀，进步了，还知道先甜别人嘴了。这有什么不行的，成！"

于静却不同意："你怎么什么都答应他，就他那英语水平，出去吃什么都跟人说不清楚，被人拐卖了怎么办？"

姜晏维就猴过去了，跟他妈唠叨这事儿："还有周晓文和张芳芳呢，他俩可厉害呢。我保证没事，而且下学期我努力学英文，妈，妈妈、妈妈……答应吧。爸，你不是一家之主吗？管管这女人……"

梦到这儿就醒了，姜大伟心里空落落地平躺在床上看着天花板，想着还是不能让于涛他们说出去。

京城，于静家。

于静跟着妈妈在厨房里忙活，瞧着姜晏维紧闭的房门忍不住说："妈，你不觉得维维跟霍麒太亲近了吗？原先他跳脱点，可不这样，你瞧他今天那表现，从霍麒进门就时不时看着人家，这会儿没事了就成跟屁虫了。"

于静又问妈妈："按理说他俩认识时间也不久啊，听晓文他妈说，也就是一个多月的时间。"

老太太戴了手套剔虾线，瞥了一眼她闺女那副迷惑的样子，来了句："你这当妈的，怎么这么不了解孩子，霍麒好看啊。"

好看？于静被噎住了，好像也是，姜晏维从小就喜欢好看的人。小时候他长得特别可爱，每次他舅妈想抱他，他都不干，要不他舅妈怎么不喜欢他呢。而且，霍麒长得并不是一般好看，她这么大岁数的女人，瞧着都难免心跳加速。

这个理由听起来尚且具有说服力，只是于静还是觉得不踏实，又说不出来原因，又听妈妈说："他爸爸形象不行了，可不得找个榜样？霍麒长得合眼缘，人又有本事，我看是这意思。"

老太太难得表现出她多年教育工作者的一面，于静一想也是，勉强理解吧。

瞧着收拾得差不多了，就剩下煎炒烹炸了，这些于静压根就不会，她把手套摘了跟她妈说："我去给我哥打个电话问问那边的事儿。"

老太太叮嘱她："别上火，都离婚了。"

于静"嗯"了一声，进了自己屋打电话给于涛。

于涛两口子回家就把手机上的照片、视频传到自己电脑里了，一张张看。刚开始姜大伟和郭玉婷两个人都睡迷糊了，拍的照片很清晰，各个角度都有，一眼就能瞧出来是他俩。后来虽然打起来了，视频画面模糊，声音却都录下来了，他俩跑不了。

因着这个，两个人都挺兴奋的，一边骂着姜大伟不是人，一边在电脑和U盘上都藏了一份，就准备跟姜大伟狮子大开口了。他俩想着，姜大伟这么有钱，娶郭聘婷就给了188万元彩礼，要想这事儿过去，怎么也得比彩礼多？起码得一套大房子，外加188万元。

两个人正美着呢，手机就响了，于涛一看来电显示，就立刻说："我妹、我妹！"

这也是100万元的生意呢，邵霞却退缩了："你跟她说，我听见她声音就发怵。"

"你以为我不怕啊，行啦，我来吧。"于涛拿起手机。

于静问："哥，怎么这么久才接啊？最近两天怎么样？姜大伟怎么说？"

于涛答："这不忙吗？今天初二，在你嫂子娘家呢。没怎么说，人他也没管，就正常样，有事我肯定打电话告诉你。"

于静疑惑道："不该啊，他怎么可能没动作呢？他不是这种放着不动的人，充其量让她们进去两天让我出口气而已。"

于涛一听，心道都跟大姨子乱来了，他哪里有时间管老婆啊，这时候老婆不出来才好呢。然后又想，他们这也算是报仇了，当初郭聘婷勾搭姜大伟，现在他们制造机会让郭玉婷三了郭聘婷，这么一想还挺美。

可这话不能说，他只能忽悠于静："也可能良心发现了呗，维维受了那么大的委屈，他当亲爹的不给出气，还不让我们出啊。你放心，我一直给你盯着呢。"

于静又问道："你不是在我嫂子娘家吗？"

于涛真是服了他这妹妹了："没，我就送她过来，等会儿就去姜大伟那儿，我烦死他！"

于静听完这话，心想这样还差不多，这才挂了电话。于涛拍拍胸口压压惊，把手机往兜里一揣，跟他老婆说："成了。我还是去姜大伟那儿要钱吧，于静忒可怕，这事儿得早办完。"

房里，姜晏维跟霍麒其实也没什么好聊的，最近虽然见面少了点，可恨不得每时每刻都要发信息联系，能说的都说尽了。霍麒先问了问屋里的摆设，譬如那四张裱起来的奖状，姜晏维就特自豪地说："都是原先的，我小时候有不少奖状呢，我们家那么多房子，哪间都有，姥姥家还有呢。"

他直接呈"大"字形躺在床上，由下而上看着霍麒。霍麒正在奖状前特别认真地看着，神情专注得不得了，仿佛要发现他小时候做过多伟大的事儿一样。

姜晏维就有点不好意思——他的那些奖状跟霍麒的比，实在是差得太远了！于是，他换了个话题："你什么时候回秦城？不会要到十五吧？"

"不用，过了初五就可以了。"霍麒边看边说，"老爷子，就是我继父的父亲倒是不怎么讲究破五之类的习俗，可我妈很上心，要待到那时候。公司放假也到初六，回去有许多计划都要开始了。你要等到寒假结束吗？"

其实也差不了一个星期，姜晏维这学期是要提前开学的，撑死玩到初十，只是就这五天他就挺为难的。本来最近他就跟霍麒两三天见一次了，再分开五天，姜晏维觉得自己受不了，可是妈妈也好久不见了，要是这么提前走了，八成得半年后高考时才能见了，他妈最近很忙的。

霍麒就这么看着姜晏维，那张脸上那叫一个矛盾啊，他真是没见过一个人脸上能有这么丰富的表情，还特别可爱。

矛盾了一分钟，姜晏维这才挺舍不得地说："我还是陪我妈吧，你记得一天三十分钟视频通话，否则我做梦会找你去的。"

霍麒被他逗得笑个不停："那你来啊。"

姜晏维立刻起身就扑了上去，当然，他哪里打得过霍麒，很快就战败了，于是又回到床上躺着了。

他俩说了好一会儿，姥姥就来敲门说是吃饭了，这才出去。一到饭桌上，姜晏维就瞧见他姥爷已经把酒杯准备好了，桌上摆着两瓶五十二度的老白干，看样子是要不醉不归。姜晏维一瞧就先不干了："姥爷，你不能喝酒！"

他姥爷才不管："过年了，就一次。"

姜晏维还想说，被霍麒拉住了："我陪您喝。"

姥爷立刻就高兴了，拉着霍麒坐身边，要跟他好好喝一顿。姜晏维没办法，只能挨着霍麒坐，心想等会儿见机行事，他其实也想分担点的，只是虽然他已经成年，但包括霍麒在内众口一词，他只能喝饮料。

吃饭这事儿其实挺没意思的，就是相互聊聊，于静表达一下谢意，霍麒表达一下继续照顾姜晏维的愿望，于静再客气地换了话题没完全应下，然后就被姥爷拉着喝酒了——姥爷酒量不小，外加这是过年来第一次有人陪着，所以劝都劝不住。霍麒没法，只能自己多喝，老人家少喝点，等到结束，霍麒不负众望，两瓶几乎全进去了，有点晕了。

这样肯定不能开车回去啊，而且于静心细，霍麒那个家八成不怎么舒坦，这样回去也不像样，于静便指挥着姜晏维："把你霍叔叔扶到你房间里让他睡会儿，我去冲蜂蜜水，你看着他喝点。"

姜晏维挺心疼的，连忙把人给扶进去躺在了他那张铺着蓝色床单的一米八大床上。

外面，于静陪着她妈把老爷子安顿好，又收拾了屋子，就接到了周晓文他妈的电话。两人明明昨天才聊了一个多小时，这会儿打过来就挺奇怪的。于静让她妈照看着她爸，自己就进屋接电话去了："怎么了？一天不打电话想我了？"

"你家……啊呸！姜大伟家八成出事了！"周晓文他妈上来就给了个重磅新闻，"昨天一大早就叫了救护车，好像是姜宴超又生病了，直接去的医院。"

于静早知道那孩子生下来就身体不好，不在意地说："这不是常事吗？维维说郭聘婷怕胖，孕期还节食减肥呢，那孩子能好？"

"要是这个还值得我跟你说啊。昨天的事儿了，我昨天在电话里都没跟你提吧。"周晓文他妈说，"问题是，姜大伟把照顾姜宴超的保姆解雇了，还有你们家做饭的那个阿姨，干了很多年那个，特会两边卖好的那个。"

"林姐？！"于静就有点不可思议，"不能啊，保姆不知道，林姐的饭菜姜大伟特别喜欢，这么多年一直留着她呢。"

周晓文他妈继续说道："问题就在这儿。林姐一向识时务，虽然不愿意走，不过姜大伟应该是给了她好处，她就走了。那个保姆不一样，好不容易找到姜大伟家这种工资高条件好的家庭，原本准备多干两年的，突然被解雇，可不是不愿意吗？她跟我家保姆抱怨，我家保姆就问她，辞退总要有原因啊！保姆就说是姜大伟觉得她没照顾好姜宴超。

"然后这保姆说了个特委屈的地方，她说她一直干得不错，唯一没照顾到的就是三十晚上。那天她本来要看一晚上的，结果下午郭玉婷来了，郭玉婷跟她说让她回家，自己能帮忙看着，她本来就想回家过年，就动了心回了，结果就出了事儿。于静，你家林姐可不是二十四小时住家的，三十那天晚上屋子里可就姜大伟和郭玉婷俩成人，还有姜宴超那个小不点。你想想他俩干什么照顾不到孩子呢，他俩干什么事要解雇保姆和阿姨呢……"

这话可太明白了。

于静恶心得都不愿意往那方面想，可她知道八成是有点事。更重要的是，姜宴超住院这么大的事儿，她哥居然没跟她说，这也是大问题——于涛可是见钱眼开的，既然天天跑姜大伟家没有不知道的可能，他却一句话不说，这是有事瞒着啊。

于静想了想就说："我知道了。"

周晓文他妈问："你要回来啊？"

于静回道："回！不过要先问问我哥。"

跑到医院去会姜大伟的于涛愣生生打了个激灵，这怎么了？他扭头看了看，突然脊背发冷啊。

2

　　于涛抖了抖身上的鸡皮疙瘩，毫不犹豫地上了十五层，路过消防通道的时候，余光瞥见一个熟悉的影子。于涛往前走了几步，觉得这人眼熟又退了回来，往里一看，可不是熟人吗？郭玉婷！

　　这女的在那儿吞云吐雾呢，瞧着心情也不算很好，整个人挺颓废地靠在墙上往窗外看去，不知道在想什么。

　　于涛真是不知道她在想什么，都这样了，怎么还赖在这儿不走，难道赖上姜大伟了？他"啧啧"地摇摇头，真是人不可貌相，他妈他妹妹天天嫌弃他爱财，可比起郭家人来说，他自愧不如，他那妹夫怎么就招惹上这样一家子，还心甘情愿。

　　这女人姜大伟是甩不掉了。

　　于涛跟郭玉婷又不熟悉，唯一的一次见面还是在床上，郭玉婷最狼狈的时候。他看了两眼就走了，直奔姜宴超的病房。这是个套房，一进去外面没人，他刚想喊两声，就瞧见姜大伟一脸心疼地从里面出来，见着他就说："小点声，孩子刚睡。"

　　于涛一听就乐了，问他曾经的妹夫："你们年三十晚上动静也不小啊，要不孩子哭都听不见，这会儿倒是嫌别人声音大了。唉！"他就故意恶心姜大伟，"你这放飞得不错啊，原先还觉得你是老实人呢，真是看走了眼！大姨子是不是比别人要刺激啊？你别说，郭玉婷一瞧就很风骚，哪里是郭聘婷那种干巴巴的小丫头能比的，听说她都结婚了，还是少妇。姜大伟，你现在口味不一般啊。"

　　"闭嘴！"姜大伟现在悔不当初，恨不得把这事儿压下去就跟从没发生过一样，跟事后的这堆麻烦比起来，那算个什么？他直接怒喝了一句。

　　"哎哟！"于涛压根不怕他，"发火了？我说的不是实话吗？我拍的照片不是你俩在床上吗？视频里不是你俩吗？姜大伟，别装了，从年轻的时候就摆出一副看不起我的样儿，我还以为你多模范呢！搞了半天也就是个表面老实罢了。你比我妹妹差远了。我现在都后悔，当初你们离婚我还劝我妹妹呢，幸亏她没听，要不现在得恶心死。"

　　于涛这辈子也就这时候能在姜大伟面前耀武扬威，那叫一个酣畅淋漓。

姜大伟终究居上位多年，他对郭玉婷这事儿是做得不地道，可不地道也轮不到于涛说，这小子不过是因着手里有照片和视频罢了。

姜大伟直接一句："那就告诉于静啊，都离婚了，你随便。"

说完，他直接一推门，又回了里屋。

说到一半的于涛彻底愣在了原地，傻眼了。姜大伟不害怕？不担心？不觉得丢脸？他忍不住说："我真给我妹妹了，你可别忘了，维维也在我妹妹那儿呢。维维，你也不在乎？"

要不说于涛跟姜晏维关系一般呢。他现在的思想还停留在姜大伟跟姜晏维关系特别好的那个阶段，因为姜晏维不愿意搭理他们夫妻，所以这几个月的事儿压根没跟他们说过，他自然也不知道。

姜大伟就一句话："给吧。"

于涛眼见着姜大伟压根不在意，这会儿恰好有人带了个挺朴实的中年妇女过来，进门就介绍说是中介，带来了最好的金牌月嫂，请姜大伟试用。姜大伟更没时间搭理他了，叫了护士进来，把孩子托给她，拿了衣服就往外走，说是外面谈。

于涛只能跟上去，姜大伟依旧把他当透明人。

于涛开始还想，你这是抻着我，故意想压价呢。可跟了一个多小时，姜大伟问了问月嫂的基本情况、工作经历，又看了她带来的一系列检查证书，这才又带着月嫂回了病房，说是留用三天，让她实际操作一下看看，最终再做决定。

这段时间，姜大伟一个眼神都没给于涛。

而且最重要的是，于静都打两个电话过来了，于涛都没接，他一是怕露馅，刚刚就差点暴露；二是怕姜大伟给他一句"说啊"，他就没台阶了。

好在于静从来不是那种打不通死打的人，两次不接就没音了，他才松了口气。

等安顿好月嫂都下午了，郭玉婷抽完烟也进来了，只是看见于涛，又退了出去。于涛待不住了，过去找姜大伟说："你还留着她准备……"姜大伟扭头瞪他一眼，那一眼太威严，噎得于涛直接闭了嘴。

于涛这才想起来，对了，这不是新换的月嫂吗？肯定不能透露了。

好在姜大伟这次搭理他了，姜大伟跟月嫂说了让她等会儿和郭玉婷交班买饭吃，带着他就出了门，找了个饭馆坐下了。姜大伟也不问他，直接点了菜，然后把东西一放，开始抽烟。于涛已经被抻得有点受不住了，他就抱着一点，他不能先开口，可谁能想到姜大伟一句话都不问了呢。

这要是再拖，他就怕饭吃不到嘴里了。

于涛只能卖狠："你不怕于静知道，不怕维维知道，就不怕我把相片给郭聘婷，或者放出去？你可就在秦城没法做人了。我这儿可是有他们微信的，你信不信我现在就发给他们？"

姜大伟"哼"了一声："发啊！你随便发，不过有句话我说在前面。我和你妹离婚了，没人罩着你，你信不信今天发出去今天就有人收了你？非但如此，我还能以侵害隐私告得你坐牢丢工作一辈子翻不了身！"

于涛自然是知道的，可也有自己的想法："我出不来，你也臭了，郭聘婷不离婚，也能闹腾得你不安宁，你这不是伤敌一百，自损八十吗？"

姜大伟就一句话："我愿意，我姜大伟敢干就敢承认。跟我做生意又不是跟我结婚，这种事多了，你以为谁在意？至于我的家事，我有本事娶，就有本事解决，吃完饭你就回去吧。对了，等超超没事了，我还得谢谢你老婆。"

于涛被逼得彻底没了法，眼见饭菜上桌，姜大伟又要吃饭了，只能退一步："其实，也没必要吧？好名声总比坏名声强，你说是不是？大伟。"

姜大伟似笑非笑地看着他："那你的意思是……"

于涛笑了笑："一切都好谈，我这人最好讲话了。"

姜大伟八成熬了一天也饿了，大口吃着馒头和菜，不在意说："那你就说说吧，"他看看表，"我只有十五分钟时间。"

于涛有点摸不着头脑，明明是他拍了不雅照，怎么就成了他战战兢兢地汇报，姜大伟悠闲自在地听了！可他不能不说，他想了想直接从手机里调出了一张照片，那是里面最清晰的一张，姜大伟还睡得死沉，郭玉婷已经醒了，用被子捂着胸坐了起来，他俩的脸都意外地清晰。

"大伟，你有钱我知道，'秦城豪庭'随便一套房子就三四百万，这种照片流出去也难看，我要得不多，两套房子就行。"他几乎立刻改了要现金的想法。

姜大伟一听，点点头："是不算多。"于涛顿时就有点兴奋了，结果就听姜大伟说，"可那都是给维维和超超的，给你，不行。"

于涛一听他提姜晏维也急了："超超还好说，'为维维'这话太不要脸了吧。他都十八岁了，你不但离婚娶小三生老二，还弄出这出来，你是生怕这孩子考得上大学吧。唉，我说，你是个人吗？小三家人能打破他的头，小四能耽误他学业，还留给维维的，到时候小三一看自己儿子的财产要被抢了，找个人弄死他，你是不是也得护着啊？你说实话，你是不是现在就不把姜晏维当亲生的了，看着他是不是就想让他去死，别妨碍你才好，你眼里就你那个超超了吧。我跟你说，做人别这么绝对……"

姜大伟只是对他用谈判技巧而已，没想到这家伙居然这么说话。他怎么能不疼姜晏维，那是他一手带大的孩子，他只是……当时糊涂了而已。

"一套房子！"姜大伟突然说道。

于涛愣了，随后反应过来这是报酬啊，就挑剔说："太少了。"

姜大伟真不愿意听他那些混账话，因为不愿意面对自己做的混账事："'秦城豪庭'一套房的均价是 300 万元，我不会给你房子，会支付你现金，不过是以 15 年为期，每月固定支付 16000 元钱。不能讲价，愿意就要，不愿意随你便。"这也是为了长久地制住他，省得给了一笔又一笔，于涛可不是什么好人。

他说完站起来就走了。于涛在后面都愣了，怎么能这么给钱，可一想，每月 16000 元可真不少，他和他老婆一个月工资加起来才 8000 元，这么一想，又舍不得松口了。

至于贬值什么的，于涛还考虑不到那个高度上。

他几乎立刻站起来追了上去："大伟，我同意，我同意，咱得签个合同吧。"

姜大伟瞥他一眼："每个月到公司财务那儿去领。这个月的半个小时后有人给你打卡上，我也不用你删除手机照片，你肯定有备份。不过，要是有半张照片漏出来……"

"不会！"于涛立刻保证，"不会的，你放心。"

姜大伟点点头，直接回医院了。他一上楼就碰见从病房里出来的郭玉婷，显然郭玉婷是有想法的，见到他立刻说："咱俩聊聊吧。"

他俩出事到现在两天了，还没说过话呢。

姜大伟点点头，直接带她去了停车场的车里。郭玉婷其实是被吓坏了，她当时也后悔，觉得不该走这步。不过，这两天姜晏超好了，她就又放下心来。她今天想了一天，终归不想放弃，该干的都干了，这时候说想退回去，可能吗？再说，离成功也只有一步之遥了。

她说："大伟，我……我真的喜欢你，我没想到会……"

姜大伟挑了挑眉，也不算意外，如果郭玉婷没有什么想法，就不会主动勾搭他。只是，郭玉婷没被吓坏，他吓坏了。

他截断说："这都是不重要的了，我们……我们这样不道德。我知道这样做，你可能觉得我对不起你，不过，就到这儿吧。你继续你的婚姻，我继续我的婚姻，就到这儿。"他从手扶箱里拿出了一张卡，"这是500万元，是我给你的赔偿金。"

郭玉婷怎么说都想好了，怎么可能愿意拿这点小钱？她立刻说："我不是为了这个，你不能这样对我……"

姜大伟直接说："不用做这样的表情，这事儿你我心知肚明，你从劝你妈道歉开始就有了心思了吧，朋友圈照片是你故意发的，年三十那天你是故意让保姆回去的。郭玉婷，你很聪明，对比着郭聘婷一步步展示自己的优点，都是铺路吧。我原先没想到，这两天往回想想就明白了。我的意思是，无论是因为喜欢还是为了别的，我们都暂且不论，我不会离婚，更不会再跟你发生什么关系，最好的结局就是这样结束。你懂了吗？别让我用别的办法。"

姜大伟的话意味深长，不懂会怎样？郭玉婷那么聪明怎么会不理解，那就是用非常规手段了。她一个小城市来的普通女人，如何去抵抗姜大伟的非常规手段？她唯一的武器就是她跟姜大伟发生了一次关系，可有用吗？说出去，只会让她离婚外加被人当作水性杨花的女人。

虽然她的确就干了这事儿，可她没料到姜大伟这么绝！这么……渣！

她是个聪明女人，自然知道审时度势，纵然这个结果让她闷了一口血在心中，可她也不得不这么做——姜大伟显然是被姜宴超的病吓坏了，短时间不会改主意的。她很快就决定忍下去，伸出了手，拿过了那张卡。

她点点头："好！"

于涛瞧姜大伟走远，这才"呸"了一声，回去接着吃饭。过了十几分钟，果然有16000元打进账户里，他就乐了，准备回家报告好消息，他们发财了，还被服务员拉着埋了单，不便宜，500元。不过一想到300万，他就美滋滋地付了。

于静的短信发来了："于涛，你再不接我电话，信不信我直接回秦城。"

于涛这会儿谈完事了没负担，自然就不得罪这妹妹了，决定还得接着忽悠她。结果一打过去，于静就一句话："姜大伟跟郭玉婷的事儿，你怎么不告诉我？"

于涛吓了一跳，左右来回看了看，于静怎么知道？

"什么事儿？"他还想隐瞒，"什么事儿呀？"

于静对付他简直太简单："这么脏的事儿要我说出来吗？于涛，你可真够劲儿，100万元填不上你的胃口，让你帮忙，你这是转而替姜大伟干活了？那还钱，立刻还钱，不还钱，我就卖你房子！"

姜大伟分期给的钱，都存着一分钱不花，凑够100万元也要5年，他哪里有这么多钱还给于静啊。他立刻就炸了："你这不是为难我吗？我哪里的钱给你？"

"替姜大伟瞒着我，我不信他不给你钱，他还是挺大方的，还我钱绰绰有余，现在就去给我打账上，否则……"于静厉害起来，于涛胆儿颤，他哪里想得到于静怎么就知道了，这事儿刚费了那么大力气谈下来，难不成就泡汤了？

可就这一犹豫，于静就说："算啦，我不问你，我去问姜大伟。"

"别！"于涛算是服了她了，于静要问了，这钱也没了，他只能招，试图让他妹妹给他留口饭吃，"他俩就搞到一块了，我和你嫂子初一去堵门，就捉奸在床，拍了照还录了像。"他嘟嘟嚷嚷把那天的事儿又说了一遍，"这不刚谈完，他给我300万元，不过分15年，一个月给我16000元，我就拿到16000元。"

于静猜到了，可听见这事是真的，而且伤了孩子，还是觉得恶心得不得了。她虽然压根不会喜欢姜宴超，可并不妨碍她看不上姜大伟和郭玉婷做的事儿，这种人就算姜晏维愿意，她也不会同意让姜晏维跟着他了。

只是当时姜晏维要跟着姜大伟，他的抚养权在姜大伟那儿。姜晏维高中没毕业，不能独立生活，姜大伟就还有对姜晏维的抚养权，她得要回来："照片传我一份，顺便，钱转我卡上，要不你就立刻还我100万元。"

于涛抗议："照片给你，16000元对你是小钱，给我留着吧，离婚了又不是花你的。"

于静就一句话："你休想让我知道你有一分不义之财，我不会惯你的毛病。我这是防范你犯罪。"

于涛有苦难言又反抗不了，只能认栽："好！"

挂了电话，他就骂了声"女魔头"，她是怎么知道的啊？一想到转钱，他就更郁闷了，白忙活一场，一分钱没拿到，还请了姜大伟一顿，500元呢！

于涛那个心烦，把照片和钱发过去，直接就回家了。他算是不跟这两人折腾了，从年轻到现在，他就没占到便宜过，他不管了！

可邵霞比他厉害，邵霞一听于静截和，也不敢多说话，可她有能对付的人啊。她问于涛："哎，姜大伟不行，不是还有郭玉婷？她跟姜大伟乱来应该怕她妹子和老公知道吧。"

房间里，姜晏维开始没睡意，不知道什么时候，他也睡着了。

一个喝醉了，一个青春期觉最多的时候，等霍麒睁开眼，天都黑了。

他迷迷糊糊地看了看在黑夜中，被外面的灯光映得影影绰绰的屋子，然后就感觉到自己胸口趴着的那个热乎乎的家伙，才想起来自己是在哪里。

睡得可真踏实啊，连梦都没做。

霍麒低头瞧了瞧姜晏维，他俩不知道什么时候换了姿势，他平躺在床上，姜晏维跟个八爪鱼似的缠着他，脸就贴在他的胸口，睡得正熟，还打着小呼呢。

他伸手试了试，不弄醒这家伙他是起不来了，只能忍了，用被压得有点麻的左手，替姜晏维拽了拽被子盖上。

姜晏维大概感觉到他动了，嘴里迷迷糊糊地叫了声"霍麒"，翻身又睡了。霍麒也没起来的意思，把手枕在了脑袋下，仰望着房顶，在畅想半年后的情景了。

姜晏维应该不会考秦城的大学，要不京城要不海城，其实都可以，生意哪里不能做，大不了多飞两趟就是了。姜晏维想学医，那就要长久地待在校园里，这么一想，霍麒又觉得挺好，姜晏维性子虽然跳脱却天真，出社会对他太残酷。还有出国留学的事儿，听说大三甲医院没有海外经历已经不收了，霍麒想想，他似乎还得在国外待两年。

所以，接下来这半年太重要了，不能再有事影响这孩子了。

姜晏维就是在这种抚触下朦朦胧胧地醒来的，他睡蒙了，开始还以为是张芳芳家那只小泰迪又调戏他呢，上手就"啪"的一声拍了下去："别舔，舔你姐姐去。"

然后，他就发现触感不对，不是软乎乎毛茸茸的，是硬邦邦的骨头。

他一睁眼，就跟霍麒来了个对视，他愣了两秒钟才反应过来怎么回事。

霍麒被他逗死了："你把我当谁了？"

姜晏维又不好意思说实话，只能揉着脑袋"嘿嘿"地笑了两声。

等两人出去霍麒就要告辞了，姜晏维其实挺不舍的，可一想霍麒那边家里八成不似自己家这么自在，便忍痛点了头，磨磨叽叽地又要送他到楼下，还想着叮嘱他给自己发微信。

结果，于静就是觉得他黏着霍麒这事儿不对劲，还没走到电梯口，姜晏维就被于静叫住了："维维，你过来，姥姥送你霍叔叔就行了，我有话跟你说。"

姜晏维那叫一个恋恋不舍，可亲妈这边的命令又不能违抗，只能一步三回头地回屋了。

结果一进屋，他妈就给他放了个大炸弹："维维，我们初五回秦城。"他还没乐起来呢，这不是可以跟霍叔叔一起走了？就听他妈接着说，"我准备将你的抚养权从你爸那儿要回来，你同意以后跟着我过吗？"

姜晏维也是经历过离婚这件大事儿的人了，他敏感的小触觉立刻就觉察出了不对。他不是法盲，父母离婚的时候律师对于他的抚养权和监护权已经给他说得很明白了，如果他没记错，他只要读完高三，他爸爸的法律义务就结束了。

还有半年的事儿，他妈为什么突然变卦了？这是出事儿了？

他下意识地就问了出来。

于静其实打完电话自己想了很久，要不要告诉姜晏维？这种事她说出去恐怕姜晏维就彻底对他爸死心了，这个孩子就是她一个人的了。可她是个妈妈，她不能这么自私，姜大伟干得出来，她说不出来，更不能用这种龌龊事脏了孩子的耳朵，扰乱孩子的心神。过去那一年已经够对不起他了，她终究没下了这个狠心。

"没事，我想了想，关那两个人几天是出气了，可你抚养权在你爸那儿，难免她俩回来不找事儿，还是跟着我吧，耳根清净。"——姜晏维被砸破头时只是出警了，没有进行伤情鉴定，现在伤口早好了，说是可能判刑，不过是吓唬那两人呢，这种事任谁也没办法。

姜晏维一听是这个，第一反应就是不会让他来京城吧，然后就骂了自己一句傻瓜，他又没京城户口，来了也考不了试，就放了心。反正他爸家他也不准备住了，抚养权要回来也行。他就跟他妈磨好处："我听你的，不过，我不住姥姥家，我烦我舅舅妈。"

于静也不能同意，于涛和邵霞她可是看得够够的。

"先跟周晓文住一起，你跟他关系好，他妈也喜欢你。我这边大概还有两个月结束，结束了我就给你陪读，到时候咱俩住。"于静倒是打算得挺好。

"我不住那儿，天天一抬头就是我爸家，还不够闹心的。你回来再说，回来之前我还是住霍叔叔家，他家我住习惯了。"他还加了一句，"就这么说定了。"

于静就觉得这孩子也太缠人了，她忍不住问："你天天缠着他，他怎么交女朋友啊？再说他也忙。"

姜晏维压根不想听，挥挥手进屋了："他没有呢，这事儿没商量。"

他霍叔叔给他发微信了，他进屋打开一看，是张地下车库的照片，后面跟着一排字："就算你送我到楼下了。"

还是挺重视他的想法嘛！姜晏维乐得直打滚，抱着枕头在床上忍不住美起来。

3

狂风暴雨来临之前总是最平静的。

前几天，那封周一曼以霍青云母亲的身份写的要求严惩霍青云的信，终究落入了霍振宇的眼中，引起了不小的事端。

据说霍振宇瞧见后气坏了，扬言要离婚，放话说，这种心狠手辣的女人不配当霍家的媳妇。幸好他哥哥霍靖宇略早知道这件事，直接打了电话训斥了他一顿，告诉他这封信是没有错的，让他不准闹事。霍振宇怎会不知道这事儿的正确性？周一曼站在了正义公平上，他就算要闹，也不能拿这封信做文章，否则他的立场就是不对的。

可是太憋屈了。

尤其是陆芙，都到了这份上了，这个女人还在委曲求全，劝着他说："青云就是姐姐的孩子啊，当年不是记在她名下了吗？虽然是我生的，可实际上身份和青海都一样啊。青云做错了事儿，她当妈的出面是对的，你不要生气。她也是为了青云好。"

　　霍振宇一辈子就瞧上了陆芙一个人，年轻时他撑腰，陆芙过得风生水起，如今到老了，结果被周一曼欺负，霍振宇怎能舒坦？尤其还用霍青云的前途来生事，他用了一个词——"毒妇"！他说："我今天非要跟这毒妇离婚。"

　　气冲冲的霍振宇就去了周一曼郊外的院子。结果到的时候，霍青海正跟家人陪着周一曼呢，瞧见是他，直接就挡在了大门外，压根不允许他的车进入，还说："你回去吧，我怕你脏了我妈的地。"

　　霍振宇踩着油门，怒吼："让开！"

　　说着就要强行闯进去，他以为霍青海会害怕，会让开，却不知道这小子恨他入骨，恨不得事情闹大，恨不得他无颜面对。他轰着油门往前开，霍青海直接就扑上去了，霍振宇被吓了一身冷汗出来，连忙刹车。霍青海撞在车上反弹跌坐在地上，不知道蹭蹭到了哪里，额头上破了一大块。

　　就这样，霍青海依旧瞪着他喊："你再试试啊。"

　　霍青海的神情加上那半脸血显得格外狰狞恐怖，好像魔鬼要扑上来吃掉他一般，即便是霍振宇这种见惯了世面的人，也被他吓得不轻。霍振宇此时才觉得这个儿子哪里是孤僻古怪，简直是个疯子啊。

　　霍振宇进不了门，再说里屋霍青海的老婆瞧见他开车撞人的那一幕，连忙给大伯打电话。霍靖宇的电话很快就打到了霍振宇的手机上，勒令他立刻回家，霍振宇只能作罢。

　　年后的交锋到此为止，自此霍家归于平静，可任何人都知道，这父子俩是铆上劲儿了，这事儿小不了。霍靖宇作为老大，在假期结束之前是两边劝导，可听的都是客气话，谁也不肯松一口气。清官难断家务事，霍靖宇工作能力再强，遇上这事儿也没办法，这是死仇了。无奈之下，他只能给跟火药桶一样的霍振宇画下了底线，"家庭纠纷可以，不准波及霍家"，意思是你有本事离婚你就离，但是不能动霍青海，霍家的每个子孙都是有用的。

　　霍振宇又不傻，自然明白这点，他点了头。

听说霍靖宇不放心，还专门叮嘱了在京的霍环宇，让他发现异动立刻汇报给老爷子，家里万万不能乱。霍麒听了只觉得他们都搞错了方向，也许是灯下黑的缘故，他们一直低估了周一曼和霍青海母子。

他们都觉得这两个人是弱势群体，在老爷子给的一点夹缝中求生存，周一曼还被逼得搬到了郊区。二十五年了，不过趁机写了封信落井下石，霍青海也就给了他爸一巴掌，对，挺意外的，可兔子急了还咬人，人的情绪积攒到了一定程度总要发泄，更何况他们都恨霍青云，有了机会往死里踩是正常的。可也就是这点力量了，霍青海所有的人脉都是霍家的，他动不了，至于周一曼，她娘家虽然子弟多，但缺少出头的，否则这些年总要为她讨公道的。

他们没有什么力量翻江倒海，能惹事儿的只有霍振宇。

他们却不知道，大头在霍青海那里。

霍麒走的那天是初六，刚过了破五，公共假期还有一天，霍家还处于暂时的安宁当中。因为房车更舒服，所以商量好还是坐房车回去，一大早霍麒就起来准备走人。

外面天都是黑的，他提了箱子下楼，就瞧见了林润之裹着个大披风，在楼下等着他。霍麒心里也有些不自在，他妈的确很多地方不到位，可也有不少让人感动的地方，譬如每次他离家，无论多早，他妈都会在楼下送他。

他叫了一声"妈"，司机过来帮他把箱子接过去放好，林润之就叮嘱他："你别总不回家，这么近，明明一个周末就回来了，半年才回来一次，我想你啊。还有，"她又叮嘱，"你都三十了，该找女朋友了，有合适的就谈着，我给你介绍那么多，你都不喜欢，我也不知道你喜欢什么样的。"她大概做了不少心理斗争，放宽了条件，"出身差点，人有本事也行。"

霍麒就点点头，叮嘱他妈："你注意身体。"

"哎！"林润之答应着，眼见着霍麒要上车了，她终于忍不住又问了一句，"你在秦城，没见你爸吧？"

霍麒心里那点感动也就散了。在这事儿上，他照旧说谎："没有，没见过。"

林润之就放了心，又叮嘱他："路上小心。"

等着车开起来了，霍麒深深地吐出一口气，烦闷。

他知道他妈的心思。如果说小时候都是感性的认知，青春期是叛逆的认知，那么到了他这个岁数，经历了那么多的事情，他已经可以抽丝剥茧来分析他妈的心理了。

他妈带他到霍家，当然最大的原因是爱他，这是不可否认的，霍家是什么样的地方，不用说他也知道。他妈以二婚的身份嫁入原本就是众矢之的，再带上个拖油瓶，日子会更难过，如果不是因为爱，为什么要费这个力气？

但是他妈不是没有自己的私心的，起码他知道，他妈爱他也因为他可能是他妈这辈子唯一的孩子。刨除计划生育等原因，他妈嫁进来的时候霍青林已经十岁了，霍环宇特别重视这个儿子，而霍青林明确表示过，结婚没问题，但他不希望有个同父异母的弟弟妹妹，霍环宇应该是在这方面跟他妈商量过的。

所以，他是他妈唯一的孩子，也是日后唯一的依靠。这种感觉随着年纪的增大越发明显，所以他妈对他的控制欲也就越强。不允许他见亲爸就是其中的一种—— 一是不想让他跟亲爸过于亲近，二是她当年的离婚太难看，她怕他知道了受不了，失去他这个儿子。

可其实家里有霍青云，他有什么能不知道的？早在他十岁的时候，霍青云当着同学的面就把这事儿说穿了："哎，你妈怎么嫁给你继父的你知道吗？她出轨，她跟你爸还结着婚呢，就勾搭你继父在宾馆里混，让你爸带人堵上了，衣服都没穿好被打了一顿。"

这事儿是他继父处理的，他妈被保护得好，不知道而已。

车子很快到了于静家门口，一停下，车门就被"呼啦啦"打开了，姜晏维穿着那个熊猫装很快钻了上来，直奔霍麒这边，挤在了他身边。霍麒都愣了，连忙去摸他的手："不冷啊？"

姜晏维打着瞌睡说："不冷，没睡醒，昨晚跟周晓文打游戏了，一共睡了一个小时，穿这个补觉舒服。"他晃晃手里，"我抱被子了。"

说着，姜晏维就不由分说地在座位上躺下了，当然，脑袋当仁不让地枕在了他的大腿根上，脸朝里冲着他，眯着眼睛说："你不用管姥姥他们，自己会上来的。我睡会儿。"说完，还扯着他的手，盖在了自己的脸上。

霍麒那一肚子因为他妈勾起来的烦闷，诡异地立刻消失不见了。他拍了拍姜晏维的脑袋，又顺手揉了揉姜晏维的脸，手感不错，又揉了几下。姜晏维大概真困了，懒得动，直接用鼻子轻轻顶了他手心一下。

姜晏维往后瞧了瞧，他妈和姥姥还在装行李，没人看见他俩，打着呵欠说："呵……我困死了，等我睡醒了再玩，乖！"

霍麒无言以对，又使劲儿揉了一下他脸。

很快于静他们就上来了，她还纳闷霍麒怎么不下车呢，不像是他的作风，结果一瞧姜晏维那赖皮样，彻底无语了，叫了一声："姜晏维，你老实点，别老黏着你霍叔叔。"

姜晏维没吭声，扭扭屁股表示不听。

还是姥姥好，直接拍了于静一下，训斥她："孩子一晚上没睡，好不容易睡会儿，你咋呼他干什么？走了觉难受好几天。"

一物降一物，于静拿她妈没办法，只能作罢，不过还是给霍麒赔不是："这孩子真是麻烦你了。"

霍麒感受着姜晏维"呼哧呼哧"喷出的热气，很心甘情愿地说："没事。"

不过，姜晏维大概是真困了，开始还跟他说话，没几分钟就彻底睡熟了。于静过来给他掖了两次被子，还不好意思地跟霍麒解释："说是高考前最后一次通宵游戏，我也没拦他，困成这样。"

霍麒揉着姜晏维的脑袋说："这是要发奋学习了。"

于静就笑了："看样子是，你别说，就算是原先他也没这么努力过，这几天放假每天雷打不动地做卷子，我都吓一跳。这孩子是真听你的，还要求开学继续住你家。不知道你方便吗？"

姜晏维的要求那么强烈，跟着霍麒又这么努力，再说姜晏维和周晓文凑一起，还不得天天找事儿，于静想了两天，没有更好的法子，就同意了。

霍麒还以为这事儿得费点口舌呢，没想到于静自己就提出来了，他自然不会拒绝："方便，你放心吧，家里有保姆做饭，上学放学都有司机，上学期的补习效果不错，这学期继续会请老师，不会耽误他学习的。"

于静哪里有不放心的啊，这可比姜大伟那个亲爹都靠谱多了。当然钱之类的事儿自然不能霍麒出，不过她也没提，都已经交代给姜晏维了。她慈爱地拍着姜晏维的后背，接着说了第二件事："等会儿可能要麻烦你，你直接带维维回去吧，我跟他爸有点事要解决，就不让他过去了。"

霍麒多聪明的人，一听就知道姜大伟八成又折腾事儿了，而且照着姜晏维恨不得喝口水都给他拍视频的性子看，这事儿是瞒着姜晏维的。

一想就不是什么光彩的事儿，他也不愿意让姜晏维涉入其中。

霍麒便点点头："好。"

他们出门早，高速上没什么车，上午九点多就到了秦城。到了市中心的一个路口，老远霍麒就瞧见在寒风中抽鼻子的于涛，于静让司机在那儿停了，她带着姥姥、姥爷下了车。

于涛已经冻得快成冰棍了，只是不好跟于静说什么，小声跟他妈抱怨："你们也准点啊，跟我说八点半，这都九点多了。"姥姥没说话，于静就堵他一句："你不等着妈，难不成我们到了给你电话，让爸妈冻着等你？"

于涛吵不过她，立刻画休战符："你有理，我错了，亲爹亲妈亲妹妹，赶快上车吧。不过我这车小，好不容易能攒钱买辆好的，又被……"他又不敢说，只能含糊其词，"又被人要走了，凑合吧。"

于静瞥他一眼，没吭声。等着把爸妈和行李都送上了于涛的车，于静就自己打了个车，直奔医院——姜宴超还没出院呢，这两天郭玉婷也不见人影了，就新来的月嫂照顾，姜大伟倒是一天都待在那儿。这线报是于涛免费提供的。

果不其然，一出电梯，于静就瞧见姜大伟拿着根烟往消防通道走，两个人猝不及防就见了面。都小一年没见了，姜大伟猛一见她还有点意外，愣了一下才说："静静？你怎么到这儿来了？"姜大伟还是脑袋转得比较快的，第一反应就是，于静知道他在医院，不会露馅了吧。

于静不愿意听他肉麻兮兮的叫法："叫名字。找你有点重要事儿，找个地方谈谈吧，这儿不方便。"

姜大伟心里猜测万分，但无论出于哪个原因，他也得去啊。他点点头："好，医院外面不远有个咖啡馆不错，去那儿吧。"

于静点点头，一步没多走，又进了电梯。姜大伟先拨了个电话，应该是给月嫂的，交代她自己有事儿，让她别离开，看着孩子点。他打电话，于静就借机打量姜大伟。可不是变了不少？人显得苍老了不说，衣品也变了，一大把年纪居然学小年轻穿什么修身风衣，姜大伟哪里有腰啊。

于静点点头，看着姜大伟过得不好，她觉得舒坦多了。

下了电梯就直奔咖啡馆，姜大伟还是有点想寒暄的："维维说你在非洲有项目，注意身体。"上次因为提了女人不需要这么累，让姜宴维喷了一顿，他这回也不敢说点别的了，其实在他看来，于静精神挺好，但也比原先黑了，肯定是有些辛苦的。

于静点点头，等着服务员一上咖啡，关了包厢门就直奔主题："我来不是别的意思，我想要回维维的抚养权。"

于静这么说，姜大伟挺意外，他以为是因为郭玉婷的事儿呢。不过一想也是，于涛拿了钱不可能乱说话，于静也不是离婚管他私生活的人。这两件事是让他松一口气提一口气，郭玉婷的事儿不能见人，可姜晏维的事儿他不能答应。

"当初法庭上孩子说要跟我，你也同意了，怎么现在又反悔了？不行。"姜大伟想得很清楚，他跟姜晏维已经闹腾成这样，再把抚养权交出去，姜晏维就彻底不搭理他了。

于静嫌弃那事儿太龌龊，不想提，要是姜大伟主动答应是最好的："你那儿环境不合适，维维受了多少委屈你管过吗？维维的学习你操心过吗？再说，现在维维是住在霍麒那里，你也没尽责，既然管不好，就交回来吧。高三最后一学期，别耽误孩子。"

姜大伟在这事儿上态度很坚决："不行，你看孩子没问题，过年过节我也让他去。郭聘婷我会管她，再说她吃了你的教训也不敢了，等过了年就让维维搬回来，学习的事儿我也会抓的，你不用担心。"

于静真是……真是觉得姜大伟简直冥顽不化，她干脆也不遮掩了，直接把照片调出来将手机往桌子上一放，质问他："你管得了郭聘婷，还是你管得了郭玉婷？你就准备让维维生活在小三上位当妈，私生子变婚生子，亲爹偷大姨子被亲舅舅捉奸在床的环境里？姜大伟，我给你脸你还不要，那我就直接说了！"

姜大伟一低头就瞧见了照片，于涛照得太清晰了，想看不见都不可能。他脸上的愕然是显而易见的："于涛告诉你的？"这是他的第一反应。

于静"呵呵"笑了一声，"用他告诉我？！猜都猜出来了，救护车来了，保姆和阿姨都解雇了，大年三十你和郭玉婷独自在家，发生什么事能把孩子折腾到医院里去？姜大伟，别把别人都当傻子。这是我后来炸出来的。"

姜大伟一听这细节，立刻就知道，不是林姐找于静了，就是有邻居告诉她了。这事儿的确挺羞愧，他不好多说什么："我会处理好。"

于静跟他从不客气："不需要，我不是于涛，你威胁他散播别人隐私要坐牢，再每个月给他 16000 元钱就能打发，我不缺人也不缺钱，这些威胁对我不管用。

"我就一句话，我要抚养权。你少说什么爱孩子，你爱什么啊？年轻时就天天在外面跑，回来就逗孩子就当是养孩子了？你觉得维维是缠着你长大的，你功不可没，可真正费心的，从关心他的生活到关心他的学习，再到培养他的性格，是我。

"原先维维死活愿意跟你，我不能勉强孩子，我也轻信了你即便离婚也会是个好爸爸，可你干的什么事啊，你还是原先的姜大伟吗？我不可能把维维放在这种龌龊的环境里——这种说不定哪天小三的姐姐上位当后妈的环境里。"

"你闭嘴！"姜大伟被于静踩到痛处，怒吼道。

于静倒是比他冷静，端坐在那里问他："你瞧瞧你现在的脾气，那个乐呵呵的姜大伟呢？你凭什么带维维？"

姜大伟也知道自己没控制住，他喘了口气，试图跟于静讲道理："我会处理好的。无论是郭聘婷还是郭玉婷，我都会处理好的。"他瞧着于静脸上不信任的表情，内心不是不难受的，他再次放软口气，"我知道我原先错了，现在弄得一团糟，我保证是最后一次了。"

于静瞧着他那样，就想起第一次发现他出轨的时候，郭聘婷那个女人，在他的衬衫下摆处，用口红画了一道。她质问，姜大伟想隐瞒——那种地方都扎在腰带里，想意外碰到都不可能，姜大伟于是承认了，他求她："静静，我保证是最后一次，不会再犯了。"

可现在呢，大姨子可比二十岁的小丫头更刺激。

于静就说："我不信。我要抚养权。"

姜大伟瞧她不为所动，哀兵政策不行，也跟着强硬起来："不可能，谁也不能分开我们。"

于静点点头："那我们就各凭本事吧。姜大伟，你别后悔。"已经没什么好说的了，自然不需要多坐一会儿。

姜大伟只当她想利用出轨毁他名声，当即就警告她："这事儿我办错了，可你顾忌着维维，要是同学都知道了，他……"

"这可是天下最搞笑的事情了，出轨的时候，你怎么不顾忌呢？姜大伟，我原先怎么没发现你这脸皮这么厚？"姜大伟被她骂得脸颊发热，却没法回嘴，好在于静没心情跟他多纠缠，"不过，我跟你不一样，你是不是亲爹我现在看不出来，可我是亲妈，维维我是一定要护着的。这点你放心吧。"

说完，于静就出了包厢。她打车直接去于涛家，路上跟朋友打电话："对，那个张桂芬和郭聘婷，这两天能出来吧？"

而郭玉婷那边，则接到了于涛的电话："我可是有你的照片，你想想这事儿郭聘婷要是知道了，她能不撕了你？最重要的还有你老公张林，他上次还帮你砸了姜大伟家呢，他要是知道了，可不是饶不饶得了你的事了。"

郭玉婷问他："你想干什么？"

"我要得不多，100万。"于涛还是很了解姜大伟这个人的，他对女人出手向来就大方，郭聘婷当小三的时候，也没少给她买好东西，他不相信郭玉婷啥都没得到就肯离开，"100万买你平安怎么样？"

"呵！"郭玉婷一听就乐了，于涛以为有戏，接着说："挺合算的吧。我这照片真是太清晰了。"

结果，就听郭玉婷说："一分钱都没有！你告诉郭聘婷去啊，有本事你就去啊，我不信你不怕我，还不怕姜大伟。我等着你，我等郭聘婷打上门来，你要是不去你就是个浑蛋，一辈子永远戴绿帽子。去啊！"

她喊了最后一嗓子，直接挂了电话。

于涛都被骂蒙了，这女人不是疯了吧。

4

姜晏维一觉醒来就到了霍麒家门口了，他妈他姥姥姥爷都不见了，瞧着他那蒙眬迷惑的小眼神，霍麒一边替他抚平睡翘了的头发，一边解释："你妈说让你住我这儿。"

姜晏维一听就乐了，蹦起来就要往外冲，霍麒直接将人推回去，皱眉训斥道："刚睡醒就穿这身衣服往室外走，不怕感冒啊，等着。"

于是，姜晏维趴在房车的小窗户上，一点点瞧着他霍叔叔急匆匆地下车去了屋子里，过了一会儿，抱了一件黑色的大衣出来。只一眼姜晏维就知道，这肯定不是他的衣服，这颜色太深沉，他一般不买的。

很快，霍麒带着一身寒气上来，把衣服抖开，直接裹在了他身上："行啦，进屋吧。"屋子里一直开着暖气，霍麒倒是不担心他感冒了。

姜晏维披着霍麒的衣服，心里美得都冒泡了，跟在他屁股后面说："我妈怎么说的啊？你确定她不会给我换个地方吗？"

霍麒扭头揉揉他脑袋："确定。"

姜晏维就直接蹦了起来，跳到了霍麒的后背上，霍麒刚想呵斥他下来，什么样啊。就听见姜晏维在他耳边夸他："你怎么这么厉害啊，我妈那人特别难搞定，我还以为要费大力气呢。我都准备好了实在不行就打滚了。哎，我怎么这么有福气啊，有你在，我什么都不用管了。真棒！"

姜晏维说得兴高采烈，霍麒原本的训斥就变成了沉默，也没催他下来，而是背着他往屋子里去了。

姜晏维都没想过有这样的福利，刚刚是美得心里冒泡，这会儿恨不得脑袋上开花了，嘴里的好听话也是一串一串的："你的肩膀怎么这么宽啊，我的就挺窄的，不过也好，天生就适合背我。"

等着霍麒把人背进屋，姜晏维穿着他的熊猫装，在这个七八天没见的客厅里，像只巡视领地的猫一样转悠起来。霍麒扭头瞧他，他一会儿摸摸这个，一会儿动动那个，大概是瞧着保姆打扫得干净又没乱动，脸上露出了满意的表情。

霍麒只能认命，这会儿保姆都没到，屋子里就他俩，姜晏维这显然是早起没吃过饭呢，他脱了大衣就进了厨房煎鸡蛋。

等着穿上围裙忙活了一会儿，他想起姜晏维好像很久没声音了，扭头往外看看，结果就瞧见姜晏维不知道什么时候跑到厨房门口了，正托着腮认真地看着他。

霍麒问他："怎么不巡视领地了？"

姜晏维脱口而出："我觉得太幸福了！"

霍麒摇摇头，将鸡蛋倒入热油里，发出"刺啦"一声，他又听见姜晏维在后面说："要是我能天天在领地上睡觉、撒欢、打滚就好了，你觉得呢？"

这显然是想搬上楼去。他没吭声，油热，鸡蛋熟得很快，何况姜晏维还爱吃溏心的，霍麒麻利地将鸡蛋盛出来放姜晏维面前："你还是在卷子上睡吧。"

郭聘婷和张桂芬母女这两天在拘留所里过得不怎么样。

倒也不是特别差，这边都是一视同仁，不过她们过惯了好日子。十几个人住一间屋子，厕所就在身旁，还要经常集体活动，去哪里都有限制，她俩谁也受不了。还有，伙食也不行，明明听说已经是过年加餐了，可还是大锅菜啊，肉也没几块，别说郭聘婷，就是张桂芬也受不住。

所以，她们觉得遭了大罪，没事儿干就在那儿盼着姜大伟接她们，过了两天大概发现这男人不管用，就开始咒骂埋怨了，用张桂芬的话说："平日里看着挺有本事的，到头来是个草包。"

等到正月初六这天下午，突然要被放出去，两人都是难以置信的。还是警察催了她们几句，她俩才猛然清醒过来，换了进来时的衣服，连忙出去了。

拘留所在挺偏僻的郊区，这地方平日里来的人就少，这会儿过年更是一个人都没有。郭聘婷还以为是姜大伟找的人，那肯定有接她们的，所以出来的时候也没多问，这会儿彻底傻眼了，手机早就没电了，这地方怎么出去啊？

正愁着，就瞧见一辆小破车开了过来，烟尘滚滚地停在了她俩面前，郭聘婷被呛得直咳嗽，张桂芬比她闺女泼辣点，张嘴就骂："兔崽子怎么开车的？"

于涛把脑袋伸出来回复她："你怎么说话的？"

张桂芬一听就恼了，上去就想打他。于涛在于静那儿受了一肚子委屈，屁都不敢放，好不容易找个人出气，怎么可能服软？更何况，他今天来就是挑事儿的，他就在车上回："亲闺女啊，你怎么狠得下心？不过想想也是，不卖，你家怎么翻身啊？"

张桂芬被他气得直接扑上去，恨不得将于涛从车上扯下来揍一顿。可他多精明啊，车门是锁着的，车窗就降下来一溜，充其量能伸进一只手来，不过张桂芬够胖的，胳膊伸不进来。

于涛就拿着把扇子抽张桂芬的手，张桂芬躲都没处躲，"哎哟哎哟"地边喊着疼，还边骂着："兔崽子。"于涛比她还厉害："兔崽子你个头，别以为二十岁的闺女嫁了四十四岁的老男人就长了辈分，爷爷比你小不了几岁，别天天全天下皆是你女婿。"

他不但说，还一直摁着车窗键向上，张桂芬都被挤死了，一边踹着车门一边喊："我错了，行不行？"

于涛这才说："这还差不多。"把车窗往下降了降。谁知道张桂芬压根不吃亏，趁机就想伸胳膊进去抓他，于涛直接又将玻璃升上去，张桂芬又被狠狠夹了一次，胳膊抽不出来，贴在了车上，这会儿就算叫祖宗，于涛也不开窗户了。

郭聘婷好不容易咳完了，就瞧见她妈跟人家对骂上了。她连忙也过去跟着吵架去，结果往里一瞧，就发现这人她认识啊，这是于静的哥哥于涛。

想当年她跟姜大伟的事儿刚闹出来的时候，于静直接就要离婚，于涛上公司找过姜大伟，她在楼道里偷偷看见的。那时候公司的人不知道她和姜大伟的关系，还跟她普及呢："那是董事长的大舅子。"

如今郭聘婷一瞧是他，就知道这事儿八成跟静有关系。她直接上前按住她妈，跟于涛喊："于涛，放开！"

于涛对付张桂芬就是因为姜晏维的事儿。他的确浑，可他再浑张桂芬和姜晏维谁亲他还是知道的，这娘们敢砸了维维的脑袋，他这会儿有机会，为什么不敢夹了她的胳膊？

瞧见郭聘婷过来了，于涛还把窗户往上又提了提，结果张桂芬就喊得跟杀鸡似的，他来了句："不放怎么着？她先骂人的，再说，她要不伸手进来打我，我怎么夹她啊。我有行车记录仪呢，走哪儿我也有理！"

郭聘婷气得不轻，一瞧这样就知道这于涛纯粹来找事儿的，八成是于静让他来看热闹的："于涛，于静已经离婚了，我们家的事儿轮不到她管，你来这儿耀武扬威也没用，自己没本事拴住男人，怪我喽！你呀，要是真可怜你那妹妹，就让她回去多学习学习，说不定能找个七八十岁的嫁出去，过过二人生活！"

于涛一听更乐了："哎哟，我还来可怜你呢，你倒是扯上我妹妹了。我妹妹怎么了？我妹妹起码没有一个会勾搭妹夫的姐姐啊。我跟你说，你年纪小，不懂事，你妈一个老鸨子更不懂事，也不知道教教你们做人的道理，生的丫头一个比一个没脸没皮。这人啊，可千万别铁嘴，一说准灵验。"

郭聘婷是个女人，还是个当过"小三"的女人，她向来都很敏感的，更何况上次她已经跟郭玉婷闹过了。一听于涛这话，她就愣了："你说什么？郭玉婷怎么了？"

于涛这时候终于露出真面目来了，冲她说："你说怎么了？趁你不在，把保姆阿姨都糊弄走了，鸠占鹊巢了呗。"

郭聘婷张口就骂了句："你胡说！"

她虽然闹腾，可总觉得姜大伟不能干这种事，那是个有良心有底线的男人干的事儿吗？可她偏偏忘了，跟她在一起也不算有底线了。

于涛得了个可以卖钱的好消息，被姜大伟压了一通价，被郭玉婷劈头盖脸骂了一顿，又被回家的于静教训了一顿。他这一股子气还没地方出呢，正好，全用来给郭聘婷火上浇油了。

"胡说？你才胡说呢。我还告诉你一件事，他俩忘了二楼的你儿子，你儿子哭了一夜发烧惊厥了，早上九点才发现送的医院，你说，不会傻了吧？你说你费尽心思，二十岁就伺候一个老男人，结果生个傻儿子，财产还都是我家维维的，可真是因果报应啊。"

郭聘婷直接踢他车一脚。

"砰"的一声，把于涛心疼得够呛，他跟着就冲她说："你冲我来干什么啊，冲你妈啊，这都是你妈教育得好啊。你看看，三女儿做小三，二女儿做小四，你家是不是还有个大姐，要不要也试试？"

他话没说完，郭聘婷直接又来了一脚，张桂芬听不下去了，在那儿喊："你闭嘴！你个兔崽子！"

于涛瞧着再说下去得疯了，他还得做生意呢，彻底闭嘴了，缓了口气说："我来也不是就说这个的，哎对，你不想报复吗？你说郭玉婷老公要是知道了什么反应？这种给男人戴绿帽子的女人，不得揍死啊？我这儿有捉奸的照片，实证，你要不要？"

他说着，把随身带的 iPad 打开，找了一张清晰照片出来，在郭聘婷面前晃了晃。照片实在是太清晰了，何况又是郭聘婷最了解的人，她一眼就认出了那两人。

"郭玉婷，浑蛋！"她当时就吼了两嗓子，张桂芬显然也看见了，跟着骂："我就说她从小心眼坏，从小就知道抢东西，不是个玩意，聘婷，你别气，妈回去给你出气。"

瞧着两人都闹腾上了，于涛也就放心了，收了 iPad，坐在那儿优哉游哉等着郭聘婷出价，果不其然，过了一会儿就听郭聘婷问："你有多少？"

于涛就说："照片视频全套。"

"多少钱？"郭聘婷问。

于涛来的时候就估算了她的身价了，张口就说："100万。"眼见郭聘婷要闹，可于涛有办法啊，接着说，"唉，这可便宜，这照片可不只你能闹腾郭玉婷，让她丢人现眼，你要是想离婚，这可是妥妥的出轨证据，姜大伟就是过错方，到时候你可是要多得财产的。姜大伟有多少钱？100万算什么，到时候100个100万你都能弄来。"

姜大伟的确有钱，姜晏维出个气就能花6000万元，她有什么？

郭聘婷怒火冲天，何况她并没有她姐那么会算计，已经心动了。张桂芬倒是比她想得多，连忙吁于涛："什么东西就要100万？你讹人呢。疼死了，快松开我。"又劝郭聘婷，"不用他这个，告诉张林就行，100万？多少钱啊。你还跟姜大伟离婚啊。"

于涛仍不把窗户降下来："离婚怎么了？这么年轻，加上孩子分的，离了婚可是富婆一个，还用伺候老男人？！那一身肥肉，下坠的肚皮，你喜欢啊？"

张桂芬比郭聘婷更清楚有钱人的本事，一个劲儿地劝："离什么啊，姜大伟那么有本事，他能分给你？别多想了，这事儿不行。"

没想到却听郭聘婷说："100万元就100万元。"

张桂芬一惊讶，使劲往后扯了一下胳膊，就听"咔嚓"一声，她喊："妈呀，胳膊断了。"

京城，江一然画室。

这天是初六，是假期的最后一天，江一然照旧给霍青林打了个电话，还是想约他出来见个面。可惜电话打了三遍，霍青林都没有接，她安静地坐在画室里等了一天，也没有等来回电。

江一然知道，霍青林的意思特别明确，就像那天霍青云出事后说的："最近不要联系了，把咱们俩有关的东西都销毁了吧，过了这段时间再说。"

江一然当时答应得很好，把在南省画室里的东西都销毁了，可到了京城，有许多东西她却是舍不得的，那边不过是随意置办的东西，而这边留下的，都是这些年他俩在一起的见证。

从十八岁跟着他，到如今这么多年，每年就算留一件，也积攒下来许多了。这些零零碎碎的东西，虽然霍青林看着不算什么，可对她来说，都是回忆，都是永远不想忘记的东西。她不知道霍青林为什么能这么无情，这些记忆说不留就不留，可她知道，如果不销毁，即便不出事，霍青林以后看到了，也不会饶了她。

那个男人是不允许别人有一丝一毫危害到自己的。

她坐在画室的火炉旁，把收拾了一天的东西，一件件地投入其中，她爱得炙热时写给霍青林的情书——霍青林说他身边放这些东西是不妥当的，全都是由她来保管，有上百封。这也是霍青林叮嘱她的重点："信一封也不能留。"

　　江一然的手都有点颤抖，可是……可是有什么办法呢，她终究是见不得光的人。

　　她此时真恨自己不是宋雪桥，她跟宋雪桥也是认识的，在书画界她的成就并不亚于宋雪桥，而且不少人都说，宋雪桥的画过于匠气，未来成就不大，她的潜力要大多了。可是，她还是嫉妒，嫉妒这个女人可以站在霍青林的旁边，而自己，除了在隐秘的画室里跟他热烈地亲热，其他什么也不能做。

　　她不能说霍青林是她的爱人。甚至，为了保护霍青林，至今，人们还是以为她是被初恋所伤，不愿意谈恋爱也拒绝谈恋爱。其实天知道，她哪里有过什么恋爱？

　　一沓沓信被扔进了火炉，火苗吞噬着纸张，蹿起了高高的火苗，仿佛吞噬了这些年她付出的岁月。当然，还有很多，两个人的照片、霍青林的名片、钱包等私人物品，还有偶尔留宿时不小心留下的文件，这都是霍青林专门交代要烧掉的。

　　等着最后一点东西烧完，她的手机终于响了起来。

　　江一然的腿已经麻木了，她几乎不敢有一丝迟疑地扑了过去，以最快的速度接了电话："青林？"

　　霍青林的声音却有点冷淡，他那边的环境很静谧，偶尔有车开过的声音，应该是在室外："都弄好了吗？"

　　江一然喘着粗气说："弄好了。你放心吧。"

　　霍青林"嗯"了一声，又确认似的问了一句："你确定没有画过我的画吧，一张都没有？"

　　江一然停顿了一下，终究说："没有。"

　　霍青林就说："那就好，你先忍忍，老爷子发了火，霍青云这次是在劫难逃，这事儿到他就可以了。若是由你再牵扯到我，那就是大麻烦。所以，记住我说的话，我们只是普通朋友，因为雪桥认识的。等过了风头，就好了。"

　　江一然几乎贪婪地听着他的声音，应答着他："我知道。青林，我……" 她想表达自己的思念，却被霍青林打断了："这些话不用说。"

霍青林随后就挂了电话，江一然听着话筒里"嘟嘟嘟"的响声，有种遗憾在心里泛滥。每次都是这样，霍青林从来没有对她说过一句爱，也不曾有时间听她说一句爱，他们似乎只有床伴的关系。

她其实不知道，霍青林是爱她，还是爱她的皮囊。就像她不知道，在这十多年的无望日子中，她是爱霍青林的，还是恨他的。

等着脚不麻了，壁炉里的火也熄灭了，江一然将灰烬又查看了一遍，发现确实没有痕迹留下，才倒入厕所里用水冲走，然后上楼，去了二楼的卧室。

画室是个顶层复式楼，而她卧室的窗户被封住了，只是为了方便霍青林来，所以里面一点光线都没有，黑乎乎的。她打开了灯，扯开了装饰性的窗帘，露出了里面遮挡窗户的木板。她费力地将木板抱下来，看到了里面包裹严密的那幅画，才放了心。

她并没有将包装打开，只是摸了摸它，又放了回去。对的，她撒谎了，她的确画了一张霍青林的画，是在初夜过后画的，因为霍青林不允许，所以她从未告诉他。那是江一然最好的作品，她知道，自己再也不会有这样的作品，她不能毁掉它。

霍麒在自己的电脑前，用助理的 iPad 给霍青海又发了一封邮件："江一然卧室的窗口有惊喜。"

第二章

Hello double

1

张桂芬的胳膊被于涛夹得不轻，她一喊"断了"，于涛也有点害怕——他这人胆子不算大，连忙把窗户降下了，拉着母女俩去城里看医生，顺便谈生意。

结果到了医院一瞧，老太太骨裂了。大臂这地方，又是很容易牵扯到的，只能打石膏回去养着。张桂芬那眼神像是想撕了于涛，当然，也不是没想过报警这事儿。于涛比她们精，就给了郭聘婷一句话："骨裂厉害，还是脑袋开花厉害？你要是计较，咱们这生意可没法做了，你们自己去跟张林空口白牙地说。"

张桂芬原本就不赞成这事儿，她一是心疼钱，二是这事儿家里怎么解决都行，惹到了张林那里，是要离婚的。教训教训就行了，打一架都成，离婚可就是大事了。住哪儿，再找什么样的，邻居们怎么看，都是问题。

她连忙说："骨裂了还不准追究，你想得美。聘婷啊，不能听他的，咱们走，告他去。"

郭聘婷没动，张桂芬就劝她，唠唠叨叨都是那些话。于涛这人早就在于静的威胁下学会了夹缝生存，这会儿特体贴："你们聊，我到对面坐着去，商量好了告诉我。老太太，我可跟你说，我还真不怕你告我，到时候看咱俩谁进去。"

张桂芬气得恨不得跳起来咬他一口，可又打不过，只能接着劝闺女。郭聘婷要是听劝就好了，她现在满脑子就两件事，她二姐和姜大伟乱来，不但如此，她儿子还为此差点死掉！她不弄死郭玉婷才怪。

她听着张桂芬在那儿劝，扭头就一句话："妈，我给你10万，你别管这事儿了。"

张桂芬一下子就愣住了："这……这不是钱的事儿啊。聘婷……"

"妈，你觉得姜大伟会离婚娶大姨子吗？他不会的。"郭聘婷这点倒是很清楚，"他丢不起那个脸。所以，他老婆还是我，有钱的还是我。妈，你以后还是要靠我养，张林那个就剩个壳的人，他能给你10万吗？郭玉婷恨死你了，她能给你养老吗？手的事儿，等办完了这些我会处理的，妈，你先忍忍。"

张桂芬一听也是，那10万块钱是挺让人动心的，要知道，姜大伟娶了她家闺女，可也不是无限量供应她家的，彩礼他们想留，但又怕姑爷说，最终就留的不多，到头来，日子过得虽然宽裕，可也不算随心所欲。

10万不少。

郭聘婷瞧她妈不吭声了，这才去找于涛，把这事儿敲定了，然后约定了一件事："我把号码给你，你想办法发给张林，不准说出去。"

于涛巴不得呢，放郭聘婷和张桂芬这事儿他是听于静说的，他来也没瞒着于静，说是过来找找郭聘婷的晦气，这才关了几天就放出来，太便宜她们了。可没敢说他打着做生意的主意呢，他还害怕于静知道了这钱又留不住。

两人各怀心思，达成共识，一手交货一手交钱，一上午就把事儿办妥了。于涛志得意满，当即要走人，郭聘婷专门看了一遍视频，此时已经怒火冲天。

结果，于涛走两步又折回来了，从张桂芬手里把X光片抽了出来，冲着郭聘婷说："这个给我了。"

张桂芬原本就气得不得了，这会儿又花出去这么多钱，她心疼死了，张嘴就骂。于涛才不管，拿着片子就给姜晏维打了个电话："你在哪儿？我给你看个好东西。"

过了初六就到了上班的日子，姜晏维不愿意自己在家，就跟着霍麒去了公司。这会儿霍麒忙得跟陀螺似的，压根没时间照顾他，于涛一打电话，他就接了。

于涛在电话里挺激动："我跟你说，出来给你看好东西。"

出于从小对他舅舅的不信任，姜晏维其实不想出去的，不过这会儿实在是太无聊了，他卷子又做完了，彭越恨不得把这办公室弄成菜市场，来来回回都是人，他反正是插不进去，就勉为其难答应了。两人约好了地点，就挂了电话。

他还专门翻了翻钱包——自从他舅舅知道他一个月零花钱顶他两个月工资后，两人出去吃饭买东西，就没付过钱。用他舅舅的话说："300块一顿下午茶，我刨去吃喝干两天才能挣出来，你爸用不了一分钟，当然你付。我省着钱给你姥姥买海鲜吃。"

得了，为了他姥姥能吃顿海鲜，他就付了。

等到了那儿，果不其然，他舅舅一副特别兴奋的表情递给他一张挺大的X光片，姜晏维挺为难地看看："我还没学医呢，这东西给我看没用。"

于涛就说："嘿，谁让你当医生了？你看就是了。"

姜晏维就打开了，发现是一张手臂的骨裂片子，还是今天的，上面写了个名字，张桂芬。

张桂芬他可知道，郭聘婷那个不要脸的妈呗。她骨裂了？可张桂芬不是和郭聘婷在拘留所里吗？过年的时候他妈办的，还专门检查了他脑袋一下，看看能不能去验伤之类的。再说，这片子怎么到他舅舅手上了？姜晏维当即就一句话："你怎么拿到的？"

于涛得意道："她们今天放出来，我专门去干的。怎么样，舅舅对得住你吧，给你出气了吧。我告诉你，你以后可不准冲我嗷嗷叫，动不动100万什么的，我是你舅舅！"

姜晏维就觉得不对劲："我妈不是说，就算不能验伤不能刑事拘留，也得关十五天吗？这才七八天，怎么现在就给放出来了，我爸找人了？"

于涛就觉得这事儿有点坏了，姜晏维不知道她俩放出来这事儿啊！那就肯定不知道姜大伟干的那破事啊。他都能猜到，这八成是于静故意瞒着的，他这是给捅了窟窿。

这算什么事儿啊！

原本吧，这两天他亲妈回去了，因着年前他和邵霞的事儿，挺不待见他们的，一个劲儿地说搬回老房子住，顺便把姜晏维接回来，正好每天伺候他上学放学。他求助于静，于静就一句话："自作孽不可活，你对爸妈不好，人家不乐意了，我怎么劝？我难道能说，你们接着在这儿受委屈吧？反正自己儿子，受点气就受点气！"于静又给他一句，"你觉得我是这种人吗？"

可的确离不开老头老太太啊。

一是姜晏维高三，他儿子于雷也高三，需要照顾啊；二是邵霞生二胎了，她妈早就去世了，能照顾的只有他妈；三来老太太老头都有退休金，不是能补贴点吗？

只是这话他可不敢跟于静说，于静能吃了他。

他去跟邵霞商量，邵霞对这事儿比他清楚，就两个法子："一是让老头老太太自愿留下，二是让姜晏维不去呗。"

这不，他才来姜晏维这边卖好，没想到惹祸了。

于涛哪里能承认啊，立刻否认道："应该吧，姜宴超过年发烧抽过去了，差点不行了，八成是让她们出来照看。所以我才气不过啊，这不就过去帮你报仇了呢。"

姜晏维立刻就察觉到不对劲，这事儿是找张芳芳她爸办的，她爸不可能把人放出来。可他舅舅是个老油条，姜晏维真枪实弹地吵架行，这种事儿他压根不可能问出来。姜晏维也没费事，就当不知道，说："这样啊，那就去看吧。郭聘婷怀孕的时候又不在意那猴子，这会儿倒是挺在意了。"

于涛一听过去了，连忙就往别的方向引："可不是！哎，舅舅对得住你吧。"

姜晏维不算是那种挺"圣父"的人，从小他妈就教他做事要先想好结果自己能不能承受，你的行为只有你自己负责。他一个十八岁的人都知道，张桂芬四十多了能不知道？他一点也不同情她，他跟她们母女俩不共戴天，现在就两字，活该。

他点点头："对得住。"

于涛终于松了口气，虽然知道有点危险，可该说的还得说："维维，你现在在霍麒家住得怎么样啊？你妈可能想让你姥姥来照顾你，就是回原先的老房子，你觉得怎么样？反正老在别人家住着也不好。"

他这么说是有原因的，昨天一进门他就问他妈姜晏维呢，老太太就说："跟着霍麒走了，住他家去了。"他没听过这人，就打听了几句，他妈来回就说了两件事，一件事是霍麒长得特别好，另一件事是姜晏维特喜欢霍麒，愿意住他那儿，于静好不容易松口的。

所以，他这是故意问的。他寻思姜晏维小屁孩，为了住霍麒家，肯定能推了这事儿。

结果，姜晏维对但凡涉及他姥姥的事就多留了心，立刻反问："你是不想让我姥姥走吧？那你对她好点啊，天天伺候你，还一堆事儿，谁愿意啊？我姥姥搬出来我同意。"

"嘿！"于涛就怒了，"你这孩子这不是找事吗？你又不住。"

姜晏维这方面随他妈，对付他舅特有理由："我占着，我中午去吃饭。"

两人利益不一致，就又散了。回去的路上，姜晏维又给他妈打了个电话，结果一直占线，等着他打通了问为什么郭聘婷她们出来了，他妈的答案就跟他舅舅一样了。姜晏维一猜就觉得他妈和他舅舅肯定串通好了。

等回了公司，他就有点沮丧。夜里，霍麒开车回家，他在旁边嘟嘟囔囔说这事儿："我都十八岁了，还瞒着我呢。"

霍麒就劝他："那么乱，你愿意听？"

姜晏维就说："可我也是这家的人啊。"

霍麒都快被他逗得乐死了，问他："那就不要管这些了，该告诉你的时候会告诉你的。这是不高兴了，要什么奖励啊？今天可以答应你一个不太过分的要求。"

姜晏维一听眼睛就亮了，郭聘婷算什么？直接脸朝下扔地上了。他瞪着霍麒说："真的啊？"

霍麒就跟他强调："不太过分的，太过分的不行。"

霍麒就瞧着姜晏维立刻皱眉苦恼起来，显然早忘了郭聘婷的事儿，他就放心了。有时候他担心，姜晏维这性子，在外面受欺负怎么办啊？可这时候他就很开心，多好哄多可爱啊。

看好胳膊，郭聘婷就带着张桂芬回了自己家。

路上，张桂芬还劝她："你可别跟姜大伟闹，你要是闹了，他还不得找你二姐去，你看看你二姐怎么笼络人的。"

郭聘婷恨得牙根直痒痒，想杀人想放火，可她也知道这事儿自己没法闹腾，她在姜大伟那里失了太多分了。原先她仗着自己年轻漂亮又生了儿子所以折腾，可关了这几天她才发现，姜大伟根本不在意。

他大概在意的，也就是姜宴超了。

所以，于涛说郭玉婷这几天不见人了，大概是被打发走了，郭聘婷就猜到，姜大伟八成是后悔了。就跟当初他出轨姜晏维闹腾一样，姜大伟也是后悔的，要不是于静咬死了要离婚，要不是那时候她刚好怀上姜宴超，姜大伟八成就跟她一刀两断了。

所以，她终于学得稍微聪明点了，跟她妈说："我知道，姜大伟我得留住。你就当不知道这事儿吧，不准提。你可不准心疼你二闺女。"

张桂芬原本就偏心郭聘婷，现在还有钱，她点头："我知道。"

两个人进屋的时候还吓了一跳，屋子里有个陌生的女人在做饭，一瞧见她俩就喊："你们谁呀，怎么进门也不打招呼就往里闯啊？"

郭聘婷已经听于涛说原来的保姆阿姨都被辞了，知道这是新来的，不过，她能委屈着对待姜大伟，可不受别人的气，口气不怎么好："我是谁你看看啊，结婚照挂在那儿你没瞧见啊？"

一听这个，保姆才来回看看对比了一下，结婚照本来就修饰得过分，何况那时候郭聘婷多光鲜，现在她从拘留所里出来可没地方化妆，差远了，也不怪保姆一眼没看出来。

保姆这会儿认出来了，连忙道了歉，介绍自己。郭聘婷"嗯"了一声，进厨房看看，看着是要带走的饭菜，就问："给姜大伟的？"

保姆点点头："嗯，姜大哥守在那儿，每天都要送饭。"

郭聘婷心想，偷情的时候怎么不管孩子？现在倒是做得好看，就跟对姜晏维似的，有啥用！她点点头说："不用你送了，我去送。"

保姆不敢说什么："好。"

等着没人了，保姆才"吐槽"一嘴："哎呀，要不是早知道，还以为是这家闺女呢。"

郭聘婷随后就上了楼，结果推开门瞧见那张床，一想到郭玉婷是在这儿打的滚就恶心。她忍着想劈了它的想法，找了件衣服，拿了化妆品就到了楼下姜宴超的那房间，那房间是带着主卧的，装修好了他们俩还没搬下去。

等着收拾好了，她就下了楼，拿了保姆准备好的饭菜，开着那辆玛莎拉蒂直奔医院去了，连她妈都没带。

姜大伟此时正一脸愁闷，刚刚月嫂突然跟他说，觉得姜宴超的眼睛似乎转动得不那么灵活，问他是不是过去也这样。姜大伟就吓了一跳，原先姜宴超虽然身体不好，总是得病，可是很灵活的，那双眼睛随了郭聘婷，又黑又亮滴溜溜的。

他连忙过去看，发现真的跟月嫂说的一样，他叫超超，或者拿着玩具逗他，姜宴超总是很久才反应过来。

姜大伟刚想找医生看，没想到就瞧见了郭聘婷出了电梯口。

郭聘婷出来是没人告诉他的，他原本就对不住她，如今孩子又可能出了问题，他更是愧疚，一见她就问："你什么时候出来的？"

郭聘婷这会儿恢复了她当"小三"时的风采，说："让于涛接我和我妈的，是于静吧？"

一提于静，姜大伟心里就有数了，这女人为了要姜晏维的抚养权，是要让他家庭不安了。他有点紧张，这无关于他的事业，这种事但凡是个人都得紧张："他说什么了？"

"说了一些。"郭聘婷扯了扯嘴角，没笑出来，"就是三十那天你和我二姐的事，还有超超病了。我这不就过来看看孩子，顺便给你送饭。"

姜大伟以为这事儿郭聘婷知道了肯定要跟他闹起来，没想到是这个反应，都有点吓着了。郭聘婷就说："事儿都出了，我能怎么办？你是我老公，我闹你吗？让全世界都知道，让你丢人现眼吗？我原先不懂事，那次打架就明白了。你放心，这事儿我会烂在心里的，可你怎么能找我二姐啊！她从小就抢我的东西，你都是我的了，她肯定会把你也抢走的。"她说着就哭起来，"还把孩子弄病了，你对不住我，怎么能这么对孩子……"

这正说到了姜大伟的难过事，他心里也难受。更何况姜大伟本身觉得这事儿没法交代，却被郭聘婷轻轻放过了，更不好对她苛责，只好边松口气边安慰她："再也不会了。我错了，再也不会了，你放心吧。孩子睡着了，你进去看看吧。"

至于孩子反应慢的事儿，他寻思还是悄悄找人看了再说，要是没事儿那是最好的。

郭聘婷哪里知道这里面的突变，哭着点头说："好，我就担心孩子。"

2

郭玉婷家。

张林直接推开了大门，连鞋也没脱，冲进了卧室。郭玉婷正躺在摇椅上看书呢，瞧见他就问："你怎么不脱鞋啊？屋子不是你打扫啊？"

张林喘了两口气，质问她："你……你跟姜大伟睡了？"

郭玉婷一下子坐直了，上下打量了张林一眼："你从哪儿听说的？"

"听说？还用听说吗？照片都发到我手机里了，郭玉婷，枉我相信你，你竟然干这种事。你告诉我……告诉我，是不是姜大伟勉强你的，是不是？"张林恐怕还是不能接受，大声地质问她。

郭玉婷却不在意，抚平了睡衣的折痕："没有，两厢情愿。"

郭玉婷轻而易举的一句话，彻底击碎了张林建设了一路的心理防线。

他今天出门会朋友，结果吃完饭正聊得开心的时候，手机就响了。一个陌生号码加他微信，说是要给他看点好东西。他原本以为是诈骗的，压根没搭理。

结果过了一会儿，就收到了一条彩信，他打开一看，就瞧见是郭玉婷和姜大伟在床上的照片。这时候他真是太感谢手机像素那么清晰了，照片上两个人的脸都照得那么清楚，郭玉婷迷茫地坐了起来，被子不足以捂住她的身体，还能瞧见整夜狂欢留下的痕迹。至于姜大伟，则跟一头猪一样睡在一旁，一脸的餍足。

张林几乎控制不住地"腾"地站了起来，吓了周围的朋友一跳。

大家都问他："你怎么了？"

张林哪里敢说，他娶了个那么漂亮的老婆，可是圈子里的独一份，而且郭玉婷情商特别高，跟他这些朋友处得都好，大家都羡慕他。他哪里敢说他老婆出轨了。

他摆摆手说："有点急事，我先走了。"

说完，他就头也不回地出了门，上了电梯就通过了微信好友添加申请。结果没一分钟，一连串的照片和视频就发了过来。他一张一张地看，一点点地听。坐在车上的时候，他手脚冰凉，连开车的力气都没有了。

他第一反应是要打电话质问郭玉婷，这个该死的女人，怎么可以背叛他？可随后他就失去了勇气，闹到郭玉婷不过了怎么办？他在车里纠结得要死，恨不得把头发揪下来，最终还是气不平，舍不得是真的，可恨也是真的，他可以原谅一次，可不能有第二次，所以他决定回去质问郭玉婷。如果她改了就算了，不改就得教训到她改！

结果，他万万没想到，郭玉婷坐在那里恬不知耻地给他来了一句："两厢情愿！"

张林也是个男人啊，爱得再深也是个男人啊，更何况，他是多么相信郭玉婷。当初郭聘婷带人来砸了家里，他压根就不信，后来郭玉婷说要救亲妈，他直接就把人送过去了。他就算是个软蛋，也不能让人这么糟蹋啊。

张林直接拍了桌子："你再说一句！"

郭玉婷显然就没想再跟他过了，她婚后发现被骗了一直忍着，不过是为了骑驴找马。如今虽然找到了，但显然姜大伟不准备认，可她也没必要伺候张林了。

大年三十的事儿，她带姜大伟上楼前就确认过，所以是你情我愿的事儿，姜大伟推辞不了。因为这个，她跟张林离婚了，姜大伟怎么好意思再跟她说咱俩一刀两断的话？当然，她也知道，姜大伟娶她是不可能的。可是，无论是当外室还是再拿钱，她都不吃亏。

反正，她从来就没有跟张林过一辈子的打算。

郭玉婷冲着张林嘲弄道："我说什么？我说我跟姜大伟上床就是自愿的，跟着他可比跟着你强多了。他有钱有才华，而你有什么？不过是靠着你姑姑的东西骗我结婚罢了。我郭玉婷就应该去跟着他过那样的日子，嫁给你才是瞎了眼呢。"

郭玉婷这人实在是太会装，即便她知道受骗了，也从来没表露过，张林一直都以为她过得挺自在。毕竟，他们家虽然不是大富大贵，可没房贷车贷，小日子也过得下去，怎么就不行了？

张林气得手直哆嗦："那是你妹夫，你还要脸吗？还有什么骗婚，我怎么骗你了？"

"你没骗？结婚前穿戴着奢侈品、开着奔驰天天在我眼前晃悠，带我见家长去你姑姑的别墅里，给我看你姑父的宾利。结果，一结婚就告诉我，你就一套房，家里钱都已经花光了。这不叫骗婚？我比郭聘婷差什么？凭什么她开玛莎拉蒂，我开10万块的小车？凭什么她生了孩子保姆阿姨伺候，我为了你有个工作要去伺候她？我这辈子，都被你毁了！"

张林还没爆发，万万没想到郭玉婷爆发了，她直接站了起来指着他骂："不要脸怎么了？我跟着你有脸吗？车在楼下停着连油钱都出不起，买件衣服你妈就给我脸色看，让我省着点，回我家我妈把我当要饭的，随便数落。既然原本就都没脸，起码我跟着姜大伟能过好日子，而不是跟着你这个窝囊废一辈子委屈。做小三被人骂也比当你老婆强。"

张林简直要被她气死了，他怎么也是个男人，怎么听得下去？上去就给了郭玉婷一巴掌。

他下手不可谓不狠，郭玉婷直接就被摞倒在地，等她捂着脸回头，就能瞧见，她嘴角已经破了。不过，这个女人显然没有停下攻击的意思，她一边擦着嘴，一边"呵呵"笑了两声说："张林，你不是一直问我为什么不怀孕吗？明明已经备孕那么久了。我今天告诉你啊，因为我吃着避孕药呢！"

孩子是张林一直的念想，他妈也一直盼着，他们结婚两年多了，为了这事儿他妈没少操心，各种求神拜佛。郭玉婷又不肯看医生，他妈去中医那边开药找偏方，费了多少心思，结果竟然是郭玉婷不要！

他几乎疯了，直接扑了上去："我打死你！"

郭聘婷在姜大伟出轨一事上表现得特别大方有礼，除了不愿意再住三楼的主卧，搬到了二楼，而且在跟他商量后，把三楼的家具扔了以外，几乎没有任何不妥当的地方。姜大伟自然也不好对她有什么要求，所以对张桂芬住下养伤的事儿也就默许了。

她们一出来，伺候姜宴超的事儿就彻底有了帮手，姜大伟的日子应该轻松多了。

只是并不是太舒服，他至今还记得当初于静知道他出轨后的表现，那么歇斯底里，仿佛世界都坍塌了，她是那么闹腾，那么不愿意，无论他承诺了什么，她都不再相信了，她唯一的要求就是离婚。于静跟他说："我的爱破了，补不回来了。"

那时候姜大伟觉得于静怎么这么轴呢，她为什么就不能看在二十年婚姻的分上，原谅他一次，给他一次机会呢？为什么就不能有个台阶就下了呢？他已经保证不再犯了。

他那时候虽然想要留住这个家，可不得不说，是更厌恶于静的。他觉得于静不够体贴，不够大方，不够有胸襟。可如今呢，郭聘婷给了他要的大方、体贴和胸襟，他连认错都不用，郭聘婷就知道事儿要烂在肚子里，就跟他说原谅他。

他怎么就这么不是滋味呢？于静之所以闹他知道，那是因为多年的信任和爱化作乌有，她难以置信。可郭聘婷的大方是什么？他心里也明白，是不够爱，或者是即便爱但其中掺杂了过多的物质，物质让她低了头。

这种对比的滋味，让姜大伟心中有种怅然若失的感觉。随着离婚时间的变长，随着跟郭聘婷的婚姻越走越深，他发现自己越来越后悔了。

更何况，他并不能放轻松。大年三十的那场欢愉可能就只有一个小时，可带给他的麻烦要持续很长时间。他头上还悬着两把利剑，一是于静既然要拿到姜晏维的抚养权，又放出了郭聘婷母女，就说明事情没完呢。对于郭玉婷，他原本想花钱买安静，可如今已经无法控制事情走向了。

二是姜晏超。这事儿得先瞒着郭聘婷。

昨天郭聘婷在，找医生的事儿姜大伟就没提。今天他让郭聘婷陪着她妈先休息一天，明天他上班没时间看孩子，就需要她们全天看护了。郭聘婷想着姜晏超没什么大事，她也的确是太累了，也就应了。

把人支开后，姜大伟才请了几位专家过来，又给姜晏超做了脑电图和一堆检查，然后又是医生会诊。他站在病房外面看着自己的孩子，第一次祈求老天垂怜。

只可惜，并不是所有的祈求老天爷都能听见。姜大伟不知道等了多久，才瞧见会诊室的大门开了。他立刻迎了上去，为首的是一个白发苍苍的老人，是他昨天调动了许多关系请来的，他连忙问："超超怎么样？他……他是不是……烧傻了？"

他不敢说可又不得不说。专家倒是没有肯定："是癫痫，暂时不能确定是继发性的还是原发性的，这有很大区别，继发性的百分之九十以上会影响智力，原发性的只有三分之一的概率。好在发现得早，并没有完全发作，还算是幸运，对智力的影响还需要再继续观察。"

姜大伟站在那里，听着那一耳朵一耳朵的专业术语，只觉得心都凉透了。他不是傻子，他能听出来，就算是没有影响，癫痫也要伴着这孩子一生。

更何况不能排除有没有智力影响。

人生为什么要开这样的玩笑？

他错了，可是需要这么严厉的处罚吗？

姜大伟站在病床前，看着已经恢复了灵活的姜宴超，这小子刚吃饱了，因为太小了又包得紧，所以四肢并不能动，只是用一双黑溜溜的大眼睛看着他，偶尔还冲他笑。

姜大伟越看越难受，扭头就出了病房。

姜晏维第二天就不跟着霍麒去公司了，实在是忙得团团转，他在那里还得让霍麒分神，怪影响霍麒的。

霍麒临走时问他一个人在家不闷吗，问他要干什么。

姜晏维就回答说："上午做卷子，中午找周晓文他们吃饭去，难得两个人都有空了，我们聚聚，按着往年的经验，下午大概就是看电影、打游戏吧。"当然，他立刻保证，"绝对不玩物丧志。"

霍麒拍拍他的脑袋，叮嘱一句："昨晚下雪了，多穿点出去。"等他都出门了，过了两分钟又返回来一趟，姜晏维还以为他落了东西呢，冲他说："要找什么，我上楼给你找？"

霍麒似乎有点难为情："那个……"他说话很少这样吞吐，"我卧室右床头柜里的东西是给你的，你记得看看。"

说完，他就急匆匆走了。

姜晏维还挺纳闷的，怎么好好的，要给他东西，还放在床头柜里。他连忙就上去了，打开一看，姜晏维差点都乐坏了，不是别的，是个大红包，上面还印着三个字——压岁钱，也不知道霍麒从哪里找来的。红包背后还有字，霍麒用挺漂亮的楷书写着"祝维维学业有成，永远快乐"。落款是"霍麒"，时间还是大年三十那天。他打开红包一瞧，是张银行卡，背面还工整地写着密码。

姜晏维一想就知道，这八成是早准备好的，就是不好意思给他罢了。大概是觉得给钱不好之类的，可姜晏维没这个想法，他霍叔叔给的，就算是张纸片也是宝贝，更何况挺用心的呢。

他乐得直接躺在了霍麒的床上。

等着好不容易搞定一切，瞧着时间也差不多了，他才换了衣服外出，顺便把自己的银行卡扔家里了，拿上了霍麒给的——放着多没法交流啊，用完了不是还有理由跟霍麒磨蹭吗？

然后，他就拿着自己在京城买的特产，直奔郭如柏家了。

——他压根没跟周晓文他们约好，他这是准备去郭爷爷家拜个年，顺便替霍麒探个口风和从郭月明那儿要下学期郭爷爷的课程表。只是事情没办成，他怕霍麒希望太大，所以就没提。

这事儿他昨天就给郭月明打了电话确定好了，所以到那里时，郭家人都在。郭月明给他开的门，一见他就说："我还寻思你这皮猴子今年不来了呢，听说跟静姐去京城了，什么时候回来的？"

姜晏维跟郭月明差不了几岁，平日里最受不了郭月明拿出那副长辈样，回她一句："你才皮猴子呢。大过年的不好好说话啊。"

郭月明就撇撇嘴："叫姑姑。"

姜晏维一边往里走，一边气人："月明月明月明，你才二十出头，我叫你姑姑你也不嫌把你喊老了。"

他进了屋，就瞧见了正收拾书房的郭如柏，还有帮忙的郭月明她妈妈蔡慧，连忙上前打了声招呼。蔡慧人特别好，从小就喜欢姜晏维，见了就说："我熬了山楂糖水，我给你盛去，来，你帮你郭爷爷扶着点。"

说着，就带着郭月明走了，八成是让她端糖水去了——蔡慧一直致力于把郭月明培养成一个大家小姐，不过从小在姜晏维的带领下，大概是没希望了。

郭如柏这房子是分配的，三室一厅，他爱书如命，最好的主卧就成了书房，靠着墙打着整整三面顶天立地的书柜，放得满满当当的。姜晏维从小没少在这儿找书看——这做书架的红木还是他爸赞助的呢——对这儿特别熟悉，知道这书架除了擦灰多少年就没收拾了，就忍不住问："怎么大过年的又折腾起来了？这是找什么这么兴师动众？"

也怨不得他说，郭如柏房子有限书却多，竖着插不下，就横着摞在上面，这一找东西太麻烦了，这会儿地上都洒满了。

郭如柏就说："找点旧物，给你的。"

姜晏维挺惊讶的："给我的？什么东西啊？"

"在这儿呢。"郭如柏从最里面拿出个不大的盒子来，好像放了很久了，而且藏得这么深，肯定是多年都没打理过的，上面一层灰。郭如柏倒是不嫌脏，很是小心地抱在怀里，护着颤悠悠地从梯子上下来了。

姜晏维看着都害怕，一直伸着手生怕他踩空了，自己也好过去当个垫背的。

等着下来了，郭如柏就把盒子抱到了他的书桌上，用抹布小心地擦干净。等着尘土退去，姜晏维才看到真相，这是一个挺普通的木制书盒，过去的年代挺常见的。他原先在这里也翻到过。

郭如柏用他枯瘦如柴的手将盒子打开，里面的东西才露了出来。姜晏维都愣了！

竟然……竟然都是照片。

是那种很老旧的彩色照片，而且很多都曾被撕碎，是重新粘起来的，粘的人大概很用心，所以从正面看除了多出来的痕迹，并不影响人物。

上面是年轻的郭如柏，还有个长得特别好看的小男孩，姜晏维对这个人太熟悉了，一眼就知道是霍麒。

他伸手拿起了其中一张，小男孩身上挂着把塑料冲锋枪，很英挺地骑在了郭如柏的脖颈上照的，照片背后用楷书认认真真地写着"向北三岁生日照"，那字迹跟刚刚收到的红包上的字迹几乎一样。

姜晏维就忍不住说："都是霍麒的吗？"

郭如柏点点头："都是他的，以前他叫向北，当时都撕了，我没丢又粘了起来。年前上课，我瞧见他了，戴着帽子坐在角落，你带他去的吧。他以为遮挡着我就不认识了，其实一眼扫过去，就认出来了。"

姜晏维就想问"那你为什么不认他啊。"

郭如柏都没让他说出口，而是接着说："我知道他是个好孩子，即便这么多年不见也记挂着我。我也知道他过得不错，生意做得很大。这就可以了。我……我这个当父亲的太无能，小时候不能给他个温暖的家，他成长的时候也不能陪在他身边，更不能给他任何帮助，到了现在他都三十岁了，我也没脸再去见他。这东西是属于我们俩的，也许他都不记得了，但我不能自己处置，帮我带给他吧，留个念想。年后就不要来听我的课了。"

姜晏维瞧着那个盒子就沉甸甸的。而且最重要的是，他完全不理解啊，就算那么多年不见，也不是郭如柏的错误啊！现在霍麒找上门来了，那么想见他，见一面怎么了？

他虽然很尊重郭如柏，可这事儿真忍不住："你把这些照片给他，他更难受吧。就见一面没事的，他是自己创业的，不需要霍家帮忙，你不用顾忌霍家。"

郭如柏却没吭声，又去收拾他的书去了。

姜晏维气得半死，就不想搭理他了，可拿着盒子往外走两步，又替霍麒觉得不值当，回头跟他说："你给我的白玉老虎我给霍麒了，他天天看着特别珍惜。他就是想有个爸爸怎么了？你怎么就是不答应呢？继父和亲生父亲一样吗？你怎么这么自私啊。"

他这么一喊，外面的蔡慧肯定听见了，连忙进来，数落着他："你这孩子，怎么跟你郭爷爷说话的？行啦，月明带维维喝糖水去。"

郭月明连忙就拉着他出来了，想带他去自己屋。姜晏维压根就不想待，扭头就往门外走，他快气炸了，快要心疼死霍麒了。郭月明拉都拉不住，也恼了："你这熊孩子，怎么就不能替别人考虑一下呢？"

姜晏维扭头就说："我怎么考虑？我一开始觉得我爸是好爸爸，结果有了姜宴超，他就不是了。我还以为郭爷爷就是因为霍家才不见霍麒呢，可霍麒都用了那么多法子了，霍家又管不了他，为什么不见呢？他是不是……"姜晏维还知道不能大声说，"有了你也不想要霍麒了？他跟我爸一样是不是？"

郭月明被他气坏了："你爸才这样呢。我爸不知道多想我哥呢，我们家每年吃年夜饭都有他的碗筷呢。就是没告诉你而已，你知道什么呀！"

姜晏维一听就问："那为什么？"

郭月明就有点为难，可大概是真怕姜晏维误会了，她想了想后把姜晏维拉到了一边说："林润之，她说我爸要是见我哥，就是断了她的生路，我哥是她唯一的儿子，她不能失去。如果我爸硬要见，她就死在我哥面前。"

郭月明嘲讽地说："你说这女人多坏。她对不起我爸，到现在还用她自己威胁我爸。可我爸不敢见，我爸怕我哥受不住。毕竟我哥是他妈带大的，打老鼠伤了玉瓶怎么办？"

3

京城，江一然画室。

江一然瞧见他们把窗帘打开，去拿后面的画，忍不住就说：“你们这是干什么？查封动我窗户干什么？”

窗户上的木板很快被拿了下来，露出了里面用油毡布包裹的画。

江一然腿都软了，立刻说：“那不是要拍卖的东西，是我的藏品，我怕丢了才藏在这里的，你们不能拿走！”

为首的人不是别人，正是霍振宇口中周一曼家里不争气的小喽啰之一，周江。江一然是不认识他的，他也不认识江一然。他来这里，为的是霍青海。

周一曼的事儿周家上下都憋着一口气。

当年霍振宇和周一曼结婚的时候，周家老爷子还健在，周家虽然不如霍家，但也差不到哪里去。这两人门当户对，样貌相配，性情相投，自然是喜结连理，双方都很高兴。

可三十年河东，三十年河西，人的命数谁也不能提前预料。周老爷子比霍老爷子还小几岁，却寿数不长，很快就去世了。那时候，周一曼的一兄一弟还没成器，他们娶妻的时候又是娶的大学同学，岳父家没法提供帮忙，所以周家自此沉寂。

按理说，就算周老爷子不在了，原先的情分还在。假以时日，周家兄弟若是真能做出成绩，也是一门助力。偏偏这时候，霍振宇不但出轨了，还把小三弄成了真爱，把周一曼当作了眼中钉。

周一曼越强大，对霍振宇的制约就越大，想也明白，霍振宇在这其中有了怎样的动作。这么多年来，周家兄弟虽然努力，可霍振宇防着他们做大，也就只能算个小商人了。周家亲戚子孙不少，以周一曼这一家为大，他们都起不来，自然就成了霍振宇眼中小喽啰一堆不值一提的周家了。

偏偏今天这事儿，用不着大人物。他周江就能办了——因为家族生意不景气，他毕业后，很识趣地考了公务员，给自己找了个安稳工作，没想到，居然用到了他。

周江瞥了江一然一眼，就觉得他表哥说得对，这画绝对是关键，然后说：“打开看看。”

动手的人很快就将那幅足足半人高的画抱了下来，准备扯开油毡布瞧瞧里面的内容。江一然哪敢？直接就扑到了为首的人面前说：“这画不能看，真不能看。你给我一分钟，我打个电话你就知道了，不能看。”

要是让人看见了，霍青林能弄死她。

周江一瞧，这是要求救啊。这事儿本来就是抢着干的，要是真让她打了电话，他拿不走就办砸了。周家找到这个机会出气容易吗？他直接就说："你当这是做买卖呢？公事打什么电话！拿出去吧，把查封决定书给她看看签字。"

江一然眼睁睁地看着那群人，把那幅画和她的其他作品一起带走了，她想拦着却没办法。对方手续齐全，对所有的画作都开具了查封决定书，并让她确认后签字。

江一然手都是颤抖的，这次真的是惹了大祸了，霍青林不会放过她的。可这些人她都不认识，她也不敢说这事儿跟霍青云没关系，涉及的是霍青林，万一这些人跟霍青林也过不去，那不是自投罗网吗？

周江一直催着，她没办法，只能签了字。

等人一走，她立刻给霍青林打电话，试图跟他说这事儿，偏偏霍青林又不接电话了。她接连打了三四次，然后给霍青林发短信，发微信，却没有一点点回复。半个小时后，江一然颓然地坐在地上，知道自己算是完了。

周江只当这东西跟霍青云的贿赂有关系，否则江一然为什么死搂着不放，霍青海还专门叮嘱了他要取回来。他这人谨慎，害怕有些东西让别人看到，回去后就想让人把画先拿到空着的房间锁起来，说是等其他人的都拿过来，一块入库管理。

他管着这事儿，按理说别人也不好说什么，再说数目都在这儿呢，江一然亲手签的字，也丢不了。偏偏今天就有那么一位跟他对着干："那幅画也没打开，谁知道什么样？还是先打开看看再放起来，省得出了问题。我瞧着——"他看了看查封决定书上，"江一然也没写名字，万一以后不认呢。"

周江一瞧这人，平时不吭声很稳重的一个同事——方明，跟他级别相当，这行为倒是符合他的性格。

他也不能直接拒绝，对方说得在理，就说："都大中午了，先放这儿吧，回来一起弄，反正丢不了。"他想着趁中午没人，看看是什么东西，他总觉得这画不对劲儿，霍青海要，江一然拦着，又碰见个方明，让他有种不安生的感觉。

方明却说："这不还差几分钟到饭点呢！来帮把手，就是扯开个油毡布的事儿。"他说着，就直接拿了剪刀去剪开了系住的绳子。都这样了，周江怎么拦着？何况他也管不了方明，这是正常程序。

　　就差了这么一个念头，片刻后，油毡布就被方明扯开了，他说："看看这是什么，有没有名字好入库。"

　　一句话落音，大家都愣在了那里。

　　那是一幅春宫图，画风类似于他看过的许多西方油画，夸张但传神，上面的人物面容清晰。纵然周江只见过霍青林几面，今天就见了江一然一面，也看得出上面的人是他们俩。这画尺度大得不可思议，某些部位相当写实，最重要的是，江一然还在右下角落款写了名字——《我和林的初夜》。

　　屋子里顿时静了。

　　太有冲击性了。霍家三少赫赫有名，周江能认出来，这些人自然也能认出来。更何况，画的名字已经昭告众人，这就是霍青林。

　　江一然怎么会画这样一幅画？如果这是真的，预示着一系列的事情，譬如江一然跟霍青林认识，江一然通过霍青云的炒作得利，那么霍青林是否跟此事有关呢？

　　至于假的——

　　你信吗？一个女人会无缘无故画跟另一个男人的春宫图，还叫初夜？当然，如果有人要掩盖，这事儿就会变成假的，起码现在他们是不信了。

　　大家也就愣了一会儿神，方明掌握时机让所有人都看到了，然后立刻盖上了油毡布。方明似乎也没想到，有些紧张地说："来个人帮我搬进库里。哦不，放在下面那个单独的小仓库吧，那地方混不了。"

　　周江也快吓死了，他怎么也没想到居然是这东西。这跟霍青云有啥关系？这是要闹大的节奏啊。人多眼杂，今天这事儿，就算是勒令不往外传也是不可能的，更何况，他没有资格去要求别人不能说。

　　方明什么意思？小仓库的钥匙只有方明有，放在那里，连调换都不可能了。

　　只是他没法说，只能眼睁睁地看着那幅画被搬走。

　　发生了这种事，他当然没心情去食堂吃饭，而且这里面很多人没心情吃饭了，有的找借口单独出门，有的找借口留下不去了，周江也是如此。

　　他一回到办公室就把门锁了，直接给霍青海打电话，把这事儿一股脑儿地全说了："江一然跟霍青林是这种关系？怪不得她不让我把画拿走！青海哥，现在怎么办？咱们是对付霍青云的，怎么将霍青林扯进来了？他哪里是好惹的，这是要命啊。"

霍青海也没想到是这样的结果。那个神秘人第一封邮件提供的东西简直对他太有利了，他以为第二封邮件也是帮他。虽然提醒过周江让他注意点内容，却没想到，这显然是做好的局。那个方明恐怕是事先就安排好的人，就等着干这事儿呢。

如果说过年的时候，他对神秘人是不是霍麒还不敢确定；如今，他能确定了。除了霍麒，还有谁这么恨霍青林？除了霍麒，谁会用这样的法子让霍青林抬不起头来？

对的，当年那件事霍环宇是手段利索，一出事就压了下去，直接把霍麒送进了寄宿学校，恐怕连霍麒的亲妈都不知道是怎么回事。可有一点霍环宇没有料到，霍青林这么干是为了报复啊，如果别人都不知道，他怎么可能感觉开心呢？

这事儿，他知道，大哥霍青杭知道，三弟妹宋雪桥知道，还有几个玩得好的朋友，譬如费远也知道。

霍青海现在明白了，他自以为有天助，自以为终于可以报仇，却是进了霍麒的圈套里。那个人做了他想做而做不到的，给他提供了便利，让他完成自己的复仇计划，同时把他扯进了一个更大的报复计划里，让他当了前锋和挡箭牌。

他还是太大意了，还是太想报复了。

可就算倒退半个月，他明知道要被利用，你问他干不干，霍青海的回答还是，干！

明知道他恨霍青云，霍青林又不是没有跟霍青云合作过，而且，连小情人都是霍青云帮忙捧起来的，可见他们合作之深。霍青林对得起他吗？

所以，他跟周江说："我知道了，没什么，照常处理就行，方明既然拿着钥匙，你就不要插手了。你是按照正常程序走的，方明检查画也是应履行的职责，放心好了，牵连不到你。"

周江就说："那你……"

霍青海心道，霍麒这手就是不给我留后路，我能怎么办？放弃报仇吗？那也晚了。他说："没事，这事儿他还怪不到我头上。"

姜晏维从郭月明那里得了那么大的一个秘密，回家的时候都有点走神。

他知道林润之离婚再嫁那事儿不怎么风光。霍麒刚回秦城的时候，他爸妈经常说起来，他俩都是当年那事儿的见证者，知道郭爷爷是怎么丢人现眼被人明晃晃地抢走老婆的。

可是他万万没想到，都离婚二十多年了，林润之还在牵扯郭爷爷的生活。

他一想到霍麒想见爸爸的渴望，一想到郭爷爷这些年的隐忍，他就气得要命。他当时听完第一反应就是要去霍麒公司，他要把这事儿告诉霍麒，让霍麒直接来郭爷爷家，他就不相信林润之舍得去死。

他被听到声音的蔡慧拉住了。蔡慧的话特别简单："告诉简单，见面也简单，谁都知道林润之百分之九十不会去自杀，可就算不自杀她也会闹，会折腾。我们不怕，难过的是向北。那是他的妈妈，把他养大的人，他能跟她脱离关系吗？就算情感上能，道义上也不能，只能忍着，那孩子多可怜，不如让他觉得老郭绝情吧。就像老郭说的，他不能帮那孩子，也不给那孩子添麻烦吧。"

姜晏维一方面觉得蔡慧和郭月明说得有理，说出真相霍麒只会更烦恼；另一方面又觉得这是没道理的，林润之凭什么阻碍着霍麒见亲爸啊？

果然，老实人就会被不要脸的人欺负。

他没想好，自然也就没去霍麒的公司，一个人先回家了。半路上，一边看着霍麒小时候的照片，一边脑子里的小天平在不停地摇摆，他太年轻了，不知道该如何更好地处理这件事。

实在想不通的时候，他就把照片收好，改道去了他舅舅家。现在还是寒假，他家挺热闹，姥姥姥爷，大舅一家和他妈都在。他一进门，于涛就吓了一跳，以为他是来问郭聘婷母女为什么要放出来这事儿的，他那钱可是刚到手还没热乎，可别再要走，立刻就找借口说有朋友约，溜了。

姜晏维还挺意外："我舅舅还有朋友啊？"

他姥爷难得说句话："狐朋狗友！"

舅妈邵霞听着不得劲儿，忍不住说："爸，当着孩子的面呢，别天天这么说于涛，这样怎么给孩子树立一个榜样啊。"

姜晏维就"嘿嘿"笑了，小声嘟囔了一句："榜样有用的话，舅舅怎么能长成这样？"

他就站在于静旁边，于静自然听见了，给他脑瓜子一巴掌。姜晏维揉揉脑袋，安静受着了。倒是他表哥听见了，连忙告状："维维说榜样没用，我爸就没跟我爷学好。"

维维跟他表哥从小打到大的，气得直瞪眼。表哥冲着他一副幸灾乐祸的样子，显然是想等着他挨批呢。就听姥姥神补刀："是没学好，要不是我自己生的，还以为抱错了呢。"

邵霞和表哥的脸都黑了，姜晏维没忍住，"扑哧"乐了，被于静又一巴掌呼在了后脑勺上，推着进屋去了。

一关门，姜晏维就恶人先告状："于女士，你老打我脑袋干什么？我这可是要考大学的，打坏了怎么办？"

于静就说："坏了也是该！你来挑事的？那是你舅舅。"

于静虽然对于涛不满，可不礼貌这事儿她肯定要管。姜晏维连忙"哦哦"应了，然后才说："我这不是有个人生难题，想请教请教你吗？"

于静一听就乐了："你有个啥难题，来来来，告诉妈妈是调皮了，还是捣乱了？"

姜晏维就"哼"了一声说："就是如果有个人，他很亲的人办了件特别对不起他的事儿，朋友知道了要告诉他吗？"

于静愣了，以为姜晏维知道他爸干的丑事了，只是不好确定，只能模棱两可地说："年纪小自然是要瞒着的，谁不希望孩子无忧无虑？"

"年纪不小了呢，独自生活了呢？"姜晏维又问。

于静就挺好奇的："那就告诉他，他会知道怎么办的。不告诉他，是把他当傻子，还是觉得他的人生你可以替他决定？"

姜晏维若有所思，"哦"了一声。

于静就直接问："说吧，是谁？你的脑袋瓜还能想出如果这种事？"

姜晏维揉揉脑袋，没想到他妈这么敏感。可这事儿他不能说，别人的秘密没有经过允许，连妈妈也是不能告诉的。

他犹豫了，于静倒是纳罕起来，问他："你舅舅跟你说什么了？"

怎么转到这上面来了？可姜晏维一想就明白他妈误会了，他没法，只能对不起他舅舅了："也没说什么，你干吗放郭聘婷母女出来啊？她俩在里面待着多好啊。"

于静一听就知道："于涛告诉你的吧。这点事就成你妈对不起你了，你找打吧！"

姜晏维又挨了几下，又不能解释，只能认了："我舅舅不想让姥爷姥姥搬走，找我的。她俩有什么必须要出来的理由啊？还瞒着我，怎么了？那猴子原先不也是天天病吗？病得更严重了？"

"这种事你不需要知道。"于静一听就知道于涛还知道把最丑的遮掩住，打发姜晏维说，"你以后少跟你舅舅私下联系，他哪里有正经事。我找他算账去。"

两个人各怀心思，这事儿就很容易过关了。

等着出门，姥姥肯定留他吃饭啊，还让他把霍麒叫过来。姜晏维心里有事就坐不住，于静准备教训于涛，也不准备让他在家听见。所以姜晏维说要回霍麒那儿，于静就顺着他说："卷子一堆没做完就跑出来了，妈，赶快让他回去吧，天天不学习。"

姥姥特别失望，叮嘱姜晏维："有空带霍麒来啊。"

姜晏维响亮地应了。

到了家已经挺晚了，霍麒居然早就到家了，保姆应该早走了，他穿着围裙在厨房里忙活。姜晏维就问："怎么保姆没做饭吗？"

霍麒就说："彭越拿了许多海鲜来，我瞧着不错，趁着新鲜熬了一锅海鲜粥，你不是爱吃这东西吗？"

姜晏维就乐了，可又想起霍麒他妈干的事，又替霍麒委屈，想要使劲抱抱安慰他。霍麒只当他耍赖，任由他抱了一会儿，这才轰他："洗手换衣服，全抹我身上了。"

姜晏维觉得还是吃了饭再说，省得饿着他霍叔叔，就收了收情绪在后面吐槽："真小气，一件衣服也不让抹，我比你大方多了，全身上下随便抹。"

姜晏维还是决定要说出来的，他觉得这事儿于静女士说得挺对的。霍麒的人生需要他自己面对，霍麒的父母认不认、怎么认也需要他自己决定。郭如柏只是父亲，不能替霍麒决定他的人生。

出来的时候，霍麒已经替他盛好饭了，姜晏维没吭声，还是跟原先一个样。只是霍麒吃饭快，姜晏维一向照顾他也吃得快，今天却慢，他对怎么开口有点不知所措。说是一定要说的，可怎么说才更好呢？

霍麒吃完饭，瞧见姜晏维那海鲜粥还剩下一半多呢，他就问："怎么？不合胃口吗？"

姜晏维其实就是没胃口啊。不过，瞧着霍麒吃完了他就放心了，想来想去还是觉得开门见山最好："那个，我今天其实没跟周晓文他们聚会，我去给郭爷爷拜年了。我想打听打听郭爷爷的口风，可怕你希望太大，所以没说。"

霍麒一听见"郭爷爷"三个字，脸上的表情就有点凝重了。姜晏维明显看出，霍麒眼中还是有期盼的，他扭头把木盒子拿出来："这是郭爷爷让我给你的，说是你们俩的回忆。他看到你去听他课了。"

霍麒连忙把木盒子接过来打开，那些充满了小时候回忆的照片，就这么出现在了他的眼前："这……这是我小时候跟爸爸的合影，不是都撕了吗？"

当年他妈撕的，霍麒还记得那个场景。他在里屋睡觉，他妈和他爸应该是为了离婚的事儿吵起来了，他被吵醒了，就光着脚丫子下了床在门缝里往外看。就瞧见他妈在一张张撕相片，他爸在拦可怎么也拦不住，等着撕完了，他妈才说："你就当没生这个儿子吧。"

说完，他妈就推门进来，正好看到醒了的他。他妈一句话没说，就要抱着他走，他那时候一个劲儿地喊："不走，不要你，要爸爸。"

可他哪里有他妈劲儿大啊，他被抱了起来，随着他妈走出了他的家。他记得自己一直是往后看的，看见他爸爸手里拿着那些撕碎的照片来追他，可是被人拦住了。

姜晏维眼见着霍麒眼睛都湿润了，就知道霍麒肯定记得，他小声说："都粘好了，可仔细呢，肯定是郭爷爷粘的。"他瞧着霍麒手颤抖着去拿照片，可八成又觉得不干净，又在身上抹了抹，才去翻看第一张，只觉得心疼得要死。

霍麒仿佛全身心都沉浸在其中，一张一张地翻着那些照片。那种小心翼翼，那种依依不舍，姜晏维能感觉到他有多想念照片中的时光。姜晏维觉得自己讨厌死林润之了，她虽然生了霍麒，可怎么能这么对霍麒呢？她与他爸有什么不一样呢？

霍麒边翻边说："我都没想到还能看到这些，可他留着这个，为什么不见我？"

姜晏维就等着这时候呢，他压根忍不住，他一点也不想替林润之隐瞒："因为你妈说郭爷爷要是见你，她就死在你面前。郭月明告诉我的，郭月明就是你同父异母的妹妹。郭爷爷是想你的，他家每年年夜饭都有你的碗筷。"

霍麒难以置信地抬起了头。

第三章

Hellohandle

1

姜晏维从未看过霍麒这副模样。

他一向是镇静的、缜密的，他的情绪跟姜晏维比起来，简直太不明显了。姜晏维不高兴了会生气赌气闹腾发火，用周晓文的话说"脸啪嗒掉在了地上黑得吓死人"；姜晏维高兴了会兴奋跳跃缠着人唠嗑，用张芳芳的话说"就怕天底下的人不知道你高兴似的"。

可霍麒不一样，他的情绪一向都很收敛，最难过的时候，也不过是多沉默一点；而高兴的时候，就是眼中带点笑意，允许姜晏维放肆一点。

所以，在霍麒脸上看到那种夹杂着难以置信、痛苦和恨的表情，连姜晏维也是诧异的。

"霍……霍麒。"姜晏维忍不住地叫了一声。

霍麒却摆摆手，他应该是在努力克制自己的情绪，他明明像一头要发怒的公狮，恨不得来回踱步，找个敌人咬上一口，却仍旧硬生生地忍着。他的忍，让他的表情不那么好看了，有些凶，有些让人害怕。

可姜晏维不怕，他是心疼。

他知道一个人能够自由自在地想哭就哭想笑就笑是多么可贵，那代表着有人包容他、爱护他、顺着他、在意他。可一个人如果连那么大的痛苦都不愿意表露出来，那代表着他恐怕已经习惯了一切自己扛没有人替他分忧的日子。

姜晏维只觉得心疼。他想到了自己，曾经他是那种惹了祸都要跟姜大伟"同甘共苦"的人，可如今，就算天塌了，他都不会去跟姜大伟诉苦。

这段经历让他掏心挖肺，难受起来恨不得毁天灭地，可显然，霍麒早就经历过了。

姜晏维心想：所以，他那么包容我；所以，他那么懂我。

姜晏维慢慢上前，他其实也不知道该怎么做，他当时难受的时候，霍麒给他讲自己的经历，用温暖的怀抱帮他一步步走出阴霾（虽然是他厚脸皮要求的），可如今，姜晏维连说得出口的经历都没有，他唯一有的，只有自己这个人。

他靠了过去，没有直接去拥抱，而是像只小狗一样蹲在了霍麒的身边，把脑袋枕在了霍麒的腿上。他想默默地陪着霍麒，却没看到，霍麒所有的情绪在他靠近的那一刹那都变得柔软起来——霍麒瞧着平时叽叽喳喳，此时却一言不发守在自己身边的姜晏维，有种暖意在心底升起。

有没有一个人理解你陪着你，真的是不一样。

曾经的他遇到这种事就像是孤帆在大海中航行，即便海浪再大，他也要迎风前进，因为他知道，他没有前路也没有后路，他孤身一人，能够依靠的也只有自己，如果连自己都松懈了，那么人生无望。

可现在，姜晏维靠在身边，他像是守着家园搏斗，即便知道风雨交加，可身后坚实可靠，让他不畏一切，也珍惜一切。他需要为这个人而战斗。

想到这里，虽然霍麒脸上的怒意还在，可终究理智了许多。

霍麒紧紧攥着的手松了开来，放在姜晏维的脑袋上，一下一下地捋着他的头发。姜晏维只觉得开始速度很慢，霍麒应该在想事情，有一下没一下的，可不久后，动作便连贯起来，不轻不重的力量刚好。

姜晏维觉得他的怒气八成已经消下去一点了，才开始安慰他——这是他自己的经验，暴怒的时候是听不进去的："其实你别太生气。"他刚刚恨不得反击林润之，这会儿却有点后悔说得太直白让霍麒难受了。他不得不找词替她说话，他不想让霍麒太难受，"你妈大概就是太爱你了，有的人控制欲就强一些。"

霍麒其实可以装没事人的，他在霍家隐忍了多年，但今天他不想忍了，他想跟姜晏维说话。

这是他唯一能说出心事的人了。

"她不是因为爱我。"霍麒摸到了姜晏维脑袋上上次缝针的地方，忍不住低头看了一眼，早就没大碍了，"我一直知道，她爱我爱得不那么纯粹。我其实已经试着去理解她了，站在她的位置、她的角度替她想想，逼迫着自己承认她不过是个女人，那都是不得已的。可……爸爸的事儿我忍不了，二十五年了，她从来都知道，我有多想爸爸。"

对的，你可以说，我不准你去见他，那是你的态度，你告诉我让我来抉择，没问题。可如果你说，郭如柏你见儿子我去死，那是干涉我的生活，我如何忍？

姜晏维其实就是生气，他对这些事儿并没有特别好的办法，他把头抬起来："那你准备怎么办啊？"

"完全脱离。"霍麒斩钉截铁地说出了这四个字。

他跟霍家，该断了。

早该断了，他厌恶那个地方，只是因为林润之在那里，所以他才忍了这么多年。如今似乎没有忍着的必要了，他原先还担心，支持霍青海会暴露了自己，恐怕跟他妈会有冲突，可如今想想，冲突也好。

姜晏维都是向着霍麒的。霍麒这么说他也听，只是叮嘱霍麒："断不了也没事，你永远都是我心里最最完美的霍叔叔。"

霍麒彻底被他逗乐了。他伸手揉了揉姜晏维的脑袋，拉姜晏维起来："有这么好吗？"

姜晏维蹲了那么久，腿早就麻了，霍麒一松手，他就站不住往一边倒，嘴里还叫唤："哎哟！哎哟！"

霍麒吓了一跳，赶忙扶住他。姜晏维的脸都麻得变形了，嘟囔着："两条腿全麻了，不能碰，你撑着我点，我慢慢动。"

霍麒又不是没麻过腿，站起来蹦两下就好了，他知道这是姜晏维在替他找点事干呢。他倒是心甘情愿，老实地听话扶着人，任由姜晏维在那儿磨蹭半天。

姜晏维自觉有效果，一边慢慢活动着腿，一边说："我说真的呢，除了你爸的事儿，你是不是还担心你妈控制欲这么强，以后插手你的生活？譬如说，看见我天天跟着你，她可能就会想，凭什么她儿子替别人养孩子啊。让我赶紧走。"姜晏维趴在霍麒腿上也是会想事情的，这倒是说到点上了。

　　他拍着胸脯说："你放心好了，我不是那么没立场的人。到时候她给我钱，我就收着，威胁我，我就听着，我一百二十个保证赖着你。好不好？"

　　如果姜晏维脑袋后面长了眼睛的话，就会看见霍麒脸上最后那点怒意都不见了，一脸宠溺地看着他。

　　可惜他看不见，所以只能问："你别光听着不回答啊，好不好？好不好？拿着你妈的钱不干事好不好？"

　　霍麒瞧着他腿活动得差不多了，就松了手，拍拍他脑袋说："你想太多了。记得把餐桌收拾了。"

　　说着就上楼去了，姜晏维那个懊恼啊。

　　他不知道的是，上了楼霍麒就开了手机，手机上没有任何来电显示。

　　中午的时候，方明就给他发了一切顺利的信息，那就代表江一然的那颗雷已经挖开了，也代表霍青海知道挖坑给他跳，还代表霍青海八成能确定，背后的人是他。

　　他以为霍青海会打电话来质问，或者是干脆寻求合作。

　　可显然，霍青海比他想得更聪明，更能忍，也更狠。现在都没消息，那就代表着霍青海决定对他的身份视而不见，也就是说，对他下手去动霍青林的事儿视而不见。他们两个各取所需，各报己仇，霍青海跟他一样，顾不得霍家了。

　　这对霍家真是个不幸的消息，可对霍麒来说，倒是个好消息。

　　姜大伟在医院守了姜宴超一天，连中饭都没吃，到了下午三四点，郭聘婷就要来替班了，他又不想见她，便站起来要走。他好歹知道叮嘱一声月嫂："超超的病，除了我半点不能透，否则……"

　　月嫂就为了挣钱，回答："你放心，我不说，就当不知道。"

　　姜大伟点点头，也没穿外套，提溜着衣服就出去了。

　　他也没地方去，没办法，只能困在了车里，摸出烟来抽。

他脑子是乱的，最近那个想法一直环绕着他——我的日子怎么就过成这样了呢？

是啊，他少年创业，青年发迹，人到中年生意越做越红火，秦城谁不羡慕他生意做得大？家庭又和睦，原本应该日子越过越好，他是抽的哪门子筋？怎么就过成这样了？家不像是个家，孩子一个不搭理他了，一个或许是个癫痫患儿。他怎么就过成了这样呢？

他已经后悔了，可后悔也不能阻挡一个个坏消息的到来，后悔也不能让日子恢复至以前，他只能受着。

他现在越来越多地会想起过去的日子了，想起跟于静刚谈恋爱的时候两个人多甜蜜，想起如何智斗丈母娘将于静娶回家，还想起了姜晏维出生到长大的快乐事儿。

他原本觉得人是善忘的，日子过得久了，过去的事儿就都记不起来了。可如今他才发现，不是的，那些记忆不是不存在了，只是堆积到了角落里而已。现在，他全都想起来了。比电影的特写镜头还清晰，甚至，他都能记起姜晏维第一次叫他爸爸的那个奶音，可有用吗？

烟一根一根地抽，等着烟灰缸里都满了，姜大伟的手机就响起来了。他一看是周立涛，便把手机扔一边去了。不是迁怒，当初周立涛虽然鼓动他，但姜大伟不是那种自己做错了事儿怨别人的混账，就是不想聊而已。

谁知道手机却响个不停，姜大伟实在是服了这老哥们，拿起手机就接了起来："周立涛，你就不能让人安静一会儿？"

"谁是周立涛啊？"就听对面传来了一个不算陌生的男声，姜大伟皱皱眉觉得这声音自己一定听过，可是谁真记不起来了，肯定不熟。他拿开手机看了看屏幕，结果发现，自己竟然把郭玉婷的电话接起来了，这人是张林。

对张林肯定和对周立涛不一样，周立涛那是哥们、老伙伴，张林可是郭玉婷的丈夫。姜大伟虽然不至于对张林心虚，可这时候张林用郭玉婷的手机打电话过来，怎么也透着不对劲，于静不会这么疯狂，连张林都通知了吧。

很快，张林就告诉了他答案。

"三妹夫，怎么不吭声了啊？你就没话跟我说？我看不是吧。"张林说这话，能听见郭玉婷在后面喊："你干什么？把电话给我。"

姜大伟就问："你把你老婆怎么了？"

"你也知道是我老婆？"张林直接反问了一句，"睡的时候你怎么不想想那是你老婆的姐姐呢？你怎么不想想她还有老公呢？姜大伟，你不是一般人啊，兔子还不吃窝边草呢，你连大姨子都不放过啊。你还跟我装没事人，还我老婆……"

他说着似乎走动了几步，就听见郭玉婷喊："你松开我，张林，我告诉你，这事儿跟姜大伟没关系，我自愿的，我就是不想跟你过了，你少扯别人。"

大概是真激怒了，电话里都能听见特清脆的一声巴掌响。

姜大伟的眉头都跟着跳了一下，就听见张林怒吼："臭不要脸的，你再喊我打死你。"

郭玉婷就喊："浑蛋，你敢打我。"然后就听见有扑腾的声音，过了一会儿就没声了。

张林可是个子不矮，身材一瞧就是练过的，要不郭玉婷也看不上。他俩打架，郭玉婷就百八十斤的，怎么可能打得赢？姜大伟顿时就冲着手机喊："张林，你有话说吧，我给你十秒钟，你要是不说，我就直接挂了，这个手机号也拉黑，你想说都没机会了。"

他毕竟执掌企业多年，这点心理还是能摸透的。张林知道为了这事儿在家揍了老婆，然后给他打电话，目的无非三种，气不过找他算账，要钱，或者两者合一。总之，这事儿跟他没完，他说不接电话了，张林自然急了。

果不其然，就听见几道脚步声，张林"嗞嗞"地接了电话："姜大伟，我们见见。"

大概是怕姜大伟在秦城势力太大，张林试图让姜大伟来他家。姜大伟怎么可能答应？他实在是太会拿捏这些人的心理了，直接就一句话："我给你个地址，现在是六点，你那里开车过来撑死两个小时，我等你到九点。等不到，就不用聊了。你愿意做什么做什么，可以试试看咱俩谁有本事。"

当然是姜大伟有本事。张林气得直接把电话扔了。他扭头去看郭玉婷，那叫一个火。只可惜姜大伟没有瞧见他俩的战况，如果瞧见了，恐怕也不会那么担心。郭玉婷是挨了一巴掌不错，可张林身上都快让郭玉婷抓烂了——张林终究是喜欢郭玉婷的，动手只是因为气坏了；郭玉婷可是真不想跟他过，动手却是不留情。

郭玉婷这会儿倒是拍拍屁股站起来去衣柜拿衣服了，就一句话："你满意了？那就走啊。"

又是这样，不去就是窝囊，这种事都不敢上门找事去。去呢，就仿佛送他们相会，张林恨不得吃了郭玉婷，冲她喊："郭玉婷，你怎么是这种混蛋啊？！"

郭玉婷特直白，当着他的面换了衣服，去旁边拿了个不过巴掌大的小包——那里面装的是她的手机、身份证、户口本和那张银行卡，然后对着张林说："我什么样你不一开始就知道吗？你以为你如果不穿名牌不用奢侈品不开奔驰，我会找你吗？我要的一直很明确，是你自不量力贴了上来。你凭什么觉得你骗了婚我就该跟你一辈子？做梦！"

张林看着那张美貌的脸，毫不犹豫地举起了手，"啪"地抽了下去。

郭玉婷捂着自己的脸，愤恨地看着张林，冲他吼："你凭什么打我？是你先骗我的！"

姜大伟给的地址是他在秦城的一间公寓，这边刚开始交房，入住率低，晚上来几个人不显眼。他倒也不是没防备，叫了心腹司机在对门等着，自己则单独进了一间房。

张林他们来得不算晚，八点半，进门的样子跟姜大伟想的差不多，一脸戾气，往日阳光的样子全然没有了，用恨不得剐了他的目光看着他，时不时想动手的样子。当然，姜大伟也注意到了他脸上的指甲印，显然两人已经打过架了。

郭玉婷跟在后面，穿着一件白色的羽绒服，她瘦而这衣服特肥大，人在里面晃荡得跟没似的。郭玉婷见了他就抬起了头，露出了肿得跟桃子一样的眼睛，还有肿起来的左脸。姜大伟不是没有常识的人，脸要是能被打得肿起来，那可不是一下子的事儿。

他皱眉瞧着这两个人，就说："坐下说吧。"

"不用！"张林扭头看一眼郭玉婷，瞧见她那模样就皱眉，"你装什么装啊，一副我揍死你的样，你打我更狠吧。"郭玉婷就抹眼泪不说话，张林直接把她拽到了他和姜大伟中间，问姜大伟，"我就问你，这事儿你准备怎么办吧？"

姜大伟自然不会先露出底线，反问道："你想怎么办？"

张林双眼血红，显然是已经愤怒到了极限，不仅仅是因为老婆出轨，还有郭玉婷跟他说的那些话，彻底刺激了这个男人。

姜大伟看着也不好受，他知道这事儿里最无辜的除了姜宴超就是这位。

只是他只能说："有什么要求，你说吧。"

张林笑了："我能有什么要求呢？我的要求最简单了。你不是喜欢这女人吗？"他又推了郭玉婷一把，彻底把郭玉婷推到了姜大伟那边，说，"我不打你，也不骂你，为这样一个女人失去致富的机会太不值当了。我要钱，300万，这个女人归你了，我跟她离婚，你们愿意怎么玩怎么玩。"

姜大伟压根不想跟郭玉婷再纠缠，他给郭玉婷钱也就是想着把这事儿抹平，当没发生过最好。偏偏走到了这条路，姜大伟说："你离婚跟我没关系。"

"你也太不要脸了吧，你和我老婆乱来，跟你没关系？"张林张口就骂，"对，我没你有势力，可我也不是好惹的，泥人还有三分血性呢，惹急了我大不了鱼死网破。我一条命全部身家300万，你一条命全部身家不止3个亿吧。咱们就说道说道，别说你能只手遮天，这种富豪绯闻有的是地方想要。照片视频我都有，你不怕臭，你问问她怕不怕。"

这是无赖讹诈，这是吃定他了。

姜大伟气得抬脚就想走，却被郭玉婷死死地拉住了，她可怜兮兮地说："你救救我、救救我，答应了吧，他会杀了我的。"

张林瞧着她那副模样居然不点破，反而说："对，你们商量。"

郭玉婷连忙撸起袖子，露出了早就准备好了的瘢痕遍布的手臂，她小声地说："他真能打死我的，那钱从那张卡上出也行，救救我吧。"

姜大伟皱眉看着那手臂，郭玉婷干脆"扑通"跪下了。她小声说："就算是我愿意的，也是你愿意的啊，求求你了。"

姜大伟就知道，这个女人缠上他了。

2

姜大伟对郭玉婷的那点感觉，早就在大年三十的惊吓中完全消失了，现在更多的是一种事后处理的态度。

一方面作为一个男人，他和郭玉婷乱来，因为这件事她挨打了，搅乱了她的家庭，张林找他谈他没有拒绝的理由。当然也可以耍赖，不管郭玉婷死活，但一是他做不了这种缩头乌龟，二是没什么用，都是亲戚，躲都躲不开的。

更重要的是，作为爸爸，大年三十那天郭玉婷为了勾搭他赶走了保姆，他也是心猿意马没拦着，他自责可郭玉婷也不是没责任，他其实是不愿意见她的。

有了这两点，他对郭玉婷的态度就挺明显，就是我看错了人，我自愿受惩罚，我给了钱，张林有气我跟他谈，但我不想跟你继续了。郭玉婷的要求，姜大伟就不可能答应。

可要说钱已经给了，让他们俩自己分，现在好像并不是好时机。

他犹豫，郭玉婷的脑子也在飞快地转。

郭玉婷收到那张卡的时候，就知道姜大伟对她不可能再进一步了，可她知道姜宴超没事后，那股子害怕消失了，不甘又泛了上来。

这样的大款哪里找？再说，她妹妹彩礼才 188 万，如果说她原先勾搭姜大伟一半出于钱，一半出于报复郭聘婷的话，那现在就全部是为了钱。她都能想到，她如果说出卡里的数额，她妹妹那张脸是什么表情。

你不是看不上我吗？那现在我也可以鄙视你了。

当然，关键是她得想办法再接近姜大伟，让他不能拒绝地接近，唯一的法子只有通过张林。

谁知张林那个笨蛋挺配合，可姜大伟不配合。

她跪得更真切一些，表情更急迫一些："别说。不能说。就当帮我脱离好不好？你不管，他会打死我的。没有别人能帮我了，我妈根本不管我啊。"

姜大伟略微犹豫，就听郭玉婷低声说："你不帮我，我只能死了。"

说着，姜大伟就觉得手上一松，郭玉婷就从眼前跑了过去，直奔落地窗。他也吓了一跳，连忙喊了一声："她要跳楼。"

张林就是气，就是怒，可也喜欢了这么多年，一听就跳起来了，连忙追了上去。他年轻又高大，动作比姜大伟灵活得多，再加上郭玉婷又没真想死，很快就把人抱住了。郭玉婷瞧着姜大伟没追上来，扭头就冲着张林耳边小声说了句："你还喜欢我呀，绿帽子没戴够？"

张林哪里想到，自己一片好心，这女人竟然这么不识抬举，只觉得怒气翻滚，一巴掌就呼在了郭玉婷的脸上。郭玉婷也不知道怎么弄的，顺势就撞在了落地窗上，这女人也是心狠，只听"砰"的一声，她就倒在了地上，落地窗都碎了。

张林吓坏了，他难以置信地愣在那里，冲着姜大伟说："这是她自己撞的，我没用那么大的力气。"说着，他就蹲下来摇晃郭玉婷，"你起来，你别装，你是故意的，你说我拦着你是绿帽子没戴够，你起来说呀。"

郭玉婷倒在那儿就跟个死人似的，任由他摇晃。

姜大伟看不下去了。他是亲眼看见张林一言不合就打人的，也是亲眼看见郭玉婷一个巴掌被甩在了落地窗上的，这会儿这么折腾人还能行吗？他连忙说："松松手，你会晃死她的。"

张林正处于盛怒中，根本就不听。"你这个女人，怎么满嘴谎话？你起来，你别装了。"

姜大伟瞧着是真没办法了，都这样子了，他扭头就走吗？他闭眼叹了口气将张林扯了起来，想跟张林谈谈。张林直接就反手抓着他推到了墙上："你还有脸动我？"张林一脸怒气。

姜大伟被他掐得喘不上气来，又劝了几句，但眼见他眼睛血红跟疯了似的，是真太危险了，别刺激出了别的事儿："你放手，条件可以商量。"

张林愣了愣，然后就笑了："还真答应啊，你们还真有真感情啊，还真不要脸啊。"他松了手，往后退了一步，"好啊，拿钱来，拿了我就走。"

姜大伟还是那一套："明天晚上八点还是在这儿聊具体的，我话放这儿不会蒙你，但你让我现在给无凭无据给你转账，我也不干，我们需要签个合同。"

张林怎么可能答应："你哄我玩啊。"

姜大伟就说："那你待在这儿也没用，我身上不可能有这笔钱。再说，她也需要就医，玻璃都碎了，这可不是一般撞伤，万一脑子有损伤呢？"

"可真体贴！"张林不在意地踢了郭玉婷一脚，就跟踢条死狗一样，"好啊，我成全你，不过，你得给我点抵押品，否则我怎么相信你？"

姜大伟说了句"你等着"，出门去找司机要了钥匙，回来扔给他，"楼下轿车钥匙，买来一百五十万，现在也值个百八十万，拿着吧。"

张林直接接过来钥匙，回头瞥了郭玉婷一眼，溜达走了。

等着张林走了，姜大伟才让司机过来。他不愿意动她，让司机就近找了家医院把郭玉婷送过去，然后找人看护，自己则打车回家了。郭聘婷已经在家了，保姆说："她看了一下午孩子，挺累的，没心情吃饭就上楼休息了。姜先生，我给你热热饭菜吧。"

姜大伟也没胃口，摆摆手说："不用了，你休息吧。"

他也没去卧室，先去了储藏室，找了条烟出来——他最近烟抽得挺快，明明记得前两天刚拿了一条的，可不知不觉就没了。然后他就去了书房，也不开灯，一个人坐在椅子上看着玻璃窗外灰蒙蒙的天。黑暗中，唯有烟头那点亮光一闪一闪的。

中间郭玉婷醒了来了条短信，说是谢谢他，以后会好好报答他。

他也没搭理。他不需要报答，只想郭玉婷没事远离他就可以了。如果说一年前他想要刺激，如今他只想要安静。可是，这可能吗？

霍麒显然心情不算太好，纵然他想开了，可没有一个孩子能理解这样的母亲吧。姜晏维收拾完东西就抱着书本上了二楼书房，想和霍麒凑一起——他觉得这时候人最怕孤单了，有个人陪着不说话就挺好，他有经验。

结果，书房里没人，桌面上干干净净，没有任何文件，霍麒显然就没办公。

那去哪里了？

姜晏维只能在二楼找了找，健身房没有，冷冷清清的；卧室也没有，没有盖着被子哭鼻子；然后就走到了天台入口，借着屋子里透出的灯光，瞧见了外面霍麒的身影。

他在打电话，正月里，就穿了一件睡衣，特单薄。

姜晏维瞥了一眼就回了自己的房间，又把那天从京城回来时霍麒拿来裹着他的风衣找了出来——他用完就据为己有了——给送了过去。

一开天台门，大风就吹得姜晏维浑身哆嗦了一下——昨天可是下了雪，这边不是东北，温度不算特别低，是留不住雪的，今天开始化雪了，比下雪还冷两分。

他快步走过去，把风衣给霍麒披上，断断续续也就听见了霍麒叫了声"妈"。

衣服披上的刹那，霍麒就看到了姜晏维。这个男人皱着眉头，脸色沉重，可跟姜晏维说话的时候他很温柔，姜晏维摸了摸他的耳朵，捂着话筒就小声说："快回去，别感冒了。"

姜晏维知道霍麒妈在电话那头，不好回答，就点点头，连忙回屋子里了。回去的时候，他隐约听见霍麒说："那是……爸爸。"风太大，中间没听清。

等进了屋，姜晏维也没去书房，而是在天台大门内的沙发那儿坐着，霍麒一回来就能看见他。姜晏维猜想这个电话应该是打过去求证的，人总是这样，即便知道是事实，没有当事人的亲口承认，也是不愿意相信的。

姜晏维知道这种感觉，就跟他第一天知道他爸找了个"小三"一样。

他爸他妈不是主动跟他说的，是他上课上着没意思，溜出来回家撞上的，他爸妈正为这事儿吵架，他爸摔了东西，他妈推了他爸。

他爸妈向来是模范夫妻，除了打他两个人没动过手，姜晏维从小就认为自己为了家的和平做了巨大的贡献，否则你瞧周晓文家倒是不打孩子，他爸妈天天打。所以乍一看到他吓着了，问他俩为什么打架。

两人开始都不愿意说，可姜晏维那猴子性子，谁磨得过他？再说这事儿早晚他也是要知道的，他妈最终才说："你爸出轨了，找了个比你大两岁的小三，小三怀孕了。维维，我们要离婚了。"

对的，他妈一直守着出轨的这事儿，到了最后才告诉他。

当时姜晏维的第一反应就是难以置信，他想说你们别开玩笑。可就听见他爸说："出轨就出轨，什么大两岁，你强调这个干什么？"他妈就一句话："为了强调你不要脸。"

他就呆住了，他真没想过他家也有这样一天，他接受不了。为什么啊？都好好的为什么要分开？为什么要找个大两岁的小丫头片子，为什么就不能一辈子在一起一家人不分开呢？

他就问了一句话，问他爸："真的吗？为什么？"

他问不是为了确定，其实心里早就有了答案，只是为了给大人一个机会，让他爸回头的机会。

他爸没把握住，可显然，霍麒的妈也不一定能把握住。

等着霍麒从天台下来，就瞧见了坐在沙发上跟丢了主人一样可怜兮兮的姜晏维，忍不住心底发软。他问："怎么坐这里了？"

姜晏维就栽赃给了周晓文："周晓文那家伙太差劲了，刚刚说给我看个好看的，我就点开了，结果是个恐怖片片段，吓死我了。他还乐得嘎嘎的。我特别怕，你还关键时刻打电话，我只能在这儿坐着看你。"

姜晏维直接耍赖："不行，你今天不能离开我的视线。"

霍麒要是看不出这是姜晏维找法子陪着他就怪了，他揉揉姜晏维的脑袋："你还怕这个呢，我没听说啊。"

姜晏维笑了："这是弱点，我怎么可能随便暴露呢？万一被人利用了怎么办？"

霍麒被他妈的话说得糟心，就愿意跟姜晏维多说两句，拉着他往书房走："你能被人利用什么？被吓一跳吗？"

姜晏维就悄悄地跟他说："这多简单啊。我性格好长得好又有钱，多少人想追我呢。我那么怕鬼，他们就可以带我看鬼片啊。我保证两个小时栽对方怀里不出来，妥妥的。"

霍麒看他一眼，姜晏维立刻否认："当然这事儿除了周晓文没人知道。"霍麒这才拉着姜晏维往书房走，姜晏维觉得霍麒特在乎他，心里美滋滋的，厚着脸皮就发出邀请了，"那个，影音室好像有部《山村老尸》，恐怖片有助于缓解心情，你要看吗？"

霍麒还真想放松放松，可又不想着了姜晏维的道。

他站在那里没说话，当然也没拒绝。

姜晏维哪里会放过这个机会，拉着他就往楼下走："走啦走啦，不要天天忙工作，你已经很能挣钱了，该轻松也要轻松一会儿。"

霍麒被他说得哭笑不得，拍拍他脑袋说："地下室冷，去把你的熊猫装穿上。"

姜晏维就"哦"了一声，来了句："原来你真喜欢这个口味。"没等霍麒反应过来，就乐颠颠跑了。

姜晏维不只是换了熊猫装，还带了床被子来。等着两个人都进了影音室，门一关黑漆漆的，电影还没开始放，姜晏维就已经熟门熟路地坐在霍麒旁边，顺便裹上了被子。霍麒低头一看，姜晏维脸朝外，被子蒙着脸，就露出一条小缝往外看。

他觉得姜晏维可真是哪儿哪儿都是好玩的，他问："不是害怕吗？怎么还要看？"

就听姜晏维在被子里叽里咕噜地说："其实我想看很长时间了，一个人太害怕，周晓文和张芳芳总笑话我。这部他俩也想看，可没胆，我看了上学给他们讲剧情去。"

电影很快开始播放了，霍麒也就没再说他，姜晏维显然胆不大，刚出来个画面就扯着霍麒的手，小声说："我心脏都快跳出来了。"

姜晏维的皮肤细腻而紧致，摸在手里有种羊脂玉的触感，霍麒手放那儿不忍拿下来。这个地方能让他感觉到有力的心跳，"怦怦怦"，让他在恐怖音乐中慢慢平复下来，想些事情。

霍麒的确接到了电话，只是姜晏维猜错了，不是他打给他妈的，是林润之自己打过来的，霍青林的事儿被发现了，霍家乱了。

林润之毕竟是个商人妇，霍家这些年一帆风顺，她也过得一帆风顺，没经历过困难，着急地跟他说："这事儿闹大了，朋友们都知道了。你说青林好好的人，怎么出轨……这肯定是诬陷的。"

他反问了一嘴："他为什么不能喜欢？都画到画上了。"

"不能。他从哪里学的这毛病？我看霍家今年老出事，肯定是招小人了。"林润之立刻否认了，顺便开始说自己担心的，"你叔叔快气死了，这会儿正跟青林在书房里呢，不让我们进去，也不知道动手了没有。雪桥还坐得住，哎呀，她怎么坐得住？！"

霍麒就想到了那个让他难忘的下午，被霍环宇带到办公室里，他那么惧怕，也没有人替他着急上火，也没人说一句，他才十五岁，去哪儿学的这些毛病？

其实到现在他也没确定，那时候他妈到底知道多少。如果不知道她为什么对他去寄宿学校没有强烈反对？如果知道，她为什么没有像今天护着霍青林一样护着他?

他只能淡淡地回答他妈:"那是他爸爸,你放心吧。"

"我怎么能放心?"他妈还是有一堆话,譬如霍青林是霍家三房的未来,他出了事什么都不好做了。他妈还说,"我总有种不好的预感,霍家这事儿没完了。"

他不愿意听,直接打断问了一句:"妈,我有我爸的事儿要问你。你还跟他有联系是不是?你让他……"

他的话说到了一半,就听他妈急急地否认:"我跟他联系干什么?别跟我提他!行了,青林出来了,我不跟你说了。"没给他任何再提问的机会,他妈妈就挂了。霍麒拿着手机在天台上站了一会儿,这才回了屋。

纵然没回答,这个匆忙躲避的态度,他也知道了一切。

电影一点点地放着,他手心下姜晏维的脉搏却趋于平稳了。霍麒从回忆中惊醒,低头就瞧见这孩子已经睡着了。他无奈地摇摇头,起身小心翼翼地托着姜晏维的头,下了沙发将人抱起来,送去了客房。

结果上楼洗了澡刚躺下,姜晏维又推门进来了,摸摸头说:"我看了恐怖片睡不着,我在你房里睡好不好?"他干巴巴地解释,"我就是吓醒了,我打地铺也成的。"

霍麒瞧着那样,真是一头虚汗,看样子是真吓到了,他怎么舍得?他拍拍身边说:"过来吧。"

姜晏维"嗷"了一声,就扑了过去。

京城,霍青林的事儿一出,四处都在发酵。

中午发现的画,京城里没秘密,更何况这个调查组原本就遍布各种势力,下午这事儿就已经传得沸沸扬扬了。

第一个得到消息的是霍振宇,他是霍氏在京城的负责人,人脉广,消息足。因着霍青云的事儿,他原本就对调查格外注意,更何况这种事根本就不是画锁起来就压得住的。

消息传到他这里才刚到午饭时间,他因为牙齿没好所以没去上班,在家里休养办公。恰巧消息被陆芙听了个全部。挂了电话,霍振宇就骂了声:"臭小子!"然后又说,"霍家今年这是怎么了?事儿一堆堆的。"说完就要给人打电话，试图控制这事儿。

结果却让陆芙摁住了手。

他皱眉呵斥："你这是干什么？别捣乱。"

陆芙就说："扯进去了青林，老爷子是不是会出手？"

霍振宇愣了一下，手就缓了。他筹谋了一下，还是摇了头："这事儿不能赌，现在可不是救儿子，而是救霍家，青林要是完了，霍家三代靠谁？你想想费家，不能冒这个险。"

他接着打了电话。

几乎同时得到消息的则是宋雪桥，她一直有自己的消息渠道，听到后就问："画能悄悄拿出来销毁吗？"

对方说："被单独锁起来了，现在多少双眼睛盯着，强行开锁肯定是不行的。"

宋雪桥就问："那个方明呢？他不是有钥匙吗？他是谁的人，能用吗？"

对方回答："今天这事儿我看了全场，周江八成也怕画的内容不保险，是极力不赞成当着大家面打开的，是方明反对并自己剪开的包装。我觉得他背后有人，是故意挑起的事儿，从他那儿突破几乎不可能。"

"跟周家不是一伙？"他们一直认为霍青云的事儿是周家做的，起码推波助澜的可能性很大，宋雪桥皱眉道，"这是有人试图浑水摸鱼了？既然常规办法拿不到，放火怎么样？"

对方说："看样子应该是有人在幕后浑水摸鱼。放火这招倒是可用，只是怕他们早有准备。"

宋雪桥"嗯"了一声没再说什么，转而又问："那个江一然呢，她怎么能把画留着，还藏起来？"

"我留了人看着她，似乎出事后她就没出工作室。她给青林打了电话，青林都没接，然后她整个人处于崩溃状态了，来回在屋子里走动，她应该也是怕了。"

宋雪桥攥紧了拳头道："崩溃了？崩溃了好。她惹了这么大的祸，处理不好青林就完了。如果还自由自在，青林就冤死了。找人告诉她，她要害死霍青林了，如果她有一点点良心，还爱青林的话，只有一死。"

3

　　姜晏维话多又调皮，霍麒是真拿他没招，拍拍他毛茸茸的脑袋说："待会儿不害怕了就睡觉，别闹腾了。"

　　姜晏维解释说："没用，这个随我妈，她也胆小还想看，自己给自己找罪受，听说我爸当年没少带着她去电影院……"一说到这个，姜晏维也觉得没意思，叹了一句，"你说这人哪！"说完这句，就不说话了。

　　这种事儿没法劝，再说姜晏维也不是陷在里面出不来，霍麒揉揉他脑袋也没吭声。

　　两个人又躺了一会儿，姜晏维才又说话："刚才放电影的时候，你没看吧，想你爸的事吗？你问了吗？"

　　随便换个人，霍麒都不会回答，不过对姜晏维，他没什么好隐瞒的："不是，京城出了一些事，霍青林出事了，我妈给我打了个电话。我还没来得及问她。"

　　一听霍青林出事，姜晏维就挺高兴的："该！谁让他欺负你。"

　　姜晏维简直是不分青红皂白向着霍麒，霍麒都无语了。姜晏维还没感觉，接着聊天。不过，他对霍麒妈的事儿没什么建议，主要是他太小很多事情想得也不够周全，只能说："对了，你要去见郭爷爷吗？我可以带你去的。"

　　霍麒想得比较多，虽然很想见，但这会儿因为心里有底，反而不那么急切了。还是等着霍青林那边尘埃落定吧，这样也稳妥点。他就说："暂时不吧，等我处理好了再过去。我知道他不是故意不见我就行了。对了，有空你帮我送个东西过去。"

　　"什么呀？"姜晏维挺好奇的。

　　霍麒说："明天早上给你拿，一点旧物，你郭爷爷知道的。"

　　姜晏维"哦"了一声，心想他们还是有了接触，就替霍麒高兴起来。

　　霍青林并没有最先得到消息，他下午有个十分重要的会面，所以以全程是不能查看手机的，而这种事情实在是太难以启齿，纵然霍振宇和宋雪桥早就得到了消息，也不好让人传进去。

等到傍晚，霍青林彻底结束了会面，才瞧见来接他的人居然是宋雪桥。他俩结婚数年，这几乎是从未有过的事情——宋雪桥一向独立，没有孩子前醉心事业，四处写生画画办展，国内国外跑个遍，很少有陪着他老实做个夫人的时候；有了孩子后，也就是一半心思在事业，一半心思在孩子身上，虽然在家多了，但很少过问他的行踪和事情。

用宋雪桥的话说："给我自由也是给你自由，我们大家都轻松。"

的确如此，他少年崭露头角，看上他这个乘龙快婿的人并不少，门当户对的也不少，宋雪桥不是最美的，不是最温柔的，却是最能放他自由的，这就是最大的好处。

所以，这些年他们相处愉快，他一向觉得他和宋雪桥这样的距离刚刚好，有感情没爱情，大家融洽过日子。

因此，宋雪桥来接，他颇感意外，关了车门便问："你怎么来了？"

宋雪桥看他的目光晦涩，有霍青林看出来的担心和不解，还有他看不懂的情绪，只听她说："出事了，你和江一然的事败露了。查青云的人去查封江一然的画作，在她的家里翻出了一幅油画，名字叫《我和林的初夜》。"

霍青林刚才还算和煦的脸色，顿时阴沉了下来，了解他的人都知道，这是生气了的表现。他这人平日威压甚重，身边的工作人员都知道此时不能惹，唯有宋雪桥不怕他，她接着说："画很写实，而且很大胆，能清晰地看出是你，最重要的是，画是在全组工作人员的眼皮底下打开的，中午出的事，我们联系不上你，目前京城应该很多人都知道了。"宋雪桥不赞成地看着霍青林，"撇开儿女情长，青林，你也太大意了。你怎么允许那幅画存在？你有没有想过这是灭顶之灾？"

霍青林当然不允许，他也叮嘱过多次，但显然，江一然并没有听到心里去。听着那幅画的名字，他倒是知道是什么时候画的了。

那时候江一然还是一个大一学生呢，他新婚。宋雪桥的一个师兄举办画展，宋雪桥过去捧场，他恰好休假没事，跟着去转了转。宋雪桥他们聊的内容他本就不感兴趣，他便自己一个人在展厅里转。

然后经过一个拐角的时候，他看到了一个穿着大毛衣的人对着一幅画在哽咽。

看哭了？

虽然霍青林出身霍家，老婆也是做这一行的，但其实他对画是不懂的，他更不懂为什么有人看着一幅画那么投入感情。大概是因为好奇，他走了过去，看见了那幅由各种颜色线条组成的抽象画，画的名字叫《深渊下的爱》。

这时候那人八成听见有脚步声，扭过了头来，露出了一张让人诧异的脸——很好看，有古典美，虽然长得不能说绝色，甚至宋雪桥都要比她标致，可霍青林还是第一眼就看上了。

他起了跟这个人谈谈的想法。

江一然不过是个穷学生，性情又敏感多情，霍青林一个世家子弟，风度翩翩，温柔体贴，很快就将人拿下了。他还记得他们认识三天就有了第一夜，在他给江一然租好的画室里，在遮光窗帘的遮挡下缠绵。

大概是空了很久，所以那一次他事后睡得很安稳，等醒来的时候已经下午了。江一然并不在身边。他披着衣服去了另一个房间，发现她正在画画。霍青林一直特别谨慎，他立刻问："你在画什么？我不能出现在你的任何作品中，懂吗？"

他记得江一然当时很惶恐，连连点头："知道的。"

如今想来，江一然显然没有听他的，《我和林的初夜》，想来就是那幅他看到的还只是一团色彩的画，这么多年这人居然留着，可真是胆大妄为啊。他还一直以为江一然向来听话，半分错都不敢犯，真是看错了。

只是人不在身边，他的怒气也没处发，更何况还有更重要的事——安抚眼前这位。

宋雪桥毕竟是他的妻子，纵然不爱，可出了这种事他终究要表态的。霍青林将手覆盖到宋雪桥戴着结婚戒指的细瘦的左手上，抱歉地说："对不起。雪桥，对不起。"

宋雪桥深深地看他一眼，便道："你跟我说对不起没用，我不过是你的妻子，是你的小情小爱。可霍家呢？

"二伯第一个知道消息，当即就打了电话，可惜负责这次事情的人是个直脾气，挺不起眼的，结果油盐不进。下午才打听到，他竟与林家有关系。当时因为不在意青云的事儿，我们竟然没有去查查他的底细。林家与我们向来有嫌隙，这次他们不会放水。更何况，下面的人里还混进了周家的周江，二伯与二伯母早就如同离婚，周家的面子不知道被二伯踩了多少次。周家也怪霍家留着陆芙和青云不能替二伯母和青海撑腰，早就存有怨言，这事儿涉及青云，压根不肯帮一把。另外，还有一个人，叫作方明，不知道是谁的势力，画就是他当场打开的，应该是早有准备。重重把关下，那幅画我们想了很多法子，都靠近不了。

"林家和周家都可以交涉解决，可第三方势力是谁，为什么整我们，却查不出来，霍家一向与人为善，树敌甚少，青林，你惹谁了？"

霍青林第一个就想到了要送他一份大礼的霍麒——他原先只以为霍麒在说大话，可如今看来，全然不是。

霍青云出事前，恰恰曾得罪过霍麒，更重要的是，小时候，霍青云算是欺负霍麒最狠的一个。若是论霍麒在整个霍家最恨谁，他相信自己是第一，霍青云就是第二。这事儿却是一个串儿，将他们都串了进去。

如果说原先他还觉得霍麒不过一个后起之秀，没半点根基，凭什么整他？凭什么报复他？而如今，他明白了。霍麒实在是太精明了，他从没有直接出手，他利用了霍青海，从霍青云入手，利用老爷子和霍家人对霍青云身份的不认可，先扯了霍青云下水，没有人管这件事就不停发酵。通过江一然扯到他的时候，已经多方势力混入，不可能轻易解决。

他都不知道的一幅画，霍麒知道，深想就会觉得太可怕了。

他点头说："我有数，我们去老宅吗？现在家里是什么意思？"

"去。"宋雪桥说，"二伯和爸爸阿姨都在那边等着你。对了，还有一段时间才到，你给江一然打个电话吧，让她老实别乱说话，画是死的人是活的，要是乱说可就麻烦大了。另外，我觉得她一个人在那里住着恐怕很危险，万一有其他人想要从她那里突破就麻烦了。"

这倒是正确的。宋雪桥不说，霍青林也会这么做。

他点点头，拿出平日里跟江一然联系的手机，果然发现江一然中午的时候打了好几个电话过来，恐怕是画刚刚被人拿走的时候打过来的。他今天手机全部静音，怎么可能接到？

宋雪桥看着那部她从没见过的手机，眼神闪烁了一下，就把另一部手机递给他了："用这部吧，这是部新的，号码也没人用过，用固定手机联系万一被监听了呢。对了，"她说道，"保护她的事儿交给小王吧，他向来警醒。"

小王是霍青林他爸的一个保镖，在他家多年，救过他爸爸的命，很是受他们父子信任。在霍青林看来，小王不能信任，身边就少有能信任的人了。所以霍青林倒是不疑有他，接了过来，连看也不看手机号，直接拨了出去。

宋雪桥瞧着这一连串动作，嘴角讥讽地微微动了动。

霍青林自然没有瞧见，电话一接通，江一然就问："谁？"霍青林答了句"我"，江一然声音里顿时都是惶恐："青林，我……我给你惹麻烦了！他们拿走了那幅画，怎么办？"

霍青林原先多爱她这小性子，现在就有多烦躁，但又要哄着，只能说："从现在起哪里也别去，什么也不要说，什么也不要做，别人问你，你也不要承认，我会处理这事儿。等会儿有个叫王运的保镖会过去，你给他开门，我派过去保护你。"

江一然一向没有主心骨自然听他的，连忙点头："好，青林，我都听你的。"

等霍青林挂了电话，已经到了老宅。

一进家门，他就瞧见个很意外的人，霍青云。八成是屋子里待不住，这会儿他正在院子里逛，大冷天冻得耳朵都红了。不过瞧见他，霍青云倒是仿佛找到了难兄难弟，上来就来了句："怪不得你当初推荐江一然给我，原来你俩这关系啊。青林，我要是早知道，这两年多捧捧她了。"他还冲宋雪桥说，"哎呀，弟妹你果然是好贤惠，要是我那个名义上的妈有你贤惠就好了，不但允许青林养小三，还以自己的名义介绍她给我捧。这些年可是挣了不少钱，肥水不流外人田，你们一家真和谐。"

这种挑拨离间霍青林原本都是不在意的，霍青云不过是个名义上的弟弟，实际的小丑罢了。可如今不能不在意，宋家也是一股势力，不帮忙没问题，万一如周家一样跟霍家成敌人了呢。

他皱眉想呵斥，谁料宋雪桥却笑了笑说："不是妈不一样，是人的命不一样。没有的，别强求，求了也没有。"

她直接握住了霍青林的手说："进去吧。爷爷等着呢。"

霍青林点点头转身便走，便听霍青云在后面凉凉地说："等着有什么用？上次我行贿，爷爷说霍家清白人家没我这种人不帮，怎么？换了霍青林就帮了，没这个理。"

等着进了屋才发现，霍家人在京城的都凑齐了。除了霍家老大和他儿子已经离京，霍振宇和霍环宇两位已经到了，霍青海也在，只是坐着离得颇远。霍青林因为知道他是霍麒的帮凶，便多看了他两眼，发现他这位二哥是毫无愧色地和自己对视，如同往常一样。

霍青林心里不由得一跳，有种不好的感觉，他原以为霍麒利用了他这二哥，二哥应该颇为气愤，八成要跟他一起讨伐。毕竟二哥跟霍青云有仇，跟他可是堂兄弟。可如今瞧这种表情，竟是毫不在意他被扯进来了，也就是不在意霍家被扯进来了，他想报复霍青云想疯了吗？

这边霍振宇却不知道自己这儿子已经变成了什么模样，瞧见霍青林和霍青云进来，便站起来说："去书房吧。"

男人们呼啦啦站起来，宋雪桥拍拍霍青林的手说："我去陪路路。"便走了。

等着进了书房，便看见老爷子依旧在写字，连儿子带孙子都不敢出声，一个个悄无声息地站在一旁，老爷子写完最后一个大字，这才撂了笔吩咐："坐吧。"在众人都哗啦啦找座位的时候，他问了一直站着的霍青林："说吧，谁下的手，别告诉我你吃了亏还不知道惹了谁！"

霍青林看了看坐着的人，吐出了一句让人难以置信的话："二哥，你应该比我更清楚吧。"

外面，宋雪桥陪着儿子路路到院子里踢球，顺便打电话给王运："吩咐你的事儿都记住了？那封信一定要放好，做得利索点。"

第四章

1

霍青林的一句"二哥应该更清楚"，顿时使屋内所有人的目光都转移到了霍青海身上。尤其是霍青云，他早就猜到了自己的这次祸事八成与霍青海有关，只是他没证据，何况老爷子最近似乎极护着霍青海，所以一直憋着没敢说。

如今，霍家的骄子霍青林也被扯下了水，他觉得老爷子就算不护着他，也得护着霍青林，霍青海自然就不算什么了。大仇得报的日子就要到了。

霍青云跟霍青海从一出生开始就是对立的，更何况后来他进霍家，更是得罪死了霍青海，如今瞧他马上要出事，自己要被择出来，难免心中快活。

只是好歹这些年的教育还在，老爷子的威风还在，他只敢心里畅快，面上却是半点不敢显露出，更没了在院子里那些阴阳怪气。

倒是应了当年霍青海骂他那句话："不过是个阴沟里的老鼠，洗干净了成了家养的，也改不了见不了光的臭毛病。"

他心里偷着乐，偏偏霍青海听到这话并没有任何诧异的表情，这个人到中年却依旧极其清瘦的男人，如老僧入定，一副不惊不慌不急不躁的模样，就一句话："我怎么会知道？"

霍青林敢说自然不怕对质，他开门见山："二哥怎么会不知道？

"从年前青云行贿一事开始，便没少了二哥的身影。青云行贿，二伯母一个身居郊外，常年闭门不出的人居然得到消息并不比我们晚，还能够极快速地写出信来交给调查组，要求严惩。二哥，婶婶平日里有这般消息灵通吗？"

霍青海一听此事，倒也坦然："事儿是我告诉的，信是我寄出的，难得的机会，巴不得他落难永不翻身，所以难免急迫。"

这简直是火上浇油，霍青云瞪着他的眼睛都快冒火了，偏偏碍于老爷子不敢动手，只觉得闷得人难受。至于霍振宇的目光，则要含蓄很多，他的眉头微皱，瞧着霍青海十分厌弃，仿佛是看一堆垃圾。

霍青海对霍振宇的目光太敏感了，这些年，他便是在这样的目光中长起来的。他不在意地扫了霍振宇一眼，目光淡漠地在霍振宇脸上滑过，就像是看个陌生人，反倒是让霍振宇又气得不得了，心里骂了两声孽子。

霍青林也不在意，他从小就习惯于人前侃侃而谈，什么情景没见过？不过是一次对峙而已。他知道这事儿完全可以背地里跟老爷子说，可他不想。这两个人不但要败坏他的名声、断他的前途，还拿着霍家做赌注，他不能姑息他们，不能任由老爷子私下处理这事儿。

他接着说："过年的时候，青云的事儿提上议程，大伯、二伯、我爸和大哥都在为青云求情，是你横插一道，将这事儿彻底搅散。你和青云下楼动手，二伯来拉了偏架，你当时怎么说的——'你很快就威风不起来了，你、陆芙、霍青云不会有善终'。如果你不知道事件进程，你怎么会确定堂堂霍家人威风不起来了？"

打架这事儿一直瞒着老爷子，老爷子也是第一次听说，他眉头微皱，不悦地看了霍振宇一眼，"偏架"二字他听见就知道霍振宇干得出来。霍振宇连忙低了头，一副错了的模样。

倒是霍青海这会儿笑了："青林，你不知道我们家什么状况吗？我的爸爸出轨所谓的真爱，还生了个私生子，从我懂事起，我就没有享受过父爱，他看我的眼神永远是厌恶的。我的爸爸在我出车祸要死的时候，将私生子接进家门放在我妈的户口上试图让他继承家业。当我活过来的时候，他不是告诉我爸爸很担心，而是说这是你弟弟。我的妈妈从四十岁开始避到郊区生活，曾经意气风发的大小姐，如今过得跟尼姑一样。青杭和你如今有什么前途？而我呢？"

他看着霍青林，质问道："这样的我，瞧见他们出了事落了难，在后面拍几下巴掌，高兴地笑两声，趁机耍耍威风打个人，外加放点狠话解解气，不是很正常吗？我只恨当时说得不够，白瞎了机会呢。"

霍青海小时候阴郁，大了以后虽然正常了，可话一直不多，家里的事儿如果需要他们三代发表意见，一般便是霍青林与大哥青杭发言，霍青海从来都是默默赞同，从没看过他这副伶牙俐齿的样子。

他提这个，霍振宇不开心，可老爷子毕竟是做爷爷的，一来霍家的确对不起周一曼，二来霍青云进入霍家与他有关，他愧对孙子，便道："青林，有证据吗？"

霍青林也知道此事要让大家相信很难，毕竟霍青海弱势惯了，更何况霍麒虽然生意做得好，可在长辈眼里，也不是可以兴风作浪的人，所以他必须让他们相信——霍麒显然下了狠手，他不能姑息。

"爷爷，这证据得听我说。二哥的确有道理，可这些道理连在一起就不是道理，而是过多巧合了。调查组里的周江从一开始就在其中，今天的画我听雪桥说了，也是周江带人搜出来的，那幅画放在窗口夹层里，周江直接指着让人拆开的。

"爷爷，这不可能是巧合。"

这个细节很少有人知道，偏偏宋雪桥的消息更多一点。他一说出，霍环宇便坐不住，第一个发声："青海，你怎么解释？爸爸，那么隐秘的东西，如果不是事先知道，如何搜得出来？"

霍青海倒是淡定，他反问："既然说到现场，我没去看，不过可以问问。青林，既然说是周江指出的，那周江在现场是指着窗口说那里必有一幅画，还是说这个屋子好好找找有没有藏起来的画，可完全不一样。"

霍青林便道："知道才不明显。"

"真是好有道理，既然如此，我再问，"霍青海说，"既然那画藏得如此隐秘，在座的都不知道，青林这个当事人都不知道，我又如何能知道呢？我有这个本事吗？"

这倒是真的，霍振宇一直防他厉害，这种事情肯定要有人力物力常年跟踪才可以，霍青海有钱，可能也认识几个人，但这种事他做不了。

这点便说不通。

霍青林却有答案："告诉你的是霍麒。"

这才引出了今天的正题。不过这个人名显然出乎大家意料。霍环宇都愣了，难以置信地又问了一遍："霍麒？这关霍麒什么事？他常年不在京城。"

霍青林则说："爸爸，你别忘了霍麒在秦城，在他爸爸的地盘上。你当年怎么跟阿姨结的婚，他当年又如何去的寄宿高中，他都记得呢。这些年我一直试图补偿他，给他介绍生意，青云也帮我传过话，可惜他从来不领情，并且一个月前让青云传话给我，说送我一份大礼。今天，礼物已经到了。"

他的话倒不是没道理。霍麒这些年对霍家的疏离有目共睹，这孩子读书违背了霍家的心愿，创业没用霍家一分钱一点关系，后来生意做大了，更是常年在外。就算回了京城也住在自己的房子里，在霍家露面只因为两件事：过年和老爷子大寿。

他也就是顶着个霍家的姓，早就游离在霍家之外了。

霍青云虽然酸霍青林，可此时两人是一条绳上的蚂蚱，自然要帮忙，连忙说："的确是，他当时很嚣张，我过去还让个小屁孩骂我一顿。"

霍青林接着对霍青海说道："我不知道你怎么想到要合作的，但我能肯定这个过程。你没有势力可霍麒有，没有人防范他，他以扳倒青云为诱饵让你上钩出手。不过寥寥半个月，你便有了过去三十年没有的成功，所以他再次抛出画作这个诱饵的时候，你毫不犹豫地相信了，让周江去拿。结果却发现竟然跟霍青云没关系，而是来对付我的。你此时面临两点：断了跟霍麒合作放弃这千载难逢对付青云的时机，或者是心一黑选择拉我甚至拉整个霍家下马，就为了报仇。而你的态度表明，你选择了后者。"

"爷爷。"他冲着老爷子说，"我不是危言耸听，二哥他想报仇已经魔怔了，他连霍家也不顾了。"

霍青林的确聪明，即便只有寥寥线索，也已经串联起了整件事，而且说到了最重要的点上。霍青云不过是个喽啰，霍青林也不过是霍家三代的一分子，想要对付霍振宇，这都是刚刚开始，谁也不知道霍青海为此能做什么。

这种指责，霍青海自然不会承认的。他站了起来，同霍青林平视，刚刚那张还算波澜不惊的脸，如今则满是愤怒，他质问："青林，这就是你的证据吗？用一个个压根不存在的所谓的事实摞起来得出结论，是我和霍麒整你们。这跟你当年修理霍麒有什么区别？

"爷爷你恐怕不知道，霍麒去上寄宿高中压根不是因为想体验军营生活，而是我三叔送去的，原因则是青林设了套，骗了霍麒。

"当年你不爽三叔结了婚还想着如今的三婶，最终与你妈离婚，用了这种方法报复霍麒以泄私恨。今天你是不是同样借着这个机会，来铲除你不喜欢的霍麒？如果我没有记错，三婶也提起你这半年频频邀请霍麒去南省发展却都被拒。青云刚刚也说了这点，你是示好不成恼羞成怒借机报复吧。

"你说能力，我没有这种势力你承认。可霍麒有吗？他这些年做事的原则只有一条，惹不起躲着走！

"至于危及霍家，青林，你也是这里长大的，霍家是什么样的地位，难道一幅小辈的画就能危及吗？你把霍家当作纸糊的吗？能够危及的只有你罢了——你指使青云行贿为自己打通关系。否则青云出事的时候，你为什么不说？这副说辞从头到尾都是你的私心，你在构建一个更大的阴谋来掩盖你的错误，你在转移别人的注意力，让别人将放在你身上的目光抽出来，去关注谁将对付霍家，顺便解决了你自己的麻烦。"

"就像当年的林家一样，我们如何结的仇？你虽然推到了费远身上，可事实是什么，霍家人心里都清楚。"他放出了最后一句话，盖棺定论，"那次的替罪羊是费远，而如今的替罪羊则成了我和霍麒。因为我们好欺负。"

霍青海从未表现出这一面，他从来都是沉默寡言的，只有今年过年那天多了几句嘴，但因为涉及霍青云，所以大家都当他是憋久了，没人在意。可没人想到，霍青海口舌居然如此之利。

他话音刚落，便扭头对老爷子说："爷爷，我没法去辩驳这些莫须有的罪名，我只能说到这里。你可以信，也可以不信，我爸爸不要我了，是你护着我长大，无论你做什么决定，我都认同。但这些话我不得不说，一个林家已经够了。"

霍青林从来没有面对过这等无法辩驳的情况，他实在是在霍家太顺遂了。他觉得将这些线索一条条摆起来，霍家就能够立刻相信他，从而控制霍青海和霍麒。可如今他发现，他曾经引以为傲的口才和机智，在这位二哥面前，竟然毫无用武之地。

他忘了自己也是有把柄的，只是他的哥哥们都让着他，从来没真的跟他计较。无论是当年整霍麒还是得罪林家，跟如今的事儿相印证，怎么看都是霍青海说得对，霍麒和霍青海看着太弱了，没人相信他们敢惹霍家，这更像是推脱。

"爷爷！"霍青林试图再说，他爸爸却对他摇了摇头。

只听霍振宇说道："爸爸，这事儿八成就是寸上了。青云自己不检点出了事，让林家抓住了把柄做大，青海也承认了他幸灾乐祸，周家也插了手，只是没人想到江一然和青林的关系，闹了出来。"他建议，"青林这事儿做得不对，不过这事儿已经牵扯到霍家两个孩子，虽然刚刚雪桥也说了投资江一然是她建议的，可别人不知道内情，难免会觉得是他们兄弟俩甚至是霍家行贿。青林说危及霍家也在于此，也不算危言耸听。这事儿得止住，先解决，再罚他们俩。"

这话虽然没有明说，可意思分明就是相信了霍青海的话，认为什么霍青海和霍麒所谓的危害霍家是一派胡言。毕竟任何人都有常识，霍麒那点资本翻不起浪，更何况大家都在船上，霍麒的妈也在，他不能不顾他妈吧。

霍青林脸色难看至极，可没有证据再辩驳，只能闭嘴。

老爷子很快点了头："老二去办。老三让霍麒来我这里一趟，青林留下，散了吧。"

江一然画室。

江一然茫然地在屋子里待了一下午，她知道自己惹了大祸，却不知道怎么办。她想过逃走算了，还去收拾了一个包出来，可是塞满的时候她就放弃了——她怎么可能逃离霍青林？然后，她就把包放在一边，自己在屋子里转了转，心里乱她有点想画画，可是提起笔就想到了被带走的那幅，又放下了。

一直到傍晚，她才接到了霍青林的电话，整个人终于不茫然了。

霍青林没有骂她，只让她不乱说不乱动，还派人来保护她，这是没有放弃她吧。她有了点底，人就正常了，才发现自己已经饿得前胸贴后背——早上起得晚，那些人来的时候连早饭都没吃，到现在，差不多二十四小时没进食了。

江一然又去了厨房，给自己煮了面。

短信就是这时候发到她手机上的，她以为是霍青林，很快就拿起来看了。结果是个陌生人，话语很简单却吓人，短信里写道："霍青林要杀你灭口，保镖王运就是动手的人。"

江一然手里的筷子直接掉在了地上。

她难以置信地拿起手机看短信，可就这短短的一句话，其他的什么都没有了。

她哪里还有吃面的心，这一下午的恐慌又泛了上来，一边想着霍青林这些年对她虽然不能说多好，可也不差，他俩联系不明显但其实挺多的，包括去南省，霍青林都带着她；另一边又想着霍青林那些传闻，说他不留情面说他心狠手辣的。两边权衡，十几年感情她竟然不敢肯定这短信是假的。

她太敏感了，这也算是她的幸运吧。

江一然想了想，终究发了条短信过去问："你是谁？我为什么要信你？"

她以为对方不会回复，可很快就有了第二条也是最后一条短信："他身上有封信，是你的遗书。"

江一然再问，那边就没了消息。

她一个人在屋子里来回走动了半天，最终慢慢镇静了下来，去拿了刚才收拾的那个小包，准备离开。可还没走到大门口，门铃就响了。她问是谁，门外的人说："我是王运，青林让我保护您的。"

江一然只觉得心跳到了嗓子眼，连忙说："你稍等，我穿上衣服给你开门。"说着，就拿着包去了卧室，那边窗户已经被打开了，可她住得不低，往下看光秃秃的一点撑住脚的地方都没有，这里肯定不行——这屋子里没有半个可以逃生的出口。

门外，王运又按了一遍门铃，叫着："江小姐！"

江一然狠了狠心，将小包扔在了门边，自己则去了画室，拿了灭火器在手中——画室里都是画稿，这是怕失火专门配的。

她提溜着东西慢慢过去，王运还在敲门，声音已经越来越急迫了，他还问："江小姐，您还好吗？"然后应该接通了电话，是打给物业的，"我这里是1819，江小姐似乎出事了，刚刚还有声音这会儿没声音了，你们最好过来开门看看。"

江一然松了口气，既然敢打给物业，应该是没事的。她把灭火器放在门口，上去将门打开了，正瞧见王运收起电话。

这是个四十岁左右的男人，虽然是保镖，可看着并不壮，身形甚至还有几分瘦削。这让江一然放松了心情，她说道："我穿衣服费了点时间。进来吧。"她说完就带着人往屋子里走。

王运的确没什么多余的举动，点点头便跟着进来。

江一然给他拿拖鞋，就瞧着他在看整个房间。因为怕别人看，江一然拉死了所有的窗帘，屋子里只有一盏落地灯，显得有些幽暗。她把鞋放在地上起身说："我一个人待惯了，我开灯。"

结果，就听见王运说了句："正好。"

她还没反应过来，就觉得耳旁似乎有风声，也就是有了那条短信的提醒，她比平时更警觉三分，她下意识地就摸到了放在一旁的灭火器，跟王运劈下来的手正面相撞。

王运显然没想到会有这东西出现，他猛然收手已经晚了，只听"砰"的一声，就撞在了一起。江一然直接抱着灭火器坐在了地上，王运则收手前扑——他的手显然是受伤了，耷拉着。江一然若是还不明白，那就是傻子了。她几乎毫不犹豫地开了灭火器，大量泡沫随即喷出。

如果论武力，两人是完全不可能较量的，偏偏灭火器这东西不是一般人能抵抗的。王运几乎瞬间就没了抵抗能力，向后退去，等他再清醒过来，发现人早就不见了。

霍麒睡了一觉，结果半夜却被手机短信提示音吵醒了。

一条是他留在京城的人发出来的："江一然跑了。"

另一条发来得比较早，他大概没听见，是霍青海发过来的："爷爷见你之前见个面吧。"

2

　　早上，姜晏维早早醒了，下意识地去看霍麒。

　　此时天微微亮还泛着蓝，微弱的晨光中霍麒安静地睡着，姜晏维贪看了好几眼，才起床了。

　　霍麒也慢慢转醒，他从床头柜里拿出个小盒子来，打开看了看后便给了姜晏维："帮我把这个给你郭爷爷吧。"

　　姜晏维看了看，发现是把木制手枪玩具，很老旧了，大概是经常有人把玩，已经有点光泽了。这东西姜晏维小时候都没见过，应该是霍麒玩的："你的啊。"

　　霍麒点点头："我爸做的，我走的时候闹着不肯走，他塞给我的。"这东西他保留下来也不容易，他来了霍家什么没有啊，衣服从头到脚都是新的，玩具也都是各种高大上的，这木头枪那时候玩得多显得脏，保姆就顺手扔了。他瞧不见了，闹腾了一下午要找，才让人找回来，倒是有个好处，保姆们都知道，这东西不能动了。

　　姜晏维拿了出来，手枪雕刻得很精细，每个细节都有，一看就是郭爷爷的手工——郭爷爷爱好书法，篆刻也是专门学过的，很多章都是自己刻的，还送过他爸，刻把木头枪轻而易举。

　　"有什么话要带吗？"

　　霍麒犹豫道："就说……算了，没有。"

　　他终究不是个感情外露的人，很多话都说不出口。姜晏维也不为难他，反正霍麒不说自己说就是了。

　　说了这事儿，霍麒才说去京城的事儿："我得回京城一趟，霍家有点事，今天不一定能回来。"

　　一听是霍家的事儿，姜晏维就很担心："平白无故干吗找你回去？刚回来两天。霍青林不是又找你事儿吧。"

　　霍麒就觉得姜晏维这小雷达挺好用啊，可不是跟霍青林有关系："不算，他现在没空找我麻烦，放心吧。我下午给你打电话，要是我不回来，晚上这边太冷清，你去周晓文那儿住一晚吧，正好明天也上学了。"

霍麒要赶着过去，起床等着司机来了就开车走了。姜晏维瞧着时间还早，就先吃饭做卷子，等着九点多了才打电话给郭月明。那丫头这会儿还在睡懒觉呢，挂了他两次电话，第三次才接。

"一大早的打什么电话啊，不知道老人家要休息啊？"

他俩从小就是损友，这事儿多了，再说人家是女孩子，姜晏维颇能忍让："说完再睡，郭爷爷今天在家吗？我有东西给他。"

郭月明一听就知道这东西有来头，声音立刻就清亮了，也不困了："我哥的东西？你告诉他了？"姜晏维应了后，她就更兴奋了，"还在家里呢，你过来正好吃中饭。我让我妈给你做红烧肉。"

姜晏维挂了电话，拿着东西就直奔郭家。进门都十一点了，他自然就闻到了浓郁的红烧肉香味。他抱着小盒子也不给郭月明，先去厨房打了个转，瞧着都是他爱吃的，狠狠地谄媚了蔡慧一番，然后才去了书房。

老爷子在看书。姜晏维昨天说话不算有所顾忌，当时虽然是为了霍麒，可事后想想是挺没礼貌的，见了郭如柏就不太好意思，在门口站着没吭声。

他一进门就跟个猴子似的，家里又不大，郭如柏早听见了。他一个老爷子了，原本就是爱护孩子的人，更何况姜晏维昨天也是为了霍麒，怎么可能生他的气？就问他："门口有钱啊？站着不进来。"

姜晏维就"嘿嘿"笑着进了，觍着脸叫了声："郭爷爷。"

郭如柏的确喜欢这孩子，从小看着长大又喜庆，瞧他乐自己也高兴，问他："今天怎么又来了，不生我的气了？"

姜晏维就"嘿嘿"一声，抱着盒子就递过去："我不是不知道你有难处吗？后来月明告诉我了，我才知道的。我来送这个的，霍叔叔说让我把这个给你。"

那母女俩告诉他那事儿，八成没跟郭如柏说，谁会想到姜晏维这么守不住秘密呢？郭如柏脸上神情复杂，一边嘴上说着"这丫头嘴上没个把门的，说这个干什么"，一边却不由自主地接过来那个盒子。姜晏维立刻帮他打开，一瞧见那把小木头枪，郭如柏就再说不出什么了。

他几乎跟霍麒是一个动作，伸出了手又怕手不干净，四处看了看没找到手巾，可又急着要看，就在衣襟上仔细地擦了擦手，这才将那把小木头枪拿了出来。

姜晏维看了都有点后悔，今早也没擦手就拿起来这东西了。

他连忙解释："听说这是当年霍叔叔走的时候，你塞给他的，去了霍家人家把他的衣服什么的全扔了，也把这东西扔了，他哭了一下午闹回来的，一直存到现在。霍叔叔一定很想你，常常把玩的，你看都磨得光滑了。"

郭如柏仔细而小心地摩挲着："我记得。"他说，"当时他一个劲儿地叫爸爸，没办法我才塞给了他这个，跟他说这是爸爸做的，你拿着。我以为孩子小，早就丢了。"

姜晏维就说："霍叔叔很想你的，不过现在说开了就好了，他最近不方便，霍家有很多事，等着办完了他就来看你。到时候你俩就不用看旧照片、木头枪了，就团圆了。"

郭如柏不停地点头。姜晏维看他实在是一颗心都放在那木头枪上，恐怕有许多要回忆的，就不打扰他了，慢慢退了出来。结果，出来就被郭月明塞了一口红烧肉，又香又糯，简直好吃得要咬掉舌头，姜晏维那股子被带出来的伤感，才稍微退却了那么一点。

郭月明说："我爸昨天伤心了一晚上，你要不是今天识趣，我肯定杀过去了。"

姜晏维才不理她，跑到蔡慧那边给自己要好处："蔡奶奶，我这么好，以后要是月明再欺负我，你是不是得偏向我一点？"

蔡慧点头道："放心，我保准向着你。"

霍麒中午到的京城。

昨天晚上他收到霍青海的短信，刚开始并没有回，他原本的意思是只给霍青海提供证据，不真正现身。

当然，霍青海肯定能猜出是他，只是猜出和明确是两码事，他只想报复霍家三房，可也明白霍家根深蒂固——霍家有私生子当亲儿子的霍振宇，有抢别人媳妇的霍环宇，可也有顶梁柱霍老爷子、中流砥柱的霍靖宇和霍青杭，还有心机深沉的霍青海。

霍家如一棵大树，他一个小小商人就算手眼通天也不可能将他们连根拔起，他是个理智的人，并不会螳臂当车。

可随后霍青海并没有放弃，他发来了一段音频，竟然是昨晚霍老爷子书房中他与霍青林的对质，然后有一句话："霍青林不会放过你，而我是个合格的合作者。"

霍麒知道霍青海的意思，他已经为了报仇疯魔了，如果说一开始将霍青云拉下水，他还感到满意的话，如今的他，八成已经在想着如何对付霍振宇了。视频里，霍青林有句话说得对，他在拉着霍家陪葬。

可霍麒并没有撼动霍振宇的意思，他的目标从来都是三房，霍青云只是个引子而已。

他并没有回复霍青海的短信，自然也没有接受见面的邀请。他知道霍青海会失望，可能也会对他产生不满，可这并不重要，他俩能够绑在一起的，绝对不是暂时的融洽，而是共同的敌人。至于敌人落败后，他一个小小的商人，为什么要有这样的把柄落在霍家二少爷手中？

不过，那个视频倒是对他有不小的帮助，起码他知道了在场几个人的想法。

霍麒停车后便直接进了老宅，这时候刚过中午饭点，老爷子早有吩咐，因此纵然他来得突然，保姆也没有意外的神色，只是告诉他："老爷子刚睡，要四十五分钟，您没吃饭吧，先吃点吧。"

霍麒的确饿了，点点头跟了过去。照旧是老爷子的作风，两菜一汤，一荤一素分量正好，等他吃完一点都不浪费。随后他坐在沙发上等着，顺便想想江一然那边怎么处理才好。

昨晚他埋的另一颗雷炸了，江一然从王运那里逃走，这人是霍青林这条线上的重要线索人物，肯定不能跟丢了。她能去的地方有限，竟然直接藏在了房子的地下室里。这压根不可能逃过霍青林和宋雪桥的人的追查。

好在霍麒早有准备，昨晚就让人过去，把江一然带走了。否则的话，恐怕今天新闻已经出来了，譬如《著名青年画家江一然死亡，疑畏罪自杀》之类的标题。

只是江一然什么时候出现，还需个契机，当然，也要看霍青海到底能将这浪翻得有多大。

他坐了一会儿，就到了点，保姆过来请他去书房。

霍麒站起来整理了一下衣服，然后跟着走了上去。他几乎没有跟霍老爷子单独谈过话，他算是霍家的养子，刚来的时候，霍老爷子对他还算和蔼，可后来他为了融入，处处模仿霍家子弟，八成霍老爷子看不惯，便少管他了。十五岁开始他跟霍青林彻底结仇，又上住宿高中，来这里就只有过年祝寿，这时候兄弟们都在，他就凑个人头。

这么细算下来，这还是他第一次单独跟老爷子谈话。

倒是不紧张。

到了书房，保姆便退下，他敲了门后推门而进。沉重的实木门打开，露出里面古香古色的家具，老爷子大概刚刚醒，并没有写字，只是坐在书桌后。

霍麒进去叫了一声"爷爷"，老爷子便说："来了，坐吧。"两个人不熟悉，但老爷子在这方面，显然比他这个年轻人要熟稔，很是自然地问他，"这时候把你叫过来，耽误你的生意了吧。"

霍麒心中盘算，说话自然慢了三分，也滴水不漏："刚开年的确忙。"说完这句，便不再说什么。老爷子也不在意，就跟拉家常一样问他："你现在的生意主要在秦城？怎么不留在京城这边？离着家里也近。你大伯他们在外面是逼不得已，你这边确实可以避免，都在外面，家里人总归是担忧的。"

他放松，霍麒也做出放松的样儿，笑道："我资金有限，京城盘子太大，我吃不下。若是因为我姓霍而得利，反而不妥。"

他这般说反倒是错不了。他没钱也不想沾霍家光，所以不来京城，纯属自觉。别人至多说他一句谨慎，外加评论他一句胆小，可也说不出什么。难不成他有自知之明是错的？难不成他爱惜霍家羽毛是错的？

老爷子看他一眼便笑了："青云要是有你这般想法，也不会惹出这些祸事了。"

霍麒没接话。

老爷子这才说："霍家的子弟就要这个样子，不过你也不要太谨慎，有时候受点照顾也是交流。"这倒是真的，有来有往才对吗？不过那是真正霍家子弟的事儿，霍麒是不干这事儿的。他只是说："爷爷说得对。"

随后就听老爷子说："这次找你来，其实也是有件事儿跟你商量。你叔叔今年也要六十了，他干不动了，他的环宇国际需要人来继承。霍家一向人脉单薄，到了你们这一代只有五个兄弟，青杭、青海、青林各有一摊事业，青云不靠谱，这几天的事儿你也知道。家里就剩下你一个，既有分寸又懂得商业，最适合不过。

"他说当年答应了你创业，不好跟你开这个口。可我这个当爷爷的倒是觉得，你自己的公司是你自己的，但家里的也不需要拒绝，这完全不冲突。你处理一下公司的事儿，就回来让你叔叔多带你，三月份就有股东大会，到时候就可以露面了。"

霍麒虽然没有想到老爷子叫他来聊环宇国际的事儿，可他立刻反应过来这是为什么——昨天霍青海虽然打消了他们对他的怀疑，可老爷子终究不放心，这是要把他绑在霍家的船上。

环宇国际这样的公司交给霍麒，就算他年少时受了大委屈也足够弥补了，更何况，在船上一切可就好说了，利益一致，那你好我也好；利益不一致，有的是方法可以掣肘你。

老爷子这是阳谋，也是一条好路。可惜老爷子并不知道霍麒与霍环宇和霍青林父子的矛盾，远不是钱能够解决的。钱他会挣，可是他失去的家如何拿回来？

不过，霍麒不是傻子，自然不会拒绝，反正这种事中间可操作的地方很多，不需要当面得罪老爷子。他老实应答："是，爷爷。"

霍环宇家。

霍青林的事情还在处理中，父子俩一早就聚在书房里运筹帷幄，林润之则有事出门去了，路路一个人在打游戏。

宋雪桥披了件衣服去了露台那里，面色阴沉地听着王运的话："都找过了，电梯和大门口的监控我也调查过了，只瞧见她下到了负三层，却没见出了大门，她应该还在这栋楼里。只是这是座高档住宅，住户很难查看，不太好弄。"

昨晚王运找不到江一然就打了电话过来，宋雪桥就说让他尽力找，她觉得江一然这种四体不勤的人跑不远。可没想到，这人竟然凭空消失了。

她问："消防通道没有查看吗？"

王运又说：“消防通道是没有摄像头的，进了各家门前，都是自家的摄像头，物业这边是没有的。”

宋雪桥就说：“肯定是在这栋楼里，最近两天你多盯着，同时找几个人去查她的手机、信用卡、银行卡和身份证的使用情况，把她挖出来。对了，屋子里的打斗痕迹，你收拾好了吗？给青林打个电话，就说早上一醒来江一然就不见了，家里的东西都没动，但是身份证什么的都没了，问他要不要报警。”

这是要伪装江一然犯错跑了的假象。

王运立刻点头回答：“好，已经收拾干净了。我马上打给他。”

而此时，江一然悄悄地开了自己的屋门，从门缝里看那个昨晚将她从地下室带出来的男人。这边供暖好，对方就穿了一件 T 袖，露出的胳膊上都是肌肉，正在看电脑。

怕这男人发现，她看了一眼以后又把门关了起来。

昨天她吓坏了就直接下到了地下室，寻思那个人一定以为她往外跑了，这里暂时应该比出去更安全一点，事实的确如此。可很快她就发现不那么乐观了，她再该往哪里躲啊？

这时候这个男人出现了，他好像是楼上的邻居，瞧见就问：“你怎么待在这儿？”

她情急之下就撒了谎：“我钥匙丢了，物业也没放备用的。”

对方似乎压根不在意，冲她说：“那上我那儿坐坐吧，这儿有什么好待？。”

她就稀里糊涂跟着上来了。

似乎赌对了。

3

江一然显然并不能松口气。

很快，外面的男人便走过来敲门了，跟这个人的身材一样，他的力气十分强大，拍得房门“砰砰”直响：“起来了吗？有些事要谈谈。”

江一然再想躲避也没了理由，毕竟是在别人家里。

她想，她在这个楼上也住了好几年，虽然最近经常去南省，可对楼里的邻居都很熟，这人她并没有见过，应该是新搬来的住户。自然，她对他而言，恐怕也是陌生的。将一个陌生人带进家里还住一晚上，这时候才问也挺神经大条的了。

她就应着推门出去，结果发现这人已经穿上了衬衫，勃发的肌肉被遮住了，戴着一副金边眼镜，耳边塞着个蓝牙耳机，倒是看起来斯文不少，像是个外企里的精英男。

她说："您好，昨天真是谢谢您，能否再让我住两天？拿我钥匙的朋友过两天才能回来，我一定会感谢您的。"

她真是硬着头皮说的，她以为对方肯定是不愿意的，也准备好了，幸亏皮夹子里还有现金，身上还戴着点值钱的饰物——譬如胸口那块翡翠可是价值不菲，为了保命，总要拿出来的。

结果这人竟先自我介绍："我叫秦海南，"然后说了一句让江一然特别吃惊的话，"你当然得在这儿住一段时间，现在不止王运在外面疯狂找你，调查组的人今天早上也发现你不见了，他们认为你八成是畏罪潜逃，所以也在找。前者找到你，你是死路一条；后者找到你，你八成能活几天。"

江一然难以置信地抬头看着这个男人："你……你怎么会知道？"

"你的社会生活能力是零吗？如果我不知道你是谁，我为什么要领一个陌生人进家门住一晚上？"秦海南在她面前居高临下地看着她，"昨天的短信就是我发的。"

江一然有种被人监视并控制的感觉，她第一反应不是这人救了自己，而是害怕。事实上想想也是，一个人如果发现自己的生活被监控得丝毫不漏，那是怎样的恐慌？

秦海南并不在意她这些情绪，而是说："你心里肯定有很多疑问，我不需要向你解答什么，我只需要告诉你一点的是，我们的敌人都是霍青林。所以，我不会伤害你，我只想帮你。要知道，"他微微一笑，"如果没有我的短信，你现在已经是楼底下的一具尸体了。"

江一然也是能思考的，昨晚她一夜没睡，满脑子都是王运扑过来的样子，可终究有疑问，不甘心："青林没必要杀我，我不过是画了一幅画，我不是他的敌人。他是霍家人，就算是一幅图，也对他没有多大的影响，那不过是私事。我们在一起十几年，怎么可能就为了这点小事动手呢？"

她故意忽略了王运，试图给霍青林找理由。

秦海南就笑了："真是天真，我以为一晚上你已经想好了。你相信陌生的邻居可以救你，却不相信已经动手的爱人要杀你。好啊，我告诉你，霍青云可是行贿，如果他投资的画家里有霍青林的情人，那代表着霍青林也参与了行贿。霍青林可是霍家三代的领头羊，他前途远大，你相信他愿意有这样的污点吗？

"对了，我可以给你看一条新闻和一段音频，你就知道了。"

他说完就打开电脑，直接打开网页搜索新闻，屏幕里很快出现了一条几乎可以忽略不计的新闻《昨晚十一时东区建阳楼起火，很快被扑灭》，一共二百字。秦海南说："你那幅图，就放在建阳楼，有人要销毁证据，只是失败了。"

另外，他打开了一个视频文件，竟然是这个小区的户外监控录像，不过是夜里，王运就在其中，似乎正在打电话。"音频在这里，你可以听听。"秦海南说着就打开了另一个音频文件，"这是昨天我救你的时候，王运打出的电话，不是实时的。"

说完，他就打开了电脑的功放，声音很快传了出来。

"是我。"

"事情失败了。对，有人给她报信，她恐怕知道我们的计划，事先在门口放了灭火器，我没准备，等脱身她已经不见了。应该是从电梯下去了，您放心，她跑不了多远，我一定会处理好。"

对方应该是叮嘱他时间紧迫，他便说："我知道，不会让她有机会危害到霍家的。对，信没有问题，我会放在她身上。"

听到这里，秦海南直接就关掉了音频。

他问已经满头冷汗的江一然："霍家是不会为霍青云去点火的，你便可知这事儿对霍青林的重要性。另外，音频是我的人放在小区里的窃听器录到的电话。你跟了霍青林十几年，对他身边的人事都熟悉，你说王运是我们的人，恐怕自己都不相信吧。

"王运在霍家多年，原先是霍环宇的保镖，对他忠心耿耿，还舍身救了他一命。自此以后，霍环宇就把这个最忠心的属下放在了霍青林身边保护他。在霍家，王运如今第一个听命于霍青林，连宋雪桥都不理会。你该知道的。"

江一然自然知道，她手脚冰凉，这会儿连一点力气都没有了，完全跌坐在沙发上。秦海南的洗脑并没有结束："你总是不相信，可是你忘了，只要你死了，这事儿就可以一了百了了，对霍青林来说，比处理这些麻烦容易多了。不过，我还得给你看个东西，八成你会喜欢。"

他从口袋里掏出了一个信封，一瞧见这个江一然就瞪大了眼睛，这信封是她自己做的，上面的画都是她自己画的，用来给霍青林写情书的，除了她和霍青林，谁也不会有。

秦海南直接扔给了她："来，看看你的遗书吧。"

江一然几乎急不可耐地将信封打开了，里面是让她自己都难以置信的——她的笔迹。并不长，只是说了几件事，自己深受宋雪桥大恩，却爱上了她的丈夫，曾经多次骚扰都被霍青林严词拒绝。她得不到人，就画了那幅画以解相思，没想到给人招惹了麻烦，她愧对霍青林，以死谢罪。

这封信就是将责任都揽了过来，替霍青林解脱的。

秦海南便说："你知道这世界上开弓没有回头箭，霍青林动了杀心，你除非一辈子不用任何带身份的东西，像老鼠一样藏着不见人，否则都活不了。只有跟我们合作，你才能活。当然，如果你觉得自己的命不重要，愿意为爱情殉葬，我不拦着你，大门没有锁，你可以随时出去，两方人马都在找你，你随时可以去联系他们。当然，我不会再救你了。"

他说完就去忙自己的了。不过临走的时候，他将电脑给她设成了实时监控，可以看到小区里的情况。江一然亲眼看见有些她认识的，有些不认识的人在小区四周把控，显然在等她露面，他们是真想拿住她了。

生还是死？

她抱着脑袋坐在沙发上发愣，秦海南也不管她，任由她坐着，反正霍麒早有交代，就算她愿意，此时也不是江一然现身的好时机，霍麒还有其他安排。

而在京城的林家，很快迎来了一个他们压根想不到的来客——费家老太太。

林家老爷子最近病重，并不见客。但与霍家不同的是，林老爷子不是独居——自从独生子去世后，林家老大夫妻便搬来陪着老爷子住在老宅。此时老爷子的大儿子林青峰已经上班去了，家里倒是有林青峰的妻子赵敏会客。

赵敏正干着每天都会做的事情，翻相册——厚厚的一整本都是她儿子林峦的，只是永远定格在了二十八岁。

林峦是林家的大孙子，从小优秀，老爷子更是看重他，常年带在身边教导。当时在京城，林峦也是不逊于霍青林的存在。如果现在活着，八成也是商界一颗冉冉升起的新星了。可谁能想到，他死于一场意外呢？

赵敏至今都记得最后见儿子那一面的情况。

林峦穿着件登山衣在门口跟她告别："这地方刚发现的，青林的资源，我看了照片是个特别深的岩洞，里面还有地下湖泊，很适合探险。妈，你知道我最爱这个了。不用担心，我从小玩这个，青林、费远还有表弟他们不都去吗？而且都是好手。另外那两个向导都很靠谱，就是山下村里的村民，在那儿走了几十年。放心吧。两天就回来，给你过生日。"

结果呢，林峦再也没回来。

当天他到了地方还给赵敏打了个电话，说是地方真不错，他拍了很多照片传给她看。她外甥赵孟也在电话里一个劲儿地保证："姨，你放心，我看着表哥，不会让他乱跑的。"

结果晚上就失去了信息，电话再也打不通了。

她放心不下，立刻联系了几家人问他们还有联系吗，结果都没了消息。这哪里还坐得住，他们立刻带了搜救队过去，结果那个地下岩洞不但大而且特别复杂，整整三天才将部分人救出来，她外甥赵孟就在其中。

她问外甥赵孟，他表哥林峦哪里去了。赵孟说："费远哥说我哥看照片时很喜欢的一个景点在那边，有深谷，不远。我哥一听就要去，就跟着青林和费远他们一路去那边了。说是那边不好走，又很近，不用向导跟着，结果我们等了半天也没等到，去找他们就走散了。"

她就和林润之、费家老太太一起守在岩洞口，等着救援消息。可等找到已经是出事五天后了，人找出来的时候，只有费远一个人醒着，霍青林受了重伤昏迷了，林峦永远都没醒来——他是失血过多而死的。

费远说过去后他就在前面带路，没注意后面的情况，就听见林峦一声惊呼。他扭头过去，正好瞧见林峦跌落深谷，霍青林为了救他，伸手扯住了他，然后也跟着掉了下去。他连忙下去找人，他俩都摔成了重伤。

"我就按着急救的法子实施救援，青林似乎情况好点，一直熬到了现在。林峦似乎伤得很重，一直都不太好，两天前就断气了。我们的通信设备都不能用了，我试图出来又怕青林也出了事，只能一直在原地等待。"

唯一的儿子死了，赵敏当时看着尸体直接晕过去了。等着醒来已经被送到了医院里，她一醒来想到儿子就流泪，挣扎要起来再多看他几眼，却被赵孟拦住了。林家带的随行医生发现了一个奇怪的地方，霍青林的伤和林峦的伤差不多，但是他们仨身上的药只够一个人挺到现在。

这种说法的背后含义不言而喻，赵敏几乎难以置信："他们……费远放弃了小峦？"

这是完全可能的，当时情况有限，也许一开始两个人均等用药，当等不到救援，药不够了呢？

人已经死了，虽然能够用所谓的医学来论证这事儿，可都不是实打实的证据。更何况，用费远的话说，是林峦跌下去霍青林去救的，虽然如今真实性如何已经不可考，但问题是，林家就不能表面上这么忘恩负义，这事儿只能先忍着，慢慢查。

慢慢查，事情就暴露了，譬如费远对霍青林有一些不可告人的想法，譬如霍青林和费远在此事后慢慢疏远，譬如有次霍青林和费远吵架后漏出的一句话："你总缠着我也没有用，我接受不了你。早知道这事儿需要这么回报，我不如当时死了换他活。"

有些话不需要说得太明白，很快费远就出了行贿的事，然后死于火灾，这事儿才彻底了了。当然，霍青林作为其中的一分子，林家也不会饶了他，只是一是事儿不是他做的，二是霍家实在是强大，得从长计议，两家只是结了仇。

虽然霍家因此付出了代价，可终究人已经不在了。老爷子也因为孙子的早逝伤心过度，这些年身体一直不好，常年处于休养状态。

赵敏伸手摸摸照片上儿子的笑脸，忍不住说："你怎么就忍心抛开妈妈去了呢？"

林峦去世后，他们夫妻膝下空虚，可人已经过了五十岁，即便失独也不可能再生一个了。不少人就劝他们抱养一个，也算是有所慰藉。但赵敏都拒绝了，谁也不能代替她儿子啊。

她翻了半天，才瞧见不远处站着欲言又止的阿姨，便问她："怎么了，老爷子有吩咐？"

阿姨为难地说："费家老太太来了，说要见老爷子。我们说老爷子不见客，她就说要见您，我们拒绝了，她还是不走，也不进车里等着。大冷天的一个人拄着拐杖站在大门口，已经半个多小时了。这老太太可八十多了。"

赵敏一听"费"字，脸色就难看。她儿子都死了，费老太太别说八十，就是一百二，她也不会管的。"那就等着吧。"她想到了费家，觉得用这种心情看儿子太不好了，小心翼翼地开始收拾相册。

阿姨说："敏姐，费老太太让带一句话，我觉得您得听听，她说小峦的死不是费远干的。"

赵敏一下子抬起了头，问道："她真这么说？"

阿姨点点头，赵敏站起来又坐了下来，想了想终究放不下她儿子："让她进来吧。"

孙子的死亡，并没有打击到费老太太，起码明面上是这样。她面色红润，头发已经全白了，一丝不乱地拢在脑后，看起来过得特别好。当然，这样的她并不和蔼——她的嘴角依旧下拉着，时时刻刻都有种很凶的感觉。

据说费老爷子脾气好，这老太太当了一辈子的家。

赵敏就在心里骂了句没良心，然后也不招呼就开问："不是费远干的，那是谁干的？"

费老太太直接从包里拿出一个信封，递给了她："这是我昨天收到的，你可以看看。"

赵敏疑惑地皱眉看着那个不大的信封，略微有点鼓，只能放个U盘的样子。她接了过来就站起来，一边吩咐保姆给费老太太倒杯水，一边就走到了自己的书房那里，打开了电脑，将U盘插了进去。

那里面只有一个视频文件，她连忙打开。

画面倒是很清晰，是晚上，应该是居民楼里，装修得很普通的样子，费远就在摄像头底下。他气急败坏，在桌子前来回地走着，然后停了下来，打电话说："你不能这样，林家已经在找我麻烦了，他们诬陷我行贿，制造豆腐渣工程，那是陷阱！还不是为了林峦的事儿。可青林，当时那事儿是你蛊惑我的，是你说，只要我救你，你就答应帮我。你食言了，我一直也没说出来。可如今他们就在楼下了，青林，我不能有事，我爷爷奶奶就我这一个孙子了，你必须帮我。否则的话，我也不能确定，我能不能保守这个秘密。"

说完这个，敲门声就响了，费远扭过了头，在摄像头下，他的脸色惨白，他慢慢地冲着电话里说："他们来了。"

视频戛然而止。

赵敏愣怔地站在电脑前，只觉得浑身上下的血都凉了，居然……居然是霍青林。那种情况下，他让费远放弃了自己的儿子独活，他怎么能这么狠？他凭什么这么狠？

赵敏跌跌撞撞走出了房门，问坐得笔直的费老太太："是谁寄来的？"

此时再看费老太太，她的眼睛已经红了，她摇摇头："不知道，看样子应该是有人蓄谋已久。可视频不会有错，那是我孙子，那地方是他在外地的住处，我去过。幕后人应该是跟霍青林有仇，最近他日子不好过，有人这是在借力对付他。"

赵敏就一句话："那又怎么样？不能放过他。"

秦城。

姜晏维从郭如柏那儿蹭了顿饭，也没回霍麒的别墅，直奔了周晓文家。十几天没见，那小子倒是难得对他热情，竟然在家等他呢。

姜晏维到了周家简直感动得热泪盈眶，问他："又被甩了？"

周晓文直接给他后脑勺一巴掌："你这是羡慕嫉妒恨。"

姜晏维才不当回事呢，乐颠颠地问："阿姨呢？我住哪屋？"

周晓文就说："我爸有个小三怀孕了，我妈领着打胎去了。老房间吧，那都成你专用的了。"

姜晏维特难以置信地扭头看他，然后说："阿姨可真有肚量。"

周晓文不在意地说："什么肚量啊。哪个女人不拈酸？哪个女人不吃醋？我妈这是不爱了，她就是为了钱。也就我爸还觉得红旗不倒彩旗飘飘呢，我妈带着打个胎，顺手给我姥姥买了套大平层，我爸还乐滋滋的，真不知道怎么想的。"

周晓文倒也没多少苦水，这事儿又不是第一次发生，说完就让姜晏维自己玩，说是打游戏呢，没时间搭理他。姜晏维也不用他管，关了门就给霍麒发了视频请求。

结果平日里一接就通，今天却被挂断了，等了十几分钟，霍麒才又发了邀请过来。姜晏维仔细瞧瞧，这是霍麒在京城的房子啊，就问他："跟谁聊天呢？没时间搭理我。"

霍麒的确有事。

他刚刚跟秦海南通了电话，确认了江一然还老实，又确认了费老太太真的去了林家，这才松了口气。他这些天瞧着什么事儿都没有，其实费的心思绝对不少。这些事儿都是多年的准备，有他做的，也有跟别人合作的，但牵一发而动全身，中间一环扣一环，绝对不能出错。

好在他运气不错，遇到的都不是"猪队友"。霍青林自己也自大作死，如今外面大势已成，霍青林就算是插上翅膀也飞不出去了。

他说不出自己现在的感觉，没有那么兴奋，只是似乎很长的一段旅程，终于要走到尽头了。

他疲惫地揉了揉眉头，冲着姜晏维说："跟人沟通了个细节，刚打完电话。维维。"他疲倦的声音显得有点低沉，"大学去国外读好不好？我给你陪读。"

姜晏维都有点呆了，霍叔叔这是第一次跟他说未来的事儿啊。

他几乎毫不犹豫地就点了头："你去哪儿，我就去哪儿。"

第五章

1

姜晏维绝对属于有了梯子就往上爬的，一听霍麒松口说要陪读，那还不等于泄洪了？话叫一个多。

"你怎么突然说起这个了？我还一直以为你都不把我当成事儿呢。嘿嘿，我高兴死了。不行，等会儿我得出去跑两圈。

"其实我也想过的，不过没想着出国。我想着我就在秦城读大学，然后毕业去秦城中心医院，当然，我也得好好学习。然后我在秦城行医，你在秦城卖房子，没事看看郭爷爷和我姥姥，多美啊。"

这日子听着也挺好，如果不是霍家这边比较麻烦的话，其实在秦城最好。姜晏维熟门熟路，他也能跟他爸近点——他们父子分离二十五年，凑到一起过日子是不可能了，很多地方都不会习惯的，再说他爸也再婚了，不过常见面跟朋友似的聊聊天也可以。

不过，姜晏维显然是不用他说服的，没等他反应过来，就听姜晏维说："出国也挺好的，反正跟你一起都很好，我去哪儿都高兴。你可好好选个地儿。对了，你想带我去哪里啊？欧洲、大洋洲还是美国？"

姜晏维抱着手机都快在床上打滚了，一副很憧憬的模样看着他。

霍麒都没想过姜晏维这么热情，他就是突然想到，刚刚开始规划而已，姜晏维这还差半年才毕业呢。可瞧着姜晏维恨不得从屏幕里扑出来的模样，他也不好意思说让姜晏维扫兴的话，只能跟着姜晏维的思路来："美国好点，我在那儿有部分投资，那边好学校也多。"

姜晏维一个劲儿地点头："美国挺好，不过找个气候好点的州，养脸。"

霍青林就没那么舒服了，当然他不知道更不舒服的在后面。

昨天老爷子留他说话，狠狠将他批了一顿，但好歹是偏疼他的，这事儿霍家肯定要管。老爷子严令他改过自新后，还是松了口说好了第二天去公关林家的事儿——他跟林老爷子也是多年的熟人，就算为了林峦的事儿两家有龃龉，有件事林家也不得不承认，当年林峦跌下深谷，可是霍青林伸手去救的，虽然人没拉住，但情谊不能不讲。

霍青林心里有数，这才出了老宅回家。

万万没想到，第二天一早画风突变，他先接到了江一然不见了的消息。江一然的性子他是知道的，从小父母双亡，被还算中产的二姨养大，二姨对她不错，但相对来说毕竟是寄人篱下，所以性子胆小敏感，很缺乏安全感。

他于她，便是一座大山。

江一然曾经多次跟他重复过："没了你，我怎么活？我一刻也不能离开你，让我跟着你吧。"

所以这些年，无论他去哪儿，江一然都是跟着去的。好在丰富的游历让她有更多的创作灵感，外加江一然虽然黏人却知道分寸，他们相处得不错。

霍青林很满意这样一个一切以他为天，却又随叫随到不麻烦的情人。

所以他从来没想过，江一然会不管不顾地跑了。她这一跑可不是一个画家写生云游去了，可是这个行贿案中的关键一笔。如果确认了她和他的关系，那么这个行贿案就会卷到他身上来，按着现在这个劲头，他就得被调查。

常在河边走，哪有不湿鞋。霍青林并不是一点事都没有的，否则当初霍麒也不会警告他"甭想用我的身份做事"。要是林家咬着不放，他的麻烦就多了。

他听到这个消息的时候，再三跟王运确认了，王运声音也很焦急："还是没找到，应该就在楼里。"

可在楼里也不能进别人家去搜查，他只觉得怒意翻滚，一边让王运增加人手假扮物业人员进去找人，不要报警，省得打草惊蛇；一边挂了电话开始给江一然打电话。

不是关机了，而是不在服务区，她倒是学得挺聪明，怕有基站查到行踪，竟然连手机卡都拔出来了。

电话里不停地重复着"您所拨打的电话不在服务区"，霍青林原本想如过去一样咆哮的心情，彻底没了释放的空间，整个人看着特别暴躁，像是头时时刻刻要攻击的狮子，在屋子里来回踱步。

连路路都害怕，问宋雪桥："我爸遇见很大的事儿了吗？"

宋雪桥心里也有些焦急，她爱惨了这个男人，为了霍青林，她几乎什么都不要了。从一开始，霍青林就不愿意娶她，宋雪桥是宋家人，他怕限制太大反而不自由，是她上赶着嫁的。

她从小就追他，追了那么多年，霍青林才答应。人人只当他们青梅竹马，却不知道这于她来说有多艰难。还有婚后她常年写生在外，朋友都说她御夫有道，霍青林被她管得服帖，这样两地分居都没那些狗屁倒灶的事儿，其实谁能知道，那不过是霍青林瞧她烦了，让她离远点而已。

当然，她为了这个男人，并不仅仅做了这些。

譬如年轻时她嘲弄过的霍麒，还有后来犯了霍青林忌讳的费远，都是她的手笔。对江一然也一样，她不可能坐视有人威胁到霍青林。只是没想到，王运这次居然失手了。

她安抚地看着路路说："有点工作上的事儿，你回姥姥家吧。"

等着瞧着保姆送走了路路，她就上了楼，并寻思用哪方面关系，把江一然先找到。没想到一上了楼，就瞧见霍青林一脸难以置信的表情坐在那里，似乎都傻了。

她眼中的霍青林是无所不能的，什么时候都是自信满满的，是天之骄子，是需要仰望的霍家三少，从来没有过这副样子。

她忍不住问："青林，怎么了？"

霍青林声音里都带着不可思议："爷爷去了林家，吃了闭门羹。林家这是要不死不休啊。他们疯了吗？这不可能！"

他脸上除了愤怒外，终于闪现了急躁的表情，这个关头上，林家的拒绝代表着不死不休，可不至于啊。他们这些年是看他不顺眼，但费远都死了，他们的恨也化解得差不多了。虽然中间有很多小摩擦，可两家明面上关系还是不错的，只是私下里有龃龉而已，这是哪里出了问题？

宋雪桥就是看不得霍青林这副难受样，她忍不住上前抱住了霍青林的脑袋。霍青林一向是对她敬而远之的，除了为了生孩子他们曾经亲密过，更多的时间，两个人很少有肢体接触，霍青林排斥这些。

而今天，这个男人并没有推开她，他从未有过地把脑袋埋在了她的怀里。在这明明很紧张的氛围里，宋雪桥却有了一种要是永远这样该多好的荒唐念头。当然，这是不可能的，她看不得霍青林难过，自然就会出手帮忙。

"你放心，不会有事的，一定不会有事的。"她安慰着霍青林。

等着霍青林好些了，她才出了门，只不过电话打给了王运，她声音严肃："不能常规地找了，想办法引出她来。另外，不能弄死她，找到她让她消失吧。"她开始想的是，事情不扩大之前斩草除根，可如今林家插手，有些事儿就不能做得那么嚣张了。江一然消失，死无对证才是最好的法子。

霍青林不是普通人，没有确凿的证据，他们也不敢妄动。

而与此同时，于静跟姜大伟终于再次见面了。

两个人约在了姜大伟自己开的会所里，省得外人瞧见，只是见了面状态各不相同。

于静还是那副越活越精神，越活越年轻的模样，烫了个大波浪卷，化着精致的妆，穿着驼色的大衣。虽然看起来不年轻了，可那感觉也是个优雅的成熟美人。

可姜大伟不同，他看着更憔悴了。

这几天他日子过得并不好，一方面姜宴超真是不太好，原先只觉得孩子小没注意，所以还不明显。可如今知道有问题了，天天看就发现，真的反应很慢。

听说癫痫每次发作都会损伤大量的脑细胞，那天晚上孩子哭了那么久，发烧又抽风，究竟到了什么程度，这孩子以后究竟是什么样，他都不敢想。

更何况，还有郭玉婷的事儿。

那次张林带着郭玉婷来找他谈判，说是要300万元钱就离婚放人。郭玉婷实在是太狠了，直接撞了玻璃，差点死在他们面前。姜大伟终究不是穷凶极恶的人，就暂时同意了给钱的事儿，稳住了张林，让司机送了郭玉婷去医院。

　　他原本也不准备管，反正郭玉婷有钱，到时候让郭玉婷给他钱离婚就行了。

　　郭玉婷第二天才醒来，说是要见他。

　　姜大伟不想跟她再接触，就没过去。可郭玉婷显然不肯死心，她竟然打了电话过来。电话里，没了张林的威胁，她还是那副知书达理的模样，话说得也很好听："你不见我，是觉得我对不起你吧，是觉得姜宴超的事儿跟我有关系吧，是在内心埋怨我吧。"

　　姜大伟的确是这种想法，自然也不否认："是，我们还是不见面的好，离婚的钱足够，如果需要我可以给你找个好律师。"

　　"你！"郭玉婷似乎被他气坏了，"你怎么能这么推卸责任？那天的事儿你情我愿，你觉得超超成这样，你心里过不去，可受影响的不仅仅是你，我的家也散了。原先对我好的张林也不见了，变成了这副模样。姜大伟，我们共同犯的错，我们共同受到了惩罚，你别天天摆出一副觉得你欠你的表情。"

　　这也算是事实，姜大伟已经没心情跟她争谁的错更大，谁受的伤害更大了，直接说："既然都有错，都受到了惩罚，就更应该这样了。不用给我打电话了。"

　　郭玉婷却猛然叫住了他："你真绝情。"

　　他记得郭玉婷是这么说的，他以为这事儿就算结束了。结果没想到，郭玉婷明明刚开始巴不得离婚呢，这会儿却改了主意，不离。张林原本喜欢她，可后来见了她那副嘴脸后，就觉得这人实在是太恶心，白送给他当老婆他都不愿意。更何况，不离婚就少了300万元钱，他如何愿意？

　　张林一是去医院闹，恨不得要将郭玉婷折腾死，也就是郭玉婷心狠，反正由着你闹你骂你打，我都不松口。可问题是她不松口，司机都听不下去，两人的话难免牵扯到姜大伟，这种事瞒着还巴不得呢，怎么可能传得沸沸扬扬？再说，张林还等着要钱呢，姜大伟的公司和住处，他都去了，话也清楚，你不处理好，我就闹得你没脸见人："这种女人你喜欢你拿走啊。"

　　姜大伟不过一个商人，他不能绑架杀了张林吧，再说张林也不怕，狗急跳墙，何况还有照片和视频呢。

　　别墅区都是熟人，公司更是公共场合，他堵不住人家的嘴，只能就范去见郭玉婷，问她怎么才肯离婚让这事儿消停了："你不是说自己出钱也离婚吗？"

郭玉婷一副委屈样，眼圈都是红的："我想了想，我办了这事儿，家是回不去了，老公要是离了，就彻底没地方待了，我不离了。"

姜大伟此时瞧她，已经不耐烦了："他不跟你过了，你到底有过别的想法吗？"

"有啊。"郭玉婷说，"我想跟你。"

姜大伟就一句话："不可能。"

不可能就缠着他，这些天下来，姜大伟连公司都没去。他此时瞧着于静，恨倒不至于，可也挺厌恶的，质问她："就为了抚养权，你至于把我弄成这样吗？我有多对不起你啊？我臭了，你就高兴了吗？你怎么变得这么不择手段了？"

于静挺厌烦他这么说话的，直接笑了。

"我怎么不择手段了？当初可是你说的，郭聘婷扎破了避孕套才怀孕的。这叫不择手段。我不过是把事实告诉了应该知道的人，虽然对你来说，这是丑闻应该压着，可你忘了我的立场。我是曾经被你背叛的人，我不觉得把你和郭玉婷出轨的事儿，告诉你们的现任配偶有什么不对的。我相当厌恶被你当傻子一样瞒着的那段日子。耻辱。"

他俩从姜大伟出轨后，对话总是带着火药味。更何况翻回了过去的旧账，姜大伟早就后悔了，一提这个就没话说了："你怎么又说过去的事儿。行了，我对不住你，这样对我，我也没话说。只是你这样也不行，维维的抚养权我不会给你的。"

于静冷哼一声道："因为姜宴超癫痫了吗？"

姜大伟"腾"地就站起来了："你怎么知道？"

于静有点无奈："秦城就这么大，朋友圈就这么小，就那几个专家，谁不认识啊。"她看姜大伟一副你查我的表情，就说，"周晓文他姨夫是中心医院的院长，姜宴超就住在那儿，知道不是很简单吗？"

姜大伟才想起来这事儿，他跟周立涛接触多，跟周晓文他妈几乎少有接触，所以这层亲戚关系早忘了。

于静看着姜大伟那样就觉得，这是何苦呢。别说远了，一年前姜大伟都没有这么不缜密，可是离婚了，这人也跟她没关系了，她最多也就唏嘘一声而已："你没告诉郭聘婷吧？这事儿她要知道了肯定得闹。这还不算什么，问题是，姜宴超有事，维维没事，她原本就把维维当眼中钉，肯定对他更不好。维维归你，这一学期总不能真不回去住了，原先没事都要砸破头，以后呢？"于静接着说，"我不是吓唬你，我是真心实意跟你说，你不是自称很爱他吗？你的爱到底是嘴上说的做给人家好看的，还是真心实意地想让他好，你扪心自问，你的选择是什么。再说，距离远了烦心事不见了，大家都沉淀一下，说不定你们关系还能缓和。"

姜大伟如何不知道于静说得有道理，他只是……不敢放了。

原先的姜晏维是长在他身上的猴子，所以离婚的时候，姜晏维跟谁他没有干涉，因为他觉得，姜晏维无论是跟着他还是跟着他妈，都会亲热叫他一声爸，见了面会亲热地蹭过来撒娇。

可如今，他攥得紧不是因为他自私、要面子，他是怕一松手，这孩子就再也不回头了。就像这手机一样，他再也打不通了。只是，这样真好吗？他想起姜晏维冲他喊"我们再也回不去"的时候，只觉得心如刀绞。

他天人交战，于静也不打扰他，慢慢地喝着咖啡看着这熟悉的会所。不知道坐了多久，一杯咖啡都凉透了，终究，姜大伟做出了决定："好，不过变更之前，我想跟维维聊一次。"

这要求并不过分，于静点点头："好。"

2

于静给姜晏维打电话的时候，他刚兴奋完，正跟周晓文打游戏到关键时刻，听见手机响，周晓文就来了句："你业务挺忙啊，哪个不长眼的这时候打过来？"

姜晏维手机铃声都是专属的，一听就是他妈打来的，直接抬脚朝着周晓文屁股上来了一下，将人踹翻了才说："你才不长眼呢，我妈！"

周晓文还准备控诉他呢，一听就服软了，连连谄媚："对对对，我不长眼，我不长眼。"

姜晏维一边打着游戏，一边接电话："妈，什么事？"

于静就问他："还跟霍麒在一起呢？我半年不回家，你也不知道多陪陪我。"

姜晏维有点不好意思，其实今天霍麒不在家，他应该去他妈那边的，可不是还没开学吗？他实在是受不了他舅舅一家，就算是他舅舅帮他整了郭聘婷她妈，可还有讨厌的表哥和舅妈，所以他就压根没提。

这会儿被抓了现行，他就摸着脑袋不好意思了："没有，我跟周晓文打游戏呢，我这就过去吧。"

于静也不准备在众多人面前聊这事儿，就那么一说而已："不用，我跟你说件事，我跟你爸要了你的抚养权，这事儿不是早就跟你说过了？"

"对呀。"姜晏维表示知道。

"你爸同意了。"于静说，"但修改之前他还想跟你再见一面，今天太晚了，明天我给你请个假，早上你们聊聊吧。"

姜晏维一下子不知道该说什么了。他有种说不出来的滋味，他知道他跟他爸关系不好了，他知道他爸也没原先爱他了，他甚至知道他跟他爸可能会越走越远，可听到说他爸同意放弃抚养权的时候，他心里还是……不得劲，憋得慌。

酸，涩，过不去的感觉。

不是矫情，也不是还怀念，就是……怅然，像丢了什么东西似的。

于静对姜晏维是最了解的，听他不回答就知道他难受了。姜晏维这孩子看着大大咧咧的，什么事儿都嘻嘻哈哈，可他是最重感情的人。所以，姜大伟觉得跟这孩子越走越远心里难过，可其实更难过的是姜晏维。

每一次吵架折腾的背后，都是这孩子对于父爱的再一次执着。

可显然，姜大伟没有看出来。

只是，于静也不是随意妥协的人，抚养权这事儿她必须拿过来，她只能缓声安慰姜晏维："你要是觉得不舒坦，就说出来，妈妈理解，毕竟那是你爸。"

"没有！"姜晏维否认了，"妈，我没事，你定好了时间地点跟我说，我明天过去。"

于静担心地说道："妈妈去接你好不好？晚上住我这边。"

姜晏维就知道，他这样子过去，肯定弄得全家鸡飞狗跳地劝他，还以为他多舍不得呢，何苦添乱呢，就说："不用，我在晓文家挺好的，正好打游戏。"

于静不是强求的人，就说："那好，你已经成年了，是大孩子了，想开点。"

姜晏维自然应了，挂了电话他也不吭声，在周晓文的欲言又止中回去打游戏了，除了脸色阴沉点，也看不出什么来。

周晓文想劝但不知怎么开口，于是彻底放弃了，干脆拿出本事开始在游戏里使劲，两个人倒是玩得挺嗨。

等着吃完晚饭，姜晏维一个人回了客房的时候，那股子不爽才泛滥出来。他躺在床上，满脑子都是他爸，他小时候喜欢赖在他爸脖子上不下来，他爸扛着他在院子里来回绕。

还有他考上高中的时候，他爸那叫一个得意扬扬，专门带着他去公司，那群叔叔阿姨姐姐哥哥们都会说话，见了他就问："考到哪里去了？"他爸就大声跟人家说："一中，免费线。你说你爸又不缺钱，怎么还这么省钱啊。"那些人自然是恭维，他爸就乐呵呵地说，"这钱咱不省，发红包，庆祝庆祝。"

然后就到了他爸妈离婚的时候，他妈让他跟她，他说："我不跟你，我跟我爸，我就不让他舒坦。"对他爸他也这么说的，那时候他爸说的什么呢："爸爸永远都是爱你的，只要你不走，怎么着爸爸都高兴。只要你在爸爸身边就好了。"

可现在，终于结束了。

抚养关系都不在了，他也十八岁了，不需要给生活费、不需要节假日接出来玩。

他躺在床上，感觉就像是一条离了水的鱼，翻腾都没了力气。电话响了好几次，好在他给每个人都设了不同的铃声，有张芳芳的，还有他爸的，他都没接，跟死尸似的躺了一会儿，电话又响了，霍麒的。

姜晏维这才像是恢复了知觉，脚指头动了动，把手机夹了过来。

霍麒是来确定他晚上是否在周晓文家住的，顺便提醒他别忘了明天开学上课，别迟到了。结果平日里见他恨不得变成小狗的姜晏维就"哦哦哦"地答着，没精打采的，霍麒觉得有点不对劲。

"怎么了？"他问。

要是别人，姜晏维肯定不能说，他不是那种家里有事儿跟外人"秃噜"的性子，可霍麒不一样。他想了想回答："我爸同意变更抚养权了，明天跟我见一面就办。"

他就简单一句话，可霍麒就明白这孩子的心思了，霍麒问："像是丢了很重要的东西？"

姜晏维没想到他能描述得这么准确，有点意外地说："你怎么知道？"随后挺消沉地解释，"我也不知道怎么回事，明明都已经到了见面水火不容的地步了，看见他就不想说话，可还是不得劲。我是不是受虐狂啊？"

霍麒有点心疼，问他："那你不同意变更的事儿？"

"怎么会？"姜晏维立刻否认，"我没这想法，我们还是离远点好。"

"那就是了，"霍麒安慰他，"你只是念旧罢了。你讨厌现在的爸爸，可也不能抹杀过去他的好，这是你重情重义。如果因为他现在对你不好，你就觉得他一无可取，那就是没良心了。"

原来这样是好啊，而且挺有道理的。姜晏维被霍麒鼓励了一下，心情好多了。

霍麒听他没大事："好了，别多想了，早点睡吧。"

姜晏维只当他有事儿没时间多聊，就应了。自己在屋子里又躺了半天，不可抑制地想了许多过去的事情，又唏嘘了半天，迷迷糊糊地不知道什么时候就睡着了。

结果到了半夜，手机铃声又响了。是霍麒。

他拿起手机眯着眼睛逆光看了看，深夜一点二十五分，怎么这时候打过来了？姜晏维还以为出事了，直接坐了起来，接了电话，就听见霍麒说："维维，我在别墅区外面，出来吧，我带你回家。"

姜晏维第一反应就是："你怎么赶回来了？"可他压根就不用听答案，他知道霍麒不会骗他的，他的霍叔叔因为他心情不好，居然从京城开夜车赶回来了！

姜晏维直接就跳了起来，他因为心情不好也没脱衣服，直接拿了外套套在身上，书包都顾不上了留给了周晓文，开了房门就往外冲。

深夜里，客厅里静悄悄的，姜晏维能听到的只有自己的心跳和霍麒的声音："我担心你，正好事情办完了，就回来了。"

姜晏维只觉得似乎刚刚的郁闷都消失不见了，自己唯一能做的就是咧嘴傻笑，从心底泛出来的，连忍都忍不住的那种。他怕惊醒了屋子里的人，也不敢说话，只能"嗯嗯"地应着，像只猫一样悄无声息地走到了门口。结果发现袜子忘穿了，不过已经不在意了，光脚套上鞋，就直接推门而出。

等着跑到院子里的时候，他就可以冲着霍麒说话了："我马上到了，你等等我！"

霍麒叮嘱他："不着急，你慢点。"

怎么慢得了？用飞奔来形容还差不多。他打开了周晓文家的院门，在别墅区的小路上狂奔，然后路过了他爸家的别墅，曾经他妈的主卧、他的卧室现在灯还亮着，有人的身影在来回走动。姜晏维知道，那肯定是姜宴超又闹腾了，祝你们闹腾吧。

他像只狂奔的狗，如风一般穿过了这片他太熟悉不过的别墅，然后在门卫的瞠目结舌之下出了别墅，唐突地出现在霍麒的面前。

他仰着脸，兴奋地看霍麒："你怎么先前不告诉我啊？"

霍麒其实就是舍不得这孩子难过，想陪陪他。可他真没想到姜晏维反应这么大，他望着那双满是欣喜的眼睛，只觉得天上的星星都没有这么亮，心就软成了水做的一样："我想你也不愿意住这里，就提前回来了。"

姜晏维觉得霍叔叔简直太了解他了。

他"嘿嘿"笑着，这里不方便多说，霍麒开了车门，让他上了车。

车子一路开回家，路上霍麒就问了问于静怎么说的，姜晏维怎么想的，等着到家的时候事儿已经了解得差不多了，霍麒就说："明天我陪你过去。"

这会儿太晚了，两人说了几句就要睡觉了，姜晏维跟霍麒告别："你在就特别安心，什么都放心了。"

霍麒开了几个小时夜车回来特别疲劳，闭上眼就有种要睡过去的感觉，可此时想着一句话："你在我也才放心。"

第二天一早，于静和姜大伟瞧见的就是这二人组合。姜晏维半夜跑了，这会儿正跟周晓文解释加道歉呢，冲他俩叫了声爸妈就接着打电话了，倒是霍麒空着。

姜大伟多看了几眼姜晏维，这才扭过头来跟霍麒客气，一个劲儿地说："最近给你添麻烦了，哪天咱们兄弟聚一聚，我得好好谢谢你。"

倒是于静上下打量了霍麒，有点意外："维维这孩子，这事儿也缠着你，刚开年公司很忙吧，怎么也跟着过来了？我们自己处理就成了，你赶快回去吧。"

霍麒就说："今天没事才过来的。这孩子可能有点胆怯。"

他愿意陪着，于静自然不再说什么。过了一会儿姜晏维就跟周晓文赔礼道歉成功，挂了电话过来了。

于静就说："维维，你和你爸到隔壁去坐坐吧。"

这是今天最重要的事儿，姜晏维自然不能说什么，点点头说了声"好"就往隔壁包房走过去。姜大伟连忙小跑几步跟了过去，他似乎想拍拍姜晏维的肩膀，让姜晏维躲过去了。姜大伟大概有点空落落的，脚步就慢了慢，等着姜晏维进了包房，他才进去。

他把门仔细地关好，姜晏维已经坐在了最里面的椅子上，低头翻着手机玩。姜大伟实在是太了解他了，一眼就瞧见他压根没在任何页面上停留，显然是不知道干什么便用这个动作遮掩情绪的。

姜大伟就在他对面坐了下来，问他："维维，这么久没见爸爸，没什么要跟爸爸说的吗？"

姜晏维知道这是谈话开始了，就把手机放在一边抬起了头。然后看到他爸眼底下特明显的一道纹路，看起来跟老了十岁似的："你最近挺累吧，老了那么多。"他脱口而出。

姜大伟愣了一下，只当孩子还关心他，忍不住点头："是挺累，最近……"最近无论哪件事都不能跟姜晏维说，姜大伟一下子把话头掐住了。是啊，他们已经不是过去的他们了，公司的、家里的大事小事都可以随便聊聊，他很快换了话题，"岁数大了都这样，都快五十的人了，怎么可能不老？"

姜晏维又不是傻子，怎么可能听不出他后面没说的话呢？他想想昨晚他爸家别墅亮着的灯就以为是跟姜宴超有关，开始的那点关心彻底抛到爪哇国去了。

他"哦"了一声，就不想多说了。

可他不说，姜大伟还有一堆关心的话要问："期末考得挺好，开学就最后一个学期了，有没有想好干什么？还想当医生吗？"

当医生这事儿，姜晏维真不是说说玩的，他高一的时候就跟他爸妈说过了，说自己没什么经商的天赋，想干点有意义的事儿，想学医。学医又累又辛苦，工作后还有各种问题，姜大伟和于静都觉得不那么理想，他们都想让孩子快快乐乐地过日子，所以也没多鼓励。

姜晏维就点点头"嗯"了一声："还想。"

姜大伟这会儿恨不得当慈父了："想就学吧，爸爸支持你。大不了爸爸到时候给你开家私人医院，日子也好过。"

要是原先，姜晏维肯定特高兴地说："还是爸爸疼我。"可现在他说不出来，就点点头说："再说吧。"

这话落下，屋子里又没声音了。

姜大伟不甘心又问："有什么需要的吗？关键时候了，辅导老师要不要爸爸给你请？还有学校里有没有需要办的事，都可以跟我说呀。"

"你早……"姜晏维下意识就想反问"你早干什么去了"，可是话到嘴边觉得挺没意思的，这话说出来又会是一顿吵架，将过去对不起他的那事儿都拉出来说一遍，然后放放狠话。没意思，太没意思了，他真不想这样下去了。

"不用了，"他压着性子缓和了语气说，"辅导老师霍叔叔给我请了，都是市里最好的老师，要不期末也不能进步这么大。学校里也没什么事，高三了有事也不找我们了。爸，这些你都不用操心了。"

姜大伟听了这话自然自责："是我没照顾好你，却麻烦你霍叔叔。"

姜晏维就说："你忙我理解，顾不上就顾不上吧，你家里事儿多，姜宴超也身体不好，你多照顾他我明白。我都成年了，自己会照顾自己，你不用担心，也不用自责。"

姜大伟明确地发现，那个一点就着的维维不见了，现在坐在他面前的孩子，不再跳着脚叫姜宴超猴子了，都懒得跟他发火了，居然说能理解。

如果说年前最后一次见面，姜晏维的闹腾让他知道这孩子还在意的话，现在他能明确地感觉到，姜晏维不在意了。

明明姜晏维就坐在他的眼前，伸手就能摸到，他却有种这孩子已经在远离他的感觉。

从姜晏维生下来开始，他曾经幻想过那么多次，这孩子长大了成人了懂事了他该有多骄傲，却从未想过，姜晏维的长大是这样一种状况。

后悔？自责？两者在他心里发酸发酵发胀，他忍了又忍，终于还是忍不住了："维维，你是不是特别讨厌爸爸？你看你现在，连气都不愿意跟我撒了。维维，爸爸知道那段日子做得不好，让你受委屈了。爸爸这些天不停地在反思自己，我错了，我浑蛋，那么好的日子我不珍惜，我愧对你妈妈和你。

"我怎么就这么想不开呢？我最近总是一个人待着抽烟，一夜一夜地睡不着，总是忍不住想起过去的日子，咱们一家在一起多快乐。维维，我跟你妈妈的路走错了，再也回不了头，我知道。可爸爸知道错了，你再给爸爸一次机会好不好？"

姜晏维看着他，他脸上满是痛苦，显然这些话都是真的，他是真心实意地后悔了。曾经他是多盼望他爸能说这句话，多盼望他爸转头重新向着他，让郭聘婷吃瘪。可如今他觉得没什么意思了。

他制止了姜大伟继续忏悔，劝道："爸，再给一次机会又怎么样？搬回去，跟你们住在一起，我和郭聘婷、姜宴超吵架打架，你向着我吗？可我现在连架都不想吵了，怎么办？这世上没有后悔药吃，我希望你永远向着我的时候你不在。就是不在了，现在我不需要了，你给我再多有什么用。"

姜大伟不甘心地打断他："维维，你想让爸爸怎么办？你说给爸爸听啊。"

"我只想安安静静地学习，离你们这些糟心事远点。"他站了起来，"爸，你不用再劝了，办手续吧。"他也不是个没良心的孩子，往外走两步大概觉得这样挺狠的，回头又说，"这样我不用掺和你的家庭，隔一两个月咱们见一次，八成会好点，比现在好。"

说完，他就走了出去。

姜大伟痛苦地抬起双手捂住了脸。

走廊里，于静看着霍麒："他们得聊一会儿了，咱们去那边坐坐吧。"

霍麒自然同意："好。"

两个人也找了个包厢坐着，各自要了杯咖啡，有一搭没一搭地聊着。于静跟霍麒也不算太熟悉，她没离婚的时候，作为姜大伟的妻子跟霍麒见过一面，然后就是今年过年了。说的话也都很官面，天气、秦城和京城，都是无关紧要的。

说了一会儿，霍麒都以为会这么一直说到姜晏维出来，没想到于静话锋一转，突然有点酸地问："维维虽然热情点，可从来没怎么缠过父母以外的人，平时你们都聊什么啊，我真挺感兴趣的。"

霍麒太了解这种失落感，就像是他到了霍家才发现，原本口口声声说爱他的妈妈并不唯一爱他了。她有其他更重要的人，譬如他的继父和继兄。偏偏，霍麒并不愿意与一个陌生人分享自己的过去，自然也不想说他和姜晏维的同病相怜，只能模糊地说："大概有点共同语言吧。"

3

姜晏维从包厢里出来的时候，心情不算好，挺复杂的，他爸那样真挺可怜的，一个大男人又是认错又是要怎么样的，一瞧就是真后悔了。

可他远远地瞧见他妈，又想起一年前这个时候，他爸妈在民政局前面的情景。

他妈那时候闹离婚，一方面是真接受不了，觉得受骗了；另一方面其实也是闹腾，他爸要是真下决心改，二十年夫妻感情怎么可能挽回不了？

只可惜那时候他爸没那个心思，郭聘婷都怀孕了。

离婚那天他舅舅来了，甭管出于什么心思，他都在门口劝着他爸："夫妻还是原配的好，那小丫头跟你差着二十多岁呢，你们怎么可能过得舒坦？我姐就是嘴硬，你再劝劝。"

他爸那时候也闹腾烦了，说得特绝情："她怎么不劝劝我？她受不了我出轨，我受不了她这性子，离婚对大家都好。"

他至今都记得那时候他爸妈的样子，他爸还是那副成功人士的模样，他妈却特别憔悴，明明化着妆，可粉都浮在脸上，跟戴了一层冷漠的面具似的。他妈对他舅舅说："我说你劝什么，他迫不及待奔向新生活呢！不用劝，日子会告诉他人生是什么滋味的。"

一想到这儿，姜晏维就觉得他爸没那么可怜了，他妈早就警告过他爸了，他爸没听而已，都是自己作的。

于是，他的情绪又从可怜他爸变成了不爽，真不知道他爸到底怎么想的！不过这种情绪，他压根不想传递给他妈，所以走过去的同时就收敛了，到了两人跟前，挺乖地叫了一声"妈"和"霍叔叔"，站在了两人中间。

他妈倒是跟平时一样，也没那种害怕孩子半截改主意的恐慌，挺镇定地问了一句："聊得怎么样？改不改？想好了吗？"

他就实话说了："改吧，反正就那样了。"然后他等着他霍叔叔的问话了,结果半天没声音,他忍不住扭头看了看,他霍叔叔一副"我是个外人"的表情站在一边,那叫一个闪得远。

姜晏维的小天线立刻立了起来——这真不对劲啊。

这种时候,霍叔叔肯定得说句话来关心关心啊。

姜晏维也不是傻子,觉得他妈八成说了什么。

可他妈似乎一切正常,听了他的话就说:"那好,这事儿我和你爸协商解决就成了,"他妈掏出了一份文件,"你签个字就上学去吧,第一天别太晚。"

姜晏维挺郁闷他妈这性子的,好像自从跟他爸闹离婚后,这脸色是越来越难以捉摸。原先还能循着点踪迹,如今瞧着,这跟刚才没什么区别啊。

他兀自想着,于静就已经把文件放他跟前了,顺便把钢笔都递了过来,姜晏维思绪被打断,又不敢问,只能先放下了,准备回去问霍麒他俩说了点啥,再分析分析。

他将笔接过来,挺慎重地在文件上写了"姜晏维"三个字,一笔一画的。然后,还叮嘱他妈一句:"我爸他好像最近过得挺不好,你别太刺激他。"

于静点头应了:"我刺激他干什么?都是不相关的人了,成了,你别多操心了,等办完了我跟你说。"

姜晏维"哦"了一声,这才叫霍麒走。霍麒倒是还好,除了对他比较冷淡外,其他看不出什么,挺礼貌地跟他妈打招呼:"那静姐我先带维维走了。"

于静就笑眯眯的,客气地说:"真是麻烦你了。"

姜晏维觉得浑身鸡皮疙瘩都起来了,等着走出十步远,确定他妈听不到了他问:"你怎么了?我妈说什么了?"

霍麒没吭声,带着他一直往门外走。姜晏维一瞧也不敢多说了,跟着就出了门,然后下意识地在院子里扭头往落地玻璃窗那边看了看,结果发现他妈竟然在看着这边,瞧见他还跟他挥挥手,打了个招呼。姜晏维也被吓了一跳,连忙飞了个吻,心脏"扑通扑通"地一直跳,直到坐进了车里,才略微好点。

这太恐怖了!

姜晏维忍不住说:"我妈怎么了?弄得跟侦探似的!"

霍麒挺从容地打火:"应该是吃醋了。"

姜晏维愣了一下，原本夸张的表情一下子不见了，脸色露出了一种不忍的神情。霍麒听他有点难过地说："我妈是离开我久了，担心我不跟她亲了。"

霍麒还没瞧过姜晏维这副模样呢，瞧他这样真挺心疼的，安慰他说："现在不是没办法吗？你要上学她要创业，等你上大学就好了。再说，你妈也不是想不开的人。"

若是想不开，就不会离开秦城去京城了。

姜晏维也觉得，他妈的确是这样。

这么一想，心里就好受点了，不过，他还是说："这几天我得多陪陪她。"

霍麒自然答应，而且看他不高兴，还故意提醒他一件事："你妈那么想你，八成会来家里视察吧。"

一说这个，姜晏维忍不住就哀号了一声。到了别墅，霍麒就瞧见姜晏维一阵风似的回了屋。他连忙跟上去想要帮忙，就瞧见姜晏维从衣帽间里抱出了一堆没叠的衣服，然后又从他房间的各个角落摸出了漫画小说一堆。霍麒要不是亲眼看见，还真不知道他居然偷偷塞了这么多东西。

姜大伟自己待了一会儿，感觉情绪恢复得差不多了，这才慢慢走出了包厢。于静还等在那里，不过身边多了刚刚姜晏维没见到的律师，瞧见他出来就说："维维已经签字同意了，你签一下吧，剩下的就可以走程序了。"

姜大伟知道这是没办法的事儿，他在姜晏维面前可以服软、认错、难过、痛苦，但在于静面前，他终究是要脸做不到的。

他看了看那单薄的抚养权变更书，就点点头，接过了律师递过来的钢笔，想要签字，可落笔时又停住了，他抬头问静："当时维维说要跟着我，你一点都不阻拦，是不是早就料到了这结局？"

于静跟他都是成年人，共同生活了这么多年，彼此人性中的优点弱点一清二楚，并没有什么好粉饰的，她点点头："有这种预感，没想到这么快，这么激烈。你刚开始死咬着不离婚，后来又同意了，不就是为了姜宴超吗？有他在，又有个一点就着的小三在，你和维维处不好。只是我没想到，会这么不好。你太让人失望了。"

姜大伟很是愤怒："你太卑鄙了。"

"我怎么卑鄙了？我不出轨，我不滥情，我没有搞出私生子，我只不过是听从孩子的意愿，让他留在了爸爸身边而已。对！"于静平静地说，"我是预感了结局没有说出来，可那又怎么了？我不过是做了一个想要留住孩子的母亲最理智的选择，维维是我的孩子啊，为了他，我再卑鄙又如何？

　　"你想让我干什么？像是你那位傻白甜的老婆一样行事吗？明知道孩子还有眷恋还有放不下，强行将他留在我身边，让他在这些小问题中与我的关系越处越差，反而因为距离而产生的朦胧感，怀念出轨的爸爸，最终投向爸爸的怀抱？姜大伟，你做梦呢！"

　　姜大伟痛心疾首："你就不在意维维会受到伤害？还有他的学习，他高三了！"

　　于静直接给姜大伟拍了巴掌："你还知道他高三，那你出什么轨？那你生什么老二？那你为什么不在郭聘婷砸他房子的时候向着他？为什么不在张桂芬砸破了他的头的时候替他说话？不是我太不在意孩子，是我没想到你的底线那么低，你口口声声十八年的爱这么不值钱，你这么不负责任。我能预想到的是维维不会放松自己的学习，他不是因为有事就放弃自己的人，事实证明也是如此。你以为一个真的落下课的孩子，补习一个月就能重回年级前五十吗？你傻吗？"于静当然不是来刺激他的，说完要说的，就放缓了语气，"这些都已经过去了，你应该庆幸的是维维长大了，他成年了。你虽然这一年对不住他，可往前跟他有十七年的美好时光，伤害虽然是伤害，可不是不能磨灭的，时间长了就好了。起码刚刚维维出来，他也不是不难受的。"

　　同意就是同意了，姜大伟早就想好了，他只是觉得有点不甘心而已。他点点头，落笔写下了"姜大伟"三个字。最后一笔落下的时候，他只觉得眼睛酸涩，多年在商场上练就的感情内敛也挽救不了要流出的泪水，他想起了姜晏维出生时他签字出院时落下的名字，想起了姜晏维每次考试他落在卷子上的签字，可如今啊！

　　他站起来，最终叮嘱了一句："维维还是想学医，你别太跟他对着，他大了有想法了，报志愿我要知道。"

　　于静点点头："好。"

　　霍青林这几天的日子并不好过，很忐忑，他在等待一个结果。

他爷爷那么大的岁数，去了一趟林家，虽然被请了进去，却干坐了一个小时，最终林家老爷子也没出来见客。非但如此，连他那个大媳妇赵敏都未曾出来，林家也连脸都跟霍家撕破了。

他爷爷气得直接拂袖而去，回家就犯了心脏病，在床上躺了两天。

他伯伯和爸爸疼他，但没有越过老爷子的道理，所以这几天，大家看他的目光都不掩饰，一副恨铁不成钢的模样。他爸还专门叫他去书房质问他："当年你不是口口声声跟我保证，你没这种想法吗？你到底有多少瞒着我们的？"

他没说，可事实是，瞒着的事儿太多了。

老爷子终究是老爷子，他二伯和爸爸都是见多识广的，一致认为这事儿万分不对。

当年林家认定费远害死了林峦，都不曾在面上跟费家过不去，林老爷子和费老爷子还见面说话始终如常。一直到林家动手害死了费远，他们才知道，人家压根就恨着呢。

这一方面是各个家族牵一发而动全身，费家纵然子孙单薄，可终究费老爷子摆在那里，更何况，费老太太的娘家——费远的姥姥家也算是有头有脸的人家，万一对方有所察觉，那便不容易行事；另一方面也是为了不打草惊蛇好做事情。

怎么到了霍青林这里，就不一样了呢？跟费远干的事儿比起来，霍青林不过个被动的受益者，更何况他如果不是救林峦，自己也不可能摔伤。

这肯定是不对的。

老爷子躺在床上，可家里的人脉都动着，很快费老太太去林家的消息就传来了。然后费老太太是被赵敏扶着送出来的细节也传来了，这就让人感觉惊悚了。

他俩家是死敌，费远害死了林峦，林家直接一把火把费远烧死了，还给他安了个畏罪自杀的名头，气得费老爷子直接升了天，这两家怎么可能握手言和？如果这两家都能握手言和，那是多大的新仇才让他们忘记旧恨？！

然后，费家的一个保姆又吐露了一个细节，老太太前几天收到了一封信，里面有个U盘。老太太看完后一夜都没睡，在家里的老爷子和费远的遗像前坐了一夜，一直念叨："远，你看奶奶替你报仇。"

大叔，你好 下

这完全说明当年林峦那件事有问题，起码费家找到了让林家认为有问题的证据。

霍青林很快被叫了过去，当着他爷爷和爸爸的面，他二伯质问他："当年在深谷里到底是怎么回事？你想要好，就全部交代清楚，否则家里也没法帮你，林家这是要下死手了。"

真是如此，林家不见霍老爷子，案子那边却催得厉害，霍青云那边的账目已经开始审核，行贿数额让人吃惊，霍青云已经被请走了。另外江一然的失踪，则让更多的目光放在了那幅画上和他们的关系上。调查组一方面在找江一然，一方面已经开始偷偷调查霍青林和行贿案的关系了。

霍青林不是傻子，这是他唯一可以游说家里出手的机会了，他不说，老爷子要真不管了，那他能怎么办？

他在京城长大，在朋友圈混迹了三十多年，并不是没见过被家族放弃的人。

他不能成为那一个。

他最终给出了一个合适的答案："那地方特别陡峭，脚掌能落地的面积不过三分之二，林峦在我前面，不小心滑了跤，就要跌下去，我下意识去拉他，可惯性太大了，我没有着力点，很快也被拽了下去，随后就昏迷过去。

"后来是费远叫醒了我俩，那地方没有信号，我俩又成了这副样子，时刻都可能昏迷过去再也醒不过来，费远不敢走远，只能等待救援。我们仨身上都有急救包，开始我和林峦都有药，内服消炎药，外伤有云南白药止血，还打了吗啡止痛，可药不够用。第三天，就面临一个问题，继续这样平均分配的话，我们两个也许谁都活不了。

"林峦先给出的条件，他说如果费远救他，林家可送他一块地。我能给什么，我不过比费远稍强那么一点而已。可我不想死，更不想因为救人，反倒当了替死鬼。我对费远说，如果他救我，我就答应帮他遮掩那些丑事。"

这话落下，在场人无一不惊讶，连老爷子都难以置信。

霍青林解释："费远做了什么事，我都知道。他的确很怕我抖落出来，于是选择了我。后来我们就有一些吵嚷，大概让林家听到了猜到了部分真相，弄死了他。"霍青林笑了笑，说，"现在，恐怕有人将全部真相告诉了费家，他俩合作了。不过，我不后悔，林峦可以诱惑费远让自己活命，我不过是跟他做了一样的事儿而已。如果当初费远答应他呢，死的就是我了。再让我选择，我还是这个选择，再往前推，我宁愿不拉他，让他摔死好了。"

他这番话不可谓不让人心惊，让人深思，让人为难。

他说完就被请了出去，老爷子和二伯都没有给他回应，他就只能这么提心吊胆地等着，白天坐不住夜里睡不着，短短几天便胡子一堆。他有各种情绪要发泄，甚至时时刻刻都想整霍麒，他深信是霍麒整的他，虽然他不知道霍麒为什么可以这么神通广大。

可他什么都不能做，他的行动在别人的视线里，他不能轻举妄动，要报复也安全以后。

这已经是第三天了。

他有点等不及了。

第六章

1

　　姜晏维害怕他妈来视察，所以先回家收拾了一番。

　　不过，姜晏维的担心显然并没有成真，于静虽然那天问了霍麒一嘴，可真的一点都没再提过这事儿，也没说过要来霍麒这边瞧瞧。她给姜晏维打电话，就只说了抚养协议已经变更了的事儿，另外还叮嘱了他好好学习，让他没事多回大舅家几趟，她过几天就要回京城了。

　　最后他妈说，挺想他的。

　　姜晏维又心酸了一下，当天就跑他大舅家去了。

　　这时候虽然已经开学了，可姜晏维去的时候是下班点，所以大舅家的人都在。他进门的时候姥姥在做饭，大舅妈督促着表哥看书，姥爷自己玩，姜晏维环绕一周，就去问他姥姥："姥儿，我妈呢？"

　　姥姥好几天不见他，那叫一个想，先把人从上到下看了一遍，又往姜晏维嘴里投喂了几口炖猪蹄，然后才问了一句："霍麒呢，他怎么不来？"姜晏维满口被猪蹄占着，只能含糊说："加班呢。我妈呢？姥姥。"

　　姥姥就挺失望地说："在里屋训你舅舅呢。"显然哥哥被妹妹训这事儿在他家太平常了，他姥姥都不当回事。

121

闹腾完了，他就拿着半个猪蹄一边啃着，一边去他妈那屋门口，准备瞧瞧他舅又犯啥错被抓着了。结果走到一半，门就拉开了，于静迎面碰上他，他舅在里面号了一句："你就不能给我留点？"

姜晏维一边啃着猪蹄，一边跟他妈打招呼，观察他妈神色，结果他妈见他就跟原先一样，特正常不过的样子，还酸他一句："哟，今天终于有空来见见我这老太婆了。"

姜晏维就怕他妈感觉到冷落，立刻扑上去请罪，结果被他妈推着脑门嫌弃地推到一边去了："吃完了洗了手再过来，油腻腻的。"

姜晏维瞧他妈还挺正常的，恐怕那天也就是有感而发，心就放下了一半，挺响亮地挥着猪蹄子敬了个军礼："是，于静女士！"

他妈就乐了，瞥了他一眼，笑骂了一句："滚吧。"

于静说完就去帮她妈忙去了，家里现在人多，哥哥一家三口，外加她爸她妈、她和姜晏维，七口人都挺能吃的，一晚上最少十盘菜。她妈一个人可忙不过来，嫂嫂天天捧着个肚子将自己当纸糊的，她花钱请保姆姥姥又不让，于静没办法，只能自己上——不会烧菜，当个帮厨也行。

姜晏维松了口气，结果一扭头，就被他舅舅扯住了。他舅舅挺鬼鬼祟祟地说有话跟他说，姜晏维也正好找他呢，就半推半就地应了。于涛将他拉到了屋子里，然后跟地下党似的，往外看了看，八成是瞧于静没看见，才关了门，回头就给他一句话："维维，这事儿你可得帮帮舅舅。"

姜晏维就觉得自己眼皮子跳，八成没好事，站起来就要走，被他舅舅又按回去了。

他舅舅就问他："维维，抛开我和你爸妈的事儿，你说从小到大，舅舅对你怎么样。"他也不用姜晏维回答，自己在那儿数，"你和你表哥打架，我是不是向着你？"

姜晏维就说："那你事后跟我爸没少要赔偿啊。"

他舅舅说："你爱吃的，舅舅是不是时常让姥姥做了给你送过去？"

姜晏维就说："可表哥说了，他先留下爱吃的，剩下的才能给我。"

于涛大眼瞪着他，就没见过这么不给脸的破孩子。姜晏维也挺不好意思的，实话跟他说："舅，你家实在对我没好到哪里去，我找不出来啊。"

于涛也知道这是实话，他没出息，买个房都是靠他妹妹，不过听着还是挺不得劲的，张口反驳："我不是帮你收拾张桂芬了吗？"

这个情姜晏维认，立刻点头："这个我得谢谢您。"这事儿是挺痛快的。

于涛这才舒坦点，就跟他吹自己："我跟你说，你舅舅没少给你出气。张桂芬的胳膊断了吧，郭玉婷跟她老公也离婚了……"说到这儿他才想起，这事儿不能提，只能隐晦地说，"反正以后郭聘婷的日子不好过了，她敢欺负你，舅舅不让她舒坦。"

姜晏维抚养权都不归姜大伟了，而且想开了，其实也没那么恨了，就跟于涛说："你折腾她行，别折腾我爸了。我怕他受不住。"他爸那样真不太好，他虽然也想让姜大伟受受教训，可真怕他身体出问题，那脸色哪里是不到五十岁的人该有的。

于涛就一句话："哎，我给你出气呢，你可真是老姜家的人。"

"别来这套，有事就说，我就算跟我妈姓，也不一定能给你办到。"姜晏维来了一句。

于涛就说："这不是你表弟要出生了吗？我得了笔外快，你妈知道了，给我收了，你劝劝呗。你说你俩都不缺这点钱，干吗还天天收我的？我忙活半天，敢情都给你俩白跑腿了。"

他舅舅说起来就一脸委屈，对的，他原先是不知道于静离婚分钱了，可最近知道了，于静现在不比姜大伟穷啊！还有眼前这孩子，没事儿就冲着他跳脚让他还100万元钱，结果自己出手挺大方，6000万元钱随便花花买别墅。偏偏这两人谁也不肯松点给他。

姜晏维一听就知道，他舅舅这笔钱赚得不那么光彩。然后，他就想到了他舅舅上次提起来郭聘婷母女那说了半截的话，还有刚刚郭玉婷离婚郭聘婷难受的话，心里就有种感觉："你又讹我们家钱了吧？"

于涛习惯性就来了一句："那怎么能算你们家的？都给了……"然后就闭嘴了，因为正瞧见姜晏维一脸"我就知道"的表情啃着猪蹄看着他，他就想拍姜晏维脑袋，姜晏维躲过去了。

姜晏维顿时明白，八成是郭聘婷出钱了（要是他爸出的，不能说给谁了），可郭聘婷为什么出这么多钱？有问题。

他心里有点数，他爸、郭聘婷姐妹掺和到一起又能讹到钱，能是什么事儿啊？他现在比原先强多了，不会跳起来不愿意，可他不想听也不愿意知道。他原先是觉得他爸越差劲他们过得越不好他越高兴，现在却发现不是这样的，这事儿是有个峰值的，这样就够了，别的他也不想他爸太不堪。

于涛现在就缺钱，那对姜晏维不算什么，对他可是一大钱，他就跟姜晏维卖好："维维，你不知道你爸有多过分。我告诉你这事儿，你帮帮我行吗？"

要是原先，姜晏维八成就应了，这会儿却摆摆手："我听那事儿干什么？他们闹腾去吧，我不关心。"

说完，他站起来就出门去了。

于涛算盘落空，难以置信，看着空荡荡的屋子，不由得自言自语一句："这小无赖，改性了！"

京城。

霍环宇一回霍家，一直在客厅等候的霍青林就站了起来。

他是霍环宇的独子，从小又争气，霍环宇不知道有多疼他，瞧他这样虽然气愤，但更多的是心疼，忍不住皱眉道："怎么这般坐不住？"然后又舍不得他担心，便说，"你爷爷信了，这事儿你二伯处理，放心吧。"

霍青林不由得松了口气，连忙问："爷爷要怎么办？"

霍环宇便说："林家想不讲道理只手遮天，没这个可能，霍家也不是吓大的，你放心好了！"

景辰公寓里。

屋子里两层遮光窗帘都紧紧拉住，显得黑乎乎的。江一然木然地坐在房间里，秦海洋递了杯水给她："你这样没用。"

江一然忍不住问："你要我什么时候出现？"

秦海洋说："现在不用，先给你看场大戏，你觉得你失踪了，他会怎么对你？"

江一然这两天已经被打击得毫无自信，她摇摇头，实在是想不出那个男人会怎样对她。

秦海洋也不用她猜，直接说道："我猜，你大概会是个狐假虎威的贪财者吧，譬如借着他的名义狂敛钱财。"

江一然忍不住怒吼："我没有！"

2

姜晏维没答应帮忙弄钱，他舅吃饭的时候都垂头丧气的。

姜晏维虽然跟他舅总是不对付吧，可想想他舅舅也挺可怜的，遇上他妈那么一个厉害的姐姐，又遇上他这么一个聪明的外甥，所以，抱着同情的心理，他给于涛夹了好几次猪蹄，都把他姥姥看糊涂了，姥姥说他："维维，专门给你做的，你吃，你舅舅四五十岁的人了，还不知道夹菜吗？"

姜晏维就哄他姥姥："这不是在舅舅家吃饭，讨好他吗？"

好歹于涛也配合："我自己来自己来。"说着夹了块最大的给姜晏维，"来来来，给你个大的。"姜晏维啃着猪蹄不吭声了。

吃饭的时候，姜晏维毫无心理负担地把一盘子猪蹄都啃了，然后试图打包锅里的，被他妈镇压了："熊孩子，给别人留点吧，赶快回去吧。"

没办法，姜晏维只能空手出门了。坐上车他又问了问霍麒下班了没，知道霍麒还在公司，就直接去了霍麒公司。霍麒忙得要命，也没时间管他，他就在一旁认认真真做卷子。

不过也就一会儿，姜晏维放假玩疯了，刚刚开始高三模式肯定有点倒不过来，已经趴沙发上睡着了。霍麒早就瞧见了，过来瞧瞧英文卷子做了一半，他睡着了手里还拿着笔呢，就挺心疼的，也舍不得叫他，将自己的大衣给他披上了，顺便把空调调高了，接着忙。

霍麒这是楼盘要加推，等着忙完都已经夜里十二点了。彭越往后看了看就说："我把他叫醒吧，睡得跟小猪似的，可真熟。"

霍麒就阻止了："不用。叫醒了就睡不好了，高三太累。"说着，他就走了过去，姜晏维已经从趴到仰着了，黑色大衣里露出张白色的脸，眼下有淡淡的黑眼圈，显然是这两天熬夜所致。

霍麒看着挺心疼的，干脆把他背起来。

姜晏维居然真没有醒，大概是感觉到不舒服，稍微动了动，换了个姿势，嘟囔了两声接着睡了。

彭越连忙去开了门，然后一路走在前面，还去开了车门。瞧着他家老板小心翼翼地将人放进了后车座里，然后把那件好几万块钱的大衣胡乱地塞在姜晏维身下，就为了不掉下来让姜晏维冻着。

他也是富裕人家出身，可看着还是心疼。

这叔侄感情可真好。彭助理这么想。

有了于涛的帮忙，姜晏维觉得的确方便迅速了许多。譬如他知道他妈最近倒是没提他，可是跟周晓文他妈打电话的时候，还打听了霍麒，问霍麒的口碑传闻。还有姥姥说喜欢霍麒的时候，他妈居然还跟姥姥讨论了一下姥姥到底觉得霍麒哪里吸引人。

倒是姜大伟，这几天终于消停了一会儿。

姜宴超的病稳定了，就不需要再住医院了，被接回了家。张桂芬虽然很讨厌，但照顾孩子是一把好手，外加月嫂帮忙，就游刃有余了，不需要姜大伟分神。

姜宴超的病，姜大伟倒是还没说，一是这孩子究竟病到什么程度，还得大点再说；二是眼前平静的日子得来不易，他总是不忍心打破，就想一点点往后推推。

至于郭玉婷和张林这一对，这两天安静了许多，不知道是发现此事不可为而放弃了还是有新的打算。姜大伟也不是坐以待毙的人，他手头有人派出去打听，结果就听见了张林他姑姑姑父回来的消息。这一家姜大伟倒是也认识，似乎生意做得也可以，可前几年就收手了，跟着女儿移民国外了。

张林家帮着姑姑一家看守房屋车子，也沾了不少光，他们一回来自然是要全家接待的，张林也就没时间跟姜大伟闹腾。郭玉婷倒是没回去，不过应该是觉得没张林缠着，她说话姜大伟也不听，所以也老实了。

姜大伟有了空，自然就要去公司看看——十五都过了，他还没见人呢。虽然公司运转他不用担心，但终归不是个事儿。

到了公司自然是忙，跟各位高层见个面聊两句，再处理一下当天的事务，等到了中午才闲下来，秘书已经将订好的餐送过来了。姜大伟原先不喜欢安静，还喜欢找人一起吃饭，而如今难得有安静独处的时光，交代秘书不准别人打扰，就关了门。

结果吃了饭睡了一觉，秘书就敲门，送上来一堆文件，手里还拿着个快递，对着他说："董事长，这是保安送上来的，说是寄给维维的，不知道怎么回事寄到这边来了。大年三十就寄过来了，这几天您不在，没拿给您。"

这种东西其实应该直接送到姜大伟家里去的，可是最近他家里事多，别人不知道私助知道的，哪里适合没事上门拜访？而且寄来这么久姜晏维也没催，显然是不重要的东西，就让留着等姜大伟上班再给了。

姜大伟一听也挺奇怪，就接了过来，轻飘飘的，应该是文件。他顺手放到了一边，可过了一会儿觉得不对劲。要是姜晏维认识的人，应该知道他从来不对外说自己的身份，快递都是到家的。而且他不来这边，寄过来干什么？难不成是给他的？

要知道公司这么大，如果是直接寄给姜大伟的东西，都会有秘书代为收发，不重要的是到不了他手上的。也就只有写了姜晏维的名字，别人才不好拆开又必须拿给他。

姜大伟直接就撕开了，把里面的东西抽出来，是几张照片。

姜大伟扫了一眼，就看见了里面的姜晏维和霍麒，场景他太熟悉了，就在建房的工地上，两个人一前一后地站着，在跟一个穿得很是时髦的男人说着话。

奇怪的是，这不是正经照片，而是视频截图打印出来的照片！

这照片有什么用？

姜大伟随手翻看了一下，又打开快递袋往里看了看，才发现里面落下的一张纸，上面有一段话：他们对面的男人叫霍青云，是霍麒二伯的儿子。那天姜晏维为了帮霍麒，将他狠狠地贬损了一顿，霍青云在调查姜家。

姜大伟顿时冷汗就冒出来了。

霍家是什么样的人家，没有谁比他更清楚了。若非他和郭如柏是忘年交，他奋斗了一辈子的身家压根连人家的裤脚都摸不到。而且，霍家三子，老大和老二实力最大，霍麒的继父排行老三，不过是家族的边角人物。

得罪了霍青云，姜大伟如何不害怕！

多年的披荆斩棘倒是让姜大伟没有太慌乱，他慢慢地坐了下来，心平气和地往别的地方想想，为什么会有这个快递发过来？这显然不是寄错了地址，是借着姜晏维的名义给他看的。

127

他认为，这更像是一次警告！

警告姜大伟约束好儿子，别碰不该碰的东西！

想到这里，姜大伟终究放下了心。即便如此，他也忍不住地去怪罪霍麒。霍麒的确帮忙看顾维维，可为什么让维维参与到他和霍家人的争端中？这太没数了！

想到这里，他还是"腾"地站了起来，拿起了电话拨给了霍麒："霍麒，我是姜大伟，我有事儿找你谈，我现在马上去找你。"

京城。

霍老爷子既然敢答应，自然不是一般手段。

在林家毫不知情的情况下，调查组又新来了一位负责人，与林家的那位平起平坐。中国人办事一向讲究中庸，更何况林、霍两家原本就不相上下，组里的人自由心思，自由投靠，两头为大的最终后果就是相互制衡谁也干不下去。

老爷子四两拨千斤，让霍青云行贿案的调查处于停滞当中。

霍青云虽然还没放出来，可人人都知道，霍、林两家开始进行较量，更何况这后面还有费家和周家的参与。明明是一宗小辈的行贿案，却弄出了巨大的影响，不少人开始驻足观望了。

这种情况下，霍青云不能放出来，可也没人继续追查霍青林的事情。霍青林这两天过得总算是舒坦了点，但他不可能一直待在京城不动，南省还有一堆事要做，推了七八天已经是极限了。既然这边无事，他就收拾了东西，又跟老爷子告了别，要先回去工作。

老爷子敢出手自然是不怕林家的，他上次也被那个闭门羹气得不轻，倒是有时时刻刻跟林家讲讲"忘恩负义"这四个字怎么写的想法——他孙子救人，就算后面有错也是自救，而且是林峦先开始的，林家如今对着霍青林下狠手怎么讲都是没道理的。

林家厉害，可霍家也不差，一时间倒有了种谁怕谁的感觉。

老爷子大手一挥："去吧。"

霍青林就让宋雪桥替他收拾行李准备赴南省，当然，这次他把从不离身的王运留了下来，接着找失踪了的江一然，顺便让宋雪桥带着路路都留在京城，不带他们去了——费远的死让他心惊胆战，林家实在是太狠了，行贿罪名安在头上不说，直接将人烧死。他是怕林家又会像几年前一样动手。京城反而安全点。

等着第二天一大早，他就坐车赶赴机场，却没料到一出小区门口，就让人拦下了。对方穿着普通，走到了他的车窗前，出示了警官证，他在车里听见对方说："霍先生吧，我是刑警张玉生，编号……"

司机身边也有人出示证件，扭头跟他说："是真的。"

霍青林这时候就不好再无动于衷了，他落下了车窗，这会儿，能更清楚地看清面前这位张玉生警官了。张玉生是个挺严肃的中年男人，并没有因为他是霍三少有任何谄媚神色。

霍青林便说："我是霍青林，什么事？"

张玉生便说："霍先生，江一然失踪了七天了，我们在她的住处内发现了打斗的痕迹和部分血迹，目前怀疑她可能遇害，请您跟我们回去一趟接受调查。"

这事儿终究是发酵了，霍青林当即就皱了眉头，他不悦道："江一然失踪了，是霍青云行贿案的事儿，她是霍青云捧出来的画家，你们不找霍青云找我做什么？简直无理取闹！"

说罢，他便试图关上车窗，并吩咐司机："走！"

万万没想到，那张玉生竟跟不怕死似的，直接将胳膊伸进了车里，车窗有防夹功能，自然就关不上。而且司机旁边那小警官，直接就挡在了车头那里，司机吓了一跳，直接一个刹车，车子停了下来。

霍青林脑袋差点磕到了椅背上，只是没等他发火，就听张玉生说道："霍先生，大庭广众之下，有些话我并不想说得太明白，您是霍家人，总要给您三分面子。不过，如果您装糊涂，那我不得不说点大白话了。《我和林的初夜》那幅油画可还在仓库里呢，如果您跟江一然没关系，那么这幅画是怎么回事？而她也在暴露那幅画的当晚消失，这……"他的话意味深长，不过很有分寸，很快收敛，"霍先生，我们对您进行例行问话是职责所在，请您配合我们调查。"

霍青林就知道，这事儿是躲不开了。他点点头："好，带路吧。"

这张玉生也是个人物，瞧他不下车也不在意，直接冲着司机说："嗨，哥们，开门捎我一程吧。"

霍青林知道这是怕他跑了，可他堂堂霍家三少怎么可能跑了，便点点头，示意司机开锁。等着张玉生上来了，刚刚那个小警察就开着另一辆车跟在了后面。他问坐在副驾驶位的张玉生："谁报的案啊？"江一然向来不与人来往，连朋友都没有，谁报警呢？

就听张玉生说："她小姨，听说也算是养母。"

三天前，远在西省的刘爱玲刚刚送走了去远方上班的女儿，恢复了平日里的退休生活，就接到了一通陌生人的电话："您是刘爱玲吗？江一然是您的什么人？她失踪四天了，如果您还挂念她的死活，最好去京城看看。"

3

姜大伟打来电话的时候，霍麒正在开会。按着往常惯例，会议中他是不接电话的。可姜大伟是霍麒在秦城少有的朋友，又是姜晏维的爸爸，所以他还是破了例。

他大步走出了会议室，姜大伟的声音已经从话筒里传出来。

"我要找你，马上，开会也去。"

他的声音简单而有力，谁都能听出其中隐藏的急迫。等着他挂了电话，霍麒的眉头已经皱紧了，这是出事了！他能肯定。

霍麒瞬间便想了想他和姜大伟关联的事情，事业上是没有的，他们虽然在同一行业，却没有任何的关联，唯一的交集只有一个——姜晏维。

霍麒有点担心，姜大伟那边会不会出什么幺蛾子，毕竟，还有个后妈煽风点火呢。

霍麒直接示意彭越来主持会议，然后拿了大衣边往楼下走边给姜晏维打了个电话。这个点是下午第一二堂课的课间，所以姜晏维很快就接起来了，还能听见他跟同学闹腾的声音："做不出来怪我喽，谁让你不好好学，我是学霸。"然后才跟他说，"你怎么打电话来了？有事吗？"

对于除了撒娇外都不肯开口叫叔叔这毛病，霍麒都说他好几次了，姜晏维都不改，还说："你才比我大多少啊，叫着显得你好老。"

霍麒无言以对，只能默许。

他问："怎么还装上学霸了？"他打电话是为了看看姜晏维是不是有事，如今听他半点事没有，就松了一口气，有一搭没一搭地开始跟姜晏维聊，想把这事儿糊弄过去。

"还不是有道题特别难！全班就我一个会做，我们班可是一中的重点班啊。就我一个会做呢。"他简直太神气了，霍麒不用看都能想到姜晏维说话的表情，一定是眉飞色舞，手舞足蹈，恨不得跳起来，"我不是学霸是什么？照这个样子，上你母校妥妥的。"

大概是吹得太厉害了，后面有人开始嘘声："你怎么不说选择题错了四道呢？"

这应该是周晓文，他的声音霍麒认识。

姜晏维显然没想到吹牛被现场点破，哼哼地冲着霍麒解释："都是粗心、粗心，我都会做。对了，"他开始转移话题，"你找我做什么啊？有事啊？"

霍麒自然不会告诉他，就说："没事，我晚上有事可能回去晚，你是一个人在家吃饭，还是去你姥姥那边？"

姜晏维一听是这事儿啊，先嘟囔了一句："你最近也太忙了，都不好好吃饭，炸酱面、盒饭什么的也营养不够啊。要不我点了外卖找你去吧，我得看着你吃才放心。"

霍麒心里暖得很，但还是拒绝了。他的确怕回不去，姜大伟口气焦急，不知道是什么事，会谈多久，也不知道会出现什么状况，他怎么可能让姜晏维过来？他说："今天是和生意伙伴应酬，不是加班，要出去吃饭的，我保证少喝酒多吃饭好不好？"

姜晏维这才满意了："这也行。我去姥姥家，回家一个人没意思。"

霍麒由着他："好，那你上课吧，我也忙去了。"

当然，挂了电话，就回到了现实中。他拿了衣服走到了楼下，略微迎着风站了站，就瞧见姜大伟的车开过来在他面前停下来。姜大伟想下车，他却直接上前，开了车门坐了上去，对一旁的姜大伟说："往前走，那边有个地方可以聊。"

这地方都是秦城一号院的，自然是他带路。

姜大伟瞧着他就生气，可好歹开着车——他嫌弃丢人没带司机，不会动手，就按着霍麒说的路开了一段，停在了一个三层楼会所前面。这地方一瞧就知道是秦城一号院第一期刚刚建好的。

这地方显然也是刚装修好，还没开业，只有几个保安在。瞧见有车过来，他们就跟着过来，结果就看到了下车的霍麒，又纷纷退了下去。霍麒带着姜大伟直接上了三楼，找了个包间停下了。

整座房子里就他们两个人，也就不需要客套了，姜大伟开头一句话就是："带我来这样的地方，你这是知道我为什么来的吧？"

霍麒坦言："不知道，不过应该不是什么好事。"

这屋子刚装修好，到处都是胶水的味道，所以窗户全都开着，风从秦城湖那边刮过来，呼呼的，越来越大，就跟姜大伟这心头的火一样，压都压不住："霍麒，我跟维维闹得不愉快，你帮忙劝维维，甚至把他带在身边督促学习，我谢谢你！可你怎么能让他参与到你和霍家的纷争中去呢？！"

他顺手将手里的照片扔在了那张厚重的红木桌子上，照片在风中被翻开，露出了其中的场景。姜大伟指着照片问他："寄照片的人说，维维帮你跟霍青云吵架，这个不假吧？"

这照片实在是太明显了，霍麒几乎一眼就知道这是上次霍青云跟着考察团来，强行要求他接受霍青林道歉的那次。

他得罪的人无非两个——霍青云和霍青林，弄到监控视频对这两个霍家人来说，都是小菜一碟。不过能做这种事的，只有霍青云那个上不了台面的家伙，霍青林就算想干，也不会这么简单。

霍麒一直在防范着他们两人，却万万没想到霍青云会出这一招。

内部瓦解！

他知道对付不了霍麒，就扯上姜大伟。

霍青云太了解霍家的身份地位，他知道，但凡是个精明人，就不可能不害怕得罪霍家。

这招的确厉害，看姜大伟的表情口气就知道。

不过，霍麒没有怪罪姜大伟的意思，这是人之常情，其实他一直有点愧疚，那天维维站在他面前保护他的样子实在是太可爱，他没拦着。

他愧疚地对姜大伟说："对不起。"

"对不起就够了吗？"姜大伟在一旁咆哮，"你身在霍家，你难道不知道霍家是什么样的存在吗？我辛辛苦苦二十年，算起来在秦城也是有脸有名的富翁，可我对于霍家什么都不算。只要霍家稍微动动手脚，我就完了。你知道这代表着什么吗？代表着我们一家一辈子的心血完了，代表着你口口声声要护着的维维，自此要换一种日子过了！

"你总是跟我说，他高三，我找小三娶老婆生儿子，是对他人生的不负责任，那你这样的做法是负责任吗？你别说他主动的，他懂什么？你满脑子就是家里的那点事，他知道霍家是什么样的存在吗？他因为你帮他而帮你，不过是出于一种孩子的义气罢了！你为什么不拦着？！"

姜大伟一样样数落，霍麒无言以对。

"对，是我的错。"霍麒很坦诚地说，"我辜负了你的信任，我知道和理解作为一个父亲，你看到这个消息时的愤怒。不过你放心，霍青云那边我来沟通，这事儿我会完满地解决，你给我点时间行吗？我猜想，"他看了看那照片，"既然将照片发过来，对方就是不准备立刻动手，只是警告。"霍麒诚心跟姜大伟解释霍家的情况，"霍青云的确是霍家的一分子，可大伟哥，一是霍家虽然强大，老爷子立下的家训却是遵纪守法，霍家不可能平白无故地对付一个陌生人，就因为维维跟霍青云争吵了两句。强大的是霍家，不是霍青云。而且依着他的个性，他能做早就做了，反而不是威胁。二是你恐怕不知道，霍家在京城最近不安稳，好几个子弟都出了问题，其中就包括霍青云。我想，他现在并没有时间腾出手来管这些事，他自顾不暇。"

这倒让姜大伟松了口气，不过他有他的想法："我期望你能解决好。但是，霍麒，别怪我翻脸无情，这事儿我不能赌。我奋斗了一辈子，这份产业我不想失去。而且，虽然我和维维如今闹得不愉快，可我还是很爱他，我不希望他有一天过苦日子。所以……"姜大伟叹口气，最终说，"我想让他搬回来。"

"不可能。"霍麒立刻否定了这个提议。

"怎么？"姜大伟霎时怒了，质问他，"你真当自己是万能的，说能搞定霍青云就可以？如果可以的话，怎么会有照片寄过来？！这说明他记恨在心，压根不把你放在眼中！"

"我不是万能的，"霍麒接着说，"可搬回去不妥当。维维已经高三了，最后一学期很重要，他刚跟我磨合好，现在让他搬回去，他的学习怎么办？你知道，他和你妻子压根处不好。"

姜大伟一听就气乐了："我给他租房子，行了吧？！"

"大伟哥，他才十八岁，刚刚经历了父母离婚，爸爸有了新妻子和新儿子，好不容易在我这里平静了心情重新开始，你把他一个人扔在出租屋，他会怎么样？你这样做，我只能觉得，你所谓的为了维维都是假的，你只是怕有任何一丁点影响了自己！"

这个说法显然让姜大伟恼羞成怒，直接挥了拳头砸过来。

霍麒早有准备，不回手可也不站着挨打，他一扭身就躲了过去，倒是姜大伟这些年少运动，拳头收不住，往前冲着墙趔趄了两步。霍麒怕他摔着，上去扶了一把，直接让姜大伟一拳头回了过来。霍麒这次是无处可躲，只能硬生生受了他这一拳。

拳头无眼，直接打在了他右脸上，霍麒"哐"了一声立刻向后退了一步。大概是打到了霍麒，姜大伟也有些意外，所以他没追上来。霍麒不在意地用手背擦掉了嘴角的血，试图平静地跟姜大伟说："我为什么要带着维维？还因为我们有相同的经历。即便你不愿意听，我也必须说，我对他是不一样的，是在他的父爱消失后，他的另一个情感支柱。

"我承认这里面有我的私心，我想去救赎一个与我有相同经历的孩子，因为我小时候，也期望这样一个超人出现，救他等于救我。但更多的是为了维维，我不希望在最重要的人生时刻，被他的爸爸一而再再而三地毁了！"

霍麒句句出自肺腑，姜大伟就算是铁石心肠也不能不被触动。只可惜，面对有些事人的立场天生就不同，在霍麒看来，他的话条理分明，让姜晏维留在自己身边保持现状不动，由他处理霍青云的事情，是最好的选择。可对姜大伟来说，姜晏维如今抱着摧毁姜家的定时炸弹，不是他不信霍麒的能力，而是他不敢打这个赌。

即便会再次耽误姜晏维的学习，也不行。当然，他会尽力减少。

姜大伟在秦城湖吹来的狂风中，沉吟后的回答是："你说得对，不能打扰他学习。我可以不让他搬出别墅，我的要求是你让一步吧。秦城一号院一期结束，二期开始，已经用不着你这个大老板在这里坐镇了，你在京城也有生意，忙得脱不开身，离开四个月也不是不可能。把维维空出来，让他安安静静高考，结束了后我们再谈，怎么样？"

姜大伟毕竟是经商的，他在关键时刻提出了最严苛的要求。

"正好，你到京城，也可以处理霍青云的事情，这是能做的吧。"

姜晏维挂了电话就进了教室，一坐下周晓文就凑过来，问他："给霍麒打电话呢？"

姜晏维就拍他脑袋一下："叫叔叔！天天一点礼貌都不懂。"

周晓文就"哼"了一声，来了句："哎，我比你大呢。我不应该跟着你叫吗？"

姜晏维一想也是，忍不住说："我总觉得他跟哥哥差不多，我叫叔叔叫不出来。"

周晓文点头同意："太年轻了，把他的脸跟我爸的脸放一起，我爸都不好意思说他四十岁。"

姜晏维直接就哈哈笑了："你有本事当着你爸的面说啊，我看你屁股不开花。"

周晓文回答："那我不敢，我爸还觉得他年轻得仿佛小伙子呢，最近谈的那个，才十八岁，比我大半年。我要说了，他能弄死我！"

说着上课铃就响了，班主任抱着卷子就走了进来，姜晏维这才想起来这节体育课改自习了。

一堆人埋头做卷子，他做了两道题就做不下去了，总有种放心不下的感觉，他霍叔叔应酬少，也不知道酒量行不行。他就打了报告上厕所，趁机出了教室，回头给霍麒打了个电话，想叮嘱他晚上提前吃点东西垫垫。

结果没人接。

他又打了两遍，还是没人接，不知道是不是开会呢。

他是上课出来的，班主任看着自习呢，回去晚了肯定要挨说，没法使劲儿等，就换了个人，打给彭越想叮嘱他提前准备好。彭越倒是挺快接了电话，姜晏维接了以后顺嘴来了句："你们开会呢，霍叔叔都不接电话？"

要是别人彭越肯定不会多嘴，这可是老板的行踪，可姜晏维不是外人，他就说："没有啊，他刚刚在楼底下等人去会所了。我瞧着是你爸的车啊。"

姜晏维顿时觉得不好。

他爸为什么要找霍麒啊？他爸没理由找霍麒啊。而且那个会所他知道，他是业主，前两天置业顾问才给他发了微信，说是建成了，三月底就能投入使用。那里面现在半个人没有，他俩去那儿干什么？

这么一想，霍麒今天的电话就不对劲，霍麒从来不在上学期间找他的，怎么可能破例呢？

姜晏维不知道是什么事，可觉得不对，想了想扭头就朝着校门跑去，跑了两步又想起来这会儿出不去，转头就去了操场那儿，沿着熟悉的路线，从矮墙那儿一个助跑，借着胳膊的力量翻了上去。

往下跳的时候，校园里就响起了老朱那熟悉的经过扩音器后显得有点变声的声音："姜晏维，你又逃课！站住！"

姜晏维瞥了一眼，老朱叉腰站在办公楼上，正冲着他跳脚呢："站住！"

可他顾不得了，扭头就跳了下去。

第七章

1

姜晏维顺手拦了辆出租车，就到了秦城一号院。

彭越已经开完会了，这会儿正因着这小祖宗的要求，等在楼底下呢。瞧见他就给他指了路："往前开，先右转，再两个左转，再……"

没说完就让着急的姜晏维扯上车来了。

车子继续往前开，秦城一号院并不算特别大，很快就到了会所门口。果不其然，他爸那辆车牌号一串6的车正停在底下呢，姜晏维直接就扔了钱跳下车，三步并作两步直接冲了进去。

秦城一号院是要打造秦城最豪华的别墅区，会所自然占地面积不小，姜晏维一层二层都跑了个遍，然后才气喘吁吁地上了三层，结果就听见一个房间里有声音。

他连忙跑过去，正赶上霍麒说姜晏维就是小时候的自己，救姜晏维等于救自己，自己想当姜晏维的超人。

他感动得不得了，不过没进去，气喘吁吁地站在外面听怎么回事，两个人跑到这里说这些干什么。

结果就听见他爸让霍麒离开，还说什么让霍麒去京城处理霍青云的事。

姜晏维顿时就明白了，这是霍家给他爸施压了。

他爸步步紧逼，一瞧就是逼着霍麒答应的模样。姜晏维一听就又急又气，他知道霍麒疼他，他真怕霍麒为了他跑到京城不回来！

姜晏维直接就跳出去了，小身板站在霍麒面前，冲着他爸喊了一嗓子："答应个头！"

屋子里两人谁也没想到，姜晏维竟然过来了。

霍麒皱眉问他："你不是上课呢，怎么过来了？"他目光就看向了姜大伟，姜大伟自然不能承认，立刻说："不是我。"顺便训斥姜晏维，"怎么说话呢？！"

姜晏维这时候一肚子气，直接来了句："没人告诉我，我觉得不对劲跑来的。"然后炮火就开始了，"幸亏我跑出来了，要不的话，你俩在背后就替我决定了。我是没出生还在我妈肚子里不能说话，需要你们替我决定；还是没成年自己的事儿做不了主，需要你们替我决定；抑或是我做事不靠谱没有独立能力，需要你们替我决定？"他吸着秦城湖吹过来的冷风，先是扭头训霍麒，"你傻啊，我爸说什么你都担着。霍青云的事儿跟你有什么关系，是我听着不顺耳自己上去怼他两句，他就是个缩头乌龟，骂不过我，又对付不了你，结果偷偷告黑状！真没种！"

刚刚的气氛特别严肃，姜大伟是一肚子气，霍麒则是一肚子的歉意。可这会儿，气氛彻底不对了，姜晏维就好像是游入沙丁鱼群的一条鲶鱼，彻底搅浑了水。

霍麒不回答，姜晏维又问了一句："对不对？"

霍麒拿他没法，一边说着："对对对。"一边试图安抚他，"没别的事儿，我们……"

"什么我们、我们啊，你跟我是我们，你跟我爸算什么我们啊？"姜晏维心里不高兴，那话是一串一串的。姜大伟听着就不爽，当着他的面，姜晏维跟霍麒成一家了！他能忍才怪。

姜大伟皱眉说："姜晏维，你够了啊。你不知道分寸了吗？霍青云是你能惹的吗？你还有理了？还在这儿说说说的。我告诉你，你趁早搬出来，别再惹事了！"

姜晏维本来就火，又瞧他爸拿出了当爹的威风，更不爽，就一句话："我不！你管不着我，你都不是我监护人了，你有空去管那个猴子吧！"

一听这个，姜大伟那个气啊，直接就上来要打他。姜晏维跟猴子似的，何况从小就有斗争经验，再说又怕他爸误伤霍麒，直接就撇开霍麒绕着屋子里溜达。他才十八岁，姜大伟都四十多了，更何况姜大伟刚刚还跟霍麒打了一架，这会儿体力根本不行，走几步就气喘吁吁，彻底追不上他了。

　　姜大伟瞧着姜晏维就一肚子气，冲着他怒吼："我是你爸，我就是死了化成灰你也得叫我爸，我怎么管不了你了？我告诉你姜晏维，今天这事儿你不来还能好好讲讲道理，你来了，这事儿就没跑，东西也不用收拾了，你今天必须跟我回家。"

　　霍麒也不想姜晏维跟姜大伟闹腾得太厉害，训斥姜晏维："不准这么说话。你的礼貌……"

　　他还没说完，一旁的姜大伟直接就怒吼了一句："有你说话的份吗？我是他爸爸，我才能管他！我告诉你，立马走，你信不信，我能让你秦城一号院变成死宅，一套都卖不出去。"

　　这也是逼急了。

　　霍麒倒是没事，可姜晏维心疼啊，直接就冲着他爸说："你吼什么呀？我都不愿意说你，你有什么资格站在这儿冲我冲霍麒这么吼啊？我知道你觉得把我送到霍麒家里，送到你兄弟那里，霍麒没给看好是不是？人家凭什么替你看孩子啊？你一个当亲爹的都不要我了，我和霍麒无亲无故，又没见过几次面，人家凭什么管得妥妥当当一点问题不出啊？爸，我就问你，你说这些，你不脸红吗？"

　　"那也不……"姜大伟的确理亏，他为了舒坦，把姜晏维弄到霍麒那里去了。结果日子是清净了，可孩子是真没管。

　　他这话说得可是太不留情面了，姜大伟的脸都青了："我跟他不一样！"

　　他试图辩解，可在事实面前，语言实在是太苍白了。

　　"你要是怪就怪你自己吧。要不是你婚姻存续期间就弄出个私生子，要不是你背叛了我妈离婚，要不是你护着小老婆、新儿子不顾我，我怎么会跑到霍麒家住，得罪了霍青云？明明……我们俩关系曾经那么好的！"

　　姜大伟万万想不到，有朝一日，他曾经做过的事儿，会被孩子拿出来这样说，那一句句都是实话，都是他无法辩驳的事实。他能说什么？

他的脸色顿时变得灰暗起来，看着姜晏维的目光也变得有些可怜："在你心中，爸爸就是这样的人吗？"

瞧着他这样子，姜晏维说完也有点后悔，要是郭聘婷，他说了也没事，可毕竟是亲爹，总是不好意思的。他就说："事实在那儿，爸，你问我难不成让我否认吗？所以，都这样了，你看看，你没立场管我，让我听你的，我心里也不会愿意。就跟那天说的一样，咱们离得远点行吗？"他小声地嘟囔，"别在对自己不利的时候就不把自己当爹，等到需要权威的时候又把当爹的架子拿出来了。如果……如果那天我被砸了后，你这么站出来冲着郭聘婷说让她走就好了，何必现在出头？！"

姜大伟只觉得心如刀绞。如果说姜晏维原先的隐忍让他能够在家庭生活中得到一丝安宁，如果说姜晏维后来的不接电话和吵闹让他知道这孩子有意见了，如果说抚养权变更的谈话让他知道这孩子渐离渐远，如今他终于明白，已经失去了。

他和姜晏维的血缘关系，即便他化成了灰都会存续，可是他们之间的感情，早就没有了。

目前在姜晏维心中，他是个没有资格管他的父亲，还不如跟他认识了不到三个月的霍麒重要。

而付出这一切得到的，不过是一个更混乱无秩序时时刻刻可能爆发的家。

有再多的钱有什么用？事业做得再成功有什么用？这一刻一切都换不回一颗他早就想要的后悔药。

悲凉，难受，巨大的情感仿佛剑一样刺入了他的心中。

他忍不住伸手抹抹眼睛，有眼泪流出。

他欲言又止，他止步不前，他从一个怒气冲冲的父亲，被打击成了一条无家可归的狗。他不停地吞咽下想说的话，最终只化作了一句，还像是个当爹的一句话："我有错，你不认我你怪我都没问题。我欠你的，我认。可霍家不是你能想象的，我虽然不好，可也给你打下了基础，我不想让你失去这些。"他大步向外走去："维维，搬出霍麒家，我这里不愿意待就去你舅舅家，否则，别怪我动关系给你转学。"

他说完就往外走，姜晏维还想追，被霍麒拉住了。他俩看着姜大伟原本就不高的身躯，慢慢地佝偻下去，原本有力的步伐，变得虚浮起来。

明明不长的路，他走了许久才走到了楼梯处，回头望了他们一眼，下楼去了。

那一眼包含了太多情绪，再说在姜晏维说了那么多难听话后，他还固执地去管姜晏维，这让姜晏维免不了有些动容——虽然不是他想要的，忍不住说："早知今日，何必……他要是当时这么管我就好了。"姜晏维挺遗憾地说，"早三个月也好。"

发完了感慨，他才冲着霍麒说："怎么办？他是我爸啊，好像真能替我转学，我觉得我爸八成能干这事儿，不会去寄宿学校吧？"

小屁孩顶嘴的时候威风，可撒娇的时候也很可怜。

霍麒拍着他的后背说："没事，我来办，交给我好了。"

京城。

霍青林坐在一间办公室里，大概是因为他的身份不同，所以他所待的地方，并不是他见过的那些审讯室，没有光秃秃的水泥地面，没有单独的一张椅子，更没有两三个进行盘问的警察。

这间屋子应该是个领导的办公室，他坐在那里，等着对方的问讯。

对的，那个张玉生上了车后，就再也没多说一句话。等着开到了这里，就很恭敬地将他请了进来，跟刚刚那股子恨不得打架的样儿完全不同，然后这人给他端上了一杯茶水，关门就出去了。

他看了看表，他已经在这个屋子里等了半个小时。

半个小时可以让人想很多事情，尤其是在这种环境下，简单肃穆庄严，比在家里时时刻刻面对担忧审视的父亲、不理解的后妈，还有疏离的老婆强得多。

这个环境还不错，将他带到这里却不是审讯室，这便表明了起码他们没有什么证据证明江一然所谓的失踪或者死亡跟自己有关系。当然，实际上原本就没关系，他不过是派了个保镖去保护她。

可江一然到底发生了什么事？如果张玉生透露的信息是正确的话，谁要杀她？她又去了哪里？如今是生是死？

这一连串的问题，都在霍青林心里发酵。

江一然出事的时候，林家和费家还没正式扯进来，想借机生事的只有周家。可周家不该这么做啊，那幅画才是抹黑他的关键，江一然又是这其中的焦点人物，好好护着她让她供述跟他的关系才是正道。

那是谁？

他刚想到这里，门就突然开了，还是张玉生带着那个小警察进来了。两个人把本子往桌子上一放，就坐下了，当头第一句话就问："想了这么久，想必您也想清楚了，不如我们现在开始吧。江一然失踪的时间是大年初七晚上，能回忆一下您当晚的行踪吗？"

霍青林不知道他们搞什么鬼，何况他自认为跟这事儿没关系，很大方地说："去老宅看望爷爷，一直到深夜才回家。如果不信的话，你可以去我们家老宅问。"

谁敢惹霍老爷子？这显然就是以势压人，张玉生竟也不怕，笑了笑说："如果需要，我们是一定去的。当天谁跟您在一起，可以做目击证人？"

霍青林耐着性子回答："我爷爷、我二伯、我爸爸，还有我母亲、妻子儿子，家里的保姆。全家人都在一起。"

对方点点头说："那您的保镖呢？您有个保镖叫王运，十五年前救过您家人一命，从那以后，您无论去哪里都带着他。即便年节也不放假，大年初七这种全家聚会的时候，他在哪里？"

霍青林已经想到了对方问到了这里，所以并不在意，他自有一番说辞："去了江一然那里，那幅画一出来家里就知道了，虽然是她臆想的，可毕竟跟我有关系。家里怕有人做文章，我就派了保镖去保护她。不过他去晚了，他到的时候，江一然已经不见了。"

"您果然深思熟虑，可是，事实似乎跟您说的完全不一样。"张玉生终于露出了獠牙，"您的保镖王运可不是没碰上，而事实上，他进入江家的时候，江一然还没有失踪。"张玉生拿出了几张视频截图，示意小警察递给了霍青林，"虽然我们去的时候，电梯里的录像已经被人为清除了，但我们排查了外面街道的所有录像，可以推定，王运走入小区的时间为晚上八点零七分。而江一然在十分钟之后，还往外发出了两条短信，而十分钟，足可以到达江一然家门口。"

霍青林直接说："这是推论。"

就听张玉生笑眯眯地说："而短信的内容，则是'霍青林要杀你灭口，保镖王运就是动手的人'。"

此句一落，霍青林的脸色就变了。他不知道这事儿，可他第一反应就是："这是诬陷！江一然失踪后，王运一直在找她，如果是王运动手的话，他怎么可能留在现场？这是诬陷！"

张玉生笑了笑说："这也是一种思路。可是霍先生，现在的问题是，当时王运进出小区，并且坐电梯上楼的视频全部消失了。而在江一然家里的地毯里，发现了王运的纤维组织。目前王运已经被拘留，您还是好好想想吧。我过一会儿再问您。对了，您不必担心家里人担心，我们已经通知了您的妻子，也同意了她送饭。放心吧。"

医院。

郭玉婷百无聊赖地看着朋友圈，眼睛突然定格了。

张林的爸爸发了一张全家福，上面有两个她没见过，但是特别熟悉的人——张林的姑姑姑父。配图文字是："在中国生活了一辈子，老了却要出国定居，人生真是意想不到啊。"

郭玉婷顿时觉得不对劲，连忙给同一个小区住的姐们打电话，对方显然还不知道他俩闹离婚的事儿，接了电话就问："你这是攀上有钱亲戚了，现在连面都不露了。"

郭玉婷心中疑惑，装作不在意地说："什么有钱亲戚啊？"

对方立刻说："别瞒了，张林恨不得拿着大喇叭宣传了，也就你瞒得严实。不就是他姑姑姑父的孩子去世了吗？老两口准备接了你们一家都去国外，以后让张林接手企业，给他们养老送终。虽然没明说，不跟过继一个样吗？张林他姑姑姑父身价好几个亿呢，你可是大富婆了。"

郭玉婷难以置信地看着自己的手机，她都惊呆了。

张林他姑姑姑父要带他们出国？要培养他？继承家产？身价几个亿？那她这五百万算个什么啊！

2

会所这边环境并不好，姜大伟走了之后，霍麒就带着姜晏维出来了，一边走一边问他："你怎么出来的？你们学校不是上课期间大门不开吗？"

姜晏维这才想起逃课被老朱逮了个现行的事儿，摸摸头："翻墙，不过被老朱看见了，他八成……"手机铃声这时响了，一听就知道是周晓文打过来的，姜晏维就说，"你看看手机吧。"

姜晏维接起了电话，就听见周晓文在对面咆哮："你疯了啊，上个厕所就翻墙了，老朱叫你都不回头啊，你要干什么？你不考大学了？"

姜晏维也知道不太好，主要是影响不好，就一句话："我爸爸和霍麒吵起来了。"

一听是这事儿，周晓文就吼不出来了："吵什么？没打起来吧？"

姜晏维下意识就扭头看了霍麒一眼："没吧，都成年……"话还没说完，就瞧见霍麒嘴边的血迹了，细细的一道，应该是没擦干净。他上手就摸了摸，已经干了，直接问，"我爸打你了？"

这都不够乱的，霍麒自然不想乱上加乱，来了句："都动手了。谁也没占便宜，别多想了。"

姜晏维一脸心疼的表情，可真不能怎么样，那是他爸，他骂骂解气，可又不能真动手打人，不像话啊。他嘟囔道："以后我爸要见你，你就别搭理他。或者你告诉我，有我在，他就不会怎么样了。"

霍麒被他五官都恨不得皱在一起的表情逗乐了，揉揉他脑袋："没事。"

姜晏维又叮嘱了一句："回去我给你抹药。"然后才想起来周晓文，又拿起手机听了听，发现这家伙还在线，忍不住就问了句，"你怎么还在啊？"

周晓文那个郁闷啊，冲他怒吼："我还没跟你说完呢，你想让我原地消失吗？"姜晏维就"嘿嘿"笑了，又道了歉，就听见周晓文说，"算了算了，我就是告诉你，老朱很生气后果很严重，老班也很生气，你自求多福吧。"

他说完就挂了电话，姜晏维就知道，八成又得当典型请家长被罚站了。

霍麒这会儿已经在打电话了，因为跟姜大伟谈事情，所以霍麒的手机关了静音，刚刚一看，姜晏维的未接电话三四个，教导主任老朱的电话也三四个，一瞧就是发现姜晏维逃课了，人家找他告状的。

朱主任很负责，八成是讲了什么，霍麒一个劲儿地道歉。姜晏维瞧着就心疼，说了得有十几分钟，然后霍麒才一口一个好地挂了电话。

姜晏维就问他："老朱说什么了？"

霍麒瞥他一眼："明天让我去一趟，你们班主任气坏了，说你是无组织无纪律，既不尊师重道，又不把自己的前程放在心里，简直就是……"

这话他说不出来，可姜晏维知道："一只死耗子毁了一锅汤是吧？"最重要的是，他们老班经常这样说，他们班里的死耗子占比已经高达半数了。

霍麒就一句："你还知道啊。"说完，他就大步往前走，姜晏维在后面想了想班主任的口气，八成这个歉不太好道，肯定要翻旧账，这脸面八成不好看。就跑着跟上去，他安慰霍麒说："其实也好，你看，我帮你骂我爸，你帮我安抚班主任，咱俩配合多好！"

霍麒伸手揉了他脑袋一下："口无遮拦！"

回了办公室，人已经散去了，姜晏维要了湿巾给霍麒擦了脸，顺便又找出云南白药给他喷了喷，这才放心。霍麒则趁机打了个电话给公司的法务，问他如果夫妻离婚，没有抚养权的一方是否可以给孩子转学。

法务回答："按照法律来说是不可以的，必须与有抚养权的一方协商同意后才可以。不过这事儿现实生活中可操作的余地挺大，看门道吧。"

霍麒一听便知道，姜大伟肯定会去找于静，姜大伟的门道够了，可于静也不容小觑，他就站了起来，叮嘱姜晏维："我去找你妈，你回学校拿了书包，是留在这里写作业等我回来接你一起回家，还是让司机先送你回去？"

姜晏维一听就郁闷："要跟我妈说呀。"他虽然回嘴的时候厉害，可心里也挺没底的，去了京城一趟，他在视频里看到过霍家老宅什么样，其实已经对霍家有所了解。这会儿说真的，他挺担心的，"霍青云是不是挺难对付的？"

"还好，有我在呢，放心好了。他要是敢动你，就不会先威胁了！"霍麒跟他解释，"跟你妈说，是因为你爸要给你转学的事儿。抚养权在你妈手上，你爸要办事，肯定得通过她。"

"万一我妈也挺生气呢？"

打人应该不会，他妈懒得跟人动手，不过吵架他都不是对手，更别提霍麒了。

霍麒就笑了笑："那就听着啊。"

姜晏维就挺想跟着去的，可也知道他要是逃学让他妈看见了，更了不得，就忍住了，叮嘱道："我回家吧，你办完事也回家啊。"

而与此同时，姜大伟面前也站着个律师，挺为难地说："真不行，姜董，你没有抚养权一切白说，必须由于静女士出面才能办。"

姜大伟就说："你不是说也可以操作的吗？"

律师挺为难："那不是双方实力悬殊的情况下才能操作的吗？您看于静女士她也不是……"姜大伟就摆摆手，他怎么可能不明白呢？规则这东西，如果一方强一方弱，都是可以操纵的，可是双方持平，那就得拼一个理字了。

他在屋子里转了两圈，现在是真郁闷，他怎么当初就松口把抚养权给了于静呢？这才几天呢，一个星期都没到呢，就出事了。他真是……他又想到了一点，于静不会知道了故意的吧？可很快就自己否认了，于静的心胸没那么狭隘，不会想看着他完蛋，更何况牵扯到姜晏维。

巧合！巧合！

他这样想。

在屋子里转了几圈，他吩咐道："备车，算了。"自己摸了车钥匙，又匆匆下楼去了。

路上还接到个电话，是郭聘婷的，问他晚上回来吃饭吗。郭聘婷说："超超最近特别乖，也不哭闹了，经常一个人坐在那儿玩，挺省心的。还是我妈看孩子有一套，要不当年她一个人怎么能养三个孩子呢？"

这是郭聘婷最近的常态，经常跟他打个电话分享一下姜宴超的事儿。若是姜宴超刚出生的时候，她这样做姜大伟自然是高兴的，谁不愿意忙活半天后看看可爱的小儿子。可如今，姜宴超的癫痫就像是块大石头压在他心头，他怎么高兴得起来？

他就回了两句："是挺好的。"

郭聘婷又说："我发了他的小视频到你微信上，你记得看。对了，晚上早点回来，孩子睡得早，你回来这么晚，每天都见不着你。小心他学说话第一句叫妈妈哦！"

姜大伟就深吸了一口气："怎么都好。"

等着挂了电话，姜大伟的脸色就特别严肃，他已经身心俱疲了，虽

大叔，你好 下

然没有跟任何人说过——也没有人听，曾经可以分担忧愁的于静不再是他的妻子，他的老哥们郭如柏原本就对他离婚这事儿极不赞成，当然还有好友周立涛，可两人的观点相去甚远，周立涛现在都不懂他为什么找个情妇就离婚，没必要啊。

人越往上走看起来越热闹，朋友越多，聚会越多，圈子越大。可实际上只有他自己知道，能说话的人却是越少了。

他连个倾诉的人都没有。

带着这种情绪，他的车很快到了"秦城豪庭"，停在了于涛家楼底下。这事儿他并不想更多人知道，尤其是于涛那个老婆，大嘴巴一个，恨不得他家过不好，所以就打了电话给静，想叫她下来，结果竟然占线。

他拨了两次都没通，姜大伟憋着难受，就下了车。结果就瞧见对面那辆辉腾里，坐的竟然是霍麒，他也在打电话，不过窗户关着，听不见说什么。若说原先姜大伟对霍麒有多喜欢，这会儿看见他就有多烦。更何况，他在这儿就是问题了，这是来找于静的吗？

那边霍麒挂了给于静打的电话，也瞧见了对面的姜大伟，此时自然不适合坐在车里了，他便也下了车。

一个半小时前，两个刚刚在秦城一号院里吵过的人，此时又聚在了一起，自然气氛是剑拔弩张。

姜大伟皱眉就一句话："你来这里干什么？"

霍麒倒是比他冷静，这样的不待见他早就预料到了："大伟哥，你这是来要求维维妈转学的吧？"

姜大伟一听这事儿，就瞪他一眼，来了句："惹不起，自然要把孩子转走。"

霍麒就劝他："大伟哥，你现在完全属于意气用事。我们都是生意人，不能像是谈生意一样聊聊吗？撇开分歧直奔目标不好吗？"

姜大伟就问他："你把维维当生意？"

"不，"霍麒自然否认，"只是这样，你我才能跳出来公正地看待这件事。大伟哥，你是个成功的商人，我们用商人的眼光看。你培养了维维十八年，一中是秦城最好的高中，重点大学的升学率是百分之三十，全年级有1200人，他如今排名在年级前五十，也就是说，他闭着眼睛都能进重点。如果他进步一些，就可以够到京大医学系的大门。

"而如果你现在给他换学校，一是整个省内没有更好的高中，二是面临环境的变迁、情绪的波动。维维是个很感性的人，那么结果是什么？离高考只剩四个月，大伟哥，他有可能持续发挥，但更多的可能是一蹶不振。大伟哥，你现在看我是坏人，认为我带着维维，会让霍家对付姜家，是你们家的敌人。可事实上，我们的目标都是为他好，为什么不选择一条对他好的路呢？"

这番话的确全然站在姜晏维的角度，姜大伟不是没想过，他也不是不心疼孩子，他也希望姜晏维能顺利过了高考这一关。可他也觉得自己的法子没错："所以我让你离开，只是你不愿意。"

这就是保持原先的想法。

霍麒就知道，姜大伟这边肯定是说不通了，归根结底还是害怕霍家。他也有些怒了，忍不住问了一句："大伟哥，你到底知不知道你的目光转移到姜宴超身上后，维维的情绪是怎样变动的？"

姜大伟一听这个就恼了，张口就想斥责他。结果，于静不知道什么时候下来了，冲着两个人来了一句："真是不知道丢人啊，多少人看着，在楼底下吵起来了。"于静脸上也看不出什么情绪，冲着两人说，"走吧，前面有家咖啡馆，去那里说。"

三人浩浩荡荡地走过去，于静熟门熟路要了包间，三人进去，一张长桌，于静当仁不让坐了长沙发，姜大伟和霍麒就各自坐在了两边的单人沙发上，正好相对。

于静居然也没问他们怎么了，点了三杯咖啡就让服务员下去了。

姜大伟要找个同盟者，霍麒终究是理亏，所以姜大伟自然先开口："静静，有件关于维维的事儿，我必须跟你说。维维他……"

"我听霍麒的。"于静打断了他。

姜大伟都愣了，于静向来是个好的倾听者，他创业的艰难，压力大时的不快，都是向她倾吐的。他一直以为，于静对他信任无比，即便他们离婚了，他也有着这样的错觉。可这一次，他发现自己错了："你……我才是维维的父亲！"

于静很随意地将脖子里那条驼色围巾摘了，恰巧服务员端了咖啡上来，她还跟人家说了"谢谢"，然后品了一口。等着服务员将包间门彻底关紧了，她才淡淡地道："曾经是，但现在你对维维的关心不及霍麒一半，我宁愿听他的。"

一句话，姜大伟就再也说不出什么来了。

霍麒见状，连忙把事情说了一遍，他倒是不偏不倚，从姜晏维为什么跟霍青云起冲突，到霍青云的身份、地位、秉性乃至霍家如今的状况，最后到他和姜大伟的争吵，都言简意赅地说了一遍。

说完了这些，霍麒才说出了自己和姜大伟的分歧："大伟哥觉得维维跟着我不好，想让我离开秦城或者让维维转学。我并不觉得这是好办法。"说完，霍麒还问了一句姜大伟，"大伟哥，是这样吧。"

霍麒态度公正，姜大伟也挑不出毛病来，只能顺着说起了自己的想法："我这也是为了维维好，霍家毕竟不好惹，如今都威胁到头上了，何苦拧着来呢？"

"呵！"于静直接就笑了。她直白地说，"为了维维是真，你自己也害怕了更是真。"

即便是有刚刚的事儿做铺垫，姜大伟还是有点忍受不了于静的态度："你别情绪上头，甭管为了谁，这事儿我的法子是最稳妥的，对不对？"

于静就说："为了二婚你把维维赶出去，再为了你生意把维维叫回来？你当他是小狗啊。"

姜大伟被这句话噎住了："我……"他说不出什么，只能说，"这不是一回事，转学你到底同意不同意？"

于静搅着手中的咖啡，抬头看他一眼，低头才说："这事儿我站霍麒这边，我不同意你的做法，我也不会给维维转学。"

姜大伟哪里想到，自己想找个帮手对付霍麒，结果却给霍麒找了个帮手。他拍着桌子跟于静争论："你疯了！这是你当妈的态度吗？我知道我对不住你，可你也不能为了这个跟我唱反调吧。你负责点行吗？这公司不是我一个人的，以后也是维维的，你能别闹吗？"

于静就告诉他："我没闹。我一是信霍麒能够解决好这事儿，二是认为离高考还有四个月，我们已经毁了他的上学期，我不想毁了他的下学期。姜大伟，这事儿我定了，你当爸的什么态度都改变不了。"

姜大伟这一天里连续被气，先有姜晏维指着他鼻子骂他，这会儿于静又骂他半天，最终居然来了个同意，还让他负责点。他是一片好心，却说不清了。姜大伟只能站起来，拂袖而去。

不过离开之前，他还留了句话给于静："从小你就宠他，可别的事儿能由着他，这种事你怎么也能由着他？于静，你别以为你现在当好人孩子感激你，等着过个几年你再看吧。"

于静想说一句，你现在不当好人孩子也不喜欢你，可终究太噎人，她没吭声，看着姜大伟匆匆而去。

3

因为愤怒，厚重的包厢大门被他狠狠摔上，发出巨大而又沉闷的"砰"的一声。然后，屋子里就剩下了霍麒和于静。霍麒是没想到于静会这么理智，这世界上口口声声说爱孩子的父母很多，可遇到利益能够先想着孩子的，万里挑一。事情显然比他想的要顺利一些。

因为这个，平日里一向披荆斩棘的霍麒，都忍不住松了口气。

可也就是这一口而已。

他感谢地说："真是谢谢你的支持，我会处理好霍家的事情，你放心吧。"

却不想此时于静竟是没有回答，而是扭过头来，用特别冷静的目光上下看了他一眼，霍麒不知道为什么，只觉得这事儿不妙。

果不其然，就听于静说："这是当然的，姜大伟虽然不靠谱，可这点说得对，我们这样的人家，看起来过得挺好的，可是经不住任何风吹雨打，霍家对于我们来说太强大了。虽然我并不支持让维维转学，但我也不能免俗，如果我儿子可以过得更好些，我不愿意让他过得差一点。你懂吗？"

霍麒点点头，这是人之常情。

就连他妈那样的人，当年也是为了让他过得更好一点，才将他从父亲身边生生地带走了。

可显然，于静的话并不止于此："我们聊点别的吧，其实是我很关心的内容。"

她这么一说，霍麒心里倒是有点数了。

果不其然，就听于静说道："咱俩原先见过面，那时候你的身份是郭叔叔的儿子，所以我们也是基于这个关系来了解你的，并不深入。但我对你是有印象的，你不是个热情大方的人，甚至对于我和姜大伟这样的半个熟人，也只是维持联系而已。你和维维原先从未见过面，你为什么要帮他？这太不符合你性格了！"

霍麒对这个问题其实早有准备，他是很敏感的人。从第一次见他，于静就在打量他，观察他，在每分每秒地看着他和维维的相处，从而分析他。而这种观察，在跟姜大伟签抚养人变更合同那天达到了顶峰，连大条的姜晏维都发现了。

他那时就知道，早晚有一问。

霍麒这个答案不算是临场发挥，可也没有任何杜撰，真实得很："既然你原先就认识我，又跟我父亲有联系，想必你知道，我并不愿意离开我的父亲。或者你还知道更多一点，我在霍家过得也不如意。

"这话我已经跟大伟哥说过，也不妨再跟你说一遍。我少年时过得不如意，看到维维的那一刻，仿佛遇见了曾经的自己。你懂吗？"

于静脸上有着果然如此的表情，她显然猜到了，只是不能证实而已。她点了点头，并不逃避地说："我只是不理解，为什么是维维？这世上有着同样遭遇的人太多，你对他太好。"

霍麒的回答也简单："你不觉得维维格外惹人喜欢吗？特别温暖热情，小太阳一样。"

于静哑然失笑，这个问题自然也就不用再问下去了。连姜晏维这么坐不住的性子都能看顺眼的人，可见是有缘分。

她想了想，终究这样说道："大伟虽然反应过激，不过有一点他说得对，我认为你们暂时是不适合住在一起的。"她看霍麒要解释，立刻拒绝道，"你不用先否认，先听我说。就算你说霍青云在霍家不得志，或是霍家现在有难，分不出神来管这种小事，可警告也已经实实在在到了，我倒不是怕他，却不愿意激怒他，你懂吗？"

霍麒是个很理智的人，从没有听我的就对，听别人的就不对的观点。他明白这样做是对的，可又有点舍不得："你想怎么办？"

"我这几天都在处理生意上的事情，目前已经差不多了，移交给了别人。维维这最重要的半年，我来陪着他。你去处理你的事情，当然，你有探视权，他放假的时候也可以带他出去玩。怎么样？"

这个女人牺牲并不小，生意开始要投入多少钱，如今说断就断岂是短时间就能找到人接手的？唯一的可能就是亏本。更何况，这并非只有钱的问题，更多的是事业，于静人到中年，摩拳擦掌要做的事业，她自己砍断了。

于静能为姜晏维做到如此，他又有什么不放心的呢？霍麒望着她，心下权衡半天，终于点了头："我同意。"

于静对他这态度还是特别满意的，就说："这事儿我来办。对了，你叫我于阿姨吧，我大你十六岁，这个称呼也受得起，省得说话不得劲。"

于是，去学校拿了书包，被周晓文一顿狠捶，回家嗷嗷待哺等着霍麒的姜晏维，开门的时候就突然发现，他要扑过去的时候，他家霍叔叔喊了一声："于阿姨，请进。"

姜晏维差点没吓到，于阿姨，不是他妈吗，怎么换称呼了？

果不其然，没两秒钟，门口就出现了个特熟悉的人，穿着蓝色大衣，烫着长波浪卷，八成觉得他半天不吭声，上来就问他一句："不欢迎啊，连妈都不会叫了。"

姜晏维哪里敢啊，连忙谄媚地说："没有，太漂亮了，这新做的发型吧？你怎么大正月里还换发型啊？前几天还没呢，也不怕我姥姥说。"

"我又没有舅，什么时候不都一样啊。"于静这是第一次来，往屋子里走了走，霍麒这房子装修得特漂亮，她见多识广，可毕竟是个女人，家居就没有不喜欢的，自然多看了两眼。然后，就瞧见了四处都是姜晏维的东西。入门的鞋柜上是他的书包，沙发上是他的外套，手机扔在茶几上，还有那些曾经在他屋子里的小摆设，现在集中放在了客厅的一个绿色小玻璃柜里。

姜晏维多精啊，立刻扯着他妈介绍，顺便给霍麒打眼色，这是怎么回事啊？

霍麒又不能跟他说，只能装没看见。姜晏维觉得自己眼睛都酸了，也不知道原因，只能作罢，带着他妈转了个遍。然后他发现他妈特注意他的东西，姜晏维就有点后怕，幸亏将屋子里收拾了，这要是发现他平时的样子，竹笋炒肉八成都止不住。

转了一圈，就到了姜晏维的屋子，他妈才开口："维维，你陪我在这儿坐会儿，妈妈有话给你说。"

姜晏维就心里乱扑腾了，这是答应了给考验呢，还是没答应过来弄他回去呢？霍麒趁机说去热菜，临走的时候，终于给姜晏维一个"OK"的手势。姜晏维眼睛一亮，就知道大警报解除啦，不过小警报还在，他皮依旧紧着。

　　屋子里很快静了下来，于静没说话，一副不怒自威的架势。姜晏维瞧着他妈这样，就想起了从小落在他屁股上的扫把柄，屁股就疼。他忍不住就先开了口："妈，你知道了。"

　　于静在他面前特有架势，"嗯"了一声没说别的，就看着他。

　　姜晏维哪里受得住啊，忍不住就软了，蹲在他妈腿前，跟小狗似的，将脑袋搁在他妈的膝盖上，挺不好意思地说："对不住啊。我当时听着很生气就冲出去了，忘了霍青云的身份，给你和我爸找麻烦了。"

　　于静摸着他的狗头，手下温柔，可嘴里不饶人："那你还跟你爸吵，把他气成那样？"

　　姜晏维就蹭蹭他妈的手心："不是跟你吗？跟我爸就会忍不住动火。"他不想聊这个，"对了，妈，是不是没事了？"

　　于静就说："处理完了，我和霍麒达成了一致，他去处理这件事，你跟着我搬回家！当然，放假可以和霍麒出去玩。"

　　这简直是晴天霹雳，姜晏维都快哭了："妈，我挺好的，不用你回来，你不是要做事业吗？我还等着以后当富二代呢。"

　　于静反答他："事业没你重要。"

　　姜晏维瞧着不行又来："妈，我保证不闯祸了，你就让我跟霍麒待一起吧。"

　　于静反问他："你不想我？"

　　姜晏维遇见祖宗了，自然没办法，垂头丧气在那儿不吭声。于静就跟他说："维维，愿不愿意，结局都是一样的。你同意，你放假时偶尔见见他；不同意，那对不起，你也得跟着我。"

　　于静说完就站起来了，她刚往外走，就感觉自己小腿被抱住了，低头一看，姜晏维特可怜地抱着她小腿，冲她说："妈，你这是作弊，选A，转个圈选A，有区别吗？"

　　于静就说："哦，你不觉得多个选项看起来民主点？"

　　姜晏维那个郁闷啊，他提了最后一个条件："只要我成绩好，就不能不让我找霍麒玩。说话得算数。"

于静点点头："只有周末，其他时候不行。"

姜晏维咬牙应了，顺便吐槽表示不满："好。不过，妈，你不可爱了。"

于静一脚把姜晏维从小腿上甩开了。

京城。

霍青林一个人待在办公室里，张玉生问过他一次，他拒绝回答后，便再也没出现过。他毕竟是霍家人，有社会影响力，张玉生就算有豹子胆也不可能对他使用审讯的那套。可他也知道，此时保镖王运八成正在接受审讯。

王运到底干了没干？

纤维组织的事做不了假，王运就算是上楼找江一然，也不可能在她家地毯上留下什么。可如果是真的，那王运干这事儿并没有告诉他，霍青林身上有股子寒气冒出来，王运不是他的人？王运到底为谁效力？王运这是要弄死他吗？

任谁信任一个人十多年，将自己的安全全然放在对方手上，这时候也不可能不害怕。可霍青林终究是有脑子的，王运这么多年都没出手害人，还救过他家人，这说明对他没有危害。而弄死江一然，现在看来是给他挖开的一个大坑，却是能断绝那幅画与他的联系，虽然手段狠，却管用。

那这是为他好？他可不相信王运能为了自己自作主张去杀人——再忠心的保镖也不会这么干，因为不但不会受到奖励，而且说不定会惹事，王运不该不懂。那是他背后有人？可是谁呢？

霍青林将家里人一个个推了一遍，都不像。他爸倒是能命令王运，可不够果决，做不来这种事。宋雪桥就更不可能，她一个女人怎么可能轻易杀人？再说，王运也不听她的。那是谁呢？

正想着，门被打开了，宋雪桥走了进来，提着饭盒，一脸担心地问他："青林，你没事吧？家里人担心坏了。"

门很快关上，屋里就剩下他俩，可霍青林怕有监控也不敢多说，就问了一句："什么时候放我出去？"

宋雪桥用爱慕的眼神狠狠地盯着他，仿佛生怕他跑了："你放心吧，这事儿跟你没关系，谁也扯不到你头上。"

第八章

1

于静是第二天下午带着于涛来给姜晏维搬的家，姜大伟没出现。于涛开车过来的，专门开的于静的 SUV，就怕姜晏维东西多。结果，姜晏维就拎出来一个登山包，虽然装得鼓鼓囊囊的，可一个人就能拎动，压根不用别人。

于涛难以置信地前后看了看："你别的东西呢？"

姜晏维就挺大方地说："这些就够穿了，缺的话周末我自己来拿就行。"

"那你的小收藏呢？"于涛问他，"都不要了？"

姜晏维就摸摸头跟他妈说："搬过去也要搬回来，就放这儿吧，省得麻烦。"

姜晏维压根没坐他俩的车，跟着霍麒的车走的。两个人显然是没腻歪够，到了楼下姜晏维还要拉着霍麒上楼认门，又将他的房间逛了逛，才放了人。他一边往楼下送，一边叮嘱："今天周三了，你可别忘了周日，我中午放学，直接去学校接，省时间。"

姜晏维将人送到楼下就上来了，结果一进楼道，正碰上他舅舅坐电梯下来。他舅舅正打电话："我知道，那也是我爸妈的房子，当初买的时候于静就说了是给爸妈住的，你现在不愿意，咱们搬走啊……行了行了！"

大概是他老婆闹腾得太厉害了，他最终妥协，"我想办法。"

他一挂电话，就看见了姜晏维，眼睛就亮了。

姜晏维顿时知道，他把主意打到了自己身上。

果不其然，就听于涛问："维维，我瞧你妈这房子不错啊，不如让你姥姥姥爷也来住个新鲜？你不最爱吃姥姥做的饭吗？"

姜晏维一针见血："住可以啊，不过自家东西要收回，你把一百万还我妈，那房子就归你们家了。"

于涛就知道姜晏维听见了，他脸皮厚也不在意，接着说："你别天天一百万一百万的，我有不就还你了。我不是没有吗？"他开始哭穷，"你舅舅我一个穷教书的，一个月工资四千块，你舅妈三千块。一个月的花费就三千块，你哥读大学还要钱呢。再说，等你哥毕业，要结婚，说不定连房子首付都攒不下。你们日子过得好，也不能老挤对我啊。"

于涛说真的，是不靠谱，贪财势利，挺烦人，可也没多坏，不涉及利益还是站他这边的，姜晏维对他舅舅是喜欢的时候真喜欢，讨厌的时候真讨厌。不过有一点至关重要，他姥姥姥爷跟着于涛过啊，否则他妈当年为什么肯出钱给他换大房子，不就是为了老两口住得舒坦吗？可就这样，他姥姥姥爷的日子也不好过。年前不让出门留着伺候舅妈，年后是他妈在秦城，他们才消停点。

可他妈今天已经搬出来了，他舅妈又显怀，表哥又高三，想也知道他们怎么折腾人。

姜晏维眼睛一转，就想到一个法子。

"不还钱也行，以后我哥那儿我还能给他一个住的地儿。"于涛就想说他耍赖，就听姜晏维说，"我名下倒是有秦城一号院的高层房，目前没交房，等我哥毕业，肯定升值，结婚错不了。"

于涛就高兴了："给房也行。什么时候过户去？"

姜晏维就说："这房子不能过户，我去做个公证，舅舅和舅妈你俩呢，要是对姥姥和姥爷好，不惹他们生气，尤其是我舅妈，不天天明着暗着给小话，掉脸子，让他们过得舒心，这房子就给表哥用，他结婚生子愿意住到什么时候都可以，不过不给他。"

于涛不满了，那股子痞气又出来了："你仗着有钱耍人呢！"

姜晏维也不气，跟他舅舅一点点聊："舅舅，谁家没事儿用房子欺负你啊？你出去找个人这么欺负你啊？我要不是看姥姥姥爷的面子，我才不呢！至于我毁约什么的事儿，去公证啊。我一是不会为了套房子骗你们；二是姥姥姥爷现在身体好不用你们伺候，以后不好了我和我妈都请保姆，你费不了多大力气；三是那是你亲妈亲爸，你不疼吗？我姥姥姥爷小时候也这样对你了？我这样做，你管不了我舅妈，给个理由劝她行吗？"

十八岁的青年声音特别清润，话一句句入得于涛耳朵，尤其是说到最后那条，于涛就彻底沉默了，来了句："好。"

晚上八点，霍青林终于走出了那间办公室。

拘传最长时间是十二个小时，这已经是极限了。

宋雪桥带着路路等在了院子里，瞧见他就迎了上来，宋雪桥关心地问："青林，他们没为难你吧？"

"没有。"霍青林这十二个小时，除了开始张玉生问了他一次外，就再也没人打扰他。有人定时进来给他送热水换茶水，去卫生间也不限次数，只是有个人路上尾随。家里人送饭也是允许的，不过只有第一次允许宋雪桥进来了，后面都是别人代拿进来的。

一点都没为难他，似乎，他们传他来是做的无用功。

不过，他谨慎多年，自然也明白，这不过是看起来而已。他不做这行，不了解这种路数，但起码有一点可以确定，纵然这事儿是机密的，可依旧有很多人会知道，他霍青林被拘传了。那就代表着他的竞争对手们，他的仇家们，可以蠢蠢欲动地下口了。

这个信号就了不得，更何况，谁知道他们还有没有别的想法呢！

这种考量下，他并没有多聊的心思。路路缠了上来，想让他抱，他拒绝了，训斥了一声："像什么样子。"他平时对这孩子极好，所以路路立刻就委屈了，眼泪就在眼眶里打圈圈。

宋雪桥连忙抱住了孩子，劝他说："走吧，在这儿训孩子也不好看。"

霍青林左右瞧了瞧，问了句："王运呢？他没出来？"

提到王运，宋雪桥脸色微变，不过依旧面无异色地说："他还没出来。你放心吧，他不会有什么问题的。"

此时，霍青林已经坐进了车里，宋雪桥开车，密闭的空间里都是自己人，说话终于放心了。他皱眉道："他怎么可能没问题？江一然失踪的当晚，

157 🌸

他就在现场，地毯上还有他的纤维组织，他跟江一然有过搏斗，他跟谁说过？这个人不可信。谁知道他在里面会说什么？"

宋雪桥安静地开着车，并没有多言，就一句话："他那是碰上了，给我说了，我怕你担心拦下了。你放心吧，江一然失踪跟他没关系的，他也不会出卖你。"

霍青林猛然看向了宋雪桥，质问道："他怎么会跟你提前说？他是我的保镖！"他反应并不慢，尤其是对这样敏感的事情，"你们什么时候走得这么近了？"

此时也不是瞒着的时候，宋雪桥就说："不是走得近，是怕你多心我才没说。他儿子不是前几年斗殴死了吗？他想报仇，我给办的。怕你不愿意，用的我哥的关系，也没告诉你。后面也没来往，这次他八成怕你责怪，先给我打了电话。"

霍青林皱眉："不是他儿子调戏人家女朋友打死了一个，打伤了一个，你管这事儿干什么？"

宋雪桥一副好脾气的模样："我这是为你。他天天在你身边，你不办，他生了二心怎么办？现在你放心吧，有这一层关系在，他那么重情重义的人，半句话都不会说的。"

事儿都办了，霍青林能说什么。他皱眉道："下不为例，你这事儿过了！"可提着的心终于放了一半下来。

王运的确没说。

张玉生对霍青林客气，对他并不客气。霍青林不过是拘传，叫过来问问情况；而王运是有了证据正式批捕拘留的，对他的审讯要严格得多。

他平日里特别精神，此时整个人都憔悴了，胡子拉碴的。

张玉生送走了霍青林，拉开门走了进来。

王运显然听到了外面的动静，挺不屑地冲张玉生说："怎么？这么牛，人还是放走了吧。你们有本事怎么不接着关他啊？对付我有什么用。"

这个王运嘴巴严得很，一句有用的都没吐露，是个硬骨头。对于江一然家的地毯上有他的纤维组织，十二个小时以来，他只有一句解释："我摔了一跤。怎么，去别人家里不允许摔跤啊？你们管得也太多了。"

张玉生他们换了几拨人，可拿他半点办法都没有。

张玉生看了他一眼，伸手按开了头顶的灯，顿时，一束特别明亮的光打在了王运脸上，照得他眼睛发酸，他爆了句粗口。张玉生点点头说："你自己想想吧！"人就出了审讯室。

等他出了门，外面的同事就问："怎么办？这是个硬骨头啊，看样子油盐不进啊。"

张玉生就说："慢慢来，他肯定有问题。"

正说着，就听见在外值班的小刘突然带了个人进来，冲张玉生说："张队，这儿有个人目击了江一然失踪的现场。"

众人顿时抬起了头，一个文质彬彬戴着金丝边眼镜的精英男，站在一旁，冲他们有些紧张地说："您好，我是江一然对门的邻居。她失踪那天，我看见了。"

景辰大厦。

江一然问秦海南："什么时候才能放我出去？一直这么待着不是个事儿啊。"

秦海南放了手机，说道："再等等，还不是时候。"

2

这个精英男，说实在的，并不算是对门的邻居。

江一然对门住的是个妙龄单身女子，他算是这女孩子的男朋友。案发当天，正好是两个人恋爱一百天纪念日，他们庆祝完后，就去了女孩子家。

按理说，这事儿查了这么久，警察早就应该找到他。可问题是，当天小区内的尤其是这座楼的进出视频都被人为抹去了，警察只能一家家一户户排查。精英男的女朋友毕竟是个未婚女子，那天恰好她的父母都在，于是回答时，就把男朋友留宿这事儿给抹去了。

要不是这两天女孩突然说"我家对面的那个青年画家，好像出事了，已经很多天不见了，还有警察来问，初七那天晚上听见什么动静了吗？我那天喝酒了睡得好死，哪里听见什么了"，精英男都不知道是真出事了，"要不是不知道，我就早过来了。那画家挺好的，见面打招呼说话都很和善的一个人。"他坐在椅子上，手心里拿着个盛着热水的纸杯，慢慢录着口供，"那天是我们恋爱纪念日，一整天都在缠绵，喝了不少酒，所以做完……"他不好意思地顿了一下，然后才说，"我是喝多了尿急，硬生生又憋醒了。从卫生间回来，就听见外面有男人说话的声音，这一层一共两户，除了我女朋友家，就是对面住的画家。我就去猫眼看了一眼，然后就瞧见个很魁梧的男人站在她门口，拿着手机好像一边叫门一边在打电话。那画家不知道为什么并没有给他开门，两个人应该是对话了几句，然后门才开了。我以为就是普通的朋友，又困，回床上就睡了，第二天也没提起这事儿。"

录口供的刑警问他："那是几点？你记得那个人的长相吗？"

精英男喝了口水说："记得，差不多八点，我醒过来看了一眼手机。样子也记得，比较高，能比我高三到五厘米，一米八五到一米八七之间，体重应该管理得不错，一百六十斤左右，壮汉型。长相很普通，分头国字脸，皮肤不白不黑，五官没有什么突出的地方，放在人群里一眼就忘记了。"

"你记得？身高体重能这么确定吗？"刑警颇带疑问地说。

精英男推推眼镜腼腆地笑笑："我有段时间痴迷健身，所以对身高体重很敏感。至于长相，我应酬很多，需要经常跟人打交道，开始的时候对不上号就会闹笑话，生意自然谈不成，所以自己逼迫自己练了个本事，见过的人都会下意识地记长相，记声音，记姓名。我当然不是天才，可熟能生巧，这人的长相，我记得。"

刑警就跟着问了一句："如果在人群中再见到他，你能认出吗？"

精英男点点头："能。"

审讯室的大门很快就开了，灯关闭，王运忍不住眨眨流泪的眼睛，骂了句脏话。这会儿已经是夜里十点钟，他被解开了跟椅子相连的手铐，又被重新铐上，带了出去。外面飘着一股子方便面的味儿，平时这东西没人喜欢吃，可今天一闻，他就觉得肚子里"咕咕咕"地叫了。

他虽然武行出身，吃苦不少，可近些年还真没这么折腾过，再说岁数也大了，王运脸色就不算好看，好在他这人忍得住，除了那句脏话，别的一句话没说。

不知道去哪儿，他被带着往电梯里走，停在了十七楼，然后就瞧见了四个跟他差不多身高，同样高大健壮的男人，穿着差不多的衣服，也都戴着手铐，等在那里。他被推了过去，站在了第四个的位置。

他不懂行也知道，这是指认。

怎么能到了这一步呢？王运虽然相信宋雪桥，可是心里难免也会有点打鼓。这是有目击证人，是谁呢？他上楼并没有人看到啊。还有，宋雪桥在干什么？律师为什么不来？为什么还不想法子把他弄出去？

只是此时，没人顾及他的想法。

前面的人开始进入屋子，他随大流一样，慢慢地走进去，对面是一扇玻璃窗，可是玻璃后面是什么，压根看不清楚，是单向的。他站在那里，虽然疲惫万分，但还是决定相信宋雪桥，那个女人从不一般。而且，像他这样听话的人，她去哪里找？

很快，他们就被要求离开了。

他被来时的小警察又带着离开了十七层，这回竟然没有回原楼层，而是带着他一路向下，居然到了一层，然后开了间房间的大门，冲他说："进去吧。"

他以为还是审讯室，可灯开了才发现，竟是一间办公室，窗户上都是护栏，书架、桌子、皮沙发什么的一应俱全，却没有任何杂物，是一间空置的房子。刑警冲他说："你待着吧。"

说完，人家就关了门。

他一下子自由了，虽然还戴着手铐。他在屋子里又转了转，十几平方米，不算大，可也有了活动空间。他忍不住踢踢腿，来回交替着脚原地跑动了一下，扭扭脖子和肩膀，整个人活泛了。他坐了十几个小时，并没有坐下去的想法，而是在屋子里转了转，然后目光很快就瞄向了窗户。

护栏看着严实，其实对有武力的人来说，什么都不算，他们这是不怕他跑？

可他往外一瞧就愣住了，窗户外守着两个眼熟的小警察，最重要的是远景，院子里不知道为什么开着大大的灯，照得很亮。有两个特别熟悉的身影，就在大门口那儿站着，是他八十岁的妈和他老婆。

她们怎么来这里了？她们为什么会站在那儿？

他猛地扒住了窗户使劲往外看去。夜里的灯再亮也不可能跟白天一样，他只能看见她俩应该是在说些什么，然后他老婆拿了张小板凳出来，扶着他妈坐下了。

他今年四十四岁，独子，他妈一个人拉扯大的，最孝顺不过的了。

他连忙去拍门，"砰砰"的，小警察这次过了好一会儿才过来，问他：

"干什么？好地方待不住吗？要去审讯室。"

他就说："我妈和我媳妇来了，她们怎么在外面？你们就是这么对待群众的？"

小警察说："早来了，你一抓起来就通知家里人了，这是程序，早上就过来了。在这儿待了一天，热水我们给送，饭菜也包了，这不晚上了嘛，就劝她们回家，她们这是不愿意走？我去看看。"他关门还来了句，"这时候装什么孝顺？"

王运那么暴躁的脾气，居然没骂出来。

警察出去找了那对婆媳，可看样子她们特别固执，不肯走，就在外面待着。王运就隔着窗户心疼地看着，一直到张玉生又带了人进来，将他带去了审讯室。张玉生开头第一句话是："你妈说，她信你没罪，等你今天回家吃团圆饭呢。你不出来，她不走。"

王运才想起来，今天十五了啊。

张玉生就又开始审讯："正月初七晚上你干了什么？"王运自然是拒不承认，依旧是刚刚那副说辞。问到最后，不过跟第一遍走了个过场一样。这种审讯一般都这样，你不肯招供，那就一遍遍来，你说的不是实话，总有漏洞，然后分而攻之。

只是王运不是一般人，这法子对他效果不大，起码这十几个小时，看不出效果。

他以为又需要这样过一夜，然后他算着差不多律师就可以到了，到时候总有说法。却没想到，张玉生放下了笔，合起了本子后，突然来了句："我听你妈说你是个孝子，你爸走的时候，满口痰说不出话来，是你过去一口一口给吸出来的。为这儿，我友情提醒你一句，我知道你不是为自己干的，你为的什么我也不说，可证人已经指认了。按照我们国家的法律，不承认犯罪事实，但有其他的证据证人证言的，一律认定犯罪事实清楚。到时候，你就是故意谋杀罪。你妈八十岁了，你就没机会再奉养父母了。对了，"张玉生揉了揉下巴，又提醒他一句，"你刚刚待的那个办公室，霍青林就在里面待了一天，有人端茶倒水送饭，皮沙发坐着躺着都成，走的时候还得送他。人和人不一样。"

说完，张玉生就出去锁了门。这回连灯都没开，王运一个人坐在空荡荡的审讯室里，面色复杂。

这边，霍青林一回到家，就先问律师见王运的申请公安局通过了吗，结果还是没过。宋雪桥劝他："这正常，不过你放心，王运这个人，他不是知恩不图报的，不会说什么连累你的。"

霍青林并不相信任何人，他皱眉道："林家要闹大，他不说总有办法让他说。江一然到底去哪里了？"

秦城。

姜晏维猛然搬离了霍麒家，还是有点不习惯，进了屋还想给他发视频聊天，问问他什么时候到家，晚上如果没事的话，两个人就通个睡前视频电话呗。

结果，就瞧见他妈冲他微微一笑，然后抬头看了看墙上的挂钟，来了句："行了，这都六点半了，我订了外卖马上到，趁机咱们就聊聊你这半年的学习情况吧。"

姜晏维一脸蒙了的表情，为什么要聊这个？

然后他就瞧着他妈进屋，从自己房间拿了一沓资料过来，她在他面前铺开："那天我问霍麒，他的意思是你出国或者留在国内都可以，你到底想好了吗？"于静显然是下了功夫的，研究得挺透彻，"出国其实已经有点晚了，正常情况高二就准备了，高三上学期就发出了申请。三四月份都已经出结果了。不过也不是不行，可以出去读语言学校外加一年高三，然后在国外申请大学。另外就是在国内读大学，研究生和博士出国读，这样比较稳妥，而且国外的医学更先进一些，学点先进技术和成果没问题。不过实习依旧是要回国，以我的了解，他们技术挺牛，实战真没咱们这边丰富，你在国内实习半年顶国外两年的量都不止。当医生也是个熟能生巧的手艺活。"

她说完就问姜晏维："你说呢？要是选前面的，就得费点事，你英语不好，需要下大功夫；要是后面的，其实是最稳妥的。维维，这些都看你的意愿，想好了，这半年的侧重点就不同了。"

于静还把自己查的一些国外学校的资料都给他看看，都是不错的中学。姜晏维翻了翻，挺有主见地来了句："我目前还是倾向后者，我英语太差了，专门学语言我觉得太浪费，而且国内的本科教育都很不错，老师之前都有介绍。不过，"他随后来了句，"我还是要问问霍麒，他如果觉得国外好，我就去国外。毕竟，妈你替我考量得都挺全面的。"

这话说得真是有理有据，可于静就觉得怎么这么耳熟呢。

她一回忆，就想到了昨天跟霍麒聊天的时候，同样的问题霍麒不也给了这么一句话吗？于静算是知道霍麒的影响力了，她见怪不怪，也没反对："行，你俩商量吧，今天给我答复。明天辅导老师进家。"

姜晏维其实挺会关心人的。

他妈为了他放弃了事业，却没有想着绑死他，而是愿意送他出国。他不出去还好，要是出去了，他妈是没了事业也没了儿子。

他有点心疼，忍不住问于静："妈，你单身也挺久了，你没给我找个后爸啊？"

这是找打呢！于静直接就上了手。

姜晏维跟个猴子似的，带着他妈绕了屋子两圈，瞧见他妈追不着他，就不闹腾了，一屁股坐沙发上，让他妈逮住死捶了好几下，反正他都那么大了，打也不怎么疼。等着他妈累了，他就照旧凑过去问："于静女士，打累了吧，小的给您揉揉啊。"

于静跟他也不客气，指了指自己的大臂。

姜晏维就脱了鞋跪在沙发上给他妈卖力地按摩，顺便打听——他也是刚起了想法："妈，你去京城这么久，真没对象啊？其实，你还年轻，再找一个也没什么。你看，姥姥姥爷都挺好，我爸也挺热闹，我也有霍麒，你一个人我真挺心疼的，你找一个我没意见的。"

姜晏维从小给他妈按摩惯了，力道正合适，于静隔了半年才又享受到，忍不住就逗他："我找干什么？我以后啊，就跟着你了，你得天天给我按摩，怎么样？"

姜晏维才不上当呢："那成啊，反正你够富，我被你养着，多爽！"

于静扭头拍他一巴掌。姜晏维就顺势搂着他妈肩膀，跟他妈说悄悄话："你跟着我，我当然没意见，姥姥姥爷要是愿意，跟着我也高兴呢。反正你别把怕我有负担，我现在心理素质特强大，你找个小鲜肉我都没意见，你高兴就行。"

于静不得不对他刮目相看，扭头问："你爸找郭聘婷的时候你怎么闹的，这会儿没意见了？我是该谢谢你对妈妈格外宽容吧。"

姜晏维就揉揉脑袋："他那是出轨，你这是寻找第二春，不一样。我都是说真的，你嫁人我给你把关给你祝福，你不嫁人，我就养你一辈子。"

于静一果断女性，刚刚还嫌弃得不得了，愣生生被他激出眼泪来。她嫌弃地拍了拍姜晏维的狗头："一边儿去，谁带你一辈子。"

姜晏维才不会被这种嫌弃打败，自作主张地来了句："说定了。"

说完，他自己回屋了。

于静歪在沙发上，抹了抹眼泪，自己笑了。她又过去瞧瞧，看着姜晏维真把门关了，就偷偷给周晓文他妈打电话："我跟你说，维维要养我一辈子，刚说的，羡慕吧。"

周晓文他妈特无奈地来了句："你专门给我打个电话，就为这个啊？"

于静得意地说："这还不重要啊？"

"重要！你不知道，今天周晓文突然跟我说了一句，说他以后一定不会学他爸，他一定要做个好丈夫好爸爸。"周晓文他妈突然感叹了一句，"我总觉得我们没离婚，对他没什么影响，哪里想到，他心里都知道。你说这孩子，原先还觉得小，怎么就突然长大了，懂事了呢！"

姜晏维进屋就给霍麒发了视频请求，不过霍麒没接，回了条信息，打电话中。

姜晏维就当他公务忙，开始自言自语模式，把刚刚跟于静讨论的事儿全说了一遍，等着霍麒挂了电话跟他讨论。

霍麒这边却是真的打电话，不过并非公务。

按着今天的计划，江一然将会出现，落实王运意图谋杀的罪名，从而将霍青林拖到水底。那么，这一连串的事情就算结束了。他不是睚眦必报的人，可也不是软弱无能受人欺负的人。当年霍青林和霍环宇给予他的，还有这些年霍青林的骚扰，他都会一一还回去。当然，也只是如此，揭开霍青林伪善的面具，暴露他真实龌龊的一面，让霍家人都瞧瞧这个所谓的霍三少是个什么东西。

只是没想到，中途出了个精英男。

不过，这些都是往好的方向发展，一个受害人的控诉的确太单薄了，有目击证人，证据才充分。他听了后，跟秦海南说道："江一然还配合吗？"

秦海南就回答："很配合，她吓坏了。那些事实是一部分，另外她本身应该也清楚霍青林的性子，所以知道后果，一直很配合。不过，她有点担心投案自首后她会不会坐牢，霍家人会不会报复，提出想出国。不过不用费心，她说前一阵子收到过国外大学的交流邀请函，就怕有人从中阻拦。"

霍麒听了就说："答应就是了。让她再等等，霍家目前肯定在试图让律师接触王运，林家压在那里，他们暂时见不到人。审讯最多四十八小时就要转移到看守所，张玉生是个审讯老手，这都十几个小时了，今天晚上他该发力了。明天早上，你带着江一然去，让她当压垮骆驼的最后一根稻草吧。"

秦海南听了就点点头："那好。等明天，咱们能做的一切都结束了。"

"对。"霍麒也略微有了轻松的感觉，这一切结束，他也就该跟他妈摊牌了。等他挂了电话，休息了片刻，又听了听姜晏维的语音，才又给姜晏维发了视频请求，八成已经等累了，视频接通的时候姜晏维还在打呵欠，第一眼看到他就说："你怎么才忙完？"

霍麒就说："有事没来得及换。你……"话还没说完他就瞧见姜晏维又睡着了。

3

第二天一早，姜晏维算是神清气爽，就是视频通话已经关了，有点遗憾。但随后就瞧见了周晓文给他发的微信："哥们，一件好事一件坏事，好事是我妈突然说，家里的钱以后都是我的，再也不卡我零用钱了。坏事是我妈突然想离婚了，我表示不支持，于是被我妈捶了，屁股都开花了，现在在医院呢，记得来看望！！！"

周晓文他妈，姓万，叫万芳华。

在姜晏维眼里，万阿姨可是比他妈看得开，毕竟他妈忍不了老公出轨，万阿姨可以带着老公的小三去打胎，这是什么境界？

怎么就突然变了？

出了屋，他就冲着厨房里做饭的于静问："妈，万阿姨要离婚你知道吗？"

于静有点吃惊，不过，她昨天晚上跟周晓文他妈聊了两个小时，听周晓文他妈说了半天对周晓文的忽视，倒是没觉得太意外。

她说："不知道。不过，周晓文昨天说想有个幸福的家庭，你万阿姨可能是心里不好受了。"

姜晏维其实知道周晓文的心结，不由得叹口气，也就是大人们觉得，孩子什么都不懂罢了。其实他们都懂，他们又不是傻子，怎么可能感受不到家庭氛围是什么样呢？

于静送了他去学校，就去医院看万芳华和周晓文了。她还叮嘱他自己放学打的去医院。姜晏维路上边走边翻手机，然后就收到了他霍叔叔的微信："好好学习。"

姜晏维"哼"了一声："也不知道说点好听话。"

他还是屁颠屁颠地找了个阳光最好的地方，自拍了张大头照给霍叔叔发了过去："是！"

进了教室，周晓文果然没来，姜晏维准备放学去看看，这会儿则拿出卷子开始做——他昨天一点都没做，今天课上要讲的。然后，张芳芳就凑了过来，欲言又止。

不过，他不用问就知道，八成这事儿张芳芳也知道了。

果不其然，这丫头小声问他："万阿姨要离婚的事儿是真的吗？"

姜晏维点点头："我没见万阿姨，只是听晓文说的。"

张芳芳一脸不爽："这都怎么了？怎么家长们天天让我们老实听话守规矩，他们却不守呢？年前你家闹一场，年后晓文家又开始了，想想就不痛快。长大真不好！"

姜晏维看着也挺心疼的，就小声劝她："幸亏是长大了，若是小的时候，你连参与的机会都没有呢，他们会替你把所有事情都决定了，然后美其名曰为你好！"

霍麒家不就这样吗？

这话有理，张芳芳心情终于好了点，拉起姜晏维的胳膊，用他的校服抹了抹眼睛，把眼泪擦掉了，这才说："我们放学去看看他吧，不知道晓文想开了没有。"

姜晏维瞧着校服上那两道水印，那叫一个郁闷。要是平时肯定跟这丫头吵了，不过今天就算了，他点点头："成，下课一起走。"

等着放学，姜晏维就带着张芳芳出门打了个车，直奔中心医院。结果快到医院门口的时候，就瞧见路边违章停着一辆玛莎拉蒂，土粉色的，出租车开过的时候，他扭头特意看了看，果不其然，是郭聘婷的车。

这女人怎么跑这边来了？难不成姜宴超还没好啊？

他也没问，姜大伟知道他不想听，也没说，所以也不知道姜宴超病好了没有。

这不过是个插曲，他瞧见也没在意，反正见了面他也不会搭理郭聘婷的。

周晓文在外伤科，他爸有关系，弄了个单间，他俩进去的时候，就周晓文一个人在，趴在床上正看手机呢，听见声音一瞧他俩，五官顿时就皱成了一团："你俩怎么现在才过来啊？哎哟，无聊死我了。"

张芳芳不想搭理他，姜晏维就调侃："不上课玩手机还无聊，你活该。"

周晓文就把手机往前一放，露出块沟万壑的屏幕："这种你试试，滑屏还割手呢。我爸太厉害了。"

姜晏维一瞧战况就挺激烈："不对啊，他俩闹离婚，怎么挨打的是你呀？"

周晓文一脸郁闷："不就是晚上没事干，跟我妈聊起来了。我妈说我马上要成人了，上了大学就可以交女朋友了。我也不知道哪根弦不对了，就说了两句以后不随便交朋友，想要认认真真谈恋爱，早早结婚生孩子，做个好丈夫好爸爸的话。我妈听了就没吭声。

"我也没当回事，接着在那儿看电视，可过一会儿我爸回来了，我妈就突然说了句，离婚吧。我爸就跟疯了一样，当时就暴怒了，说不同意，问我妈怎么想的，不是过得好好的吗？我自然听不惯了，脑袋一蒙，就先数落了我爸一顿，说我妈离婚全是他咎由自取！"

后面的话都不用说了。

显然周晓文他爸是没离婚打算的，却让儿子搅和了，儿子还一副有理的样子，他能不气吗？结果他怒完了，万芳华以为儿子支持他，可这小子又说不想让父母离婚，那岂不是两头遭捶？！

活该啊！

张芳芳也是一脸无奈，而且那表情就是要讲大道理的样子，姜晏维不想听，干脆说："我去上个厕所，你喝点什么吗？"

周晓文就给他一巴掌，姜晏维揉着胳膊说："事儿真多，我去买水。

我又不制造水！"

　　说着话，他就出去了，还把门带上了。

　　去了厕所，又去医院门口买了三瓶可乐，姜晏维算着时间过了二十分钟，聊什么也差不多了，这才又上楼去。结果，在走廊里就听见过来的护士们小声说："亲姐妹俩，这是翻天了。"

　　"你不知道，住院的那个，'三'了她妹夫。亲妹妹今天过来了，特颐指气使，有钱人家的老婆。"

　　"不过，你知道那男的多大了？最少四十岁。"

　　姜晏维听了一耳朵就觉得不对劲，这事儿耳熟啊。虽然事情对不上号，人怎么跟他家差不多？何况郭聘婷的车还在外面，那颜色想不注意都不行。

　　他就往前走了几步，在人略微多点的走廊那儿站了站，往那个病房里一瞧，果然是她俩。

　　也是单人病房，郭玉婷穿着病号服，躺在病床上，气色特别难看。郭聘婷穿着件白色皮草，大概是最近日子好，看着精神也好，皮肤也好，姐妹俩这回算是拉开了差距。

　　门微微开了条缝，不知道是没关严还是有人推开的，声音清晰地传出来。

　　郭聘婷说："你找我干什么？你办了这种事，还有脸让我来跟你聊聊？聊什么？聊你破坏我家庭，勾搭我老公跟他上床吗？你这么不要脸，我还要脸呢。哦，还是让我看看这地方，勾搭我老公，最终他给你住院都找单间啊。有意思吗？我告诉你郭玉婷，男人呢，很多时候是管不住自己的，什么脏的臭的都想试试。不过，他自己很清楚，什么样的玩玩就行，什么样的惹一身骚。你就是后者，别想了。

　　"你看你作的，听说张林发达了，跟了姑姑姑父去做生意，要继承上亿元的家产，不比姜大伟少啊。而且年轻帅气，你说你要不作，你日子多好过啊。可惜啊！"她还惋惜地摇摇头，"从小你就嫌弃妈偏爱我，可我现在觉得真是对的，虽然都是姐妹，托生在一个肚子里，可我们不是一类人，我呀，从小就比你强。"

　　她也是心里闷了很久了，因为要装贤惠，所以再恨都得压着。今天郭玉婷找她来，她这是好不容易才得来的机会，所以那些怨气就全部撒出来了。而且，郭玉婷得听着。

外面的姜晏维却有了种恍然大悟的感觉，他终于将一些不对劲的地方连了起来，譬如提前放出了郭聘婷，他舅舅说到这姐妹俩时陡然转变的话题，是因为他爸爸跟郭玉婷乱来了吧，这么恶心压根说不出口吧。

他其实没什么感觉了，没多愤怒，也没觉得不可能。大概是觉得不该犯的错，他爸犯得太多了，所以有些平静地习惯了：哦！

就这一个字，哦！我知道了。

却不会再愤怒，不会再指责，不会再失望，不会再跳着脚问爸爸"你这样还爱我吗"。

里面郭聘婷撒完了气，郭玉婷才开始说话，她倒是真的服软了："对，我是从小就不如你，只是我不信，所以一直在争。我错了，我跟你认错，我以后绝对不会再伸手，也不会再冒犯你。可聘婷，咱们终究是姐妹，你说一个肚子里出来的，我过得不好，是不影响你，可如果我过得好，你在姜家不是更有底气吗？"郭聘婷看她，她接着说，"我和张林只是协议离婚，还没办手续呢。我知道，他其实特别爱我，只是我干了这事儿，他生气又没有台阶下，所以就成了这样了。你帮我个忙好不好？就说生气要弄死我，他心软，肯定会反悔的。"她解释，"只有你合适，姜大伟不搭理我了，妈是亲妈，说了肯定只是放狠话，只有你做他才信。"

郭聘婷特别难以置信地看着郭玉婷："我弄你，他就心软？"

郭玉婷实在是太会揣摩张林了："他就是那样的人，他打我肯定行，可别人动手他不会愿意的，他还爱我。到时候，我不会少你好处的，我知道你在姜大伟那里也没收到多少钱，他有钱了，我给你，他肯定能把钱给我的。"

郭聘婷听完就乐了，勾勾嘴角："哟，真有自信！不过，你忘了，你落魄，就是我最大的好处了。对了，"她晃晃手中的手机，"二姐，谢谢你教我录音这招，我觉得我拿过去给张林，他就算再心软，也不会心疼你了。因为你所有的挨打、教训，都是做戏。"

第九章

1

大概郭聘婷是真长进了，反正郭玉婷这次气得不轻。看见那手机眼睛都瞪得跟铜铃似的，冲着郭聘婷来了句："就你也敢算计我？"

郭聘婷如今跟她名义上是姐妹，实际上却和仇人一样，两人早就水火不容了。她如今只是想在姜大伟面前做个样子，才拖到现在来收拾郭玉婷。她不屑地笑了笑，冲郭玉婷来了句："我怎么不敢？我凭什么不敢？你除了年纪比我大，离婚没人要，还有什么比我强的？我告诉你，你早该认清楚，把你那些小聪明收一收，我就是比你好看，比你有福气，比你嫁得好，比你过得好。这一辈子都如此，你呀，就在你的泥坑待着吧。"

她这是来耀武扬威的，说完就欣赏着郭玉婷的表情。

姜晏维在门口站了站，发现两姐妹是敌对的状态，也没有什么别的，他对这两人是真不感兴趣，扭头就回了周晓文的病房。

结果一开门，就瞧见张芳芳正往外走，他往里看了一眼，发现周晓文居然红了眼圈，一副伤心的样子，顿时觉得张芳芳讲道理的本事大有长进啊。

姜晏维觉得病房里不好待，干脆跟着出来送送张芳芳，也给周晓文一点收拾的时间。

电梯里人多，他俩也没说话，等着到了一楼出了电梯往外走时，他才问："说什么了？把他都说哭了，他平时挺冷静的人。"

"没什么，"张芳芳说，"我就是告诉他，我的大学申请可能要有结果了，家里决定了，如果过了就让我出去。"

张芳芳的确在高二的时候提过家里准备让她出国，可她不太想，所以也不积极。那时候姜晏维他爸妈正闹离婚，他全部的心思都在这上面，也就没多关心。他真没想到，张芳芳竟然真决定要走了。

姜晏维就觉得有点不舍。周晓文和张芳芳是他最好的哥们，在他最需要的时候坚定地站在他身后，用各种方法帮他。如今真要分开了吗？就四个月了啊。

不过，他说不出什么不让去的话，毕竟出国读书挺好的。他点点头："找个大帅哥回来。"

张芳芳就拍他脑袋一下："想什么呢。"

等着送走了张芳芳，姜晏维在大马路上站了站才又回了周晓文的病房。这小子已经没事了，见他就问："你知道张芳芳要出国了吗？"

姜晏维点点头。

周晓文就叹了口气，龇牙咧嘴地动了动，来了句："唉，咱们一班'三剑客'以后真的各自要走不同的路了。"

周晓文也不用姜晏维问，就掏心掏肺地跟他说："我吧，原先觉得自己看得挺明白的。你爸妈闹离婚，你天天在家跟郭聘婷闹腾的时候，我说真的，觉得你不聪明。反正财产又少不了你的，爸爸还是爸爸，妈妈还是妈妈，闹什么！

"可当我真遇上了，我发现我压根平和不了。是，我家氛围真不怎么样，每天回家都跟着我妈一个人吃饭，一家三口一年也凑不齐。就算凑齐了，我爸和我妈说话除了钱没有别的东西，见天地听见我爸又找了哪个漂亮的女模特、女职员、女朋友，我妈又带着几个彩旗去打胎，我烦死这种生活了。

"我不知道想过多少次，我以后一定不要过这样的日子。我讨厌这个家，我不跟他们一样。可昨晚我妈突然说离婚的时候，我的心就跟被挖了一块似的，太难受了。我突然就发现，即便它不好，也是我家，我不能想象没了这个家会怎么样？"

周晓文说得有点感伤，眼睛都红了。姜晏维递给他一张餐巾纸："所以就反口了。"

周晓文擦了擦眼睛，点了点头。

姜晏维拍拍他："我知道，我理解。"

然后，周晓文就抬起了感动的脸，冲着姜晏维说："所以，以后这段日子，我就靠你了。"他无奈地说，"我妈觉得我忽悠她骗她不帮着她，把我这些年存的钱都冻结了，你说我成年了怎么就忘了换张自己的卡呢。我爸也气得不轻，不怎么想搭理我，恐怕也要不到钱，日子难过了。"

姜晏维被他气乐了，抹了抹刚刚因为感同身受而差点红了的眼圈，狠狠在他屁股上来了一下，在周晓文疼得嗷嗷叫的时候，一屁股坐他身边："铺垫半天，就为这个啊！"

周晓文疼够了，就乐呵："那哪儿能？顺便的。"

姜晏维和周晓文什么关系啊，哪里是一点钱抵得上的。他家出事的时候，周晓文对他出钱出力外加安慰，知道他谈恋爱 还各种关心开解。这种朋友，加上张芳芳一个，这一辈子也不会多。

姜晏维特别珍惜，自然没问题："我包了！"

这事儿说完，气氛又回来了，他俩又热气腾腾地认真分析了一下周晓文爸妈会不会离婚这事儿，没得出什么结论来后，周晓文碰碰他胳膊问他打算。姜晏维就把自己在国内读大学的想法说了："应该会尽量往京城考，考最好的学校，做最好的医生。"

周晓文听了难得安静下来，忍不住发了一声感叹："唉，我们仨真是走不一样的路了。高三可真神奇啊。明明前一年还一模一样的，如今就要各奔前程了。"

姜晏维嫌弃他说得太伤感，还给了他一个脑瓜崩。可等着告辞后，他慢慢走出医院，望着已经黑了的夜空，和夜空里并不算太显眼的星星们，那句话才泛起来，就是无边的感触了。

如果他爸没出轨，他的高三应该是特别安全的一年吧，努力学习，照旧当个开心果，会选国内的大学，读完后不出意外都会回到秦城。

如果他爸出轨了没离婚，那他的高三应该是挺痛苦的一年，家里时刻压抑，父母如同周晓文父母一样开始面和心不和，他应该会选择出国吧，毕竟眼不见心不烦。

如果没有遇见霍麒，那他现在应该在学校旁边租房子，独自度过自己的高三生活，他爸偶尔会过来看看他，重复一下爸爸爱你却无可奈何的谎言。他会在朋友圈或者其他人口中，听见他爸和郭聘婷幸福生活的消息，然后脾气越来越暴躁，变成他自己都不认识的另一个人，充满了发泄不出的愤怒与怨恨。

幸亏，有了他妈的决断，有了霍麒。

他是多幸运才有这样两个亲人。所以，难得感伤的姜晏维给他亲爱的妈妈于静女士和霍叔叔，一人发了一条微信："妈妈，我爱你，特别爱你。""霍叔叔，谢谢你！"

于静还在劝周晓文他妈万芳华呢，瞥了一眼挺乐，可没表现出来。

霍麒已经回家了，正在吃单人晚餐，顺便跟秦海南沟通，正说着就听见有微信进来，他跟秦海南说："好的，既然录音已经匿名寄过去了，晚上就送江一然过去吧，确保她的安全。"

他顺手就点开了微信，第一眼的第一反应是：这孩子！

秦海南那边回答他："已经安排好了，你放心，江一然失踪的时间已经太长了，警察的目光已经延伸到了别处。这边只有王运一直盯着，如今他进去了，江一然出门很简单。"

霍麒又想起别的事儿，顺口跟秦海南聊了起来，就没及时回复。

姜晏维在医院门口很快就打了车，结果快到家了，两个人谁也没搭理他，他这个怒啊，他的感谢有这么不值钱吗？然后一晚上狂做四张卷子，等于于静从医院回来。霍麒觉得姜晏维今天没声啊，不对劲，就发条微信问问，可这时姜晏维已经累趴了睡觉了。

这天晚上，江一然穿着件今年特别流行的长款黑色羽绒服，戴着口罩，跟着秦海南出门。因为是许多天来第一次接触到外面的世界，江一然从秦海南的房子里迈出第一步的时候，还忍不住在走廊上原地踏了两步，然后来了句："如果那天不是有你的短信，恐怕不会有这一步了。"

这一层有两家住户，是秦海南一并租下的，当然，用的是两个人的名头，此时走廊的监控关了，倒是并不怕有人瞧见，他说："以后会更自由的。"

两个人从消防通道直接下了停车场，进了一辆贴着黑膜的车，江一然按着事先叮嘱的，坐在后面的位置。然后一路向外开，到了离刑警队不远的地方，秦海南就停了车，叮嘱说："我能帮你的就到这儿了，前面就是，你自己想好了怎么说。利害关系我已经跟你都讲过了，希望你明白。"

的确都讲过，霍青林要杀她，她给霍青林留一份情面，替他开脱，霍青林没事了，也会是她死。唯一的生机，就是送霍青林去该去的地方，谋杀罪名，就算是霍家，也不可能善了的。至于她自己，如果可以的话，会申请保护，然后出国——前两个月就有学校发来交流函，让她去当访问学者。

当然，她也曾担心王运会不会替霍青林承担了这事儿，秦海南只是给她一句话："你放心好了。"

霍家这么厉害，秦海南为什么有这样的底气，江一然不知道。她也曾问过，但都被秦海南绕了过去，秦海南能告诉的就是一句话："这件事对你没坏处，还有比死更坏的结果吗？"

江一然想想，似乎真是如此，也就不问了。

如今，她坐在车上，用不了多久就会到刑警队，离解脱的日子就越来越近了。她从后面直直地看着前面开车的秦海南，终于问出了一句话："我还能再见到你吗？你真叫秦海南吗？你还会住在那房子吗？"

这十几天，她与秦海南朝夕相处，觉得这是个不错的人，更何况，他帮了她。

秦海南借着红灯停了车，扭头看了她一眼，最终说："看缘分吧。"

江一然还想再问点什么，可地方已经到了，秦海南找了个地方停下来："过去吧，这一路上不用担心，有人在暗地里护着你，你只管进去就好了。好自为之！"他最后给了这一句话。

江一然等了几秒，发现对方真的没有别的话了，有点失落地下了车。然后，车子很快就开走了，她在原地看了几眼，等着不见了，才往前走去。

果不其然，这一路都没有出现任何问题，等着她走进了刑警队，便有门卫拦着她："你干什么的？找谁呀？"

她说："我来报案，有人要杀我。"

对方皱眉："那也应该去派出所，来这里不符合规定。"

她就说："我叫江一然。"

对霍家来说，这两天并不如表面上看起来那么平静。律师提出的与当事人见面的要求，迟迟得不到回复。不仅如此，江一然的这起失踪案全部由张玉生负责，而张玉生向来公正，有名的油盐不进，领着一帮兔崽子，跟狼似的，不畏权势，又有林家暗地里护着，他们是半点摸不到边。

而且，霍青林对王运的事儿不了解，霍青云的事儿调查组那边也迟迟没有下文，霍家虽然塞了个人进去拖慢了进度，可现实是，霍青林那边受困，霍青云反而不那么重要了，他们也开始了拖字诀——霍青云的案件涉及江一然和霍青林，必须在查清楚这两人的关系和经济来往后，再处理这件行贿案。所以，霍青云就先调查着吧。

闹到了后来，事情又回到了江一然失踪案上，王运依旧成了这两件案子的重点。

而且最重要的是，这件事已经不再是去年年尾的时候，霍家一个私生子闹出的小笑话了，行贿、谋杀外加霍青林这个霍家三代领头人的知名度，还有包养情人的香艳度，彻底让霍家成了让人瞩目的存在。林家对霍家突然下手不符合道义，可霍青林的真实面目则更让人惊讶，虽然大家都知道水至清则无鱼，可谁也没想到，这个从小就是别人家的好孩子，居然这么不堪入目。

林家阻挡了律师的探望，所以这四十八个小时，对于张玉生来说可谓是无比珍贵，王运自然也被各种审讯。他这人当过兵吃过苦，对这些困难都不惧，唯一能让他动容的，只有他的亲人。

所以，张玉生这两天都在这方面下功夫。王运倒是有所动摇，从神色中可以看出来，他开始进来的时候，眼神坚定，一副视死如归的模样；而如今，提起他八十岁的母亲，还有失去了孩子日后要孤老一生的老婆，他的眼睛里开始迸发出别的神情。

还不够，还没有拿到压倒他的最后一根稻草。

然而今天下午张玉生接到了一个陌生人的快递，里面是一个U盘，就一段录音文件。晚上，江一然就出现了。

他听了录音，再录了江一然的口供，整个人都处于兴奋状态，进入王运所在的审讯室时，都有种激动。他坐在椅子上，看着眼前的男人，王运已经将近三十六个小时没有睡过了，若是普通人，恐怕已经疲惫不堪，而这个人却依旧很精神。

他调查过王运的档案，知道这个人当过兵，出入过深山老林，立过功，想也明白，王运受过怎样的训练，有多强的意志，他也知道，王运儿子出事后，凶手虽然没被判刑，可没多久就死了，这中间有多蹊跷。所以他确定这人说的都是谎言，他想撬开王运的嘴让王运说出实情，而不要王运把事情全揽在自己身上。

当然，现在还没到那一步。

王运到现在都不承认对江一然谋杀，仗着当天小区出入视频都被删除，推断不能作为证据，大言不惭地说，他只是去保护江一然的。他甚至给了个推论："她可能是做了错事，不敢留在这里了，所以跑了。谁知道躲到哪里去了。"

人失踪了，现在没有找到，那么，什么可能都有。警方自然不能驳斥王运，可如今不同了。

张玉生将自己的大茶杯"当"的一声放在了桌子上，因为太使劲，茶水都来回"咣当"了一下，旁边做记录的同事帮他扶了扶，他一屁股坐了下来，看着王运说："这会儿怎么样，想起有什么要交代的吗？"

王运还是那副模样："没有，该说的我都说了。"

张玉生大口喝了一口浓茶，这会儿却没追着问，而是来了句："我有个消息要告诉你，希望你听完后还是这么回答我。江一然出现了。"

一句话，让王运平静的眼睛猛然凌厉起来，他瞪着张玉生。他上过战场，这些年又跟在霍家人身边，虽然是保镖，可总有一分气势在。若是别人，八成会吓到。可如今张玉生看他，不过是替霍家为虎作伥的一条狗，怎么会怕他？

张玉生接着说："江一然刚刚录完了口供，交代了当晚发生的事情，她说……"他顿了一下，"是你以保护她为名义敲开了门，然后试图谋杀，她用灭火器反抗逃走。这也与我们的现场痕迹复原对得上。而且，有目击者指认当天见到你进入江一然的房间，那时候江一然是安然无恙的。王运，我最后给你一次机会，那天到底发生了什么？"

王运恐怕万万没想到，江一然居然出现了。他"哦"了一声，应该是早想好了对策，不在意地来了一句："哦，我就是去保护她的，跟她开玩笑，她误会了，就跑了。否则以我的身手，灭火器她也弄不过啊。"

看他不见棺材不掉泪，张玉生彻底点点头："好吧。那听听这个！"

他很快打开了手里的播放器，王运的声音从里面传了出来，正是江一然曾经听到的那段，事发后王运打出的电话："事情失败了。对，有人给她报信，她恐怕知道我们的计划，事先在门口放了灭火器，我没准备，等脱身她已经不见了……她跑不了多远，我一定会处理好。"

寥寥几句话，王运的神色便再也没那么轻松了，他的脸绷了起来，他有些难以置信。

张玉生问他："你还想怎么说？"

王运不是傻子，他知道，有受害者的指认，有目击证人，有他留在现场的痕迹，有录音，这件事跟他脱不了干系，恐怕跟霍家也脱不了干系。

他这些天不是没想过，有一天江一然出现了怎么办。他都想好了，宋雪桥替他给儿子报了仇，他这条命就是她的，她想要霍青林清白，自己就赔给她一条命好了。唯一对不住的，只有他的老母亲和妻子，可他不承认又怎么办？霍家那么强大，能放过他？

只能这么办，只是，没想到这么快。

他诧异，可心里到这时有了点松快的感觉，警察查出来了，杀人主使者不是他，霍家也没法埋怨他了吧。只是这话他不能说，他依旧保持了沉默。

可张玉生瞧见王运把腿打开了，王运在试图让自己轻松点，他心里自然有数。

张玉生还想再突击，有人猛然敲了门，他打开后发现是手下的另一个侦查员，此时这人一脸兴奋，见到他说："头儿，你来看。"

张玉生很快就跟了过去，然后就发现一群人都围在电脑前，电脑里开着个视频，白天，在一个不算发达的城市，最边上有个人，正是他刚刚审问过的王运，王运在买东西，找钱的时候抬了一下头。技术人员将视频定格在此处，能看见他的正脸。

有人给他介绍："头儿，这是费远死的那个城市，你瞧日期，正是费远死亡的前一天。这个王运身上可能还有一条人命！"

张玉生知道，这事儿彻底闹大了。

2

这段视频送来得相当是时候，正好卡在审讯王运的关键时刻，再说江一然一案中，毕竟是谋杀未遂，判了也不过是十年二十年，王运八成还挺得住。可费远死了，这要是真办出来，两案并罚，他都敢说死刑无疑。

别说王运是霍家的人，如果他要当冤大头的话，霍家八成乐不得呢。只怕费家和林家不答应，一个保镖为什么敢去害费远呢？费远什么身份？虽然费家在圈子里看是糊了的，可对于他们这些普通人来说，还是只能仰望和听说的存在，王运凭什么？再加霍家出事儿后就一直不停在干涉的林家，所以张玉生来了句："这事儿要闹大了。"

张玉生是个聪明人，这个世道，只有足够聪明才能既坚持理想又不被为难。不过寥寥几秒钟，他就知道，这事儿将要闹得多大。

他问了句："这U盘怎么寄过来的？"

收到的小王说："快递过来的，"他拿着个常见的快递袋子出来给张玉生看，"只有收件人没有寄件人，我问了问接收的门卫，就是普通快递员送过来的。要检测一下指纹之类的吗？"

江一然来之前的那个U盘也是这样送来的，他们能追查的都追查了，最终只能查到信件是从哪里寄出来的，收件员也回忆了一下寄件人的特征，去问的时候，是个小卖部，老板说是有人拜托，给了100块钱。

线索就这样断了。

这个U盘查下去，恐怕是一样的结果。

这是有人在幕后操纵这件事啊。

是谁呢？他心里隐隐约约有点数，毕竟在京城久了，有些传言总是能听到。只是这么想有点可怕，费远死了有两三年了吧，如果没猜错，这种视频应该是街道小店自己安装的摄像头录制的，一般情况下，会重复录制，撑死一星期就会抹去，也就是说，寄东西的人拿着这段视频许多年却一直没出手，就是在等这天吗？

他现在倒是觉得为难起来，一方面，这些东西的确可以让办案的进程加快，大大地缓解了他们的压力。纵然林家撑着，霍家也不好惹。可另一方面，他又怕自己被牵着鼻子走，这对于办案来说，不是个好事儿。

他问了一句技术人员："视频是真的吗？有合成的可能吗？"

对方很快回答："没有，是真的，来了就做了技术分析。"

他心里就有了数，拍了拍身边兄弟的肩膀，冲着周围已经熬了两天一夜的兄弟们说："行啦，来活了，分三组，一组周笑带队盘问王运，一组张继横带队去调查费远死亡始末，另一组吴闯带队，"他想了想说，"查一查霍青林和费远的关系。马上行动！"

大半夜里，大家熬得眼圈都是黑的，一个个胡子拉碴的，可神情都很兴奋，听了后立刻拍了拍手，纷纷应了声："好！"

审讯室的隔音不错，可这群爷们实在精神头太足，王运还是听见了他们略带兴奋的声音，远远地听起来，就像是一群狼在围剿猎物时兴奋的声音，他有点不好的感觉。

等着一组组人纷纷行动起来，小王才凑过来跟张玉生说："那个江一然说没地方去，问咱们能不能找个地方给她住。"

张玉生的眉头就皱起来，对他说："带我去看看。"

结果，一到那儿就瞧见老老实实的江一然，她一见他就站起来了，一副无助的模样。江一然见过张玉生了，知道他是队长，就连忙说："队长，我不敢回去，太危险了。您让我待在这儿吧，就坐这儿就行，我趴桌子上睡就成。"

张玉生就说她："不是说好有两个便衣会保护你吗？你不答应了吗？"

江一然来的时候秦海南专门叮嘱过，不能离开刑警队，所以她也坚持："我才知道，他们不跟着我进家门的。不行，我太害怕了。"

张玉生就想说我们没那么没用，结果就听江一然说了一句："我都躲了这么多天，熬到了现在，我不想不明不白地就死了。"

张玉生也没法，只能说："算了，小王带她去女生宿舍睡一觉，看谁的铺位空着，让她休息，白天再说。"

霍家很快也接到了江一然出现在刑警队的消息。

任谁都知道，在王运和调查组，外加后面的刑警队的搜查中，江一然能够躲起来丝毫不见影，说明她背后有人。如今出现了，对霍青林来说就是大问题。

因为知道了是宋雪桥派了王运去，所以霍青林有点急躁了，数次都想去老宅跟老爷子商量一下对策，可都被他爸爸霍环宇压下来了。

霍环宇说："这事儿你不用催，老爷子在办。办不下来是因为林家挡着，催也没用。"

霍青林知道这说的是实情，可终究不甘心，在自己的房间里来回踱步。宋雪桥插嘴："你别担心！"却被霍青林瞪了回来，这男人看她的眼神十分厌弃："宋雪桥，你这是要害死我！"

宋雪桥一心扑在霍青林身上，即便这些年只能远远地看着，依旧爱他爱得炙热，被霍青林这样说，她是不愿意的，她解释道："我是为你好，我是想盖下这件事。那时候看，江一然是留不得的。她死了就一了百了，无论是宋家还是霍家，处理起来绰绰有余。"

"那是一条命！"霍青林不是心疼江一然，他对江一然并不是没有感情，毕竟在一起这么多年，要是讨厌，也不可能如此长久地保持关系。只是，江一然并不那么重要，或者说，在霍青林的人生中，没有人比他自己重要，重要的唯有他自己而已。他生气则是因为杀人是大事儿，就算没人查得出也会留下隐患，更何况，如今已经揪出来了。

他怎么办？

宋雪桥对此十分漠然，不在意地说："一条命又怎么样？给你提鞋都不配。我看她也不爱你，否则，怎么可能现在出现？"这时候，她还在试图表达自己的情感，"她不过是图你的钱财、地位、权势，青林，她不爱你的。"

霍青林知道她后面要说什么，自从王运的事儿说开后，宋雪桥压抑已久的感情就迸发出来，一点点地跟他倾诉。可她八成不会想到，霍青林听着却觉得害怕，这不是个疯子吗？

他心里始终是有疑问的，趁机忍不住问她："你真的就做了江一然这一件事？没有其他的吧，譬如费远？"他原本就对费远的死觉得不对劲，因为林家已经查到费远行贿了，还烧死他似乎多此一举。更何况，费家老太太可是上了林家的门，说明他们和解了。

宋雪桥却笑了笑："那事儿我不知道。"事儿没出，她觉得不用霍青林紧张。

霍青林并不信，还是觉得查查好，起码要事先心里有数，就大步往外走去，宋雪桥忍不住叫他一声："青林，你去哪儿？"

霍青林扭头看她，这女人眼睛里全都是他，让人看着害怕，他并不愿意在这时候招惹她，更何况她后面还有宋家。从他二伯母的事儿就可以看出，任何人都不能得罪，最近霍青云在调查组可不好过，周家出了很大的力气。

他就说："我去等等消息，如果江一然回家居住的话，我想办法跟她聊聊。"他想走，又怕宋雪桥发疯，安慰她说，"你是我妻子，你放心，你是最重要的。"

宋雪桥的脸色这才略微好点。

霍青林是真想跟江一然聊聊，他相信只要他俩见面，江一然很快就会改了口供。可是他的算盘打错了，江一然一整夜都没从刑警队出来，他白等了。

学校只有周日下午放假，所以照常上课，姜晏维到学校的时候，周晓文已经来上学了。毕竟高三这种时候不进则退，耽误一天都是大事。不过，这家伙屁股被打得太厉害，虽然伤势无碍，可终究不能坐下，只能跑到最后一排站着。

等着放了学，周晓文还想跟他叙叙旧好好聊聊，毕竟最近发生的事儿多。结果就瞧见姜晏维提前五分钟就收拾好了书包，铃声一响，老师一撤退，他就撒丫子跑出去了。周晓文只觉得眼前都是残影，喊都没喊住。

他就拎了书包，一瘸一拐慢悠悠地下了楼。因为下课学生多，姜晏维的速度也没快多少，他远远地瞧见姜晏维站在一辆车前，笑得跟朵向阳花似的跟霍麒说了几句话。大概是霍麒瞧见他了，姜晏维扭头看了看，还冲他挥挥手，然后就钻进车里，走人了。

3

姜晏维口味偏重，霍麒就找了这家餐厅带他来尝鲜。

但显然，这家伙的注意力都没在吃上，就一个劲儿地跟他聊天：最近这几天怎么过的，是不是最近他不在家，没人叽叽喳喳感觉很落寞。他一脸认真的样子，霍麒虽然想说你不是天天都通视频吗，结果愣是没舍得说出口。

霍麒自然是忙，秦城这边倒是还不错，一切都上了正轨，助理彭越很多事儿都能帮他做了，不用太操心。京城那边最近在收尾，其实涉及霍麒的事情已经不多了，剩下的则自有霍青林得罪过的人要收拾他，这场大戏即将落下帷幕。

他耐着性子一点点给姜晏维讲自己这几天的事儿，倒是条理分明一点不见烦的样子。姜晏维就变得眉开眼笑，他倒不是时时刻刻都要掌握霍麒的行踪，他没那么无聊，他只是喜欢跟霍麒一点秘密都没有的状态。

等着吃完饭，霍麒倒是真想带着姜晏维去游泳运动运动的，主要是因为他高三，平日里三点一线，教室、食堂、家，体育课都取消了，一点锻炼都没有，对身体也不好。

结果，姜晏维倒是先开始打呵欠了。

霍麒瞧了瞧他那个越发明显的黑眼圈，就问他："现在晚上几点睡？怎么困成这样？"

姜晏维就挺郁闷地说："十二点都是早的，最晚都到了一点了，早上六点半就起来，中午也没地方待，周边都是小旅馆，我不想去，租个房子合适的都太远，时间多金贵啊，只能在课桌上趴会儿，可不得劲儿呢，十几分钟就醒了。困死我了。"

霍麒自然心疼得不得了："怎么睡得这么晚？原先不是十一点就睡了吗？你们老师加量了？"

姜晏维摆摆手，把那个呵欠打完才说："没，老师还是那样，可同学不一样了，一个个跟打了鸡血似的，恨不得一天二十四小时都在学习，我这么努力，结果上周周考也没进步多少。我们学校每年上什么学校都大体有个分数线，看年级排名就知道了，我不得努力点啊？"他笑眯眯地说，"万一考的是秦城大学，还要走读，天天我妈看着！我的目标就是走出秦城，迈入京城。"

真是……霍麒都被他逗乐了。

不过都这样了，霍麒就不能带他游泳。他身体原本就虚，剧烈运动后肯定要生病。霍麒温声跟他商量："找个地方补补觉吧，游泳以后再去吧。"

姜晏维是真困了，他最近就没有一天能睡个饱的，眼皮子现在都在打架，点着头说："那回家啊，我就在家里睡得踏实。"

霍麒自然不会有意见，商量好就起身往外走。姜晏维就跟个跟屁虫一样跟在他身后，脑袋还一点点往下垂，霍麒都怕他一不留神栽地上，后来干脆就把人拽过来扶着了。

上了车，姜晏维实在是顶不住了，就要了霍麒的大衣，跑到后座蜷着睡觉去了。从市中心开到郊区足足一个小时，霍麒从后视镜看他睡得呼呼的，还寻思等着到家让他再睡会儿，结果到了家他就精神了。

也是，十八岁的大小伙子，熬了整夜睡一觉都能补过来。等着下车，姜晏维已经嘟囔着要跟霍麒去影音室看电影了。这地方姜晏维就不把自己当外人，进来换衣服换鞋那叫一个快速，说话间就从冰箱里敛了一堆东西下楼去了，顺便指挥霍麒："把我的小毯子拿过来。"

霍麒没办法，只能照做，下去的时候姜晏维已经点了部战争片，说是这种轰隆隆的，看着释放压力。霍麒坐在沙发上，姜晏维就跟没骨头似的躺在了他大腿上，还很自觉地把他的手放在了自己脸上，片子就开始了。

这片子倒是真的十分激烈，几乎都是战场戏，上来就是来回炮轰阵地，只觉得耳旁一阵轰隆隆的，两个人说话声音小到都听不太清楚。霍麒一边看着片，一边听他叽叽咕咕说着话。不知道什么时候，声音就没了。

霍麒低头一瞧，姜晏维已经睡着了。姜晏维的睡姿就跟个孩子似的，脑袋枕在他腿上，双手合十压在脑袋下，身体蜷着恨不得团成一个球，看起来特别可爱。

霍麒摇摇头，低头扯了扯旁边的毯子，给他盖上了。

动作很轻，可姜晏维还是被惊动了。霍麒连忙抬起了头，就瞧见姜晏维整个人翻过了身来，仰面枕在他的腿上，身体也舒展开来，四肢平摊在偌大的沙发上，在照明弹的亮光中，能让他清楚看见这孩子眼底的黑眼圈，梦里都叫着："叔叔。"

霍麒只觉得心头一片柔软，半点都舍不得动避免惊醒他。这一觉睡得绵长，大概是太累了，这孩子就保持着这一个姿势再也没动过，到了后面，还打起了小呼噜。战争片结束了，霍麒就又选了部爱情片，男女主角甜甜蜜蜜卿卿我我中，他靠在沙发上也睡着了。

于是，盼了三天的会面，就在熟睡中度过了。

晚上六点钟姜晏维被送到楼下的时候，还特别惋惜加不爽："怎么就睡着了？下次我得先喝杯黑咖啡。"让霍麒直接训回去了："困就休息，喝那个干什么？"

时间到了，姜晏维也不能磨蹭，否则下次出来就不那么容易了。他跳下了车，扭头关车门的时候，冲着霍麒来了一句："明天见！"

又进入了一周的学习，周一中午一下课，姜晏维正跟周晓文准备找地方吃饭呢，霍麒就打了电话过来。姜晏维就特惊喜，霍麒一般不在上学时间打扰他的，所以接起来声音都带着兴奋："你怎么打过来了？"

霍麒的声音听着倒是挺高兴："学校门口对面的车位上，房车停在那里了，以后每天都在那里，上面有铺位你知道的，吃完饭过去休息一下，冰箱里有洗好的水果什么的，记得拿着吃。司机会把车钥匙给你。"

姜晏维就抬头往前一看，可不正是过年接他姥姥姥爷去京城的那辆吗？他顿时心里美到家了，表扬道："叔叔真好。"

挂了霍麒的电话，他豪情万丈地拍着周晓文的肩膀努努嘴："瞧见了吧，我家霍叔叔连午休的地方都准备好了，羡慕嫉妒吧。今天中午带你休息去。"

京城。

张玉生很快体验到了如有神助的感觉。

费远的案子已经过了四年，再说又涉及费家、林家这些人，他原本以为查起来会格外艰难，却没想到竟是处处顺利。若是论起来，他从警这么多年，这数得上第一了。

他自然明白这后面肯定有人事先做好了大量准备工作，将证据都给他准备好了。他也怕这中间会不会被别人拽着鼻子走，进入别人设下的圈套，办事都比平常细心三倍，可终究，这些证据都是真的，每一样都经得起推敲。

既然要查费远案，自然要从费家开始。他早就听说过，费远去世后，费家的老爷子也很快去世，如今整个费家就剩下了一个老太太，企业也交给了职业经理人，她轻易不出门，除了跟亲戚有走动，跟很多朋友断绝了来往，听说脾气古怪特别难缠。

所以，去的时候张玉生还特别叮嘱了要注意，结果从打电话开始，对方的保姆就略微问了一下为什么要过来，随后就一帆风顺了。老太太不但亲自接待了他们，还将费远死亡的前因后果一一道来，让他们听了一出豪门大戏，到了最后，她还颤巍巍地站起来，对他们说："小远去世前留下了一份音频遗言，我觉得对你们可能有用，我交给你们。"

这份音频文件自然就是老太太通过快递收到的，拿去给林家听的那份，如今到了刑警手中，再听听自然能听出更多的问题。譬如从费远案又牵扯到了林峦的死亡案件，整个一条线下来，涉及了霍、林、费三家，可谓惊人。

当然更惊人的是，人人只当霍青林想灭江一然的口是为了自己的行贿不被暴露，万万想不到，若是这音频是真的话，他竟是连林家和费家的孩子都敢杀啊。

由此，张玉生这个底层的小喽啰终于知道，为什么这案子这么顺利，林家不惜翻脸也要跟霍家作对，闹了半天是杀子之仇。

再往后，则更顺利。费远死亡的时候，是因为行贿案被调查，被关在了调查组所驻扎的宾馆内，着火的时候，整座楼上除了宾馆的工作人员还有不少调查组的人。这种派遣都是有据可查的，很快，他们就找到了当时的火灾经历者。

这些人在火灾过后被问询过多遍，其实回答的内容大同小异，都说这场火灾发生得奇怪。他们当天忙完了是晚上八点，一群人去楼下餐厅吃了饭，上来就纷纷散了。因为事情比较严肃，也没有串门说话聊天打牌的，要不就休息了，要不就接着在自己房间工作。

火灾发生的时候是夜里十点，浓烟呛人，很多人都醒着，宾馆又不是很高，又有人疏散，就直接从楼上下去了。那时候他们还没觉得是大事儿，因为虽然烟大，但没着起来，他们甚至都把资料带了下来。可结果，等到他们下来了，就好像有人往火里加了油一样，火猛然蹿了起来。

这时候他才发现，费远没出来。

再进去救人已经不容易了，可费家毕竟是名门，这群人也不敢懈怠，消防官兵一共进去了三次，才好不容易将人给背出来，可那时候人已经呛死了，口鼻中都是烟灰。

费远是那场火灾唯一的死者，而且火灾发生得奇怪，外加费远的身份敏感，所以当时所属的刑警队也付出了大量的人力物力来调查这件事。可最终给出的结果，则是费远吸烟引起的火灾，至于为什么火势突然加大，是因为烧到了三楼最边上的一个杂屋，那里因为没有窗户被当作了仓库，存有大量的食用油。

当然到这里，并不一定能找到新的线索，但张玉生他们还是觉得过了四年，也许有人能想起什么事来，一个个地问了一遍。结果真让他们找到了，一个看起来貌不惊人的四十岁男人，在回答时突然说了一句："我在那儿瞧见过一个不该出现的人，回去后又想了想，挺奇怪的。"

问话的刑警特别警觉，问他："是谁？"

那人皱皱眉头说："叫王运。你们可能不知道他，他是霍家的保镖，一直跟着霍家的三少爷霍青林的，"他并不在京城工作，八成以为别人都跟他一样并不熟悉这些名门内的事儿，还解释了一句，"他跟我是战友，我转业后就分到了这边，听说他没去给他安排的单位，去了京城。后面我们还聚过两次，他还给我们看过他和霍家人的合影，反正混得挺好的。我在火灾现场看见他就想叫他，结果一转眼人就不见了。我也着急，也以为他有事，就没追。现在想想，挺奇怪的。他平时都是贴身跟着霍家人的，他来我们这种小地方干什么？他怎么会在火灾现场？"

当然，并不仅仅如此。最大的突破在于费远的尸检档案，他们抽调出来发现，当时费远的尸检中有提及，费远的脑后有重物击打的痕迹，不知道什么原因，竟然被认定为火灾中的房梁倒塌砸伤。可如今看，明明是重物击打的痕迹。而且卷宗里有一些从未想到过的证据：一枚从宾馆后墙上采集到的脚印，还有当天宾馆进出的视频。

张玉生不用问都能猜出，大概当时林家整费远也是下了功夫，没想到中途出了这样的事故，目标被人提前完成，可又不能深究下去——毕竟林家也被牵扯其中，这种事原本就是见不得光的，便大被一盖，将这事儿稀里糊涂地彻底抹去了。

如今，林家的恨从费远那儿转到了霍青林身上，这档案自然能见光了。

他们调动了大量人手，一方面对比了王运的脚印，另一方面则筛查视频，尤其是那个工作人员提到的时间，结果经过一帧帧的比对，最终发现了王运。而且找到了一张有他的脚部特写的截图。

王运穿的是 43 码鞋，最重要的是，大概是他当过兵的缘故，他习惯穿军靴，他当天在案发现场穿的也是军靴，而后墙的鞋印也是军靴的。

证据链完全铺开，所有的证据都指向了王运，当然，人人都明白，他背后的人是霍青林。张玉生再次站在王运面前的时候，王运压根就没法逃避，江一然的案子有直接证据他无法辩驳，而这个案子，他同样无法辩驳。他去那个地方干什么？他去火灾现场干什么？

他……

他无法回答。

长时间的审讯已经让他的精神处于极度紧张之中，如果没有证据，他还能撑下去，偏偏有证据，有证人，他一个都逃不了。

他终于忍不住了，说："是我干的，都是我干的，跟别人没关系，都是我干的，你们定我罪吧，判我死刑吧，我都认。"

张玉生在他耳边凉凉地说了一句："你说你杀了人，你承担得起吗？江一然无权无势，可费远呢，他是费家的独苗，费老爷子因他早逝，你可知道为了等这一天费老太太一直忍着，你担下来，你的家人担得下来吗？"

王运抬起头看着张玉生，张玉生就冲他微微笑了笑。

然后，张玉生就跟没说过这些话似的，走了回去，坐回了自己的位置上，问他："幕后指使是谁？你想好了吗？"

王运不是不知道费老太太的，他自然也知道，自己对人家来说就如蚂蚁一般，他死了，霍家也不会保护他的母亲和老婆。可让他说，他怎么说？所有人都在怀疑是霍青林，其实真正的指使者却是宋雪桥那个女疯子。

他怎么说？

他又沉默下来。

可他的沉默并不能救任何人，早在江一然出现后，就可以将霍青林拘传，可张玉生觉得那时候费远案没有头绪，实在是不宜打草惊蛇，霍家毕竟不是普通人家，要多难缠有多难缠，于是拖到了今天。而如今，费远案有了很大进展，王运也招架不住认了，霍青林自然要到案了。

这次，张玉生做得特别不给面子，直接带了人去了霍环宇的住所。虽然霍环宇不过是个商人，住的地方只是商业小区，可他毕竟是霍家人，被人捧惯了，这么多年第一次有人这么不给脸，也是气得不轻。可面对拘传，他毫无办法，只能指着张玉生的鼻子说："好好好，你等着。"

等着那都是以后的事儿，现在的事儿是霍青林要跟他们走。

宋雪桥倒是想拦，想说些什么，却被霍青林给住了，他只说了一句："回去看路路，像什么样！"

宋雪桥毕竟爱他，竟真不吭声了，只是脸上能看出不服气。

霍青林再也没说什么，他好歹也是见过大风大浪的人，心里知道这事儿恐怕要来回消磨几次才能结束。他看起来倒是比较镇定，只是面色不爽而已。想想也是，他这辈子，恐怕都没有这两个月过得糟。

人很快被带走，自然一些消息也很快传了出来——林家深谙战略之术，从来不会不让霍家摸不到任何消息，而是总透露一些来左右他们的判断。今天透出的消息便是，王运受不住招了，全揽在了自己身上，要一力承当！

宋雪桥的评价是："蠢货！"

可再蠢这个消息也了不得，这说明什么？王运是霍家三房的人，除了霍环宇父子，他谁的话也不听，这是大家都知道的。他宁愿自己认了也不肯说别的，不就代表着这事儿真是霍青林做的吗？人家只是忠心为主，所以才不肯自己开口说。

那么由这件事散发下去能想到什么？

霍青林真的跟江一然有一腿，当然这个是他自己承认了的，他也许还跟霍青云的行贿案有关，这个他没明说。

最重要的是，霍青林让人弄死了费远，费远是当日林峦和霍青林栽下深谷的唯一见证者，霍青林说他用感情为交换获得了活着的机会，他杀费远是不是怕费远挺不住了，将这些交易告诉林家？可这种事林家该怪的是费远，毕竟林峦只是为了活着。霍青林不至于为此灭口。还有更可怕的，在林家疯了一样对付霍家时，霍振宇悄悄跟老爷子说了一句话："当年林峦的死，是不是有出入？"

这么一想，倒是条条缕缕都清晰。

可问题是，当时出事的时候，霍青林可只拣着对自己有利的说。

老爷子直接摔了杯子，人往往就是这样，你看一个人越看越好，觉得世界上再也没有比他更优秀的了，一路上给他的评分从八十到一百，然后超额给到了一百二。可等着真相残忍地揭开面纱，知道都是假的，曾经的器重成了双刃剑，你有多喜欢他，就有多厌恶他。

霍青云出事，他爸带着他来求老爷子，老爷子说家风清白，没有这样的子孙，所以不管。而霍青林的事儿，他却一直插手，甚至跟林家较上了劲儿，而如今，跟自打脸没什么区别。霍青云烂，不过是想赚钱，霍青林却是杀了人的。

他直接甩手，冲着前来求助的霍环宇和宋雪桥说："我管不了。"

霍环宇就想再求求，可宋雪桥的脸色在苍白后变得坚毅起来，她似乎想通了什么事儿。

飞机场，霍青杭终于赶了回来，看了看京城阴沉沉的天，低头上了一辆黑色的轿车，冲着司机问了一句："爷爷好吗？"

司机说："不太好，我来接你时，医生还在。"

霍青杭便点点头，吩咐他："快点开吧。"

第十章

Hello simple

1

霍青杭常年在外，除了公司的事，也就是过年的时候会回京城，所以他的突然而至，还是让不少人感觉到了意外和不对劲。

一直在老宅待着没走的霍环宇和霍振宇，瞧见带着寒风进屋的霍青杭都略微皱眉，没人提前跟他们说过，这小子今天要回来。

最近霍家事太多，他们并不希望再有什么不利的事儿发生，霍振宇先发了话："你今天怎么回来了？有事？"

霍青杭是个斯文白净高瘦的中年人，看起来温文尔雅，倒是不像商人，更像是学识丰富的学者。霍振宇出声发问，霍青杭异常恭敬，冲着他说："二叔，我有点私事要办，比较急，就没有提前说。爷爷睡着了吗？我去问个晚安。"

气成了这样子，怎么睡得着？

再说，霍老爷子说不管就不管了吗？那是不可能的。霍青林毕竟是霍家的子弟，又在很长的时间内是霍家三代的领头羊，他是霍家的一分子，还是霍家的脸面，这不是保不保的问题，必须要保，只是怎样保的问题，彻底撒手任人宰割，那是不可能的——霍家的疮不能让别人挖。

霍振宇便说："在书房。"他这人，除了对自己的儿子霍青海不假辞色外，对另外两个侄子青杭和青林倒是和蔼有加，还叮嘱了一句，"你爷爷心情不好，你说话注意点。"

霍青杭道了谢，当然，脸上也有了疑问的神色："是青林的事儿，还是？"

霍振宇瞥了一眼坐在那儿闷不吭声的弟弟，便说："还是青林的事儿，很麻烦，你爷爷气得厉害，你注意点。"

霍青杭点了点头，慢慢地上了楼。霍振宇瞧着他的背影还说："现在就剩下青杭一个了，老大便是老大，从小这孩子便稳重，现如今看，还是稳重点好。"

不稳重出风头的自然是霍青林，那家伙从小便自带光环，走到哪儿都跟有追光灯打着似的，想看不见都不成。原本人人觉得他年纪轻轻，能交友能处事有底线有手段，是霍家的希望，如今口风便变了。

霍环宇听了心里并不舒服，只是霍振宇的话没说完，连带自家孩子也说上了："青海是个疯子，青云没出息。你说，当年看着那么好的一帮小萝卜头，怎么就成了这样了？哦，对了。"他还想起一个，"霍麒倒是不错，有本事有能力，只可惜不是霍家人。"

霍环宇不爽快，再说此时霍青林出事，霍麒倒是成了好人了，他这个当亲爹的心里不痛快，就一句话："他巴不得跟霍家脱离关系呢。有不如没有。"

这几天霍青林出事，林润之也有点害怕，霍环宇心烦而且有些事儿不方便透露，跟林润之聊天就少了。林润之心里七上八下，自然少不了跟霍麒打电话透露。要是别人纵然是个养子，这时候也该回来帮忙，最起码打个电话问候一声，霍麒就跟哑巴了一样，时至今日，还是没半点反应。

纵然当年他自己创业便不受霍家庇护，与霍家无关，这十几年的养育之恩，总还是有的吧。

他评价了一句："白眼狼一个。"

他这口气不好，不过霍青林都这样了，他心里难受霍振宇也知道。毕竟当年老三并不出众，能力也一般。霍青林成器的时候，老三很是精神抖擞了一阵。都是兄弟，做得不明显，但是说话做事谁看不出来，只是一家人不计较而已。

不过，霍振宇对霍麒还是很欣赏，劝了一句："你当时处理得太急迫了，有本事的人，不会甘心受这个罪的。再说，他因为跟青林走得近遭了罪，青林的事儿，他怎么可能凑上来？"

如今先有周家出头，后来林家和费家插手进来，霍家人倒是不觉得霍青云和霍青林的事儿跟霍麒有什么关系。这一桩桩一件件，哪里是个商人能够搞定的？这并不是看不起他，实际上，到了一定的地位，钱就不算什么了。

所以，除了霍青林这么认为，其他人倒都觉得跟霍麒没关系。

兄弟俩难得在屋外说会儿话，霍青杭已经进入了书房。老爷子心情不好，正在埋头写大字，他也不吭声，上来帮着镇纸磨墨，一直在旁边伺候着。

好在从小见多识广，自己又常年靠写字平心静气，这种活他干得得心应手，倒没触了老爷子的霉头。等着连写了三幅大字，老爷子才停了下来，问他一句："你怎么回来了？"

霍青杭一边帮着收拾，一边说："为了青林来的。"

老爷子就皱了眉："胡闹！青林的事儿家里自然会处理，你回来算什么？你以为就你有兄弟情义吗？"

霍青杭倒是温润好脾气，老爷子发火他也不惧，等着老爷子说完了才说："我订了一早的飞机，明天正常上班。"然后，他又说，"而且，我来不是为了兄弟情义。爷爷，青林的事儿我都知道了，我来是请您壮士断腕的。"

一句话落音，饶是霍老爷子也震惊："你说什么？"

霍青杭面色平静地说："壮士断腕，放弃青林。"霍老爷子直接将毛笔扔了过去，冲他怒吼："那是你弟弟，你告诉我不管他了？畜生！"

毛笔砸在了他的脸上，蘸满了墨水的毛笔在他脸上形成个大大的污迹不说，而且他整张脸和衣服都不能瞧了。

即便这样，霍青杭也没有动。他很了解他爷爷，并非儿女情长的人。这么生气，只是对于他做兄弟的不讲情义的愤怒，霍青林的位置换成霍青海也会是这样的。

他很镇定地说："爷爷，那是杀人案。虽然您觉得青林罪不可恕，发了脾气，却还是想尽最大可能保他的吧。说句势利的话，江一然没势力又没死，所以可以不算。费远呢？费家独苗，老太太虽然只身一人，可也是有头有脸的人物。霍家要蒸蒸日上，要一步步往上走，她却是连后代都没有了，今年八十多岁，能活几年？为了报仇举全部力量跟我们死拼，她能不要命，不计代价，霍家能吗？"

霍老爷子就一句话："此事我自有考量，不用你多嘴，回屋休息，明早赶回去吧。"

霍青杭站在那里并没有动，而是接着说："如果觉得费家不算强大，霍家勉力可以斗一斗的话，那林家呢？明明已经平息的事情，林家为什么突然发难，还跟费老太太掺和在一起，事实还不明朗吗？不是所谓的有人挑起了林峦的死因，挑拨离间，而是林家人从一开始就要替林峦报仇，只是找到了机会。

"您真的确定，在林峦的事情上，青林是无辜的？您别忘了，江一然和费远的事儿都是王运干的，幕后的人总不能是我三叔吧。这样类比，他的话您敢信吗？

"何况，林峦从小就是运动健将，常年爬山探险，喜马拉雅山脉他都去过，好生地回来了，那样一个只能算是陡峭的深谷，他怎么可能出事？您见过他，您相信吗？就算费远和青林谎说得再圆满，那也是活着的人的证言，真实情况是什么样，永远都不可能有人知道。林家会信吗？连我都不信，他们怎么可能信？

"爷爷，与费家硬碰硬能小伤元气地胜利，如果再碰上林家，就是不死不休的战况。更何况，林家都是暗地里来运作，霍家才是在风口浪尖的那一个啊！难道真的要为了青林将霍家三代人开创的局面毁于一旦吗？如今我认为，壮士断腕、息事宁人，才是保全霍家的最好办法。与林家对着来，并没有什么好处。

"爷爷，您可能觉得您和林老爷子只是略差一点，我爸爸和二叔跟他们家二代比，差得也不多，只是时运问题，可您是否想过霍家三代后的日子？二十年后，我只能勉力一搏，青海已经废掉了，青云上不了台面，青林出了这事儿就算拼尽全力也不可能完全择出来，不死也要脱层皮，他没有前途了。我一个人如何跟林家对抗？爷爷，霍家的未来在哪里？霍家就没有未来了！"

他站在那里，一字一句地说着："我并非冷血，而是觉得一家与一人不同。一人可以单枪匹马不计损失，是死是活只求快意恩仇，可一个家要衡量利弊，有进有退，以保存实力长远发展为要。爷爷，当年林峦死去，林家难道不愤怒吗？只是那时候霍家风头正盛，他们避开风头忍辱负重而已。如今换了人家风光，我们忍一忍又怎样？"

老爷子这时候才仔仔细细地去看这位长孙。在他心里，霍青杭是个人才，只是性子过于儒雅，缺乏杀伐果断的大将之风，所以他更喜欢自小便有主见有想法的霍青林。可如今看，这是看走了眼啊。

只是这事儿，一来涉及霍家和他的面子，二来涉及一个孙子的前途性命，并不可能立下决心的。他摆摆手："我知道了，你回去吧。"

霍青杭果然不一般，话到如此，竟没有半点眼见没成功再劝的意思，干脆利索地跟老爷子告了晚安就退了出来。下来的时候，他又成了往日的模样，碰见准备在这里休息的霍环宇，霍环宇问他："老爷子怎么样？你今天住在老宅吗？"

霍青杭就跟没事人一样，叫了声"三叔"，说："不了，回来办事的，凌晨就要赶回去，我还是去城里住，约了人。"倒是把话圆得完美无缺，霍环宇拿他当小绵羊惯了，还叮嘱了一句："最近注意点。"

霍青杭也应了。

倒是宋雪桥这边，早早就带着路路去睡觉了，路路性子独立，自己看着绘本并不用她讲故事，她在一旁忍不住就想起了今天的消息。她没想到王运认了，或者说，她从没想过，像是霍家这样的家庭，有人真敢查到头上。

对的，杀费远和杀江一然一样，都是她下的令。

她在床上怎么也坐不住了，她又站了起来，要去客厅。路路低头看着书，连头也没抬。她出了门就碰见了二伯，她压根不用做就是担心的模样，问他："二伯，这事儿不能断在王运那里吗？"

霍振宇就一句话："不可能。刑警队挖到了证据，林家也不会愿意，不咬出一个霍家人不会停的。就算是力保，这事儿也跟青林脱不了嫌隙，你有点心理准备吧。"

宋雪桥点点头，她慢慢往回走，如果必须的话，那不如是她吧。原本就是她做的，她怎么舍得青林替她背黑锅呢？她本意是爱他的。

对，她是那么爱他。

姜晏维周日见了霍麒一面，就跟打了鸡血似的，连早上起床洗漱那半小时，除了跟霍麒通话外，都在背单词。家里的小卡片被他贴得到处都是，上面都是漂亮的英文单词——手写的，当年姜晏维的字是于静拿着戒尺打出来的，所以非常能见人。另外，他现在吃饭都恨不得用英文描述一下饭食有多丰盛。

于静还经常听见姜晏维跟霍麒视频的时候说英文，那叫一个惨不忍睹，反正一句话下来没几句能听的，大部分的句式是："叔叔这个怎么说？"

然后霍麒说一句，姜晏维就重复一句，再问问分别是怎么拼的，哪几个单词，然后聊天时间就过了。

当然，也会有家长不宜的对话存在，譬如那天于静替姜晏维将洗好的衣服放进衣橱里，就见姜晏维边刷牙边问霍麒："叔叔，你最近什么时候回来啊，能不能提前两天？"

因为刷牙，所以开的免提，霍麒的反应也能听见。

霍麒开玩笑说："怎么了？这是做坏事了？"

姜晏维摸了摸鼻子，不肯承认："哪有哪有，你不知道我多乖巧。叔叔，你不觉得我们最近见得比较少吗？叔叔，你不想我吗？你不想见我吗？不想跟我一起吃饭说话窝在一起看电影吗？"

于静就知道这家伙八成干了什么不好的事儿了，这是想跑，立刻咳嗽了一声，喊道："维维，你的衣服洗好了，你要穿哪件？"

姜晏维在卫生间里就嗫瑟不起来了，肯定听到了啊，连忙"哦"了一声，就把手机拿起来关了扬声器小声说："怎么办？被逮了个现行，霍叔叔，我妈很厉害的，我今天要惨了。"

霍麒被他的口气逗得不行，问他："会怎么惨？"

姜晏维干脆坐在洗漱台上，想了一下，来了句："最近月考了，我第六感觉考得不咋样，我妈大概不会摧残我的肉体，也不是碎碎念的人，恐怕会用眼神杀死我吧。"

霍麒心道，怪不得想让我接他回来。不过，霍麒一向相信姜晏维，所以压根不担心，没半点通融的意思："那就遭受洗礼去吧。"

姜晏维就哼哼："叔叔，你真是变坏了，不像原先那么疼我了。好了、好了。"他就跳下了洗漱台，准备接受目光洗礼。

结果，就听见霍麒说："考好了我给你奖励。"

姜晏维嘴巴都快咧到后脑勺了，高兴地说了句："叔叔，我最喜欢你了。"说完，"嗷"的一声蹿出去了，吓了于静一跳，她事先摆出的冷峻目光彻底涣散了。

2

京城。

霍青杭果然待了不到一晚上，就又离开了京城，只是他这一趟来得并非没有用。老爷子的确运筹帷幄，可人年纪大了总有各种缺点，譬如固执。

霍老爷子一辈子不输于人，临老却让林家拿着最有出息的孙子作妖，他能愿意才怪！他一手将霍家带到如今的地位，一手培养了三个儿子，一手将霍青林养大，看着霍青林一步步稳扎稳打，带着霍家势头越来越好。

结果林家来插了一脚，且不提霍青林是对是错，触了霍家霉头这事儿他就不爽。更何况，霍青林义正词严，又有一贯的表现打底，他做亲爷爷的，自然是信任自己孙子的。

你对付我孙子，你当我是死的，我怎么可能愿意？

两家的斗法由此而来，这些天表面平静，可只有霍家人知道，他们动用了什么样的关系，付出了怎样的代价。只可惜，林家比他们更疯狂，所以这些付出都没什么效果，打了水漂。

即便如此，霍老爷子也没说一句服软的话。但万万没想到，老爷子目光如炬了一辈子，最终看自己孙子竟然看错了眼。现在霍青林虽然不承认，可事实表明，江一然的谋杀，费远的死，都是他干的。

这个霍家的俊才，表面一身正气，实际上心狠手辣，表面乖巧孝顺，实际满口谎言，连亲爷爷都骗。

霍老爷子原本就在气头上，霍青杭拿捏住了最好的说服时机，等他走了霍老爷子就不仅仅是气愤了，还有心惊。

他坐在那把陪了他几十年的红木圈椅上，按着霍青杭的思路想了想二十年后的霍家，这才发现，过去的一切说好听了是理想，难听了是幻想，霍家并没有他以为的那么昌盛。霍家的子弟也不会如他想象的那么有出息，废掉了的霍青海，养坏了的霍青林，没出息的霍青云，剩下唯一能拿出手的，只有一个平日里闷不吭声的霍青杭。

可问题是，霍家之前的资源都倾斜在霍青林这边，霍青杭在京城一众二代三代中间，不过是中上的水平。

损了霍青林，霍家哪里有再进一步的可能？相反，霍家有的是陨落的危机！

老爷子愣是坐在温暖如春的书房里，惊出了一身冷汗。

霍振宇虽然找小三养私生子，却是个孝子。他瞧着霍青杭离开，但老爷子一直在书房里没出来就上了心。老爷子年纪大了不爱热闹，他也不打扰，就在下面稳稳地坐着等，结果愣是过了平日休息的点，人也没出来。

保姆已经在门口转了三圈，可老爷子写字向来都是一气呵成，要是打扰他，肯定要挨骂，所以也不敢敲门。

霍振宇等不下去了，只能自己上了楼，摆摆手让保姆去休息，硬着头皮敲了门。

老爷子声音倒是很平静，让他进来。

霍振宇便推门而入，结果就瞧见老爷子哪里在写字啊，屋子里只开了一盏落地灯，老爷子在那把圈椅上坐着，手里连书都没有，倒像是想事情呢。

他进屋温声说："爸爸，太晚了，您该休息了。"

老爷子却问了他一句："二十年后，你看霍家会怎样？"

怎样？这是任何一个有点前瞻性的人都会考虑的问题。霍振宇不仅想过，而且经常考虑，如今自然是不容乐观，可这时候也不能太泼冷水："青林的事儿终归要管，总不能任由林家发落他。"

老爷子却叹口气说："这个家总要留点希望。"

这句话倒是说得霍振宇心里一惊，老爷子这是准备放弃霍青林了？虽然他也觉得青林这事儿应该松手了，一来自家不占理，霍青林可是谋杀，霍家原本就没有道理；二来毕竟林家这是有不死不休的意思，又有费家和周家在旁边帮衬，霍家跟他们耗下去，实乃下下之策。

但这事儿，大家心里都清楚。大哥远在外地也打了电话来跟他商议，只是有些话父在子便不能言，至于老三，自然是盼着自家儿子无事，这些天也住在了这里，生怕有人给老爷子进谗言。

　　可防得了一时防不了一世，老三恐怕没能想到，霍青杭这个平日里好脾气的侄子能干这样一件事。霍振宇心里清楚，老爷子说了这话，定是与霍青杭有关。

　　他突然间有了种苍茫感，原先看着老实的孩子们实则个个都有成算，霍家已经乱了。

　　这一夜，霍青林是在刑警队的审讯室里度过的。

　　这一次，他没能再享受办公室待遇，虽然不至于上手铐，可这光秃秃的房间，也没什么舒服的地方。张玉生这次对他一点都不客气，从带进来开始，他们就轮番对他进行审问，问题倒是不刁钻，一次次地让他重复同样的问题。他知道这是在找破绽，可正常人都会问烦了，何况霍青林身居高位多年。

　　他不停重复："你们这是做无用功，不是我做的。"

　　这点他倒是说得问心无愧，江一然和费远的事儿原本就不是他做的，他都有不在场的证据，也不知道细节，问他也答得坦然，没有漏洞。

　　可张玉生是何等人？几次之后就察觉到了，他立刻换了个话题："聊聊当时林峦跌下去的事儿吧。"

　　霍青林心中陡然一惊，就见张玉生翻着案宗问他："当时是谁提议的要去那边瞧瞧风景？"

　　这事儿已经过去多年，霍青林就算是个再缜密的人，当年给出的答案，他也不能完全记得住。更何况，他那时候身受重伤，很多时候以昏迷为由躲过去了。他并没有接受盘问，自然也就没有构建过那个过程！他的冷汗一下子冒了出来，脑子里翻腾着想着当年是怎么说的："费远。"

　　"他怎么说的？"张玉生接着问。

　　"他说那边风景不错，就是给林峦看过照片的那一块，很近但是路不好走，问林峦还去不去。"

　　"林峦怎么回答的？你怎么也跟去了。"

张玉生在加快速度，可霍青林在慢慢减缓说话的速度："他喜欢冒险，就答应了。我也好奇，也就跟着过去了。"

"你不是很少参加这种活动吗？水平一般，怎么也跟上了？不怕吗？"

"好奇，照片真挺好看的，而且危险就一小段。"霍青林慢慢地回答着。

"去的时候什么顺序？"

霍青林这个倒知道："费远打头，林峦中间，我在最后。"

"这就奇怪了，你身体素质一般，这种地方又少来，怎么可能让你殿后？不应该是有经验的人在后面托底吗？"张玉生眼睛盯着他说。

霍青林波澜不惊："混着出去玩的，大家没在意，按顺序走的。"

"那路什么样？你们挨得近吗？"

"很陡峭，就能放大半个脚掌，不算远，伸手便可够到。"

"林峦掉下去的时候是怎么回事？"张玉生将身体微微前倾了，"你描述一下。"

霍青林的冷汗流得更多了，他说："很多年了，有些记不清了，他好像是脚滑了一下。我在他后面，瞧见了就连忙去抓他。结果他下坠的力量太大了，很快也把我拽了下去。"

"怎么抓的？抓的他哪里？"

霍青林皱了眉头，却不好不答，笼统地说："应该是衣服吧，具体哪里当时太急，我没注意。"他依稀记得自己原先说的是，抓住了林峦的上衣，只是具体细节他忘了，所以做了模糊处理。

张玉生突然问："你们是怎么走的，一步步挪动吗？"

霍青林对这个倒是答得快："对，手抓着峭壁凸出的石头，前脚挪，后脚跟。"

"那应该是面朝石壁，他无论哪只脚滑下去了，应该只是踩空，手还抓在峭壁上，身体向下打滑，你怎么可能抓住他的衣服？不应该是拉住他的手吗？手为了固定肯定放在身体左右，离你最近啊。"

当时的情况在霍青林脑海中一闪而过，那时候他掉下去太害怕了，脚一松整个人就向下滑去，他的手压根就没支撑两秒钟，已经全然忘记了一刹那间发生的事情。后面回想，只记得林峦扯了他一把，拽的哪里，他已经忘记了。

不过，他倒是很坦然："那就是手臂，一刹那间的事儿，我手一捞，具体抓的哪里，来不及去看。"

张玉生看他一眼，接着问："掉下去记得吗？你们谁先醒来的？什么姿势？林峦当时的情况怎么样？你怎么样？他死的时候是什么情景？……"张玉生显然发现了端倪，死缠着这事儿不放，问得林林总总，东一榔头西一棒槌，什么样的细节都要问，毫无章法，最后又重新开始，"当时是谁提议的要去那边瞧瞧风景？"

霍青林感觉有点糟，只能打起精神接着回答……张玉生倒是狠狠地喝了口浓茶，接着跟他玩。

第二天一大早，宋雪桥就早早起来了，给路路洗漱完，带着他吃了饭，就抱着孩子要出门。霍振宇思来想去一夜没睡，早上就在院子里打了会儿太极，此时正准备乘车上班，瞧见她也出门，难免问了一句："这是带路路出去？"

宋雪桥就笑了笑，这女人长得极为白净，皮肤就跟透明的一般，在这种寒冷冬季的早晨，寒风吹着更显得苍白，外加她今日不知道怎么的，还化了个大红色的唇妆，看起来倒是与平日里淡雅的装扮不同，有点说不出的怪异。

这打扮，不太合适她！

可霍振宇毕竟是男性长辈，他没吭声。

宋雪桥就说："路路想他舅舅了，我带他回去看看。对了，二伯……"她最后一次做着努力，她去承认自然可以换出霍青林来，可他们就不能在一起了，路路也可怜，她终究是想两个人夫妻到老的，"霍家会保青林的吧。"

霍振宇昨天就得了消息，今日里瞧宋雪桥就带着点同情，孩子才几岁，霍青林的事儿要是真判了，就费远那一项，八成就活不了，费家和林家不会允许死缓的。

他缓声道："你哥哥那边要是能愿意的话，你不妨找找。"

他说完就上了车走人了，宋雪桥却觉得浑身上下都冰凉起来，如果霍家有办法的话，怎么可能让她找外援呢？这是霍家要撒手了？

路路冻得不得了，虽然是个小男子汉，但忍不住拽她："妈，太冷了，我们上车吧。"

宋雪桥这才回过神来，跺了跺穿着薄羊皮靴子的脚，带着孩子上了车。一路上，她的脸色再也没好过。结果到了家，将路路交给保姆看着，她就直接去找她哥哥了——一大早她就打了电话，让她哥哥今天等等她。

这种事，她毕竟是不敢跟父亲先开口的。他爸对霍青林一向一般，只是她愿意，才勉为其难答应他们结婚。江一然的事儿一出，他爸就发了话，要是真的，让她立刻离婚回家："敢欺负到宋家头上，我饶不了他！"

而如今，宋雪桥自然也不敢回家里的老宅，先摸到了她哥哥宋元丰这边。宋元丰比她略大几岁，见了她就皱眉："到底什么事这么急？"

宋雪桥关了门就立刻求助："哥，你帮帮青林吧，霍家要放弃他了，你帮帮他吧。我不能没有他！他是被冤枉的。"

宋元丰的消息也很灵通，何况宋家只是不帮忙，并非不关注这事儿。他对宋雪桥就一句话："你疯了，现在还维护他？我告诉你，我等你不是为了帮你，你这几天就老老实实待在这里吧，没人帮得了他！大势所趋，你懂吗？"

宋雪桥难以置信地看着她哥："你要关着我？不行！"

"我不关你！你以为我不知道你的性子吗？"宋元丰实在是太了解这个妹妹了，"你能做什么？老老实实待着吧。"

他说完就摔门离去，宋雪桥连忙追了上去，结果被她嫂子拦住了。她嫂子挺不好意思地说："小妹，这事儿真对不起你，我可只能听你哥的，你哥为你好。"

宋雪桥怒吼了一句："为我好什么好！"

她嫂子都愣住了，她这个跟不食人间烟火一样的小姑子，居然连脏话都说出来了。很快，她就知道不仅仅是这样，宋雪桥几乎毫不犹豫地推开了她，往外走去。她嫂子上去拦了一次，却被宋雪桥指着鼻子说了句："你要我疯吗？"

她嫂子哪里好多管她得罪人，就说了一句："你做事儿要想想路路吧。"

宋雪桥就扭头看了一眼，路路这时候八成也觉得不对劲了，放下了手中的游戏机，看着他妈妈，问："妈，你去哪里？"

宋雪桥跟疯子一样的表情一下子就柔软了，看着这个跟自己一个模子刻出来的孩子说："你乖，我去看看你爸爸，看完就回来。"

路路就问她："我也能去吗？"

宋雪桥就说："你今天去不了，不过很快就能见到他了。"

她说完扭头就走，她在宋家实在是不得了的存在，又是一副谁挡路收拾谁的架势，再说她也没犯错啊，何况她嫂子也不愿意得罪她，竟真让她走了出去。

很快，这一天，刑警队又迎来了一个人，她化着浓妆穿着高档气势惊人，她站在小警察面前说："我叫宋雪桥，是霍青林的妻子，我是来自首的，王运是我派出去的，费远和江一然都是我下令杀的。我有证据。"

而在审讯室，熬了一夜的张玉生最终抓住了霍青林话语中的疏漏："不对，你以这样的姿势根本不可能拉住一个人，违反力学。""不对，药量也不对，如果照你所说他不行了才停止用药，你也坚持不到最后。""不对！""不对！""不对！"……

费家，费老太太很快就听到了宋雪桥自首的事情，她直接推了送过来的药，颤悠悠地站了起来，冲着保姆下命令："带我到公安局，我倒要看看，霍家敢不敢这么移花接木，找儿媳妇来顶罪？他真干得出来？我倒要看看，我要是把命都放在那里，霍家敢不敢徇私！"

姜晏维耍心眼不成，被自己亲妈听了个正着，虽然他妈没训他吧，不过那一副嫌弃的模样也挺伤人心的，所以他一天皮都挺紧，绝对不想让他妈更嫌弃自己。

他如今一天过得特别充实，当然也单调，上课，中午吃饭，去房车睡觉，下午上课，坐车回家，补习写作业，跟霍麒视频，然后睡觉。

结果今天一放学，竟然发现人生出现变数了，他霍叔叔居然在门口！

老远呢，他就看见人影，激动起来，拍着周晓文的后背说："哎哎哎，看看看，霍叔叔，他怎么来了？"

周晓文就抬头跟着他往前看，好家伙，这时候正是放学人流最高峰时候，到处都是人头，远远地只瞧见校门外不远处有不少人晃荡，可谁能看见是谁啊。他扭头就说了姜晏维一句："你什么眼睛啊，哪里啊？"

姜晏维嫌弃他拖后腿，一边使劲往前挤，一边说："我霍叔叔个子那么高，人长得那么好看，就跟发光体似的，你什么眼睛看不见？"

周晓文就顺着他的指尖，这回终于对上了一个人。好家伙，霍麒隐在人群中，就因为个高露出半个脑袋，其实就是一个额头加一双眼睛，鼻子嘴巴衣服都挡着呢，谁能认出来啊？要不是姜晏维肯定，他都不敢确定。

姜晏维已经挤出人群扑出去了。

周晓文连忙跟上，等着离得近了才发现，可不是吗？他真服了，这什么眼睛，也太精准了。

姜晏维已经不搭理他了，难以置信地看着霍麒说："今天不周二吗？你偷偷过来的啊？其实这样也成，我妈开车不行，停得老远，她肯定不知道。"

霍麒瞧见这孩子见了他就跟掉进了油瓶里的老鼠，乐得都不知道该怎么摆放自己的五官了。

带着这种喜欢，霍麒自然说话温柔得很："不是背着你妈妈来的，我跟她说过了。我晚上就要去京城，很多事需要处理，可能周末也回不来，过来跟你道个别。"

姜晏维一听虽然不高兴，可更多的是关心："什么事啊？霍家的吗？可为什么要你去啊？"

霍青林的事儿闹大了，三房这么大事儿，他这个养子就算再冷血，也得露面呢。更何况，他也愿意去瞧瞧他们的热闹。他便安抚姜晏维说："没我的事儿，可我不是姓霍吗？"

姜晏维点点头，就问他："那晚上一起吃饭啊。"

"不行，这次坐飞机，来不及了，回来陪你吃吧。"霍麒也挺惋惜，忍不住揉揉他的脑袋。

姜晏维也不是勉强的人，只能答应，不过还叮嘱他："那你到了，我给你打电话。"

霍麒就应着，又摸摸他的头。

3

宋雪桥站在小刑警面前，愣是将自首的话讲出了女王的气势。

可那又如何呢？终归是杀人的事儿，小刑警上下打量了她一眼，便点头道："来录个笔录吧。"

不过，大厅里人多眼杂，宋雪桥又如此扎眼，很快这事儿就发散出去了。

费家自然是其一，林家也听说了，林老爷子就一句话："这是她疯了还是霍家疯了，当刑警队是菜市场吗？谁想来便来？还有，宋家是死的吗？教出这样傻的女儿！"宋雪桥掩盖得太好，霍青林暴露得太彻底，终究没人信是宋雪桥干的。

倒是霍家和宋家听到消息的时候都吓了一跳，宋元丰说的是："胡闹！这丫头什么时候能不找事？！"然后一边吩咐家里人瞒着老爷子，一边找人处理这事儿去了，他生气归生气，总不能看着亲妹子背黑锅。当然，他也想去霍家质问一声这种破主意是哪里起的妖风，只是没腾出手来。

霍老爷子听了倒是也说了一声"胡闹"，他是老人家，自然明白轻重，这种事看起来挺好，有人背黑锅了，霍青林可以放出来了，可谁信呀？再说，把孙媳妇推出去，等于在林、费两家的基础上得罪了宋家，霍老爷子并没有轻松的表情。但他不似宋元丰这样立场上天生站定宋雪桥，所以思索的时候会更多想想可能性，"宋雪桥不是这么傻的人，她到底做了什么？"

她做了什么，当然只有自己知道。

因为涉及的事情太机密，所以宋雪桥的笔录没有在大厅随便录录，而是找了间办公室，请她进去。好巧不巧，就是霍青林待过一天的那间，宋雪桥进去的时候，还张望了一下。

随后张玉生便推门而进，在宋雪桥的目光里，这人身穿便衣，脸色晦暗，黑眼圈严重，胡子冒着青楂儿，一瞧就是昼夜颠倒的人。他身后跟了个小年轻，也是这副模样。

她不知道这两人刚刚跟她最爱的丈夫唇枪舌剑结束，取得了大的突破，原本准备去休息的，可因为听说她来自首，又打起了精神过来的。

三人见面，宋雪桥原本还想拿捏主动权，就跟她平日里的性子一样，虽然看着清淡疏离高远，可其实有种高高在上之感，但凡她在的地方，总会由她来把控大局。

可今天，宋雪桥那句"你好，我是……"还没说完，就见张玉生直接一屁股坐在了她对面的沙发上，把大茶缸子"咣当"一放，冲她说："宋雪桥吧？坐下聊。"

宋雪桥被愣生生打断，只能脸色难看地坐下。

张玉生压根就没注意这些，或者在他来看，你都到了刑警队了，天王老子也得蹲着。他将本子翻开，把笔拿出来，然后就说："你说你是来自首的，指使王运的人是你，费远和江一然都是你让他杀的？"

说到重点，宋雪桥就点了头："是我。"

张玉生审问完已经是一身疲惫，原本准备直接找个地蒙头大睡，结果就听说了自首这事儿。他第一反应就是将这事儿的审问接了过来，与很多人觉得是顶包不同，他有种感觉，这才是大鱼。

他审讯的霍青林，能清晰感觉到霍青林对于费远和江一然案的成竹在胸，对于林峦死亡一事的含混不清，这是完全两种态度。所以他才弃了费远和江一然案，主攻林峦的事儿，果不其然，霍青林露出了破绽。

一整夜的东一榔头西一棒子地突击审问，使霍青林缜密的思维也出现了问题——很多地方但凡他一说不对，他便会修改，可事实上与费远当时留下的案底完全相反。张玉生能肯定，林峦的死不仅仅是药的问题，他有种大胆的猜测，所谓的霍青林救人，只是他为了掩盖自己而编出来的谎话——他不爱运动，对于当时一个人能做的反应想象力有限，都是破绽。当然，霍青林是不可能因为破绽认罪的，还需要更多的证据支撑而已。

因此，宋雪桥说自首的时候，他有种直觉，八成真是她干的。

张玉生问她："证据呢？"

宋雪桥一听问这个，便说了句："你等等。"

然后就见她拿出了部手机，应该是点开了一个通信软件，这是要给他们看聊天记录。等着她弄完了，倒也没有把手机直接递过来，而是说："我认罪了，我老公多久能回家？"

张玉生也是老油条，面不改色心不跳地说："只要他没有犯罪嫌疑了，立刻释放。"

宋雪桥哪里能想到，霍青林还背着林峦的案子，她以为他们夫妻霍青林负责英勇神武，她负责打败一切妖魔鬼怪，却不曾想到，那个男人比她想象的要心狠手辣，她的所谓保护，压根是没有必要的存在。

宋雪桥便放了心，将手机递了过去。

然后，她说道："这是我和王运的短信聊天，关于江一然案件的。费远的事儿已经很久远了，当时我是通过电话遥控的，你非要证据的话，我只有这个，当时王运是坐火车过去的，那时候实名制不是很严格，我找人办了假身份证，替他隐藏身份。那张身份证的名字叫作刘銮，住宿登记也用的这个名字，这个一般人不知道，如果你们去查，应该能查到。"

　　张玉生一边看着手机短信——的确是她跟王运在联系，大概是过年期间聚会多，她并不方便打电话，很多事儿都是信息指挥，一条条的很分明，一边观察她——她说完就好像松了一口气，坐在那里不动了。她的眼睛有些放空，不过脸上既没有犯人常见的表情，没有供出自己后的不甘，也没有任何的悔过，就像是说了件跟自己不相干的事儿一样。

　　张玉生不是没见过这样的人，弄出了人命却偏偏跟没事人一样，但是很少。大部分人认罪的那一刻，是在悔过的，无论是出自对死者的歉意，还是出自对自己日后生活的担忧，他们都会有这方面的表现。可宋雪桥完全没有，也许是她的家庭条件给了她太多的自信，犯再大的错也不可能受罚，也许她有着天生的反社会人格，太危险了。

　　他接着问："王运是霍环宇和霍青林的贴身保镖，他怎么可能听你的而不汇报？"

　　这事儿宋雪桥都跟霍青林解释过，自然照常说，反正已经是破罐子破摔了，有些事她并没有藏着掖着："我给他儿子报了仇，他答应为我所用。"

　　里面谈着，外面则又来了一位不速之客。

　　八十多岁，走路都有些不稳当的费老太太，在保姆的搀扶下，慢慢地走进了刑警队办公室。老太太扫了一眼办公区，然后冲着保姆说："把椅子放这里。"

　　那地方是大门口，保姆听了就冲后面的人点点头，立刻有人搬了一张沙发椅过来，老太太还叮嘱："靠里点，别挡着门进出。"

　　公安局的领导就挺郁闷，这要是别人早轰出去了，可费老太太她是苦主。再说都八十多了，谁敢呀？他只能劝："您坐这儿有风，要不去我的办公室坐坐，那边能舒服点。"

　　椅子放好了，老太太就在保姆搀扶下慢悠悠地坐下了，把拐杖往身前一放，就冲着这位领导说："不用，我就是来这边坐着看看，你们可以不搭理我。不过，我家里人死光了，就剩下我孤身一人，我能拿出来的就这一条命。我倒要瞧瞧谁敢冒名顶替，谁敢徇私枉法，谁敢把霍青林放出去。"

她这话一放，领导的腿都要软了，这是准备一言不合就寻死吗？

他拍了拍头疼的脑门，一边留了人在这里瞧着，找人打电话叫医生预备着，一边去找张玉生了，可别真出了事儿。

结果等着张玉生一出门，领导就把这事儿说了，张玉生一听就笑了，冲他说："放心吧，让老太太坐着吧，霍青林出不去。"他指指作为证据的那部手机，"宋雪桥也出不来，他们夫妻俩真是不是一家人不进一家门，虽然没通气，可办事都是一个模子出来的心狠手辣不要脸，真是长见识了。"

霍麒到林润之家中的时候，已经是夜里十点了。偌大的房间里只有保姆陪着她，屋子里静悄悄的，安静得可怕，霍环宇不知道是睡了还是压根不在家。

林润之瞧见他就松了口气，这几天霍家的事儿一出一出的，干了十几年的忠诚保镖王运被抓，霍青林被拘传十二小时，本就吓死人了，如今闹出的事儿更大了，宋雪桥也进去了，这是要乱的样子啊。

见了霍麒，林润之就来了句："你过来我心里就稳当了，这两天跟坐船似的，一高一低的，忒吓人。"然后一边吩咐保姆倒水，一边霍麒说这边的事儿，"你叔叔去老宅了，最近都可能不回来住。"

霍麒点点头，就问了问具体的情况，这才知道，事情跟下午比又有了变化。林润之说："我真没想到雪桥是这样的人，说她去自首的时候，我还以为她是为了青林呢。你们男人都看不出来，可我懂，她瞧着冷冷清清不爱往青林身上靠，可她喜欢青林，过来人一眼就能看出来，她眼睛都黏在他身上呢。不靠过去，只是青林不喜欢罢了。"

他妈一脸的可惜："我以为她这是想替青林顶罪，还跟你叔叔说这事儿不能行，一是林家、费家不愿意，二是还有宋家呢，宋家也不会愿意。再说，没有这个道理。"

林润之显然是闷坏了，她这辈子虽然不是顺风顺水，跟霍环宇谈恋爱无果分开，嫁人生子却又出轨，带着拖油瓶进了霍家，件件都不是一般人能办到的事儿。可说实在的，那些只是个人的人生转折，而现在霍家则是面临着一个家族的兴衰。而且，这些是她肉眼可见，亲身经历的。

她唏嘘道："我可真没想到，竟然真是她干的。我一直当她清高，可现在才知道，她手段这么不一般，如今说她收买了王运替霍青林出气，可往深处想想，她一个媳妇，收买老公身边的保镖，她本意要干什么呀？再说，三条人命，她居然跟没事人似的，我现在想想都后怕。"

霍麒这才知道，宋雪桥招了，王运自然不用顶着了，毕竟证据都拿出来了。这就好像是多米诺骨牌，宋雪桥上去推倒了第一张，一切都顺利起来。现在起码消息已经出了，费远和江一然的事儿，宋雪桥和王运认定无误，就是他们。

听说费老太太听到这个消息的时候，整个人都蒙了，她大概活了八十多年也看不懂宋雪桥这样的人，她愣了很久才说："自作孽，活不长。"

这些消息原本就迎风就长，霍家知道，宋家也就知道了。

下午还有件事，宋雪桥把路路留在了宋元丰那里，孩子父母都关了起来，霍环宇又是在老爷子那里，林润之虽然是个继母，但得管起家来啊。她就打了电话给宋元丰的妻子，说是要过去接孩子，结果宋元丰的妻子来了句："路路在这儿挺好的，多待两天吧，到时候我给您送回去。"

说完人家就挂了电话，林润之越想越不对，只是霍环宇还操心着儿子的事情，又不在家，再说只是推测，人家也没说难听的，所以她没吭声。而现在瞧见了霍麒，当妈的对儿子自然什么都能说，便道："我感觉，宋家是不想把路路送回来了，这孩子往回要难了。"

霍麒点点头。宋雪桥临自首前把孩子送到了宋家，八成她自己也没想着让霍家留着这孩子。他听了半天终于说了句话："你催着就是，他们给不给是他们的态度，你不要是你的问题。"

林润之自然知道这事儿，她叫了霍麒来也不是为了这个，而是为了另一件事。

她一边说"我知道"，一边跟着霍麒上楼回房间。等着霍麒脱了外套在洗手的时候，就听他妈说："雪桥这次是判定了，费老太太现在还在刑警队坐着呢，她一个孤老婆子，什么都不怕了，话里话外的意思就是，不能秉公处理，她就连命都不要了。费家看起来没人了，可终究还有这么多年的香火情呢。再说这事儿都已经闹开了，无论是咱们家还是宋家，不可能逆势而为。

"青林也好不了。按理说宋雪桥自首后就没他什么事儿了，他就能出来了。你叔叔也派人去等着，可至今都没出来。你叔叔现在因为宋雪桥自首，总觉得青林是无辜的，可我不觉得。我虽然不懂这些，可也知道没罪自然会放了，放不了八成还是有事。再说，林家打擂台这么久，林峦的事儿不是还没有个道道吗？"大概是由于霍麒没有打断，所以林润之今天的话格外多，比往日里一年的话都多，"他们出事的时候我也去了，林峦死得对不对劲我不知道，可青林不太对劲。只要一说起出事的过程，他就说累头疼模糊过去，根本不愿意提起。当时都说是因为经历了这么惨痛的事儿他不愿意回想，我开始也信了，可现在回想，费远就不这样啊。唉！"她叹口气，"都是作孽。"然后，终于说到了重点，"青林和雪桥都不成，你叔叔最近也不好，这次打击挺大的，这才几天啊，他头发全白了，我瞧着身体也够呛。而且以后要照养路路，八成精力不够了。"

霍麒心里的弦就拉紧了，他觉得他妈今天的目的八成是要说出口了。

果不其然，只听林润之说："我叫你回来，一是出了事你做养子的，即便帮不上忙，不露面也不好看。还有就是，趁机回来吧。"

霍麒就知道，肯定有原因。

只听他妈说："你叔叔身体不好，公司却不能放下，八成会想让你来帮忙。我知道你不愿意，觉得不想靠霍家，自己奋斗得也不错，干吗要落这个名声？可霍麒，这真是好机会，霍家这次受打击不小，青云的案子马上可能就判了，行贿数额巨大，是要进监狱的；青林和雪桥的要折腾一年半载才能尘埃落定，可也不会有什么好果子。这是霍家最虚弱的时候，你回来是雪中送炭，霍家不会看轻你，还要感激你。"她总是这样振振有词，"你不用担心霍家撑不下去，有老爷子在，霍家就还是过去的霍家。更何况，大伯和二伯都好好的，底子都在呢。至于小辈，青云原本就不在序列中，只是没了青林而已。难不成青杭就不好吗？青海也可以用，再加上你，跟过去没区别，地球永远都不会因为缺一个人而不转的。这是好机会！"她无比认真地跟自己的儿子说。

霍麒看着他妈，觉得自己的感觉始终是对的，他妈恐怕并不爱霍环宇吧，否则也不会霍家一不同意，她就立刻收手拿了好处去别的城市嫁人。

他妈也不爱他爸爸吧，否则不会孩子都五岁了，出轨离婚带走独子再嫁。他不敢确定他妈爱不爱他，但是可以肯定，他妈是个彻底的投机主义。

她是个投机人生的商人，永远在选择对自己最有利的一面。

就譬如现在，在她的人生中第三次抉择来时，她交了满分的答卷——在她老公为了儿子愁白了头发的时候，她清楚冷静地判断了形势，做出了指令。

这样不是不对，抛却人情味的确会过得更好，可没有了人情味的人生，那还是人生吗？

他擦干净了手，慢慢从洗手间走出来，林润之还在等他回答。

霍麒顿了一下，突然觉得与其要找个合适的机会说，不如就现在说好了，恰好今天没人，恰好又提到了这个话题。他坦言道："妈，我是不会跟霍家有任何关系的，这个在我上大学选择计算机专业的时候，叔叔就已经找我谈过了。我不学商科，不为霍家帮忙，霍家也不会给我提供任何帮助，我们只是表面上的养父子关系。"

这次谈话就跟要送他去寄宿学校那次一样，都是单独谈话，林润之应该是不知道的，她脸上有了惊讶的表情，但随后解释说："对，你叔叔是希望你学商科来帮他，你不听话他可能有些生气，但现在不一样了。"

"一样的。"霍麒说，"妈，你别着急解释，你为什么不问问我为什么不想和霍家扯上关系？"

林润之带着一个母亲对孩子的了解说："你太敏感了，我知道青林他们对你可能不算接受，但是霍麒，霍家给了你不同平台你总要承认的。事情都是这样的，有好处就有坏处，不可能什么事都完全顺心，天底下没有这样的好事儿。"

"可这样的顺心我并不想要，妈妈，"霍麒说，"如果五岁那年你可以让我选择的话，我宁愿留在我爸身边。"

"你……"林润之一听他提郭如柏就怒了。

霍麒看着她说："妈，你必须承认，这里虽然条件好，可并不温暖。你带我来是爱我，也同样是爱自己。你试图互利，可问题是这对我却是煎熬。我的小时候是怎样度过的，妈妈，你不应该完全不知道。他们不接受我是他们的自由，而我为了接近他们有多痛苦是我的感受。妈，你不心疼吗？"

林润之就说："你不接近不是更孤独吗？这对你好。"

"不好。因为会自卑，会自贱，如果不是一件事彻底地打醒了我，我还会变成他们眼中可笑的小丑，永远都在仰望他们，依附他们，讨好他们，找不到自我，说不定长大了连霍青云都不如，因为他还有个爸爸。"

霍麒的说法显然太严重了，林润之张口结舌，只能辩解："你现在不是很好吗？"

霍麒终于可以提到这件事，他说："那是因为霍青林设局，妈，这事儿这么多年我一直想问，你知道吗？"

第十一章

Hello Kindle

1

霍麒终于将心底的刺完全暴露在林润之面前。

那件事对他的人生是毁灭性的打击，让他知道了自己十年来有多可笑，也知道了自己的处境有多悲凉，他感觉到了这个家族冷冷的恶意，却没有人能够伸出手来帮他一把。

他那时候还是个孩子，没有吸毒，没有打架，没有网瘾，为什么要被关在那样一个地方？说好听了是军事化管理，难听了就跟牢房一样，他不愿意的。

他也期望哪一天，他妈妈会出现在学校大门口。

毕竟他是她亲儿子啊，一声不吭就把他送到了这种地方，总要问问原因的吧，知道了总要过来看看他的吧。

可是没有。

那年元旦回家，一共三天假期，进门的时候他心情复杂，一是不想见霍环宇和霍青林，他那时候心里恨极了他们，可无法反抗，年少气盛，没有现在那么好的涵养，都是靠着咬牙撑着的，所有的漫不经心面不改色，都是打落了牙齿和血吞。二是不知道该如何见他妈。整整三个月，他从期望到失望到灰心，他妈始终没出现。开始时他想问她：为什么你不来？现在满脑子想知道：我究竟是你儿子吗？

结果连机会都没有。

他妈见了他就跟没事人一样说了一句话："长高了，也结实了。那地方果然挺锻炼人的，不像个单薄的小男孩了，像是大小伙子。我儿子长得真帅！"然后就告诉他，"我跟你叔叔定了欧洲游，现在就出发，你愿意在家就在家，他们可能回去老宅过节，你不去就在家好了。"

然后他妈带着行李跟着他继父走了。

就跟他们天天见面，不需要叙旧一样。她没提一句，没问"你为什么突然去了住宿学校，我为什么没去看你"，就走人了。

霍麒那个元旦是自己待在家里的，就在卧室，他觉得自己需要调整一下，许多东西不是自己在意就可以的，因为别人可以不在意你。作为一个寄人篱下、亲妈似乎也并不管用的人，他能管理的只有自己。

他的学习，他的前途，他的人生，只有靠自己。

当然，那个假期还发生了一件事，霍青林带着一帮关系好的朋友来家里聚会，他们在下面闹得厉害，他恨那个人，可也知道如今翻脸只是螳臂当车，便忍住了。然后，费远上来敲了门，带着他下去了那一趟，跟遛猴子一样，让宋雪桥瞧瞧他，嘲弄一番。

那次假期过后，这事儿就似乎成了不需要提起的事情。他一直想问，可错过了能问的机会，这种感觉就不那么强烈了。他学会了闭嘴和忽略这件事，他开始想办法省钱攒钱投资，用各种方法赚钱。而他妈也再也没提过这事儿，过年的假期他们都在，谁也没开口说过这事儿，就仿佛他去寄宿学校是早商量好的，是早有定论的，是不需要解释的公理。

一直到了现在，十五年了，他终于第一次问出口。

林润之的表情很复杂，她恐怕没想到这么多年霍麒都没问，却在这时候问出来了。

她迅速低下头，然后又抬起来，长长的斜刘海遮住了她的右脸，灯光的阴影打在了她的脸上，这会儿表情看不太清楚了。

她说："你……你怎么突然问这个了？我……我当然，"她大概也不知道怎么说才好，毕竟是那么重要的一件事，是十五年来大家都心照不宣没提的一件事。她犹豫了一会儿没有正面回答，"你叔叔说，你心太大了。"

霍麒心里就有一种"哦，她这是知道啊，竟然是知道啊！"的感觉。那么，他妈怎么能忍得住，十五年一句都不问呢？

霍麒都觉得不可思议，这是怎样的一个母亲？

"所以呢？"

这种话林润之回答得也挺艰难，她不是滋味地叹了几口气，这才说："你那天没回来，我就很急，想出去找你，然后你叔叔把我叫到了卧室，告诉我把你送寄宿学校了。你是我儿子啊！"她说起这个，似乎也激动起来，涂着肉粉色指甲油的手在霍麒面前摆动，"他凭什么不商量就把人送走，更何况是寄宿学校？"

霍麒静静地听着，没打断，他想知道究竟是怎么回事，他妈能够做到对自己的儿子不闻不问。

林润之说："我就跟他嚷起来了，他让我别那么激动，他不是针对你。他……他给我看了些照片，就是你凑在宋雪桥面前那些。你叔叔那天特别严肃，我跟他认识那么久，同床共枕那么多年，没见过他这样的。他……他冲着我说，他为了我们母子，已经够对不起青林的了，这种事绝对不允许。我怎么可能想到会出这样的事儿？！"林润之似乎也很委屈，"明明一切都是好好的，你那么听话懂事，怎么能做这种事？可有照片啊，我不得不信。我不是没反对过的，我说那也不必送出去，你可能是一时鬼迷心窍，告诉你不可以就行了，你从小听话不会再犯的。你叔叔觉得不放心，在一个屋檐下，万一要出事就是大事。他就是怕我反对，直接送走了。"

这事儿林润之倒是没说谎，霍环宇就是跟她那么说的，不过话更露骨一些，他说的是："他心大了，想要的太多。再说，霍麒跟你长得一个模样，女孩子当然喜欢更好看的，天天见面时间长了真出事了怎么办？"

霍麒就问她："那你就同意了？一句怕出大事，你就这么同意了？"

"我……你已经被送过去了，我没有办法，难道跟他翻脸吗？"林润之试图告诉霍麒，她也尽心过，"霍麒，我是你妈，我不会不关心你。我问他是什么学校，我要去看看你，让他给我安排。他说是好学校，升学率特别高，不比你读的中学差，我看了资料和升学率，我这才放心的。我要求过去看你！他没答应。他说管得严格是一方面，还怕你这时候有逆反心理，不愿意在那里，找我哭诉，想要转出来。"

"所以你怕他了，听着好就行了？"

霍麒特不愿意听那句没有办法。这世上怎么可能有没有办法的事情呢？霍环宇不告诉她，她不能自己问吗？林润之是他的亲妈，去学校问档案转出情况，谁能不告诉她？学校是寄宿制，可又不是监狱，林润之到了那里，怎么能见不到人，一切不过是不敢违背霍环宇罢了。

因为不看他，他还是林润之的儿子。可违背了霍环宇，霍环宇就不一定是谁的丈夫了。纵然表面上看霍环宇对他妈情深似海，可实际上，巨大的背景差距让他们一辈子都不可能平等，思维上就天生带着仰望。

"霍麒，"林润之显然也有些怒了，她并不愿意让人这么揭老底，"我是你妈！"她重复了一句，当然，她是知道这句空洞的话是没有任何用处的，它不能够抵消霍麒心中的愤怒，否则他也不会问出来。

林润之试图跟霍麒解释："你不能这么跟我讲话。我不是怕他，我是尊重他。而且我去了能怎么样？我接不回来你，你的档案已经转过去了，你必须在那里读书高考。那要说破这件事了。"

林润之拍着自己的胸口："分开冷静，大家都不参与这事儿，说不定就回过神来改掉了。若是我去了，你可能更逆反。这也是冷处理。只是……"她叹口气，"开始的时候没提，后面就没法说了，渐渐地就不知道怎么提了。"

霍麒倒没想到他妈的理由竟然这么充分！

霍麒不由得笑了："对，都是你有理！所以，你就当这件事没发生，当不知道我在里面日子过得怎么样，不去想一个十五岁的少年突然被发配有没有受到精神打击，问也不问，一心一意地伺候着你的老公养尊处优地过了这么多年。等到我现在长大了，成功了，又开始痛诉我对你疏离，妈，你不是为我好，是为你自己好吧？"他一针见血，"你的选择压根不是因为爱与恨，对与错，是因为利益。我十五岁的时候霍环宇强大，所以你跟随他。而现在我逐渐长成而霍环宇却渐渐老去，所以你开始亲近我。"

林润之顿时就恼了："你胡说！你讲讲理，这事儿你有错在先。本来就不是光彩的事儿，再说，青林是什么身份？你叔叔有多看重他？你别忘了他才是霍家人，你姓郭！你叔叔有多生气你知道吗？他把你送出去已经是看在我的面子上了，要是别人，你试试？"林润之也激动了，"你知道他怎么说的吗？没想到我放在身边养大的养子，竟如此狼心狗肺。霍麒，这事儿你做得不对，你要承认。"

霍麒这辈子最不爱听的事儿就是两件，一是霍环宇养大了他，二是当年的事儿他有错。如今，他妈全说了。更何况，他其实并不再想听林润之的愤怒和不得已、委屈，他这么多年疑惑的只有一点，他为什么去寄宿学校他妈知不知道。

如今的答案跟他心中猜测的几乎一样，他还有什么好问的，只是让自己更生气而已。

"妈！"他打断了还想再说点什么的林润之，"不是我让霍环宇养大我的，我有亲生父亲，他有学问有道德，他虽然不够富裕也能撑起一个家，他可以顺顺利利地把我养大。如果不是霍环宇勾引已婚的你，如果不是你婚内出轨，我不需要给别人当养子，不需要改姓霍，不需要来适应这样的金玉其外败絮其中的霍家，不需要因为这点事就被转学到寄宿高中，不需要所谓的看你的面子，因为那是我亲爸。"

出轨应该是触碰了林润之的底线，她几乎立刻吼道："你闭嘴！父母的事儿轮不到你说！"

"为什么轮不到？"跟林润之那张有些狰狞的脸比，霍麒的面容平静得很，"因为太难看了吗？因为暴露了你攀龙附凤的本质了吗？因为你带我来霍家，有了更大的平台见了更大的世面吗？妈，你永远都不知道，我宁愿跟着我爸每年买一件新衣服坐在他自行车后面上着子弟学校，也不想跟着你。"

林润之也是气急了，上来就想给霍麒一巴掌："你没良心！"

可她已经老了，霍麒已经足够强大，伸手就抓住了林润之的手腕，让她的巴掌看起来不过是个笑话。霍麒点头说："我的确没良心，我并不感激这个养我长大的家庭，甚至恨它！因为你们的结合原本就带着出轨的原罪。你问我的良心，妈，你对我爸有良心吗？何况，这里的人真的对我好吗？你口口声声说我错了，那你一个做母亲的，是否来同我确定过一次那是真的吗？"

他突然说到这个，林润之一下子愣了。

"有照片啊。"她立刻找到了理由。

对的，那些说笑的照片就是罪证，霍青林拿着它成功把他赶走，霍环宇又拿着它让他妈相信都是他的错。

霍麒几乎立刻就笑了："照片又怎么样？照片只是表明我跟她说笑过，可能表明我追她了吗？"

林润之愣在那里了，不敢相信，振振有词地反驳，生怕声音小点就落了下风就真的错了："他为什么？不可能，他什么得不到？你原先跟他又不熟悉，也没得罪他，你们岁数差得那么大，又没有冲突！"

霍麒一眼就看出来她不相信，他回答："因为他爸爸心里想着你，没有善待他妈。他同样憎恨出轨的你们，只是把气发在了我身上，而你还信他爸的话，任由他爸把我扔在那个鬼地方不闻不问。还给自己找了个冠冕堂皇的理由，所以不想见，而你嘴里最见不得这种事的丈夫呢，明知道他儿子同样有错，没有半点影响霍青林的人生。"

"他们骗我！"林润之说。

"妈，他为什么能骗你？因为你会根据利益做出最佳选择，你连去问真相的勇气都没有。上面所有的理由其实都是一个理由，霍环宇不想让你见我，不想说破这事儿。"

屋子里静了下来，落针可闻。

林润之退后了两步，坐在了霍麒床边的单人沙发上。

说得太开了太清楚明白了，林润之连遮掩的理由都没有，反而坦荡了起来。她变得平静起来，又像是那个贵太太了。过了几分钟，她才开口："你和你爸一个口气。"这显然说的是郭如柏，"这事儿是我对不起你。我……"她这时候才说了点心里话，"我也觉得太严厉了，可他太凶，一副动了他儿子就是离婚也不退缩的模样，我没敢碰第二次。对，你说我都是为了自己好，我承认。可我为什么不为自己好？跟着你爸爸一辈子的日子看得到头，再厉害不过是个资深编辑，上奉养公婆，下抚养你，一辈子紧巴巴，到现在撑死有两套房。可如果跟着霍环宇呢，我是霍家的媳妇，过的又是什么日子？我的选择有什么错？你被转到寄宿学校，我听从霍环宇的意思，没有任何反应。可那又怎么样？你说得对，你住在那里还是我儿子，可我跟他翻脸，他老婆就不知道是谁了？要我四十岁重新开始吗？要我放着霍太太不做去离婚吗？我为什么？霍麒，你觉得这样对你无情，可我说句实在话，你是依附于我的，只有我好你才好！你是我儿子，是这个世界上唯一与我有血缘关系的人，我可能有对不住你的地方，可总是关心你的，你没必要抓着这些十多年前的陈芝麻烂谷子不放，你现在不也很好吗？三房这个样子，对你更有利，你以后会更好，往后看行不行？"

霍麒就知道，他跟他妈没有共同话题。他的那些年少苦难，在他妈看来都是为了过好日子而付出的代价，是应该的，是可以不计较的陈芝麻烂谷子，那还有什么好说的？又有什么说得清的呢？

他平淡地说："看样子我们谈不拢。妈，从今天起我搬出霍家，我们三观不和，还是离得远些比较好。再说，我和你丈夫原本就说得清楚，我不上商科不进霍家公司，便跟霍家没有任何关系了。"他看着林润之想说话，但是没给她机会，"该负责的养老我会负责，你放心好了。不过，我的事情你就不用管了。"

"你要不认我吗？"林润之质问他。

"怎么会？我还是叫你妈，只是你说的嘛，人总要对自己好，这样才能管别人。我很介意曾经少年的生活，很讨厌这个地方，很厌恶霍环宇和霍青林，见到他们就想来点暴力。当然，也很不喜欢没有母爱的你。这对我不是可以忘记的往事，就跟霍环宇是你不能得罪的人一样，所以我们的选择都一样，不提不见。"

都这样了，今夜霍麒肯定在这里睡不下去了，他其实也没想到会这么快把话说开，以为还要住几天呢。他去拿了自己的大衣穿在身上，对着他妈说："我去自己房子住，这屋子里的东西过年我就收拾过了，剩下的这些你扔了就是，我不会回来了。"

他说完就开门出去了。

林润之坐在那里，整个人都是蒙的，她说不上来是怎样的感觉，后悔吗？没有，她这样的人即使全世界都抛弃了她，她也不会因为自己的选择而后悔。毕竟，她的选择换来了如今的好日子，无论是舍弃郭如柏还是对不住霍麒，都已经够本了。

可不后悔吗？也不是，她也难受，心也疼，有种直觉告诉她：你错了，你终究有一天会有报应。这让她隐隐不安。

好在，很快，保姆来敲门："润之姐，要锁门吗？很晚了。"

她又恢复成了霍太太，站起来摆出了平日的样子："锁了吧。"

霍麒下楼便开车去自己的房子，中途收到了一条微信，他趁着红灯点开，姜晏维坐在床上，穿着个睡衣，冲着他来了句："哎，霍叔叔，这么晚了你睡了吧。我就是告诉你，我成绩出来了，挺好的。"

2

霍麒原本心情不算好，不是他还对林润之心存幻想，而是任何人听见那些言论心里都会不舒服吧。他在霍家遭受的所有罪都是陈芝麻烂谷子，都是可以忘记的，因为就算现在过得好，也抵不过一句"我好你才好"。

如果他妈不过是个什么都不懂的妇人，没有发现，他还能骗骗自己她不是故意的。可她居然是一直知道，看着他用了十年融入霍家而不得，看着他被送到寄宿学校而不管，看着从明朗少年开始渐渐沉默变成了现在少言寡语的样子。就为了一句"我好"，她怎么能忍心？她又怎么能这么自私？！

这样的人是自己的妈妈，这多可笑！可又不可笑，如果她没有这样的心性，她怎么可能嫁入霍家？

对，这样才适合她！

所以当他看到姜晏维那小表情的时候，他有种拨云见日的感觉。姜晏维就像是个小太阳，一跳出来就驱散了围绕在他身边的所有浓雾。霍麒瞧着视频里那张笑脸，要是往常，姜晏维发了这样的视频肯定都睡了，这孩子最近学疯了，睡觉的时间就那么点，他是舍不得打扰的。可今天，他忍不住。

他给姜晏维拨了电话，响了七八声才接起来，姜晏维睡得迷迷糊糊的，打着呵欠来了一句："你怎么梦里也打电话来啊？就不知道人过来，太不够意思了。"

这显然是睡蒙了，梦里想着他呢。

霍麒只觉得心底发软，也没点醒他，接着跟他说："很快就回去了。"

大概这个想法太美好了，姜晏维居然还在梦里"嘿嘿"笑了一声，不过没平时那么爽朗，而是带着点含混不清的鼻音："叔叔，你就知道哄我。"

霍麒这会儿彻底不用想他妈的事儿了，心思完全被姜晏维这家伙给吸引了。他将车停进了自家车位，然后拿着手机边说边走："不哄你，这边的事儿处理得差不多了。"

姜晏维乐得恨不得插个翅膀满天飞了："是我给你的力量吧！"

姜晏维不过是开玩笑，他也不是傻子，霍麒从来舍不得打扰他睡觉的，回家了又这时候打过来，霍家人又都不怎么样，肯定是心情不好。这么插科打诨来了一遍，他才开始进入正题："你在哪里呢？刚刚听见好像在开车。"

霍麒边换鞋边说："回咱们家了。"

他说咱们家，姜晏维就知道是霍麒在京城的住处，给了他钥匙的，可不是他俩的家吗？他就喜欢这说法，只有足够亲密了才这样说，就像是他爸那边，他张口闭口说了十七八年的"我家"，现在也不过是称为"我爸家"了。

"出事了吗？怎么半夜跑回家了？原先不都住在那边吗？"姜晏维关心地问。

霍麒倒也不把他当孩子，所以也没必要隐瞒，就把事儿说了。

结果，姜晏维顿时就炸了，经历过姜大伟后，他对这些不负责任的爸妈都没好感："她怎么能这样呢？她把你带走不应该对你负责任吗？否则干吗要这么做？眼睁睁地看着自己的孩子难过，却因为害怕丈夫生气什么也不做，她连郭聘婷都不如呢！那个小三还知道姜宴超生病了，找我麻烦呢！"

人就是这样，霍麒已经在霍家顶了他妈一顿了。可那是他自己顶的，他再强大也需要别人的支持。这就是姜晏维对姜大伟失望的原因，姜晏维就是想让他遇见事情的时候，向着自己，站在自己这一边，还能帮自己骂骂郭聘婷，可他做不到。

不过，姜晏维做到了，他的心完全都是偏在霍麒身上的，一副气呼呼的样子，就连郭聘婷在他嘴里也难得有了点正面的形象。

这会儿倒是反了，霍麒还怕姜晏维又勾起了伤心事，气坏了，反而安慰他："只是把话挑明而已，早就没事了，别生气，等会儿情绪太激动睡不着觉了。"

姜晏维气鼓鼓地说:"现在不生气又不是没生气过,只是过去了而已。就像是我爸,我现在见他也不生气,可我生气的时候有多难过我自己知道。还有,我难过的时候你都陪我,现在我又不在你身边。"

霍麒都能想到这家伙红着眼睛不得劲儿的样儿,就像是他刚刚来自己家那天。他轻轻安抚着:"打电话也一样。要不等我回去的时候,你好好安慰我好了。"

正说着,就听见电话里有声音,应该是于静:"维维,这么晚了你没睡觉吗?说什么这么激动?"

姜晏维也知道一切都是徒劳,就算这是白天,他妈也不会允许他不上课去京城的,只能很遗憾地答应他:"好。我妈来了,不能打电话了,我开夜灯咱俩视频吧。你要是想聊聊天,我也能陪着你。"

霍麒是真想有个人陪着,不说话都行。

"好!"他应着。

宋雪桥自投罗网,将宋家彻底拖下了水。

宋雪桥的爸爸虽然对这个女儿失望至极,可那毕竟是亲生骨肉,从小疼到大,到了性命攸关的时候,怎能不关心呢?当天事情一出,京城圈子里宋家就开始活动了。宋家也不是无名之辈,并非一点用都没有。

譬如就有人打圆场和稀泥,试图将宋雪桥的主观故意变更为受人蛊惑。若是真成了,纵然不能让她脱罪,至少也能判个死缓,再减刑,一共就坐不了几年牢。

说真的,宋雪桥毕竟是宋家人,就算杀人坐牢出来了,对她来说除了耽误了几年光阴,又有什么影响呢?再说,她原本就是画家,送她去环境好的监狱,把东西都备足了,生活富足没人打扰,说不定她出来还能办个画展呢。

至于婚姻,那就更无所谓了,没有霍青林也有更多的想要更进一步的青年俊秀扑上来,对于宋家人来说,如果不是非要高嫁,那就是她挑人的地步。

只是,费家怎么可能让他们如意呢。

费老太太在知道真相后，自然也收到了宋家四处活动的消息。这老太太也不是一般人，当即就带着人从刑警队离开了，倒是让张玉生觉得颇为遗憾，这老太太在这儿，等闲人都不敢过来打听消息，他可是省了不少应付的时间。

老太太没回自己家，而是让人驱车去了宋家。

自然是闲人不可进，可费老太太身份在这里，也没人拦着，直接就开车到了宋家别墅的大门口，也不开进去，而是按下了门铃。

宋雪桥的爸妈这会儿倒是都在家，跑腿让宋元丰去就可以了。结果，就听说费老太太来了。

他们也挺惊讶，自然也有点不得劲儿。能积累那么大的家业，那都是泰山崩于前而面不改色的主，虽然女儿杀了人，他们气愤归气愤，可也不至于失色。但苦主的亲奶奶上了门，他们总归是不舒坦，还有些忐忑。

宋雪桥的妈妈忍不住说："她怎么来了？这是要问罪的吗？老太太不是这样的人啊。"都是一个圈子里的，她自然见过费老太太，是特别开明和蔼的人，也有些不凡。要知道，她是费老爷子在家里娶的媳妇，父母做的主，这老太太不认字更没接受过西式教育，愣是跟费老爷子走到了最后，可见不一般。

宋雪桥的爸爸就说："这时候总不是好事情，先去看看吧。雪桥做的亏心事，那是独子独孙，谁要动了元丰，你再有涵养也忍不住！"

两个人说着话就亲自出门去迎接，一开大门就瞧见老太太站在大门正中央，手里拿着根拐杖，身姿挺拔地正等着他们。

他俩立刻就说："老太太，天太冷，有话进屋说。"

却听老太太说："没什么好说的，听说你们在走关系，试图救那个杀了我孙子，间接害死我丈夫的宋雪桥出来，是不是？"

这种事都是私下进行，他就是下功夫赔面子找关系救了自己女儿，怎么可能当面说呢？只是当着苦主的面如果全盘否认，也挺不是人的。宋雪桥的爸爸就没说话，倒是宋雪桥的妈妈更护女一些，一口咬定："没有，老太太，您八成听错了。"

费老太太也不是来跟他们说这个的，人家找关系她能拦着吗？她不是也找了林家吗？她从不要求别人做什么，只是看自己做什么。她的孙子死了，她的老伴因为这事儿一并走了，她都熬到了现在，大仇即将得报的关键点——你们找关系跑门路没关系，可我要拦着。

宋家父母都以为她会反驳，起码是痛斥他们，但没有。

老太太平静地看了他们一眼，在他们措手不及的情况下，"扑通"一声，跪在了地上。他们甚至没反应过来，愣在了那里。他们实在是没想到，费老爷子辈分比他们长，怎么能给他们跪下？老太太养尊处优一辈子，怎么能给他们跪下？是宋雪桥杀了她孙子，她是苦主，怎么能给他们跪下？

可事实就是如此，拐杖随着费老太太的下跪而落在了寒冬里被冻得硬邦邦的地面上，发出清脆的声音。那声音穿过了寂静的别墅群，落入宋家夫妇的耳中，激得他们恍然回神。

他们几乎立刻去扶，可费老太太怎么会起来？

她跪在那里，依旧用最大的努力挺直了自己老迈的身躯，她用那双眼皮已经耷拉下来却依旧有神采的眼睛平静地看着他们说："我是来求你们的，求你们公正公道公平地处理这件事。"

老太太没有指责，她就是那么平静地说出了这些话。可这哪里是给他们跪下，这是在扇他们的脸！这算什么？苦主给杀人犯的父母下跪求情，他们是以前的恶霸吗？

宋家父母想通这点的时候，也是愤怒的。

只是他们的怒火没有发出来，老太太就来了第二招，她慢悠悠地站起来，晃荡着在他们没反应过来之前，一头撞在了旁边的门墙上。

宋雪桥妈妈几乎吓得立刻尖叫了一声，这一声似乎就标志着这件事的走向，再也按不住了。一位孤老太太的一跪一撞，谁看了能忍心？更何况，费家在商界也是有一席之地的。

第二天。

霍麒跟林润之说开了，其实这趟去不去霍家都无所谓。只是昨天霍麒回来，霍环宇是知道的，早上就打了电话让他去老宅。

霍麒寻思八成是霍老爷子找他，应该是上次问过他的事儿，让他接手霍环宇的公司。结果到了发现好久不见的霍青海居然也来了，霍家但凡在京城的人都在了。这时候有点早，老爷子每天晨练吃饭都有定数，这时候也不可能打破，大家都在等着。

霍青海八成知道他没消息渠道，挺好心地借着倒水的事儿坐在了他身旁，把昨天夜里的事儿说了一遍。其实霍麒知道，他总有些不得了的消息来源，否则也不敢对霍青林下手。

费老太太昨天夜里就送到了医院抢救已无大碍，宋雪桥的案子不知道是哪位发的话，一夜间便审讯完毕，杀人事实供认无误，已经进入到了提起公诉阶段，翻案是不可能的了。

这对于霍家来说还是不错的消息，起码霍青林的嫌疑洗清了。

这会儿霍家就两个小辈，说话没人打扰，霍青海很大胆地说："大概是要商量商量青云和青林的事儿，杀人案落，江一然那边也交代了她对行贿的事儿一无所知，恐怕这几天他俩的事儿就能定了。青云坐牢是肯定的，这事儿早就捂不住了，只是青林麻烦点。他倒是没被卷进去，可得罪了林家、费家，别说再进一步，林家的报复在后面呢。我猜他恐怕要被雪藏了。"

霍青海悄悄来一句："老爷子叫你来，八成是因为感觉到霍家人不够用了，你们和我这样的原先的边角料也要拿起来再利用利用。"

霍麒也是想到了这点，点点头。

霍青海也不怪他言语少，就跟自言自语一样："你知道吗？这次居然是我爸亲自给我打的电话，让我来老宅。他已经发现那个私生子用不上了，开始铺后路了。我猜今天恐怕就要告诉我，我职位会调一调。"他拍拍霍麒的肩膀，"好弟弟，过不了几年，我八成就要抖起来了。"

他说这话听着是显摆，可脸上表情平静，半点没有高兴的模样。是啊，对于霍青海而言，你抛弃我三十多年，没有办法了才给我一口嗟来之食，我为什么要高兴呢？

当然，他也不会不愿意，这是他身为霍家子弟应得的利益，只是原先被压榨了而已。他不会放弃让自己强大的机会。

霍麒很干脆地恭喜他："那祝你步步高升！"

霍青海此时眼睛里才有了内容，那是野心的火："一定会的。"

当然，他还没有忘记霍麒，小声说道："老爷子上次说想让你接手三叔的公司，可能现在还是这个意思。"

上次老爷子就已经跟霍麒说了，让他准备接手环宇国际，三月份股东大会就是好时机，八成这次是通知他的。

霍麒点点头："应该是。"

没想到霍青海来了句："别答应。"他看了看左右，大概发现周边没人，这才语带讥讽地说，"三房太乱，你自己做得好好的，进了环宇不过是替青林看管财产，做个管家而已。时间长了，你的也不是你的，他的也不是你的，何苦呢。老爷子不能得罪，你也别不答应，拖字诀最好。我瞧我三叔也不是愿意放权的人。"

这倒是法子，霍麒挺郑重地跟他道谢："谢谢。"

霍青海摆摆手冲他说："咱俩指不定谁欠谁呢。"

霍青海猜得倒是不错，等着老爷子早上忙活完了，便一个个叫人上去聊天。霍麒是最后一个，等待的时候还瞧见了他妈，他妈也是神人，明明昨天他俩这么吵过了，这会儿见他却跟无事人一样，照旧一副霍太太的样子，跟他还说了几句话，让他有空多回京城吃饭。

霍麒猜想，大概是他妈并不想将他俩闹僵的事儿搞得尽人皆知。他倒也没有戳穿的意思，听着就是了。

等着轮到他，老爷子说的果然还是那件事，他自然想好了答案，什么最近业务发展比较忙，而且环宇业务涉及要复杂宽泛得多，他本就不是专业的，所以准备去学习一下再说。这当然是为了以后陪姜晏维出国给的由头。这事儿自然就推出去了。

等着谈完了他也没留下吃饭，直接开车回秦城。出大门的时候，他还回望了一下老宅，这大概是他最后一次来，以后就天高随鸟飞，海阔任鱼跃了。他越往前开，便觉得周身越轻松。等进入了秦城的地界，他便忍不住去了姜晏维的学校。

姜家。

郭聘婷难以置信地看着郭玉婷手中的瓶子，冲着她说："你疯了吗？我又没得罪你，你放下。"

郭玉婷恶狠狠地问她："不是你把音频发给张林的？我不就是想过好日子吗？这次又不招惹你，你为什么就看不得我好？好啊，你不让我好过，那你也别想好！"

3

郭玉婷的愤怒不是没有原因。

郭聘婷那天在医院录了音后，郭玉婷就立刻想抢过来，结果郭聘婷这会儿比她精多了，她扑上来的时候就一边躲一边发出去了。

她一瞧豪门梦这会儿八成是要破灭了，就跟郭聘婷打了起来。

可郭聘婷不是原先的郭聘婷了，她也挺有心眼的，郭玉婷一打人她就喊，没一会儿医生护士就赶过来了，把人拦了下来。郭聘婷还反咬一口："她是不是神经病啊？给她做个检查啊，我瞧着精神不正常。"

郭玉婷气得哟，可是被拦着也没办法，只能干生气。

郭聘婷就趁这个机会溜了。她出了门，在车上就给张林发了一句语音："曾经的二姐夫，你应该听了录音了吧。都这样了，我二姐还想跟你过好日子呢。她是不是觉得你是属乌龟的，只会忍啊？你要愿意当乌龟呢，我就还叫你二姐夫，反正多门亲戚多条路嘛，你最近不也发达了？"

张林本就极为厌恶郭玉婷，再听听郭玉婷录音里那些打算和郭聘婷的挑拨，他能忍住才怪，别忘了，他现在可是两家的独苗了，重要得很。

他那副气得恨不得找个地方上吊的模样一出，他妈就知道有事儿，当即就问他怎么了。张林这时候也顾不得丑了，对，他爱郭玉婷，拿着她当宝，明知道她为了钱嫁给他也不嫌弃，各种伺候她。可最终得到的是什么呢？

这女人不但出轨，还侮辱他！

最重要的是，那天他带着郭玉婷去找姜大伟，他第一次见到郭玉婷真实的面目，她是怎样当着他面耍心机求姜大伟的同情的。那不但让他对郭玉婷再也爱不起来，还觉得过去的自己就是个傻瓜，怎么会喜欢这玩意！

他回来就同意离婚，协议都写好了，钱到手就签字。

偏偏这时候他姑姑回来了，甚至告诉他，要培养他接班，以后家产都会给他。这哪里是天上掉馅饼，这是天上砸下了个金矿！

他不但要有钱了，还要特别有钱了。

要是原先，他肯定会立刻告诉郭玉婷，让她安心下来好好跟他过日子。

可那天他第一反应就是，不能跟她说，要在没有继承财产前立刻离婚，他不想被这个恶毒的没有底线的女人缠一辈子。

所以他都没吭声，结果没想到，郭玉婷还是知道了，还想了这种恶心的法子试图跟他破镜重圆。他就是没钱也不会考虑的，出轨不可怕，而是这女人的心思让他觉得太可怕。

他就把事儿跟他妈说了。他妈也气得不得了，就一句话："不答应她，离婚！"

要是原先，离婚这事儿郭玉婷不答应，张林一个人单方面起诉，虽然手里有出轨的证据吧，但还是要调解要有个过程的。可这不是张林的姑姑在家吗？她原本就奇怪，张林都结婚了，为什么老婆不见人影？这会儿张林他妈气不过了，直接跟她说了，张林姑姑才知道怎么回事。

她如果不护着娘家，怎么会选张林继承财产？要知道，她丈夫虽然没有近亲了，可远房亲戚还有几个。

一听这事儿，张林姑姑就恼了。

他们原本就是在这座城市发家，如今虽然出国了，可人脉还在。有了这么一个强有力的外援，张林的离婚简直是手起刀落，迅速得不得了。他姑姑可没费心走法律程序，那快能快到哪里去呢？直接找人以张林的名义给郭玉婷办了出院——他俩没离婚，这就是合规矩的，然后把人带回了张林家，见了一面。

郭玉婷这是第一次见这位姑姑，她原本就颇有心计能说会道，一瞧他姑姑就知道不好惹，想去跟张林求救。张林就把她的录音放出来了，然后告诉她："咱俩不可能过下去了，离婚吧。"

郭玉婷哪里肯，还想再辩驳，姑姑就上场了，就一句话："要不老实离婚，净身出户，你毕竟是过错方。要不……"她动了动手里的一张纸，"听说你最近精神不好，前两天还无故殴打自己的亲妹妹，送你去精神病院治疗一下好不好？"

郭玉婷脸色顿时就变了："我没病，你不能这样，我告你。"

张林他姑姑是修炼了千年的狐狸，能怕她？当即就乐了，然后说了一句话："你真天真，我既然敢说就能把你关进去，张林是你丈夫，他有这个权利，而且我告诉你，如果是张林把你关进去，除了他签字，谁也不能把你接出来，你的父母和姐妹也不成。不过我想他们不会愿意搭理你的。至于你有没有病，你自己证明啊，医生信了你就能出院了，不过我觉得很难。"姑姑就问她，"我再给你一次选择的机会，你是要离婚，还是当张太太？"

郭玉婷被她说得心里发颤，可终究不是那么容易服软的人，再说，她并不觉得姑姑能这么对付她！姜大伟不比他们有钱，可也没这么违法乱纪吧。

可她忘了，姜大伟在秦城是个规矩的商人，她从来没问张林这个姑姑是怎么发家的。人和人之间哪里有一样的？就如她和郭聘婷姐妹，一个当小三一个当小四，父母还挺引以为豪。可正常人家的姑娘，哪里有这样没下限的？敢这么做，父母早就打断腿了。

郭玉婷不同意离婚，姑姑也当机立断，直接找人绑了她，带了张林去了郊外的一家精神病院，给她关进去了，告诉她："七天后你有一次打电话的机会，不珍惜，就再也没有机会了。"

那是什么地方？郭玉婷一个正常人怎么待得住？还是有关照的整整七天，叫天天不应叫地地不灵，告诉别人自己是正常人都没人相信的七天。时间一到，她就打了电话，放出来麻溜去了民政局领了离婚证。

张林的房、车都是婚前的，她开的那辆车也是张林买的，所以一样资产都没分到，到手的，只有张林让人给她扔在地上的，收拾好了的七个大箱子。她在民政局门口打开了一个，张林倒是不贪她的东西，全都是她的衣服和用品，一样没少都在这儿了。

她站在大门口守着这七个箱子，跟逃荒的一样茫然了许久，才发现自己竟然没有地方可去。她父母家早就不搭理她了，大姐自从郭聘婷当小三要转正劝过没用后，就直接说以后少来往，怕教坏了孩子。至于郭聘婷……她这会儿想起郭聘婷来了，这丫头是一点都看不上她好啊，都是这丫头害的她！她怎么可能投靠郭聘婷？！

郭玉婷想先找个地方待待，可屋漏偏逢连夜雨，何况她这七个大箱子实在是太扎眼了，她打了个车，说是让人把她送到最好的酒店里，结果到那儿一摸，钱包不见了。

姜大伟给她的那张银行卡，就在钱包里。

她为了不让张林分财产，并没有将钱从那张卡上转出来，而是想着等离了婚再说。

　　可如今，卡丢了，上面的名字不是她的，她连挂失都没办法办。她报警人家都不相信她，她凭什么替姜大伟报失？再说问她卡号，她也背不出来，只知道密码有什么用！她没办法打电话给姜大伟，姜大伟如今对她厌恶至极，对她印象差得不能再差，一听第一反应是郭玉婷借机再要钱，直接就把电话挂了。

　　郭玉婷这才明白了什么叫走投无路。

　　婚离了，钱没了，人财两空，她就剩下了几箱子不能吃的衣服。她没有工作，没有家庭，除了姿色，没有任何可以翻身的资本。是谁害得她走到这一步的呢？

　　还不是郭聘婷？

　　她原本没有勾搭姜大伟的心思，是郭聘婷一步步逼着她走了这步，是郭聘婷让亲妈都不搭理她，是郭聘婷毁了她最后的退路。

　　对，如果不是她发录音给张林，如果不是她叫着什么神经病，她怎么可能离婚？她肯定能跟张林和好的。

　　她几乎不可抑制地仇恨郭聘婷，愤怒填满了她的全部身心——我如今落到了这步田地，我为什么要让你过得好？我不可能有更差的日子了，那你跟我一起来吧。

　　所以，她把东西直接摆摊卖了点钱，从物业阿姨那里拿了瓶硫酸就跑到了郭聘婷家的别墅。

　　郭聘婷早就打过招呼不让她进，可她还是有别的办法，偶遇了一个开车出门买菜的保姆——她俩原先认识的，她还帮过对方的忙，保安又不能进车里检查，人家就带着她进来了。

　　然后她拎着硫酸瓶，直接进了别墅的大门。那时候郭聘婷正在哄着姜宴超玩呢，这小子反应挺慢的，月嫂知道怎么回事，那叫伺候得一个胆战心惊，倒是郭聘婷没养过孩子，不懂得有什么不对，还觉得孩子挺好带的，也不哭闹，一直跟姜大伟夸这个月嫂有本事。

　　这时候，她妈张桂芳已经跟着做饭阿姨出去买菜了——张桂芳不放心阿姨买的东西，一直是要跟着看看的。

郭玉婷进来，屋子里就郭聘婷和月嫂、姜宴超两大一小。见了她，郭聘婷都吓了一跳，立刻站了起来："你怎么来了？"随后凶起来，"这里不欢迎你，滚出去！"

郭玉婷笑了："我为什么不能来？你在害怕什么？你不是天不怕地不怕吗？你不是录我的音发给张林不让我好过吗？我来啊就是告诉你，我离婚了，拜你所赐，我真过得不好。你高兴吗？"

郭聘婷怎么可能看不出郭玉婷不对劲呢？她连忙吩咐月嫂："打电话叫保安。她这是要闹事，把她赶出去。"

月嫂立刻就要摸手机，结果被郭玉婷呵斥住了："住手！"她晃晃手里的玻璃瓶，"我这里可是浓硫酸，你要是不想伤到你自己，就躲一边去。我们姐妹俩的事儿，你别多管闲事。"

一听浓硫酸，郭聘婷和月嫂脸色都变得特别难看，月嫂几乎毫不犹豫地向后退："我不管、我不管！"她又不是傻子，为了这点钱被泼硫酸吗？不过好在这人还有点良心，往后退的时候，顺手就一把抱住了姜宴超，带着他往后退。

郭玉婷瞥了一眼，可姜宴超又没得罪她，再说她也不敢惹姜大伟啊，就当没看见，反而拿着瓶子更进一步。郭聘婷吓坏了，眼睛瞪着那瓶子说话都不利索了："你你你……这是犯法的，你这样会坐牢的。二姐，什么事有话好好说，都可以商量的嘛！"

郭玉婷就问："有什么好商量的？我已经这么惨了，你却过得这么好，我就是不爽啊。除非你惨我才爽。"

郭聘婷立刻就说："我也不好过啊，只是表面风光而已。"

郭玉婷就说她："不好过？你可是姜大伟明媒正娶的老婆，你有什么不好过的？你要钱有钱，要孩子有孩子，能比我不好过？你告诉我你哪里不好过啊。"她说着就拔开了瓶塞，向前走了一步。郭聘婷其实是不信的，可也不敢确定，就跟着后退了一步。然后就看见郭玉婷慢慢地将瓶子歪斜了，往沙发上滴了一滴。只听"刺啦"一声，大量白烟冒起，皮沙发上已经灼开了个洞！

真的是浓硫酸！

郭聘婷只觉得心脏都停止跳动了，一副要哭又不敢哭的模样立刻说：

"真的过得不好，二姐，姜大伟就是个老头子啊，我才二十一岁，我怎么能跟他过得好？他一身的老人味，肚子都那么大，都是赘肉，你又不是没见过，谁能喜欢啊？要不是为了钱，我怎么可能嫁给他！我才二十一岁啊，我不喜欢小鲜肉吗？二姐，你比我强多了，离婚挺好的，以后能找更年轻的，我呢，谁知道他能活到几十岁啊，万一是个老不死怎么办？！对了，还有个惹人讨厌的姜晏维，我的苦日子不知道要熬到什么时候呢！"

她是吓坏了，那瓶子就离着她不过一米远，真怕郭玉婷泼过来，她的脸多重要啊。郭聘婷说完就去看郭玉婷，希望她能满意，却发现她露出了讥讽的笑容。

郭聘婷感觉到不对劲，然后就听郭玉婷说："你死定了。"

郭聘婷还没说出什么来，就见郭玉婷摆了摆手上的手机，竟是通话状态中，里面姜大伟的声音冷冷传来："既然不想陪我这个老不死的，离婚吧。"

郭聘婷难以置信地看着她姐姐，郭玉婷这才笑了："熟悉吧，这就是你在医院里对我做的。你还是太嫩，跟我学了点皮毛就真当自己无敌了，你做梦。郭聘婷，你的脑子从来都不会多想想，我怎么会浇你一脸硫酸呢？那才是毁了我自己呢，我为什么要因为你坐牢？我只会把你拉下水，没有了姜大伟，凭你的脑子，不会比我过得好。"

郭聘婷这才知道，这不过是个局，是郭玉婷报复她的，她却把心里话都说了。姜大伟怎么可能饶了她？她瞪着眼睛看着郭玉婷得意的脸，只觉得恨不得杀了郭玉婷！她伸手就去抢硫酸瓶，可郭玉婷早就防着她呢，直接一脚把她踢到了一边。

"怎么？我说你没脑子你就真没脑子了，伤了我，你可是要坐牢的。"郭玉婷摇摇头，"真是傻瓜。"她拎着硫酸瓶子扭头就走，"我等你离婚的消息！"

郭聘婷却爬了起来，在月嫂的惊呼下，扑了过去。

姜晏维这天放学，又碰到了等着他的霍麒。

霍麒自从从京城回来后，作弊就多了起来，每天中午点了餐过来投喂不说，下午想他也会提前在这里等等，看他一眼再走。

姜晏维这日子天天过得跟飘在云端上一样，用周晓文的话说，每天走路都是虚的！

周晓文最近表现得很不错，他爸妈都表扬了他，最近的生活过的还是挺滋润的。

瞧见等着的霍麒，周晓文特识相地告退，姜晏维没搭理他，自己跑到霍麒身边去了。

没想到，霍麒居然跟他说："今天你妈有事儿，让我接你吃饭。走吧。"

姜晏维简直难以置信："我妈怎么可能松口？她有什么事儿能不管我啊？"

自然是姜大伟的事儿了。郭玉婷和郭聘婷居然在家里打起来了，碰翻了硫酸瓶，两个人都受了伤，现在在医院呢。月嫂当时一害怕就报了警，郭玉婷一口咬定是刑事案，郭聘婷故意伤人，郭聘婷则说郭玉婷是绑架勒索，更是刑事案。

家丑不可外扬。姜大伟没有亲戚兄妹没人帮忙，又不能直接拉了公司里的人来处理，就打电话求到了于静头上。于静是真不想让这事儿扩大，这别墅里可不少孩子在一中上学呢，闹出太大的事儿来影响姜晏维才叫得不偿失，于是答应了。

可她走了就顾不上姜晏维，又怕姜晏维跟着周晓文回家，就只能打电话给霍麒让他把人带走。

于静交代这事儿不要告诉姜晏维，自然霍麒不会说，忽悠他道："我也不知道，大概是有什么重要的事儿吧。你以为你妈一天就围着你转啊？她在秦城有那么多朋友，怎么可能没交际？"

姜晏维很自觉地跟着霍麒上了车，顺便分析："我倒是觉得我妈是有男朋友了。我也没听见她打电话发短信，可总有这种感觉。"

霍麒开车往回走，顺便问他："那你是什么意思？"

姜晏维直接拍了胸脯："当然是同意了。我一点没觉我妈再找有什么，不是离婚了吗？岁数稍微大点就不能追求幸福了？我妈那么年轻漂亮，值得跟喜欢的人过喜欢的日子，只要她高兴就行。当然，她要是不找也行，到时候买房子就买两栋，挨着的，我两边窜也挺好。"

霍麒就喜欢姜晏维这副乐呵的样子，他这点随于静，可以给喜欢的人最大的空间，也不会为了别人而侵害自己的空间。霍麒忍不住伸手揉揉他脑袋："这主意不错，你妈肯定喜欢。"

姜晏维美滋滋："那当然。"

医院里，于静急匆匆赶到，姜大伟和张桂芬都在外面等着，不过两个人离得特别远。于静走到姜大伟面前问："怎么样了？"

姜大伟叹口气："两个人拿着硫酸瓶争夺，溅出来的液体洒到了身上，都不怎么样。"

第十二章

1

郭玉婷和郭聘婷两个人确实都伤到了。

硫酸瓶被来回争夺，最后泼了出来，两个人都吓坏了，你推着我，我推着你，最终谁也没落下，都伤到了脸。当然，溅出来的液体不算多，伤得并不是很重。

姜大伟说着眉头都皱起来，一副家门不幸的模样。显然对这对姐妹厌恶至极，于静看在眼里，虽然顾忌着最起码的礼貌脸上没露出来，但心里是有点痛快的，这也是她愿意来帮忙的重要原因——哪个原配不想看这出戏啊？于静是理智但不是圣人，她可同情不起来。

姜大伟说完，于静就往急救室那边瞥了一眼，姐妹俩都进去很长时间了，这会儿还没出来，就冲着姜大伟说："警察那边你到底怎么个想法？闹开吗？"

姜大伟压根不想家丑外扬，实在是因为他这一年就天天当别人笑柄了。他那么喜欢现在住的房子，最近却在装修新房，因为他觉得丢人得住不下去了。都是朋友，以后怎么都遇得上，总比天天被人指指点点的强。

只是这事儿，他不愿意压住！

郭玉婷昨天打他电话的时候，他就直接挂掉了。结果今天她又打过来，自己不接，便发了信息来，说她拿着硫酸去他们家了，他要是不听，后果可没法预料，就算警察来，她该干的也干完了。

姜大伟就吓了一跳，看了一眼郭玉婷发来的定位，真的在他家门口，只能接了电话。

没想到，居然听到这样一场戏，他知道自己岁数大了，郭聘婷愿意跟他肯定是有钱的原因在，可总要有些感情吧。可听听郭聘婷说的什么？熬死他？这是等着他死分他的家产再找小鲜肉呢，他怎么可能忍？

他不在意地说道："让他们查！"

于静来是帮着处理这一堆乱事儿的，她可不拿主意，查就查吧。她便点点头："那好，那边我都安排好了，来的口风都挺紧，不会往外漏什么，记者那边我也都应付过去发了红包了，应该不会有什么事。"

姜大伟就跟她道了谢，他真是没想到，离婚的时候雄心万丈要过好日子给于静看，可才一年就过得鸡飞狗跳闹出刑事案，还让于静帮忙料理。真是……他自己都不知道该怎么说好，偏偏他就是信于静。

这时候他才知道少年夫妻的好处。

这个女人跟他谈恋爱的时候两人年岁相当，她因为彼此的好感或者爱情而嫁给他，陪着他经历颠簸动荡的创业初期，打理蒸蒸日上的生意，为他生孩子操劳家庭处理琐事，看着他一点点地由年轻小伙变成中年人。她不会去算计他的钱，因为这是他们一起挣的；她不会对孩子不好，因为这是他们一起生的；她更不会嫌弃他老了，因为他们在一起变老。

可一切都没了。

于静说完了就找了个地坐下了，掏出杯子抿了口热水。她其实可以离开了，可还是想看看那两个女人烧成了什么样，说她坏也好，说她幸灾乐祸也好，她真的是想亲眼瞧瞧现世报。

姜大伟的目光她其实感觉到了，老夫老妻的这么多年了，说真的，十个郭聘婷都比不上她了解姜大伟。姜大伟这是后悔！可那又怎么样？离婚了，还是出轨离婚了，你对不起我不说，还纵容小三打维维，不顾孩子学习将他放在朋友家，他最后无家可归——这事儿就算结果挺好又怎样？那是遇到了霍麒，要是遇到了个坏人呢？所以，他俩压根就不可能有什么新交集。

她不说话不代表没有人说话。张桂芬老远就瞧着他俩不顺眼，她毕竟还是当着丈母娘，在于静看来，姜大伟就是她人生走过的小坎坷，早就不放在眼里了。对张桂芬他们来说，姜大伟却是人生中的高山，好不容易攀上去了，怎么舍得下来？

眼见他俩在一起有商有量，她就受不了凑过去，冲着姜大伟说："女婿，这医生怎么样啊？她俩不会有事儿吧？"老太太偏向郭聘婷，可这时候也不能真不管郭玉婷，自然是两个一起问，顺便说，"报警的事儿就算了吧，自家姐妹有什么好查的？"

于静不愿意搭理这老太太，没吭声。

就听姜大伟在那边说："医生是最好的，什么样不知道。至于报警，你两个女儿报的，我管不了。"

张桂芬那叫一个郁闷啊，就想说几句，可又怕给郭聘婷找麻烦，毕竟最近她们母女都夹着尾巴做人呢，只能憋下去，寻思等着郭聘婷出来再说。

好在很快就出来了。老太太先围了上去，然后就见鬼一样叫了一声："天哪！"

这一叫于静他们也站起来看了一眼，也吓坏了。受伤面积真不大，一人脸上也就几滴的样子，可是这东西落到脸上就是黑的，跟长了黑斑一样，挺恐怖。可以这么说，不是见不了人了，而是从美女变成了挺恶心的美女。

人很快就被推去了病房，张桂芬自然跟上去了。于静瞧过了就不想看，直接就告辞走人。姜大伟来回看了看，叫住了于静，说要送送她。

于静对他怎么想的心知肚明，知道他八成又起了复婚的想法。不是她自夸，姜大伟现在满头包，八成是想回到过去最好的时候。可她凭什么答应呢？她又不是垃圾桶，什么垃圾都要。

所以，于静原地站住了，冲着姜大伟来了一句："不用送了，我给男朋友打个电话，你在不方便。"

姜大伟脸上露出了错愕的表情来："你……你有男朋友了。"

于静笑了笑说："有了，京城的合作伙伴，追了我一年，最近答应处处的。不过没告诉维维，他高三，怕他分心。所以你不要跟他说。"

姜大伟脸上的复杂任谁都看得出来，他几乎结结巴巴地说："哦……

不会、不会的。他……他什么样的人啊？"姜大伟也是个正常男人，他怎么可能不想知道于静找的人是什么样的？他想比较一下，看看有没有自己好。

于静就知道这事儿不说清楚姜大伟不会死心的，也没说话，直接从手机里翻出来一张照片给姜大伟看。这应该是工作照，都在工地戴着安全帽呢，有个男人站在于静旁边，看身高足足有一米八五的样子，长得很儒雅帅气，是于静她妈喜欢的那种，"就算是个商人，也得是个儒商，读书人"，看起来三十五六岁，穿着西装，显得肩宽腿长，一瞧就是常年健身有腹肌的，跟姜大伟的一身肥肉完全不同。

于静的财力他知道，能跟于静合作显然身价不菲，又长成这个样子，姜大伟心里五味杂陈，忍不住说："这……这挺年轻的吧。"

于静似笑非笑地收起了手机，说了一句："没有，比我大一岁，保养得好而已。行了，这会儿刑警肯定要录口供了，你还是过去听听吧。那两人的性子，别出岔子。我，你就不用管了，有事儿说话，毕竟还是朋友。"

她说完就扭头去电梯口，姜大伟站在原地愣了许久，才拖着沉重的腿慢慢地往回走，然后突然又想到，要去病房他也要坐电梯，才又折回来往电梯走，可到的时候，于静已经不见了。

医院人多，等电梯的人三三两两地站在那里，可人再多，属于他的终究是不见了。

姜晏维跟着霍麒回了别墅，下车的时候就不肯动了，问霍麒如果他考好了，霍麒给他什么礼物。

霍麒刚回来哪里有准备，只能说："明天好不好？"

姜晏维顿时就笑了，他就知道霍麒不可能准备的，所以提出了自己臭不要脸的要求："你背我下来吧，就当是奖励了。"

好在这里是自家的车库，耍赖也没人瞧见。

霍麒简直拿他没办法，怎么都十八了还跟个孩子似的？下车绕过来，冲着姜晏维说："别闹，下来吧。"

姜晏维才不，直接抱着靠枕死不撒手，霍麒没办法，又不能在这里僵着，只能俯下身去，一把将他拽出来。姜晏维只觉得天旋地转，就被霍麒扛在了肩上，往别墅走去。

姜晏维忍不住蹬着腿说："叔叔，你要把我扛到哪里去？"

霍麒往他屁股上拍了一巴掌："扛着你做作业去。"

霍麒没说谎，进了屋直接让他做作业，自己则去工作了。

周晓文问姜晏维干什么的时候，他还偷拍了不远处在另一张书桌上办公的霍麒给周晓文看。要是平日，周晓文肯定跟他叽叽歪歪一堆，今天就没有，他妈正在打电话，自从高苗苗怀孕的事儿闹出来，他妈跟他就少说话了，他凑不过去，只能偷听了几耳朵。

试想想出警了，小区里还能瞒住吗？从带郭玉婷进小区的小保姆那里开始，一溜线索挖掘，他们比刑警还快呢！毕竟，人家还得等着这姐妹俩救治完了再问。

周晓文这边瞧着姜晏维那无知嘚瑟样，那边听着他爸的糟心事，也心照不宣地选择了闭嘴。

姜晏维就在亲妈、霍叔叔、好朋友这些人的保护下，对这事儿一无所知。他真以为他妈有聚会所以让霍麒照顾他，毕竟他最近跟他妈生活的日子多了，天天在一起，总会发现他妈偷偷打电话的事儿，甚至有次他听见一句："你这样我不理你了。"姜晏维就没听他妈这么娇羞过，他觉得他妈八成是有男朋友了。

瞒着他呢！

不过他也理解，毕竟他妈这个岁数谈恋爱总要了解透彻一点再公布比较好，这样比较慎重和保险，所以他就当不知道。

他因为不知道这些烦心事儿，又加上于静对他照顾得无微不至，霍麒对他宠溺得毫无底线，所以三月摸底考的时候，居然进了年级前三十。四月的时候更进一步，进了前二十的行列。这就代表着，只要他保持住，考试发挥正常，他就可以在全国排名靠前的大学里选一所了。如果他不囿于学医的话，甚至可以跟霍麒做个小校友。

因为这个，姜晏维乐了好几天，见霍麒的时候都不喊叔叔了，改口叫师兄，"师兄今天心情怎么样，师弟心情不咋样""师兄，你不要借口讲课对我进行精神虐待……"霍麒自然将这不老实的家伙镇压了——他就是给姜晏维加了件衣服而已，四月天就敢穿半袖T袖在屋子里晃荡，他担心姜晏维感冒。

不过等闹够了，静下来品味一番，霍麒倒是感觉，似乎被叫叔叔更习惯一些。

这两个月发生的事情很多。

先是姜大伟那边，郭聘婷和郭玉婷非要打官司，郭聘婷说郭玉婷拿着硫酸瓶跑到家里，是故意伤人罪。郭玉婷则反咬一口，让姜大伟和月嫂证明自己只是想让郭聘婷说出心里话，并没有真正泼出去，实际上她带着硫酸瓶准备离开，是郭聘婷恼羞成怒，过来抢夺意图故意伤人，最终害了她。

犯罪事实清楚，郭玉婷和郭聘婷都有错，各打五十大板，如果可以调解，其实私下调解解决就可以，只是谁都不同意。

她俩原本都想不放过对方，还都在争取姜大伟的支持，万万没想到的是，最大的招在姜大伟这边。姜大伟终于下了决心，跟郭聘婷摊牌："咱们离婚吧，你们家的事儿我管不了也受够了，离婚后，你们爱怎么闹怎么闹。"

郭聘婷原本五官出色，脸型好看，所以经常扎着马尾，这样更显得她青春靓丽，可如今因为左侧脸上的三块烧伤，她开始常常披着头发，也因为这事儿，人变得阴沉沉的。

她一听倒没愣住，八成那天放了话后，她已经知道跟姜大伟过不长了。虽然年轻女人找老男人都有等着分家产的意思，可这事儿说出来，是个男人听了都不会同意。她显然也是有对策的："你跟我离婚，你别忘了，你可是出轨在先，我还有照片和视频呢。你是过错方，你要离婚可是损失惨重。"

姜大伟一听就笑了，他一个成功人士结婚，怎么可能一点事先防备都没有？"损失什么？家里的所有固定资产都是婚前财产，早就做过公正了。至于现金，大头都被维维拿去买了房子，在他名下，他已经成人，你分割不了。别跟我说今年的盈利，集团公司都亏损呢，最近限购，房子卖不出去，我要倒赔钱。"

他越说郭聘婷脸色越难看，她就是个上过几天班，大学都没毕业的小丫头，她只知道嫁了个有钱人，怎么会想到这些弯弯绕？她当即就怒吼："你卑鄙。"

姜大伟直接说："更何况上次你说等我死那段我也录下来了，我可以让律师证明你是在骗婚，这样连婚姻都不存在，你想分什么？"

郭聘婷从没想过有这样的一天，她眼里的姜大伟不过是个好色的老男人而已，人人都说小三转正难，可她怀孕就转正了，所以姜大伟应该也不怎么厉害。可她不知道，她这是走了千年的狗屎运碰到一个第一次出轨又很看中子嗣、外加老婆不想过了的男人，只可惜她没抓住。

姜大伟最后撂下一句话："这婚是必须离的，你想以后过得好点，就老实地答应，我自然不会让你一无所有，否则的话，我就不能保证了。"

郭聘婷倒是想翻起浪来，不过姜大伟有权有势，她又不是姜大伟对不住的发妻于静，自然占不了什么便宜。听说她还花钱去京城请了律师咨询，可分割财产这么多，是个人都眼热，可一听说财产都公证了，都没了办法。出轨又怎样，分割债务吗？

郭聘婷问了一圈不管用，后来又想了个主意，想要姜宴超以图高额的抚养费。结果姜大伟这边有她妈张桂芬殴打姜晏维的案底，还有她二姐郭玉婷和她互泼硫酸的案底，这样一家人，怎么可能利于一个孩子的成长呢？再说她也没有经济来源，郭聘婷的主张自然是不成立的。

四月中旬的时候，郭聘婷没了办法，最终答应了离婚，签了字。

于静觉得这是迟早的事儿，所以也没留心，倒是周晓文他妈传递了不少小道消息，譬如郭聘婷实际上没分到多少东西，姜大伟心挺狠，就给了一套三房，还有部分现金，另加那辆土粉色的玛莎拉蒂。

只是郭聘婷没法享受了，她和郭玉婷谁都不肯调解，非要闹个你死我活，都想占个上风，结果没想到，互殴导致对方轻伤的，双方都会被追究刑事责任，压根不会因为双方都受伤，以伤抵罪或者以罪抵罪而免除刑事处罚。

她们这是毁容，而且是重伤，要判三年以上十年以下徒刑，两人一听都傻了，后悔也晚了，只能又找律师，用周晓文他妈的话说，最少三年，蹲着去吧。

四月底，宋雪桥的案子也有了结论。经查宋雪桥指使保镖王运谋杀费远一案成立，谋杀江一然一案成立，宋雪桥和王运成了故意杀人罪的共犯，宋雪桥属于主犯，被判死刑，而王运是从犯，判了死缓。

听说，判决书一下，费老太太当天就让人挂了鞭炮，放了整整一个小时，还将家里的所有存款捐了做慈善，用她的话说："世道公平，大仇得报，我老太太有什么舍不得的？"

宋家半声都没吭，偃旗息鼓，听闻极为低调。唯有一事，路路他们终究不肯还给霍家。

宋雪桥的事儿结束了，霍青云这边也判了，他行贿金额巨大，牵扯了不少人，判了十六年。霍家因为霍青林和宋雪桥足够引人注目，所以对霍青云的判决也不好出手干涉，听说霍青云下了法庭冲着他爸就阴森森说了一句怨毒话："你为什么要把我生成私生子？"

一切尘埃落定，霍青林与林峦、费远当年一案也终于查明。

当时费远提议去看看，霍青林和林峦均表示赞同，因为霍青林参加这种探险不多，林峦让他走到了中间。途经那段特别陡峭的小路时，霍青林脚滑栽了下去，林峦为了救他，也被带了下去。两人都受了重伤，费远很快下去找到了他俩，并帮忙给他们处理伤口，可两天过去依旧没人前来救治，霍青林以答应费远的要求为前提，要求费远全力救他。林峦无奈之下，也提出过可以提携费远，却被费远否定了。最终，费远放弃对林峦的用药，保住了霍青林的生命。

这段旧事被挖出，霍青林的心性自然暴露无遗。可问题是，林峦是主动拉霍青林才跌落的，给林峦停药的则是费远。人都有求生本能，要求救自己并不能证明他有意杀其他人。

张玉生找了很多法子想要论证霍青林有罪，结果都失败了。

四月底，霍青林终于可以走出看守所。

只是，林峦的妈，那个只有一个孩子，至今每天翻看相册的女人，怎么会允许呢？

2

霍青林出看守所的这天，是四月底了。

京城的四月底，已经能挨着春天的边了，虽然还是风大，但终究是暖

241 🦊

和的。霍青林进去的时候穿的是羊毛大衣，出来的时候换的是长袖衬衫。看守所大门"吱呀"打开，他从里面缓步出来，手肘上挂着嫌热没穿的大衣，然后迈了出来。

身后的大门随后关上。

他站在原地眺望这一片春景，里面跟外面的确是两个世界。他眯了眯眼，感觉外面的阳光更刺眼。

远处停着一辆黑色轿车，是来接他的。八成是瞧见他出来了，从驾驶座上跳下来个熟悉的面孔，他家的司机老张。除了老张外似乎并没有其他人，霍青林站在原地又等了等，老张八成不知道这祖宗怎么了，在原地不动了，只能自己大步走了过来。

走近了他就能瞧见霍青林现在的模样，吓了一跳。

霍青林一下子老了十岁的感觉，似乎是脸下垂了的原因，或者是心情不好，他的睿智不见了，老张倒是觉得他脸上有种说不出来的戾气，表情凶狠。

老张做了这么多年司机，多聪明的一个人，立刻切换成锯嘴葫芦模式，彻底闭嘴，上来就说了几个字："青林，回家吧。"

霍青林瞥他一眼，问了句："我爸和路路呢？"

老张哪里敢说，霍环宇倒是想来接呢，可老爷子下了命令，老爷子说：是做的事儿光荣吗？让他自己冷静冷静吧。至于路路，宋家直接不送回来了，这都一个多月了。他为难地看了霍青林一眼："在家呢！"

霍青林心里明白，也没为难他，点点头，这才大步向着车子走过去，然后开门上车关门一气呵成。老张就瞧着他一眼都没往后看，看样子是对这里厌恶至极。

车启动就向前开，等着出了看守所的范围，在后视镜里再也看不到那地方了，霍青林似乎才舒坦点，他解开了一颗衬衫扣子，然后问老张："家里有变动吗？"

变动可就大了，怎么可能没变动呢？

老张斟酌着用词，说了句："您说哪方面？"

霍青林的眉毛挑了挑，他倒是门儿清，上来就拣了最重要的问："职位。"老张虽然是司机，可小道消息没少听，这位的前途八成不行了。霍青林自己八成也有数，他能不关心吗？

这问题老张还真不想刺激他，可不刺激有什么办法？最近霍家的确是调整很大。他慢慢说："就是青杭、青海变动了一下。青杭去了南省，青海最近去了黑省。"

老张说话的时候，时不时用后视镜看他的表情，发现自己的话音一落，霍青林的表情就更难看了。就连老张都能看出一二，这是瞧着霍青林不行了，开始用别人了。

霍家显然是完全放弃霍青林了。

霍青林原先可是霍家三代的领头羊，发展最好的一个，如今却成了一个废人，显然是非常不高兴的。只是好在他跟老张发不出火来，只是瞧了一眼外面的路说："这是去我家？去老宅！"

老张有点为难，他出来的时候专门问了回家还是去老宅，霍环宇回答得特清楚，直接回家，显然老爷子不想见他。

老张就说："要不先回家吧，你爸在家里等着你呢。"

霍青林什么人，自然看出了他的为难，皱眉道："怎么？我连去老宅的资格都没有了？"老张自然说："不是，就是你爸……"

"停车！"霍青林突然说道。

老张自然不能，劝他说："这里停不了，不允许靠边停。你爸真等你呢。"

霍青林怎么可能听他的，直接就一句话："停车！"

老张一个司机只能劝，劝不住就只能听话，这多正常。没办法，他就说："好，我并过线去，稍等。"

等着他费了九牛二虎之力终于靠边停下了，霍青林直接就开门下车了。老张跟着他看了一眼，发现他站在路边打着电话等绿灯，应该是叫人来接他，去对面往老宅走，就松了口气，三十多岁的人了，总不能丢了。后面的车"嘀嘀嘀"地一直催，他就发动车往前走，准备回去复命去了。

霍青林是一肚子火，下了车风一吹才好点。他左右瞧了瞧，看守所在远郊，这地方是进市区的一条主干路，车来车往的。他打了几个电话，都没人接，最后好不容易联系上一个兄弟，让兄弟过来接他一下。结果，对方一听立刻说："我这儿走不开啊，要不哥你再找找其他人？"然后挂了。

霍青林下去的那股子火又上来了。狗仗人势的东西们！什么有事啊，从哪儿挤不出个司机来？不过就是不想跟他有来往而已。

他挂了电话直接挥手拦车，他的衣服和钱包是霍环宇让人送过来的，毕竟是亲爹，各种卡齐全，还有不少现金，倒是够用。只可惜，这种时候这种地方，怎么拦得着车？他在马路边站了足足一个小时，吃了一个小时的尾气，愣是没一辆车停下的。

别跟他说什么打车软件，他平日里有司机，怎么会有这种软件？

可此时让他再打电话给老张说来接他，他更不想丢脸，自然不会主动联系。

老张到了霍环宇那儿，就把事儿说了，霍环宇也没怪他，毕竟霍青林不可能听一个司机的。他就给老宅打了电话，问问霍青林到了吗。那边的保姆就回复没瞧见人。霍环宇以为在路上，就吩咐保姆说："他来了拦着点，我现在赶过去。"

万万没想到，等着他们到了，霍青林还是没到。

霍环宇这会儿不得不打他的手机，却接不通，关机了。霍环宇有点担心，毕竟霍青林的仇家可是不少，虽然他觉得仇家不至于明目张胆干什么，但总要以防万一啊。人手很快派了出去，找了半天没找到人，林润之从家里打来了电话，说霍青林自己回来了。

"自己开车回来的，灰头土脸的，什么都没说上楼去洗澡了。"林润之小声说，"车子好像是租的，八成是没拦到车又不想跟家里说，自己折腾了这一天。"

霍环宇那个气，可自己儿子又能怎么办？只能一边吩咐把人手撤回来，一边跟老爷子告别离开。这事儿虽然他没跟老爷子说，可老爷子什么不知道？还叮嘱他一句："多跟他聊聊，他气不平。"

霍青林气不平的事儿多了，他前途没了，老婆没了，连朋友也没了，等着回家发现儿子也不见了。他质问林润之，林润之只能跟他实话实说："雪桥自前自己送过去的，我们都不知道，她毕竟是亲妈。后来她自首了，宋元丰那边也不放人，我和你爸去了好几趟。"

霍青林只能自己打电话，结果一个电话过去，宋元丰直接给挂断了，再打就拉黑了。

他一个人有些愣怔地坐在床上，突然想到了今天白天被挂断的那些电话，怎么他就到了这种地步了呢？

进了五月，距离高考就只有最后一个月了，姜晏维的日子更难过了。学校里的倒计时天天换，老师恨不得在上面拿把刀在他们脑袋上一人开个口子把书都塞进去。各种考试接踵而来，不是做卷子就是在讲卷子，整个人完全处于发蒙状态。

最重要的是，他们"三剑客"终于在这一刻要分离了。

张芳芳的申请下来了，被三所大学录取，这丫头也争气，作为他们中间学习最好的一个，还都是全额奖学金。也就是说，她出国留学这事儿已经是板上钉钉了，高考都不用参加了。

当然，班里也不是没有其他同学要留学，不过人家都打着要感受高考的旗子接着在班级里混，说是想看看自己高考能考多少分。只有张芳芳是个例外，这丫头直接就不上了。用她的话说，提前一个月解放，这简直比高三结束放三个月暑假还爽，干吗跟自己过不去？她要用这段时间走遍祖国大江南北，散心外加开阔眼界，省得到了国外不知道怎么跟他们普及祖国的美好。

对此姜晏维特别赞同，既然都准备走了，何苦还在班级里恋恋不舍？又不是不一起参加高考就不是同学了。不如趁机解放自己，好好玩玩。另外，他表示友情赞助单反一台，让她有好照片记得发给他一起长见识就成。

至于周晓文，自然也是接着姜晏维的来："那我赞助住宿吧。"他爸是开宾馆的，全国连锁，住宿肯定是最方便的，"而且安全。"周晓文怕张芳芳不答应，还补充了一句。

张芳芳扫他一眼，居然很痛快地答应了，不过像个大姐姐一样叮嘱了周晓文一句："你可要好好学习啊，家里的事儿，维维的榜样还不够吗？"

周晓文默然，他最近的确有点放松，不过他知道，张芳芳说得对，就点了点头，做了保证："你等着看我的录取通知书吧。"

中午他们三个海吃了一顿，张芳芳高高兴兴就背着书包回家了。倒是他俩，站在校门口前，有点既期望又落寞的感觉，期望高三快过去，奔事业奔学习越来越好，也有即将告别高三的失落感。

真矛盾啊！

当然，矛盾的时间并没有给他们留多久。回去老师就发了周考的卷子，姜晏维发现他惨了。他考的时候觉得物理简直太简单了，还提前交了卷，没想到，惨遭滑铁卢！从全班稳坐前五，滑落到了中不溜。

物理老师看他的表情，就跟看一堆废钢一样，那叫一个痛心疾首外加失望意外。

姜晏维自己都恨不得找个缝隙钻进去。挨了批就回家，这会儿跟霍麒说话的时间没有了，你想，最多不过一天十分钟，可如果高考考好了，就可以一天十个小时了。姜晏维这点倒是分得清。

于静喊他吃饭他说没时间，喊他睡觉他不吭声，整个一学疯了的状态。而霍麒的直观感受更明显，他都找不到人了，原先他俩微信视频聊天一点都不少，虽然不见面吧，但对对方的事情都了如指掌。

而现在呢，早安问候没有了，刷牙时候的视频通话取消了，中午吃完了饭也不给他发微信聊了，晚上更不可能，别说聊天了，说句话都十分钟以后才能回复一次。

霍麒这人吧，从来就是冷清的性子。他生活的环境决定了他不可能对人热情，更不可能跟人快速打成一片。这从他来秦城这么久，秦城一号院都卖得差不多了他还不参加社交聚会就能看出来。也就是姜晏维，因为跟他有着同样的遭遇，所以两人格外投缘。

可如今，这就跟磨合好的齿轮一样，都已经进入最佳状态了，主动轮不动了。那滋味谁受得了？他也知道姜晏维忙，可能忙得连他都顾不上了吗？

五月第二个周六下午，霍麒就什么事都没干，将秦城翻来覆去地查了好多遍，然后做了一份半日出游计划。当天晚上跟姜晏维聊的时候，就准备跟他好好安排一下。

姜晏维六点下课，住的地方倒是离学校不远，六点半就能到家洗手吃饭了，他不用上晚自习，七点就准时坐在了书桌前，开始进行复习。

霍麒的信息就是七点十分发来的："维维，还忙吗？"

姜晏维此时正埋头计时做一道英语完形填空题，听见霍叔叔专属短信声响了，那叫一个恋恋不舍地看了一眼手机。如果霍麒看到就知道，这表情有多眷恋。可是题没做完，姜晏维又愣生生把眼睛移开了，低头做题。

等着在规定时间内完成了，他一放笔就立刻将手机拿起来回复："做卷子呢！"还发了一串笑脸。

他哪里知道，霍麒等得花都谢了，才得了这么一句，那叫一个郁闷。他连忙回复姜晏维："我好几天没见你了，视频吧。"这要求原先都是姜晏维提的，霍麒看时间是否允许而答应或者不答应。

可今天倒是好，过了又有十分钟，姜晏维才磨磨蹭蹭回了他一句："叔叔，我忙，没时间陪你。"

霍麒终于体会到了姜晏维一腔热情时时想跟他见面，他却因为在开会、在办公拒绝时，姜晏维的感受了。过去的他真是太不珍惜了。

霍麒又发了条信息："开视频我看着你就好，你不用管我。"

又过了那么久，姜晏维才回了一条："叔叔，可开着视频我就想跟你聊天啊，我做不进去题。明天好不好？明天我陪你。"

第二天周日，霍麒早上十点就结束了一天的工作，比往常早一个小时。助理彭越瞧着手头被推到明天的事儿，有点疑惑，这个点去学校门口还早着吧，就听见他们头儿问："你觉得这衣服合适吗？"

今天天气不冷不热，他家老板穿了身修身西装，衣服一瞧就是专门搭配过的，头发似乎也专门打理过，显得那叫一个丰神俊朗，说真的，直接拉着去当新郎都行了。

最重要的是，他家老板向来最不注重这张脸，他家老板就是那种明明可以靠脸吃饭，偏偏要靠才华的人。平日里只追求合体大方符合身份就成，从来没在意过自己穿什么样。

他忍不住退后端详了一下，回答："挺好啊。"

霍麒这才点点头，冲他说："有事给我发微信。"说完就走人了。

霍麒提前半个多小时就到了，将车停在了学校门口。大概是因为周末，好不容易有个休息日，周边不少家长都等在外面，听他们叽叽喳喳聊天，大概是想带孩子吃顿好的，顺便买点日用品。霍麒没好意思下车，他真怕有个大姐不开眼，上来问一句："你接孩子吧？"

十一点五十分，下课铃就响了。

这会儿上课的只有高三生，大概是关久了难得放风，三分钟后第一批学生就跑出来了，随后就跟人潮一样，上千名学生陆续拥出了校门。身边的人一个个都接到孩子闪人了，霍麒等了半天不见姜晏维，也顾不得别的，直接下车找人。结果刚关了车门，就被一个小炮弹撞在了身上，姜晏维一把抱住了他的腰，在他身后说："哎呀，叔叔，我为了见你，终于熬过了这个星期。"

霍麒那点因为冷落而有的不爽，一句话就被灭掉了，他扭头看姜晏维，可不瘦了不少，这会儿脸都有点凹了，只是那张笑脸晃人。他心疼地说："怎么瘦成这样？你不吃饭吗？"

姜晏维一脸苦恼地说："学习学的，叔叔，我累死了。"

3

霍麒挺心疼的，上了车后，揉着姜晏维的脑袋叮嘱他："再忙也不能一直学，总要起来动动，休息休息。"

结果半天没声音，他扭头一瞧，这孩子抱着书包已经睡着了。他系着安全带，身体完全随着车速的节奏前后摇摆，这种姿势显然难受极了，可这家伙愣是没醒。

霍麒超级心疼，叫了两声"维维"想让他去后座睡，结果姜晏维八成被打扰了，皱着小眉头还嘟囔两句："叔叔，困，别闹。"

那还去什么半日游啊？霍麒将暖风打开，瞧了瞧自己手中的那张准备了一天的半日游计划，将纸扔到一边去了，找了个路口掉头，就直接回了别墅。

姜晏维一路睡得跟小猪似的，半点没觉得路线的改变——其实他也知道，实在是困极了没问就睡着了。等着到了别墅，霍麒自然又是将人抱起来往里走，从车库放到了床上。

姜晏维大概是对这张床味道太熟悉，他一被放上去就如鱼得水，眯着眼睛把刚才还紧抱在怀中的书包就踹地上了，熟门熟路地找到了霍麒的枕头枕着，身体一点一点地还挤进了被子里。最后，拿手拍着略微还有些空的床喃喃自语："到家了！"

霍麒看得目瞪口呆。

他顺手将书包捡起来，沉得他都皱眉头，打开包瞧了瞧，好家伙都是卷子，看着就吓人。霍麒随手抽了一个，竟是抽到了姜晏维的错题本，他从小练了一手好字，写得倒是赏心悦目。可他瞧了瞧那厚厚一沓纸，难免觉得这也太累了。

霍麒叹口气，哪里还舍得叫他，直接出去点了营养餐，然后回来换了睡衣，陪着他去睡了。

等着姜晏维醒来都已经下午四点半了，这大概是他这一周睡得最舒服的一天，平时不是睡不着，一天就五个半小时睡眠时间，怎么可能睡不着？是睡不安心。白天紧张一点也不放松，生怕自己一松懈就从年级前三十滑落下来，虽然说他家条件好，就算不读大学一辈子也不愁吃喝，可那怎么配得上霍麒的期望呢？

霍叔叔是全国最高学府毕业的，单枪匹马不靠任何人创业，三十岁就积累了跟他爸一个等级的财富，又长得那么帅，高富帅都不能形容他。姜晏维自己挣钱是没希望了，要是学习再不努力，怎么好意思跟人家说他是霍叔叔带出来的呢？

原先他是觉得自己肯定考不上那里，没觉得自己有潜力冲进去，可如今一只脚都迈进去了，凭什么再让人给挤出来啊？姜晏维不愿意呢。

虽然他没明说，但其实一个想法："我要做和霍麒一样优秀的人。"

这也是好的榜样作用吧。因为你太优秀，所以我也不能混日子，我要和你一起成长。

于静前两天看不过去姜晏维这么累，非要让他十一点上床睡觉，他那时候就是这么说的。于静听了后就有点发愣，八成她都没想到孩子会这么想，也没想过霍麒会有这么大的影响力，她挺感慨地点点头："那学吧，想追上霍麒可有点难，你得使劲努力了。"

这种情况下，姜晏维睡觉都不安稳，时时刻刻都在担心。也就今天，霍麒在身边，他才安生了。

霍麒见他醒了，问他："睡饱了？饿不饿？"

姜晏维揉揉肚子："还行，睡饱了不饿了。"他伸了个懒腰，"这次是真睡饱了，爽！"

霍麒就说他："这么拼不成，身体受不住。再说最后二十天了，应该巩固放松了。"

姜晏维点点头："那是当然了，做最大的努力，考最好的大学，成为像霍叔叔这样最优秀的人，人生就得这么过。"

这会儿已经挺晚了，两人快速解决晚饭就连忙往于静家那边赶，到的时候还是迟到了，霍麒寻思于静八成得说两句。结果真是说了两句，于静说："你最近有空吗？我这两天有朋友过来，晚上没法陪维维，要不你帮我接送一下？"

姜晏维一听都恨不得扯霍麒的袖子，生怕他说没时间。霍麒怎么可能会没时间呢？！他立刻就答应了。于静瞧着他俩似乎有话说，也不打扰他们，晃了晃车钥匙："我去超市买东西，你们聊。"

等她走了，姜晏维才说："我猜我妈压根没朋友，她是怕我太累，让你陪我的。我妈真好！"

霍麒揉揉他脑袋说："就你聪明！"

除了陪着姜晏维，霍麒最近事儿也挺多。他那时候跟霍老爷子说秦城事多，倒不是完全撒谎，秦城的工作已经进了正轨，秦城一号院的口碑已经起来了，不用他太操心。可还有别的呢，在其他城市买地建设，这都是地产公司的生意。当然，他如今积累得差不多，又准备往本行业杀，投资也是一部分，每天这些就能忙得团团转。

好在，他从十五岁开始就非常有行动力，这些年还磨炼出一支颇为契合的团队，让他不至于一点时间都抽不出来。起码有时间陪着姜晏维一起成长，顺便关心一下身边的事儿的后续情况。

先是京城那边，霍青云判了，霍青林也放出来了，惹起这个案子的关键人物江一然自然也就自由了。只是这个人算是彻底得罪了霍家，能走也赖在刑警队不肯出门，一副害怕出去就被弄死的模样。

张玉生也算是开了眼了，人人都是见着他们这地方发怵，就她恨不得住在里面。

没办法，毕竟安全也需要保证，这事儿只能商量着来，于是江一然就提出了出国的想法。她原本就有护照，再说也有邀请函，这事儿倒是挺简单的。张玉生托人买了飞机票，前两天终于将人送去了欧洲。

这事儿是秦海南跟霍麒说的，他送了江一然到刑警队后，就再也没跟江一然见面了。是江一然临走前回了一趟过去的房子，就是王运要杀她那间，说是要收拾东西，张玉生派了人护着过去的。路过秦海南租住的那间时，她往里面塞了一封信。秦海南的人回去退房，带了回来。

这信江一然应该写得挺仔细，听说是情真意切，既有感谢还有感恩。最后还留了她在欧洲的住处和联系方式。

秦海南叹口气说："希望她能找到个好人，别再犯错了。"

霍青林的日子当然也是不好。

别的且不说，落差就不一般。霍青海已经离京了，听说霍青杭也到了南省。而此时，霍青林从高高在上的霍三少，变成了一个无所事事的人，怎么受得了这种落差？

不过，霍青林终究是有点城府的人，听说并没有表现出什么。这些天除了在家里看书，去老宅问安，就是每日一次去学校看孩子。宋家不让霍家接孩子，可总不能拦着亲爹见儿子吧，终究不能闹得太过分，也不好管。反正每天都有人瞧见他陪着路路说会儿话，然后把孩子送上宋家的车。

路路那一声声爸爸，那依依不舍的小眼神，倒是让周边的人看了个遍。

宋家原本就恨他，这会儿更是气死了，只觉得霍青林这人实在是可恶，你要孩子就正儿八经上来要，做出这副模样干什么？

可他们也不是不知道，霍青林这是还想再起呢，否则不会这么做戏。这人实在是心性坚韧，一般人比不了，也不敢比。否则换个人试试，你能对救你的人视而不见一心只想独活吗？你能漠视好友因你而死而每年面不改色与人讨论拜祭吗？你能在老婆杀人后，面不改色过你的日子吗？

没几个人能，普通人不疯就不错了。

霍麒倒是不急，这人都不信自己会不如别人，也都有侥幸心理，总觉得自己能做到别人做不到的。可霍麒信天理报应这一套，霍青林的苦日子在后面，林家起码不会在这个风口浪尖上出手的。

霍麒除了这些事儿外，还有件更重要的事儿——认爹。

其实跟他妈摊牌后，这事儿就可以提上议程了。不过郭如柏最近去了省外的大学交流，也就一直没机会。

五月中旬，郭如柏才如期回来，霍麒才终于找到机会。

其实姜晏维是想陪着霍麒的，跟他说了好几次让他叫上自己，姜晏维觉得自己从小在郭如柏面前长大，一些霍麒不好意思说的煽情的话，自己来说就好。可霍麒还是觉得想单独跟他爸爸谈谈，就没同意。

至于地点，他其实也想了。家里地址姜晏维早就给他了，进门堵人倒是最简单的，可他爸爸的现任妻子在家，郭月明说不定也在，终究不方便。霍麒想来想去，还是让人打听了郭如柏的课，直接去的学校。

这节不算是大课，郭如柏在小教室上课。霍麒提前十分钟到的，跟学生们一起进的教室，在最后一排找了个座位坐下——他倒是换下了西装穿了件休闲服，可惜实在不像是学生，再说长得也不容忽略，压根不用往前靠。

果不其然，上课铃一响，郭如柏就按时走了进来。他往讲台上一站，课本往桌子上一放，连翻开都不用，就拿着粉笔准备接着讲，结果一眼就瞄到了坐在最后排，身边不知不觉围着一群小丫头的霍麒。

这跟大课不一样，那时候霍麒坐在最边上，还遮遮掩掩的，一看就是为了不让他发现。可今天这架势，霍麒居然还冲他笑了笑。

这一笑，一是表明了霍麒这是有备而来的，毕竟上次通过姜晏维，事儿已经说得比较清楚了，他还来就证明这个父亲他认定了；二是让郭如柏想起了三十多年前，第一次见林润之的样子。他们母子长得实在是太像了。

他略微顿了顿，面上波澜不惊，照旧开始讲课，粉笔落在黑板上发出"沙沙"的声音，可没人知道，郭如柏此时脑袋里却是翻江倒海。

二十六年了，纵然几年前霍麒就说想见他，他一直拒绝，可他一个当亲爹的，怎么可能不盼望着见孩子呢？就算他有了郭月明，可每个孩子都不一样，多了郭月明并不代表他不想念郭向北啊。

他脑袋里翻滚的几乎都是霍麒小时候的画面，这孩子几乎是随了父母的所有优点，郭如柏只是清俊，但林润之是实打实的美人，霍麒小时候就跟他妈一个模子刻出来的一样，走到哪儿都要被人稀罕稀罕。当然，并不是没有随他的地方，性子随他，从小就有毅力，干什么事都沉得下心来，长得又好看，家属院里小朋友一堆堆地找这孩子玩，可若是这孩子自己的事儿没干完，再多孩子过来找，再热闹这孩子也不去。

这孩子还黏他。林润之好强，在出版社也是常年加班，如果到了付印的时候，更是天天都忙着看校样，甚至跟到厂里去核对，压根没时间带孩子。他是大学讲师，工作自由点，这孩子从两岁起就跟着他到办公室。他上课就一个人在他办公室玩，他下班就坐在他二八自行车的大梁上，跟着去菜市场买菜。他洗菜，霍麒就帮他搬板凳；他做饭，霍麒就坐在小板凳上托腮等着他；吃饭时，他们爷俩你喂我一口我喂你一口；晚上他看书备课，霍麒就自己看小人书。等到了上幼儿园的年纪，这孩子也不愿意去，他心软外加自己能教，也没勉强，这孩子一直跟在他身边到了五岁。

林润之连续多年被评为出版社的先进个人，可对霍麒，她真没操过太多心。

所以她要带这孩子走，郭如柏才会这么不愿意。他并不觉得林润之能照顾好霍麒，那个女人把自己看得太重了，他承认林润之肯定会爱孩子，毕竟是她生的，可他不信林润之能像自己一样，把精力用在孩子身上。当然，霍麒也不愿意，孩子总是最直白的，跟着谁自然就跟谁亲。就像是霍麒小时候干什么第一个都喊爸爸一样，他第一选择也是爸爸。

可惜啊！

郭如柏想起那段无能为力的日子，他终究没本事把这个孩子留下来。

在这样的离愁别绪中，这堂课很快就结束了。照旧有很多学生一下课就围了上来找他问问题。往日里郭如柏都是很专心也不在意时间的，今天却往后看了一眼，霍麒并没动，这让他有点安心又有点担心，怎么面对这孩子呢？

等着其他人走光了，都已经下课二十分钟了。

这是上午最后一节课，这会儿都快十二点了，霍麒从最后一排走过来，在郭如柏没反应过来的时候，说了句："爸，我订好了饭，咱们一起吃个饭吧。"

那句"爸"烫得郭如柏心疼。他没想到霍麒这么主动，他的手都颤了颤，手下的书本甚至稳了稳才拿住，然后才连忙点点头："好！哦，不，我请你……"他说完似乎也觉得不对，换了个说法，"我带你去。"

霍麒也不含糊，点点头说："好啊，这地方变化太大，小时候记得的那些好吃的都不见了，爸，你有什么好地方，带我去吧。"

郭如柏就想抱着课本走，结果让霍麒先拿到手里了，他也没东西拿，只能空手走在前面。可霍麒腿长，两步就追平了，边跟他并排走着，边聊天："校园里变化很大，跟原先完全不一样了，你还是那个办公室吗？"

郭如柏有无数个问题想问，可总也开不了口。他不答应见霍麒，甚至临阵脱逃，并不是他狠心，而是他知道，见到了就舍不得推开了，这是他儿子啊。就像现在这样，明知道担心这个问题，担心林润之会闹腾，可他问不出口。

难道要跟霍麒说，你走吧，我不想见你吗？

见了，他就说不出口了。

所有的狠心，只能在未见的时候有用。

所以，气氛就又诡异又和谐了。霍麒问，他就回答："不是了，那座老楼不是二十年代的建筑吗？现在整旧如新，连着旁边的两栋楼都改成了图书馆了，我们办公室在新楼，就是前面那座。"他指了指一座新建筑，霍麒来这里无数次从楼下走过，都没注意。

霍麒点点头："听说是教授了，干得不错啊，我走的时候还是讲师呢。"

郭如柏就顿了一下，终于说了实话："你不在，我一个人单身也没什么事干，就一心扑在工作上了。当初带你的时候终究要分心，不那么全心全意，结果无心插柳吧。"

霍麒猜想也差不多，郭月明比姜晏维就大两岁，今年二十一岁整，比他小十岁，也就是说，在他离开后十年才有了郭月明，可见他爸单身了好几年，恐怕走过来不容易。

他挺善解人意地说："这么工作，是为了不想我吧，"这事儿提起来终究难受，郭如柏就叹了一声，没法再说什么。霍麒也不是为了让他伤心来的，接着跟着说，"爸，我也很想你。"

郭如柏就立定了。

这会儿两个人已经走到了学校的广场上，五月是秦城最好的天气，天高云淡，空气里都漫着花香，因为下了课到了午休时间，四周的学生并不多，只有他们父子两人站在这里对望着。

在这样亮堂的地方，霍麒能看到郭如柏脸上皱纹形成的沟壑、欲言又止的表情和他眼眶里含着的泪水。他应该是矛盾的，为难的："你妈……"他终究还是没能按着自己的想法畅快地跟儿子吃顿饭，反而顾忌霍麒是否为难。

霍麒抬手替他抚了抚被风吹乱的头发，小时候他需要蹿上背才能够到的地方，现在竟然那么矮了，他都不费力。他说："爸，我都处理好了。你想认我就可以认我，你不想认我也没有关系，你不用顾虑我妈或者霍家，他们管不到我了。一切只看你的心而已。"

郭如柏显然不知道中间究竟发生了什么。毕竟霍家曾经强大到毫不讲理地抢走了他的妻子和儿子。他的表情有点惊讶又很快被喜悦代替，这个老人终究不是张狂的人，他的手终于抬了起来，拍上了霍麒的肩膀："跟爸爸吃饭去吧。"

第十三章

1

那顿饭吃得回忆满满。

郭如柏不是富裕的人，当然有钱的教授很多，可他是个一心做学问的人，收入只有工资、奖金和偶尔的稿费。他的现任妻子蔡慧在大学当普通行政人员，工资更低。老两口要养一个上大学的女儿，要维持日常生活，还要时不时满足郭如柏购书的需求，日子过得自然不宽裕。

二十多年后第一次跟儿子一起吃饭，郭如柏倒是真想请顿好的。可问题是，他这些年都是家里、教室、办公室三点一线，就算偶尔蔡慧加班不做饭，两人也在食堂解决吃饭问题，好饭店的门往哪里开，他都不知道。

带着霍麒往校门口走了几步，他就停下了。

老爷子挺茫然地愣了愣，觉得太羞愧了。他没办法，只能跟霍麒说："你平时在哪里吃，我请你去那里吃吧。"

霍麒虽然不爱交际，可终究在商场混了这么多年，见人见得多，看人也看得准，自然瞧出了他爸的窘迫。他来认爹又不是来吃饭的，当即就说："你在哪儿吃我跟着就行了。要不食堂？"

怎么可能去食堂啊？那地方人山人海的，说话都得大点声，能聊什么？

郭如柏绞尽脑汁好半天，终于想到了后面小吃街上有家饭店，他们聚餐的时候去过，就带着霍麒去那儿。

地方不大，收拾得倒挺干净，还挺安静的，这会儿早没包间了，他俩找了个僻静的地方坐下了。就是霍麒实在是太招人眼，一进来不少人都看他。

郭如柏是个仔细性子，一个个问着菜色和口味点着菜，霍麒一边听着一边跟旁边人学，替他俩涮杯子和盘子。然后就听见一耳朵熟悉的菜名，他从小不爱吃辣，但也不是全然清淡，喜欢吃糖醋口的，鱼香肉丝、锅包肉、菠萝肉之类的是最爱，不过因为怕对牙齿不好，所以都控制。

而霍家在京城生活惯了，口味一向比较重，他刚开始去的时候不习惯，其实这些年也都改得差不多了。没想到他爸还记得呢。

等着霍麒忙活完，郭如柏就跟他说："你瞧瞧你都喜欢吗？不喜欢再换。"

霍麒就看了一眼递过来的点菜单，几乎是他小时候能多吃两口的菜了，五岁后，就算过生日，跟家里人在一起吃饭时，都没这么按着他心意来的菜单了，他不感动才怪！他点点头："成，再加一个红烧肉。"这是郭如柏的最爱，他还记得呢。

果不其然，这点小细节就足够让郭如柏激动了："你还记得呢。"

霍麒就笑了："怎么忘得了？"那时候物资匮乏，好不容易买二斤肉，他爸哪里舍得吃？一般一天二两全都给他做了，只有过年的时候，才舍得做那么一小盘红烧肉，他爸吃得那叫一个香，他都记得呢。

因为这些小小的相互关心的细节，父子俩显然比刚才好说话多了。等着上了满桌子菜，霍麒就给他爸倒了酒，这酒醉人也能让人放开，霍麒主动问他："爸，我走了后你怎么过的？"

郭如柏的话就没那么少了。

"一个人过呗。"郭如柏的日子并不好过，离婚闹得太大了，霍环宇可谓无所不用其极，林润之也铁了心不跟他过了。两个人几乎明目张胆地出双入对，那时候城市才多大啊，而且都是文化圈的，很快不仅是林润之所在的出版社尽人皆知，他们学校不少人也都听说了还看见了。

人人都知道大美人林润之的前男友找来了，不是他这样的穷教书的，是个有权有势的。

郭如柏是为人和善，可一来这种事谁不愿意八卦？美女，豪门，绿帽子上头，几乎没有不被吸引的，背后指指点点的多；二来他娶了林润之这事儿，原本就让人嫉妒，如今他俩要分，自然不少人看热闹。

当时林润之大学一毕业到出版社，那几乎就是仙女落凡尘，整个秦城文化系统都轰动了。人人都知道出版社来了个天仙。那时候多少条件好的人找人介绍，林润之却一个都没看上。她挑了整整五年，秦城能数得上的小伙子都没看上，才轮到了郭如柏。

原本没人觉得行，他也觉得不合适，但介绍人王大姐说："谁知道她喜欢什么样的？说不定就看上你了呢。"郭如柏其实算是被赶鸭子上架，结果就真成了。那时候多少人都酸他酸出了新高度，觉得他是一点都不配，郭如柏都没当回事。

他那时候挺欣喜的，再书呆子也知道喜欢漂亮人，何况林润之不是一般漂亮，他俩迅速结婚生子。纵然林润之好强不管家，他也还是挺幸福的。

可后来离婚了，这些话自然又冒了出来，最多的就是："人家那时候不是挑，是等着那位大少爷呢。结果等得时间长了，没办法，这才嫁人的，否则怎么看得上老郭？"

"倒什么霉，那么漂亮的人老郭原本就配不上，这是便宜他了，过了五六年不说，还留下个儿子。否则，就郭如柏生得出这么好看的孩子吗？"

"对了，孩子也带走了啊，还是亏，你说这平白无故的就妻离子散了，还成了个二婚，怎么过啊？"

"你不知道，他俩可过分呢，听说在宾馆里亲嘴让人看见了，你说离了再亲啊，老郭一头绿帽子。"

郭如柏就是在这样的闲言碎语中走过来的，他那时候连家都不愿意回，直接搬到了办公室去住，每天除了上课就是钻研，其他的事儿一概不管。别人指指点点看他，他就当不知道；别人明里暗里笑话他，他原本当听不见的，可有个人太过分，居然说霍麒不是他儿子，郭如柏就跟那人打了一架。

那是他唯一一次为这事儿抗争，是拼了命的，他一个老师又不锻炼，身体能好到哪里去？再说林润之走后他又不管不顾地工作，身体也不行，压根打不过人家。可他有耐性不服输，你把我揍趴下了，我就再站起来打你，你但凡没把我打晕了，我就跟你耗到底了。

他爬起来九次！

到了最后，对方都害怕了，跟他求饶。他就带着一脸的血让人家道歉，让人家收回郭向北不是他儿子的话，那人实在是没办法，只能大声地道歉还申明了。

从那以后，人们才知道，郭如柏不是没脾气，是不能惹到他的底线。再说学校里终究有其他事情发生，这事儿也就渐渐过去了。

要是原先，郭如柏是不会说的，可现在霍麒问，他就简单地说了说。有多少的不眠夜，有多少的思儿苦，有多少的闲话委屈不甘落魄难受，谁听不出来？

霍麒心里跟着疼，瞧着他爸脸上的表情也不好，也不忍心："过去了，爸爸，我这不是回来了吗？你看，我什么都很好，没有长歪，学习也很好，现在事业也很成功，都是靠我一个人拼过来的，你放心好了。"

郭如柏就很欣慰地看着他："是很好，我都没想过还有这一天。你在那儿怎么样？"

这毕竟是父子相认的关键问题，霍麒也是避重就轻，交代了所有可去掉了那些感受，那些削足适履血淋淋的日子、那些卧薪尝胆一定要成功的日子，霍家有钱有势，生活上毕竟亏不了他，听起来也还好。

霍麒怕他爸追问既然过得好怎么会一直找他之类的问题。事实上这问题也经不住问，如果真的过得好，他的确会找爸爸，但是可能不那么急迫了，更何况，他妈不会去威胁他爸不让他们相认。

他连忙换了话题："你怎么认识蔡阿姨的？我听维维说，你们过得很好。"

郭如柏一听这个倒是有点不好意思："就是那次打架。你蔡阿姨那时候在图书馆做管理员，打架的时候就在现场，等着人群散了，她主动提出来要送我去医院。我原本不想麻烦人家，结果身体是真吃不消，差点倒地，还是被人家搀扶过去的，从那儿就认识了。开始也没谈，我没那个心情和想法，她也没提过这事儿，就是偶尔给我送份饺子之类的，后来又过了三四年，才在一起的，水到渠成吧。不是很漂亮的人，你见了就知道了，普通人一个，很贤惠很温婉。你还有个妹妹叫月明，月是故乡明啊，我希望你思乡，就给她起了这个名字。你跟维维关系那么好，应该知道她，维维从小跟她打到大的。"

霍麒没想到居然还聊到了姜晏维，他笑着说："维维挺可爱的，学习好又懂事。"

郭如柏聊到姜晏维表情可是太生动了，点点头说："活泼点好。"

父子俩吃了饭，聊得就差不多了，郭如柏就让霍麒去家里坐坐。霍麒身上也没带礼物，再说这事儿有点突然，就又商量了时间下次过去。寻思他爸回去说说，蔡慧她们母女也有个准备才好。郭如柏一听觉得也是，父子俩这才散了。

到了五月中旬后，对于姜晏维来说，时间就过得越来越快了。早上一睁眼耳朵边已经响起了定好时的英文，刷着牙跟霍麒再聊两句——这是霍麒主动要求的，姜晏维对此特别认真，这可是他霍叔叔主动想他的凭证，他每天都可准时呢。

不过聊的内容就乱七八糟了，现在晚上霍麒接他放学，可以一起聊天吃饭，夜里那个电话就取消了。所以早上的内容多是昨天姜晏维想说忘了的，还有就是他那些奇奇怪怪的梦，梦到考了零分霍麒嫌弃他了之类的是经常有的。

另外就是些杂七杂八的，譬如梦见楼下金毛追了他一晚上，楼下泰迪追了他一晚上，楼下拉布拉多追了他一晚上，楼下的松狮——哦那家伙跑得慢，跟了他一晚上。

霍麒哭笑不得。

你不招它们，它们为什么都追你？

对于姜晏维来说，白天在学校的时间才叫白驹过隙，晚上回家也是点灯熬蜡，跟霍叔叔的每次相聚都短暂得好像一秒钟就飞过去了。在追猫赶狗的梦里，就到了高考的前一天。

书是不用看了，卷子也不用做了，文具、考试证、身份证都检查好了，他妈还做了顿大餐晚上慰劳加鼓励他，不过吃完了霍麒该走的时候他就依依不舍了。

霍麒穿鞋，他看着；霍麒开门，他跟着；霍麒去摁电梯按钮，他在后面紧随着。

于静上下打量了一眼姜晏维，那孩子现在浑身上下就写满了"紧张"两个大字，显然是想让霍麒陪着的，彻底没她当妈的什么事儿，那叫一个难过，这养孩子怎么也能生出鸡飞蛋打的惆怅来？最后，于静只能叹口气，说了句："成了，霍麒你要没事留下陪他吧。我怕他今天晚上睡不着了。"

霍麒还算矜持，点头说："你放心好了，我看着他。"

姜晏维兴奋得不得了，上来先过去亲了一口于静，大力拍马屁："妈妈，你最好了。"然后扯着霍麒就往自己的小屋走，"来来来，我给你找枕头。"

等门关上了，于静才摇摇头，略微觉得有点不爽。

屋子里姜晏维已经乐呆了，忙忙活活地给霍麒找牙刷毛巾，霍麒瞧着他那么高兴也乐，问他："天天见怎么乐成这样？"

姜晏维就一句话："你在我安心啊。你是我的定海神针，只要你在，我就不紧张了。你不知道，我真挺怕考不好的。"他显然压力挺大的，说话都蔫了，"你说，你和我妈那么费心，我要是考不好怎么办啊？"这又回到了梦见自己考零分的时候了。不是没自信，是太在意，所以害怕辜负家人的希望。

霍麒瞧着就心疼："考不好就考不好吧，我养着你。"

姜晏维这才安心点，再确认一次："那可说好了，考不好也不准毁约。"

高考一共两天四科，一旦开始时间就过得飞快，反正于静觉得，都挺好的，姜晏维也是一副胸有成竹的模样。周晓文他妈打电话来说周晓文好像发挥不太正常的时候，她还是挺放心的。

等着到了八号的中午，吃完饭霍麒送姜晏维去考场，路上他就按捺不住了，问霍麒："那个晚上咱们怎么过？我上届的学长说，最后一门考完家里都没人了，都出去庆祝去了，冷锅冷灶的连吃的都没有。"

姜晏维说着还一脸担心。

霍麒简直拿他没办法："放心吧，不会让感受到冷落的。"

2

姜晏维这才放心了，眼见着那边大门开了，可以进场了，就连忙抓起书包，扭头叮嘱他说："等我哦。"然后开车门一溜烟就跑过去了。

霍麒那种送孩子上战场的感觉又泛滥了，这种感觉都第四次了。他也坐不住，下了车往大门口看，瞧见姜晏维跑到一半就被周晓文拦下来了。这俩孩子可真是发小，从小一起长大不说，连考场都是同一个，两个人结伴说说笑笑的，很快就挤进了人群不见了。

这种时候，霍麒其实就可以办自己的事儿了，毕竟考试两个小时，等着也没用。可他昨天就试过，不行，牵肠挂肚的，精神都集中不了，还不如守在这里，第一时间接人。

幸好这会儿才六月初，又是过了中午最热的点，站在车旁的树荫下并不熬人。旁边也有不少人等着，大概因为无聊，男人心大的凑牌局，女人则在一起聊聊育儿经。不过霍麒这模样一瞧就不是当爹的，再说这长相也不接地气，所以没人跟他套近乎。

他一个人站了会儿，手机就响了。

霍麒低头一瞧，竟是他妈林润之打过来的，他眉头就忍不住皱了皱。

上次回京城说开后，虽然在老宅他妈照旧波澜不惊地摆出了母慈子孝的模样，不过两个人真是再没联系。他了解他妈的性子，在霍家人面前是最要面子的，她不可能表现出他们母子离心的真相。但他妈内心里又是极其高傲的人，私下里自然也不会理他了。

没想到，她这会儿居然主动打过来了，恐怕是有大事。

他直接上了车，在密闭的空间里，接了电话。

果不其然，林润之的声音有点惊慌："霍麒，出事了！"

霍麒的眉毛挑了挑，宋雪桥都"执行"了，霍家还能出什么事？老爷子不行了还是霍青林遭报应了？也就这两个了。

他没吭声，林润之接着说："青林掉到悬崖下面去了，刚救上来，人倒是活着，可脊椎摔坏了。你说这叫什么事，好好的人怎么能摔下去呢？你说这是不是林家干的？我和你叔叔该怎么办？"

这事儿其实得从两天前说起。

霍青林自从从看守所回来后，就一直谋求新的发展，而且霍青杭和霍青海都有新发展了，结果去问老爷子，老爷子只会说"等等、等等，不是时候"。

霍青林那个郁闷，就别提了。

偏偏他还不能乱发脾气，毕竟江一然和费远的事都因他而起，虽然杀人的不是他，可终究根在他身上。更何况林家虎视眈眈，他也清楚，林家不会放过他的，更不敢脱离家族庇护，所以忍得跟鹌鹑差不多。

四月下旬出来的，他在家憋了整整一个月，到了六月初，工作工作没着落，孩子孩子要不回来，他爸甚至有一次试探问他："要不你跟我去公司？"

他当年为什么要那么努力，为什么要脱颖而出，不就是因为他爸爸在霍家没有话语权吗？

他努力了那么久，也成功了，结果现在摔下来了，又回到了原本的位置，跟着他爸屁股后面干，那还不如不努力呢。起码没得到过就不会多想，就会甘于现状。

他当然拒绝了。

他爸挺失望的，可也没说什么，毕竟就这一个儿子，虽然他办错事，可终究是疼的，由着他去。霍青林忙的事挺多，应该在自己疏通关系，可不说大家也知道，他手里没剩下些什么了。本就是人走茶凉，更何况他有林家、费家、宋家这样的仇敌，但凡是个有脑子的，就不会再跟他多联系。

所以这些筹谋都变成了无用功，他甚至找霍麒的麻烦都不可能，虽然他现在看着后续发力也认为霍麒没那么大的本事调动费家和林家，但也觉得霍麒肯定是知道什么参与了什么，只是，最可悲的是，他有人的时候没精力，人陷于官司当中，如今他有精力了，可不是过去的霍三少霍青林了，现在，他没人。

打个电话口头威胁这种事，霍青林这样的人是不会干的，那只会显得自己外强中干惹人笑话而已。霍麒记仇，霍青林也记仇，他还准备日后报复呢。

然后就到了六月初，他在家里自己都窝得受不了，高中时相处得不错的同学俞岳从国外回来了，正巧他们高中毕业十八年，就问他有空吗，一起聚会。要是别人问，他八成就不去了。

可俞岳不一样，家庭条件挺普通的，就是学习开挂那一类，绝对学霸吧。高考过后就拿了全额奖学金去国外读书，这都十八年没回来了。

他俩高中关系就不一般，俞岳是霍青林难得的跨阶级的好朋友。霍青林真是没想到，俞岳会回来。

他原本不想去，可终究按捺不住，再说这个圈子离着他的圈子还是差远了，就算他现在失势，过去照样是碾压，人憋屈久了，总要有个发泄的地方，他想了想还是答应了。一瞧俞岳，霍青林就觉得没白来。

俞岳如今已经是一所大学的教授，说话温文尔雅，颇有风度，让霍青林似乎又回到了高中。而且，他有一点说得对，就算他落魄了，霍家这两个字也不是这群人一辈子能达到的高度，他们还是捧着他。见着好友又心情愉快，那天晚上他就喝多了。

林润之能知道的也就这些了，而且有些是霍青林醒了说的，有些是霍青林不好说她猜测的，她有些后怕地跟霍麒说："那群人和那个俞岳说，他们都喝了不少，哪里也没去，就相互搀扶着回了房间。尤其是青林，他喝得最多，别人又扶不住他，就叫了两个服务生把他送过去的。一群人都跟着瞧着他躺下了，指挥着伺候好才走的。结果第二天早上，大家都起来了，就青林没到。

"他们问了前台青林没退房也没走，就觉得他喝多了所以睡得久，也不好叫他就等着他。可等到了中午就觉得不对劲了，怕他出事就让前台拿了钥匙去开门，结果发现屋子里没人。他们都吓了一跳，连忙打他手机，手机开始开着，没人接，打了会儿就关机了。他们又查了监控，也没发现他出门，还是不放心，可也没法联系到家里。最终绕了个圈，打到了他们的校友那边，这个人给家里打了电话，发现青林压根没回家。

"我们立刻就找，两天后才在山底下找到青林。霍麒，这是林家的报应吧？我一听就觉得是，虽然没有证据。当初林峦不也是失踪了好几天才找到的吗？当初林峦不也是掉入深谷重伤吗？太可怕了、太可怕了。你说林家还会怎么做？"

她应该是吓坏了，并不仅仅是因为霍青林，八成也是害怕报复："林家是怎么做到的？你说那个俞岳是不是他们故意叫回来的？不是因为他，青林也不会去。酒店里的监控也是改过的，青林门口的摄像头都被切到了别的线上，压根没录上，这可是五星级的酒店。"

霍麒其实早就想到林家不会善罢甘休，当然他也知道，他们也不会让人抓到把柄。这个以牙还牙还让人哑巴吃黄连的结果，其实并不意外。当年你不是让林峦摔到悬崖下没人救吗？你不是说不是你自己做的所以不判刑吗？那也让你尝尝这个滋味。

霍麒甚至能想到，他们找不到证据的，俞岳肯定不是帮凶，但这群人里肯定有帮凶，人家恐怕从霍青林出看守所后就一直在策划，如今才实行。

他问："你们怎么知道的这些细节？"

林润之说："青林中午醒了。他自己说的，他喝醉了什么也不记得，醒来就在悬崖底下了，这是有人故意的。你说林家……"

霍麒并不想谈林家，毕竟林峦死了，可霍青林还活着，他打断了他妈："脊椎还能治吗？"

一提这个，林润之更烦心："不行，粉碎性的，恐怕要瘫了。"她叹道，"你说好好的一个人，三十六岁就瘫了，他怎么受得了？我出来的时候，他还在闹，原先那么威风的人，现在只能摔摔杯子了，你说这是造的什么孽。"

林润之的感慨还有很多，林林总总地说，但霍麒也能听出来，霍家三房不行了。路路在宋家人那里要不回来，霍青林不是断腿而是瘫痪，需要卧床的那种，完好的就剩下了两公婆。当然，现在两口子不算老，又有公司在手，日子比很多人好过得多。可以后呢？

往后二十年的日子就是，霍环宇要不独立支撑公司，要不就把他一辈子的心血交给其他两房的子弟——这可跟当初让霍麒接手不一样，那时候霍青林强大，霍麒不过是个代管者，其实产业说到底还是霍青林的，可如今霍青林这副模样，产业给别人就是给别人了，充其量给霍青林做个基金维持生活，还能有他什么事？

当然，交出公司就是时间问题，等他们真老了，都不能享受正常的儿孙绕膝的生活，别说有钱有势，霍环宇跟霍振宇他们是亲兄弟还能顾及，可霍青林和青杭、青海隔着一层呢。豪门大族一房落败，他们需要面对的是越来越边缘的地位，在霍家永远消失的话语权，以及一个三十多岁的瘫在床上的儿子。

当然，这还是霍环宇身体健康活得长久的时候，如果霍环宇比林润之早逝呢？

霍麒知道，他妈肯定是想到了这么多，才有这些担心。当然，这些话她对霍家人说不出口，只能发泄在他这个亲儿子身上了，而且霍麒知道，日后他妈的各种电话会多起来，她会变成个慈母，因为，需要留条后路了。

林润之显然并不会一蹴而就，她说完了又叮嘱了霍麒一句："我知道你不喜欢我，可我终究是你亲妈，最近没事别来京城了，这么大的事，你叔叔心里不爽，省得拿你撒气。"

她说完就挂了，完美印证了霍麒的猜想，霍麒将手机放在一边，揉了揉紧皱的眉头。

他妈恐怕压根就没把他那天的话当真，她八成以为那不过是他的一次发泄，可他是真当真的。

铃声一响，姜晏维面前的卷子和答题卡终于被收走，他整个人都放松了，坐在那儿长长地呼出了口气，来了句："天哪，结束了。"

这会儿大家还都处于终于考完了的蒙圈状态中，还没人说话呢，他一声彻底将一群人唤醒了，屋子里顿时"嗡嗡嗡"响起来。甭管认识不认识，考得好坏，这时候都一句话——结束了。

周晓文连书包都懒得收拾，将身份证和准考证塞在口袋里，就过来找姜晏维："晚上你干什么？咱们通宵庆祝吧。我包个酒吧叫上全班同学怎么样？"

姜晏维将他的东西一件件地小心往回收，周晓文瞧着就不爽，冲他说："都考完了，不要了、不要了。"

姜晏维才不干："那怎么行？都是我霍叔叔给我买的呢！丢了你，我也不能丢这些啊。"

嘿，这把周晓文给气得哟："我还不如你霍叔叔买的书包是不是？"

姜晏维这时候气人得很，使劲点点头。

周晓文给他脑袋一巴掌，反正也不考试了，也不怕打傻了："你别过分啊，你到底来不来？"

姜晏维就很遗憾地嗫瑟："肯定不行，霍叔叔和我妈也要给我庆祝呢。"

这种事周晓文真不能打扰，只能说一句："那过两天见。"

他俩收拾完了就出了门，周晓文家的车也在外面等着了，周晓文冲姜晏维挥挥手，忍不住蹦蹦跳跳地离开了。

姜晏维上了车，霍麒想跟姜晏维讨论去哪儿的事儿，结果姜晏维就凑了过来："你不高兴啊。"霍麒挺惊讶的，他听了霍青林的事儿的确觉得烦。姜晏维也不用他问就说，"眉头都是皱的，出什么事儿了？"

霍麒不想跟他说霍家的事儿，就搪塞了过去："晚上想吃什么？"

姜晏维搞氛围是一把好手，立刻就皱眉难以置信地问："啊，你还没想好啊？"

霍麒自然不会这样，回答他："带你去个地方。"

姜晏维无比期盼，什么海边别墅啊，森林小屋、游乐场、摩天轮之类的统统想了一遍，然后发现这路怎么越瞧越熟悉啊，这不就是回霍麒别墅的路吗？

他直接坐起来，再次确认了一番后说："咱们要先回去拿东西吗？"

霍麒笑了笑不吭声，姜晏维问得急了，霍麒就说："你到了就知道了。"

姜晏维心思都被调动起来了，难不成要在家里开聚会庆祝？也不是不行，就是没多好玩。

很快，车子就到了别墅。

姜晏维来这里的时候是冬天，外面的花园十分萧瑟，看起来光秃秃的，等着天转暖了，他就忙起来，好像得有两三个月没到这边来了，都是霍麒去找他。

如今正好是六月初，一年中算是花园里顶漂亮的时候，姜晏维一进来就迷住了，他真没想到，霍麒的花园竟是用的花墙。所有的围墙都开满了鲜花，从一干不是用冬青隔离就是木栅栏的别墅中转进来，简直别有洞天。

"原先就这样吗？"姜晏维问。

霍麒边开车边回答他："今年专门修过，往年没这么好。"

姜晏维就很喜欢："可真漂亮。"

等着进去了，才发现花园里也很漂亮，后面居然还修了个泳池出来，这是原先没有的，霍麒停车跟他解释："里面最近大动工了一次，你进去看看喜欢吗？"

姜晏维突然有种感觉，这可不是没有创意，他霍叔叔好像要送给他一个大得不得了的礼物。

他带着一种好奇又不安的心情，慢慢地推开了门。

里面全都改了。原本是清冷的北欧风，因为是霍麒一个人居住，所以更多的注重他个人的使用感。而现在，则变得温馨浪漫起来，整体设计变成了暖色调，夹杂着各种颜色的大胆搭配，整个屋子给人的感觉就像是在春天里的阳光下站着，温暖而又清爽。

霍麒站在他身后说："这个房子是我自己设计的，往前再看看。"

霍麒推着他走出了门厅，向里面更进一步，然后……里面居然是暗的，什么也看不清楚。

姜晏维扭头想问怎么不开灯啊，这会儿突然有人叫了声："维维！"姜晏维往前一看，眼前的灯光突然亮了起来，姜晏维就瞧见了等在里面的是他的妈妈、刚刚告别了的周晓文、之前去旅游不知道什么时候回来的张芳芳。

不知道有什么东西破开，"啪"的一声一个条幅在他面前降落，上面写着几个大字："恭喜高考结束！"

3

高考结束是什么样？

对于普通的高三学子来说，八成是一种解脱，有一种无论成绩如何，都要狂欢一下的冲动。而对于姜晏维来说，在这种情感之下，他还有种自己赢了自己的感觉。

他做到了，不因为姜大伟的出轨、郭聘婷的出现、姜宴超的出生而自暴自弃，不改变自己的人生轨迹，不为了他们放弃自己。

这一年，他没有受到他们的干扰，他每一分每一刻都在努力，他对得起自己的青春，也对得起所有为他付出的人。

不知道怎么的，姜晏维眼睛有点湿润，他知道十八岁的男人不该哭了，可这一刻，他真的想好好地哭一场。

还是霍麒了解他，将他揽了过来，拍了拍他的背。

后来，大概是想活跃气氛，周晓文闹腾起来，张芳芳讲起了出门在外这一个月的经历，他们的聚会也就热闹起来了。

第二天一早，姜晏维是被周晓文吵醒的，看看表都已经十一点了。

姜晏维这才想起来，他约了周晓文去学校估分呢。他不好意思揉揉头，问："你对了吗？"周晓文摇头："没呢，这不是有点心里没底，你知道我这段日子不算百分百投入，总是害怕不行，秦城大学也不是好考的。"

的确，秦城大学在全国也有名，而且这边是出名的分数高，考生竞争激烈，真挺难的。

姜晏维点点头，翻着答案说："有估分出来的吗？"

周晓文就说："咱班第一女状元估出来了，说是预测 700 分以上，太厉害了。一共才 750 分，也不知道人家脑袋怎么长的。"

姜晏维一听也皱眉，认真开始翻答案了。那边周晓文见此，也安静下来，拿了支笔在一旁忙活。

这个时候就是靠回忆取胜，霍麒原本上来送水果，瞧着也没推门进来又退出去了。

等会儿，就瞧见两个人下来了，倒都是表情不错，看样子有好事。果不其然，姜晏维都不用问，大声跟他说："叔叔，我估了 703 分，你等我录取通知书吧。我先送晓文。"

霍麒一听也放了心，连忙给于静打了个电话，算是大家都高兴高兴。

这边姜晏维乐滋滋地将估了 660 分的周晓文送出了门。

估分不错，姜晏维就等着出成绩报志愿了。这中间还有很多事，最起码要做的就三件。一是去见见他爸，虽然闹得不愉快，抚养权也不归他爸了，可高考是大事儿，肯定要知会一声的。

二是郭如柏那边知道姜晏维考完了，说要替他庆祝庆祝，姜晏维和霍麒就跟一家人一样，自然不会不同意。而且他藏着私心，要帮霍麒跟郭家人好好相处呢。

最后还要去见见姥姥、姥爷。不过这事儿他妈说听她安排，姜晏维也就不急了。

姜晏维没想到的是，一提出见姜大伟去，霍麒就有点欲言又止的样子。

他就挺奇怪的："怎么了？我知道我爸不同意，现在都这样了，他也说不出来什么了，还是要跟他说一声。"

霍麒瞧他是真想去，没办法，只能跟他把实话说了："你爸最近过得不怎么好。"

姜晏维一听就想当然了："有郭聘婷和郭玉婷姐妹俩，他能好过才怪呢。我知道。"

霍麒心想你哪里知道有多夸张呢。不过，姜大伟终究是姜晏维的亲爸爸，这事儿当初瞒着是因为害怕姜晏维分神，耽误他高考。如今高考都结束了，还有什么好瞒着的？

霍麒就实话实说了："你爸离婚了。"

姜大伟的确是离婚了。

郭玉婷和郭聘婷相互不松口，结果就是谁也没逃掉，两个人出院后都进了看守所，现在案子都判了，郭聘婷四年，郭玉婷三年，两个人都已经进去了。

如今姜大伟又成了单身汉，不过并不松快，姜宴超实在是太小了，原本就需要费心，更何况，这半年过去，姜宴超的癫痫又发作了一次，姜大伟需要操心更多了，听说最近都在医院里呢。

霍麒就说："过得不太好，我前两天见过他一次，苍老了不少不说，也挺没精神的。"

姜晏维哪里想到不过一个学期，他爸那边就出了那么大的变故！相互泼硫酸，这还是一般人家的闺女吗？多狠毒的心啊，就算关系不好，那也是亲姐妹啊，怎么下得去手？就算是他，那么讨厌姜宴超，听说姜宴超得了癫痫，还是挺难过的。

姜晏维冷静了好一会儿才说："你说这是何苦呢。算了，我还是去看看他吧。"

霍麒也不拦着姜晏维跟他爸爸见面，这是他亲爸爸，就算不爱了，也有血缘关系在，不可能割断的。他还问了句："我陪你去吧。"

姜晏维却拒绝了："不用，我猜他看你不顺眼。"

姜晏维去之前先打了个电话，姜大伟没想到他会主动来，挺高兴的，想了想说派车接他去，如今姜大伟不在旧别墅住了，怕他不好找。

霍麒都不知道这个消息，周晓文也没听说，大概是姜大伟自己搬家没告诉别人。

姜晏维就等了等，接他的还是他爸的老司机老王，瞧见他挺亲切的，叫了他一声维维。车子很快就往市中心开去，在市中心医院旁边的一个公寓楼盘下面停下了，老王说："2802，你上去就是了，最近一直住在这边了。这不是离着医院近嘛！"

姜晏维就点点头，的确，这地方和医院就隔了一条街，连车都不用开，看样子是因为姜宴超的病情。

他很快坐电梯上了楼，一摁门铃门就开了，露出了站在门后的他爸。虽然霍麒跟他说了很多次他爸真的变老了，可此时亲眼看到，姜晏维还是有些难以置信，他爸这哪里是普通的苍老？这简直就一下子变得跟爷爷辈一样了。

头发都花白了，也没染色。脸上的皱纹一道道的，不笑还好，这会儿冲着他笑，皱纹简直太多了。

姜晏维忍不住说："爸，你怎么这么老？你最近很累吧。"

姜大伟的确累，可他没脸跟孩子说，毕竟选择出轨的是他，出轨后被发现选择离婚的也是他，姜晏维跟郭聘婷闹矛盾选择和稀泥的是他，姜晏维受不了搬去霍麒那儿住，默认的还是他。

一切都是他选择的，当然这里面的确有迫不得已的时候，可更多的还是他的意愿，他犯了错，对不起孩子，有什么脸去诉苦呢？

姜大伟避重就轻："没事，到岁数了，都这样。"

他给姜晏维倒了一杯果汁，然后才问："考得怎么样？"

姜晏维这时候才回归正题，跟他说："哦，我过来就是想跟你说的，高考估分大概是703分，差不了多少，我会报京大医学院，还是要当医生。"

姜大伟听了脸上终究有了不同，一种不太赞成的表情："还是要学医啊？维维，爸爸你也看到了，很老了，可能干不动了，我还是希望你能接替我，公司不能没有人继承啊。"

姜晏维沉默，可这事儿终究不是避而不谈就成的，他就说："爸，我不喜欢。"

姜大伟就劝他："你别因为爸爸的问题而放弃，这原本就是属于你的财产。"

姜晏维就说："不是，是真不喜欢，我还是更喜欢当医生，这样比较有成就感。另外，如果那个猴子也不行的话，就请职业经理人吧，爸你也别太累了。"

姜大伟点点头，终究没有像原先那样坚持："好吧，你要想反悔，随时都可以。"

这已经不错了，姜晏维并没有奢望什么，他点点头："好。"

离开的时候，一出门姜晏维正好看见保姆抱着姜宴超出电梯口，两边人马正好碰头。此时的姜宴超已经比刚抱回来的时候看起来好多了，起码不是那种小得不敢抱的样子。看起来白胖白胖的，天真无邪，除了眼睛有点呆愣外，看不出什么不好的地方来。

姜晏维终究不是什么坏人，扭头对他爸说："你好好养着他吧，不用多想我的事，我一定会过好的。你……"他最终劝了一句，"再婚慎重吧。这孩子可不像我，我还能哭能闹，他什么都不会。"

他说完就走了，却没瞧见姜大伟呆呆地站在电梯口许久，一直到姜宴超"哦哦哦"地又哭了，他才回过神来，擦了擦眼泪，回屋去了。

后悔药，哪里都没有卖的啊。

第十四章

1

　　自从那次和郭如柏在学校见面吃饭后，不忙的时候，霍麒就会去学校旁听。他实在是多年没见到爸爸了，如果他一直长在郭如柏身边，可能爸爸上课的样子都熟悉得不能再熟悉，从而不愿意来了。

　　可他不同，听爸爸讲课，那是五岁之前才有的待遇，是无比奢侈的回忆。

　　他很喜欢坐在教室最后面看着郭如柏侃侃而谈的样子，他的爸爸博学多识，虽然私下里是个不善言谈穿着朴素的小老头，可上了台以后整个人都不一样了，滔滔不绝旁征博引，浑身都散发着知识的光芒。就瞧他的课的上座率就知道学生有多喜欢。

　　霍麒有时候，明明不是这个专业的，都能听入迷了。

　　等着下课郭如柏解答完学生的问题，他才会走过去跟郭如柏会合，一起吃饭去。

　　郭如柏似乎要补偿这么多年霍麒不在身边的遗憾，应该是从同事那边打听过，从第二次霍麒来，就再也没出现过不知道去哪里吃饭这种事了。每次他都能带着霍麒去个新地方，不一定高大上，但绝对有口碑，连菜都点的是最招牌的。

霍麒就知道，这老爷子没少为这个下功夫，他怎么能不感动？

父子俩都有心，关系进展自然会很快。到了第三次吃完饭，霍麒就提出来想带他去自己的公司和工地看看。到了第四次见面，郭如柏就招呼他回家吃饭，给他介绍了蔡慧和郭月明。

都进了家门，蔡慧又是很贤惠的人，自然是招呼霍麒多来。霍麒说实话，原本是只想过年过节跟他爸走动就可以的，毕竟害怕打扰他现在的家庭。可后来变成，每周都要去一次，似乎真的融入进去了。

到了六月二十八日，成绩就都下来了。

周晓文这样的，都是一大早起来就开始用各种手段查询成绩。姜晏维倒是想，不过他放假后就懒散惯了，到了早上十点，都没起床呢。

霍麒倒是手痒，想帮忙查查，可是又觉得这种人生大事，还是让姜晏维自己来好，就没插手。

姜晏维是被周晓文的电话吵醒的，他都忘了这事儿了，大夏天的，懒洋洋地窝在被窝里接了电话："大夏天放假的，你就不能睡个懒觉啊？"

周晓文一听就知道这八成还没查成绩呢，立刻说："睡个头，分都出来了，我查完了，你考了多少？"

姜晏维这会儿才精神了，想起正事来了，连忙说："哎呀，我忘了。你考了多少？"

周晓文美滋滋地说："哈哈，小爷我什么人啊？从来就特有分寸，不张狂也不低调，有多少是多少。"姜晏维听烦了就一句话："要说就说，不说挂了！"

周晓文只能收敛："659.5分，跟估分就差了0.5分，准不准？"

姜晏维心想，是挺准的啊，就先恭喜他："厉害了我的文，放心了吧，不用骚扰我了吧，按着往年分数线，你这是妥妥的秦城大学啊。"

周晓文就说："那当然，八成不能挑好专业，不过上秦城大学没问题。哎，你知道咱班女学霸考了多少？"他也不用姜晏维问，自问自答说，"702分，听说不是状元。你说谁呀，比学霸还高分。"

姜晏维一听，随口开玩笑道："我呀，我不是估了703分吗？要是准，就比她高啊。"

周晓文就一句话："吹吧你！你估出来我就觉得你那分数有水分，别的不说，你英语能考那么高？赶快查查吧，别做梦了。"

姜晏维也没当真，他到了五月最好成绩才进了年级前十，比女学霸差不少呢，怎么可能考得过她？放了电话，他就按着周晓文说的法子发了短信过去，然后起来洗漱了。

还是霍麒听见他醒了过来找他，瞧见手机有短信问他："有人发短信。"

姜晏维刷着牙含糊地说道："是我查分的，帮我看看多少。"说着就出了卫生间，也往这边走，毕竟是高三生，说是不着急，他也关心的。

霍麒瞧了一眼就有点激动地说："703.5分啊。"

姜晏维差点没被绊倒，扶着墙难以置信地问："多少？叔叔，你没骗我吧？"

霍麒当年高考可是比这个分数高，却也没有维维高考这么费心，所以特别高兴，表扬道："这分数真不错，应该能上京大了。维维你真厉害。"

姜晏维已经扑过来了，顾不上一嘴的牙膏沫，拿着手机仔细看了看，确认真是 703.5 分而不是 603 分，整个人都乐疯了。手机一扔，他抱着霍麒就跳："叔叔，学霸都没我考得好，你说我会不会是状元啊？叔叔、叔叔，我要是状元，这都是你的功劳……"

姜晏维兴奋得已经语无伦次了。

等着兴奋够了，姜晏维这才接着洗漱完，可也坐不住了，开始拿着手机一个个报喜，给妈妈，给爸爸，给他老公公郭如柏，还有给周晓文等亲密的人。

很快，郭如柏给了个消息，姜晏维很可能是秦城今年的理科状元。姜晏维都乐疯了，第二天去学校的时候，都有种脚不落地的感觉，他姜晏维，居然能考状元，不是真的吧？

稍后，姜晏维就听到了来自老师的最权威的消息，他真是理科状元，但不是传统意义上的唯一一个状元，今年整个秦省理科最高分的确是 703.5 分，不过一共有 12 个人考了这个分数，所以有 12 名状元，他们一中就有 3 个。

这样一说，姜晏维才吐了口气，否则自己太厉害了，他都不敢信。不过肯定是特别乐呵的，别说他了，他回去一说，连霍麒和于静也激动起来。

姜晏维在那儿跟霍麒唠叨："我的录取通知书终于好意思摆在你的旁边了，你不知道我有多担心考不好，那多丢脸啊。"

于静瞧着氛围着实不错，于是清清嗓子说："既然这边尘埃落定了，那么维维，妈妈有件事要跟你说：我谈恋爱了。"

2

于静说到做到，第二天真就带了男朋友过来。

姜晏维其实心里早有预感，他妈这几个月，动不动就悄悄打电话之类的，肯定是有情况了。只是到了什么程度，那个人什么样，他都不知道。

晚上的时候，姜晏维还挺八卦地跟霍麒说："你说我妈会看上个什么样的啊？"

霍麒对于谈八卦其实并不是很愿意，不过姜晏维问，他还真特别认真地想了想，就说了一句话："一定会很优秀。"

姜晏维哼哼道："叔叔，你这就是句万能话。肯定是先优秀才能被看上啊，起码在我妈主观意识里很优秀。不过，我有种预感。"姜晏维小声说，"我妈肯定不会找我爸那种企业家型的，她会不会找个小鲜肉啊。"姜晏维这么一想一下子精神了，坐起来盘着腿跟霍麒唠叨，"你说我爸找了个小丫头片子，我妈这一生气，一不服气，说不定就得找个小的，让我爸看着就生气。"

霍麒拍他脑袋一下："你觉得阿姨是那种人吗？为了气别人，左右自己的生活，她不是。"

见面约在了一家餐厅，大家一起吃中饭。因为姜晏维实在是太好奇，他俩还早到了半小时，在包房里晃荡了半天。

于静是比约定点提前十分钟到的，大概知道他们在，进屋前还敲了门，霍麒去开的门，姜晏维也跟着站起来迎接他妈和他妈的男朋友。

于静先进的屋，她今天穿了件洋红色的连衣裙，显得整个人年轻又漂亮，脸上都是笑，看样子特别高兴。

随着于静进来，后面的男人也显露出来。姜晏维一瞧都愣了，这男人身高大概有一米八五，比霍麒矮那么一点，肩宽腿细身材跟霍麒不相上下，长相也是一个类型，霍麒是温润如玉，这个男人是儒雅，当然，颜值不在一个等级，霍麒这样的毕竟还是少，但这男人也是个帅哥。尤其是他整个人散发出的气势，让人感觉到另一种帅。

对了，这个男人看起来也就三十五六的样子，虽然不是真正的小鲜肉，可也是绝对的"老鲜肉"。

周行止很快跟他们打了招呼，声音低沉而又有共鸣，太好听了！姜晏维就一个感觉，这人跟他爸完全是两个概念啊，这种对比太惨烈了，他爸就是想奋起直追复婚都没可能了。

一群人很快落座，这样的男人，姜晏维肯定聊不出什么来，简单打过招呼后，霍麒陪着他说话。他俩都是商人，又都在京城生活过，共同话题并不少，谈谈生意说说最近的政策，很快就能聊到了一起去。

姜晏维左看看，右看看，发现真不是一般的赏心悦目，他妈去上卫生间的时候，他就跟着溜出去了。等着他妈出来，姜晏维就问："妈，那叔叔多大了？"

于静就说："比我大一岁。"

"是长得年轻啊。"姜晏维就松了口气，"我还以为比霍麒大不了几岁呢。"

于静就揉着姜晏维的狗头问："怎么？我要是找个小的，你就不同意？"

姜晏维从小被打过来的，怎么能不清楚这时候他要点头他妈得在这儿手刃了他呢？姜晏维就"嘿嘿"笑道："没有，就是觉得好奇问一问啊，我哪里能不同意啊，只要是我妈喜欢的，就是我喜欢的，我的眼光高度和我妈保持一致。在咱家，您就是我的灵魂支柱。"

于静被他逗乐了，又拍了他脑袋一巴掌，然后问："说真的，怎么样？"

开玩笑归开玩笑，说正事的时候，自然是要好好说的，姜晏维就收了调笑的模样说："看着挺好的，妈，他干什么的？你们怎么认识的？他追的你吧？认识多久就追你啊？"

姜晏维问，于静自然要说："也是做工程的，合作的时候认识的，第一次见面就挺主动的，我那时候真以为他小，没怎么搭理他，他长成那样，又挺有钱，这样的人我怕处不住。"

姜晏维一针见血："妈，你可没说看不看得上，你是第一眼就瞧上了吧。你还总说我随了我姥姥，喜欢好看的，你才是真随了她吧，只是原先压抑了。"

于静又拍他脑袋一下："那是你爸，我压抑什么了？你爸年轻的时候也很好看，要不怎么生得出你？就是个子矮点。"当然，她也不否认，"那我都这么大岁数了，一个这么好看的人喜欢我，我当然高兴了。"

姜晏维就点点头："对对对，要是我也高兴。"

于静瞥了他一眼，嫌弃道："我和你不一样，我是被追的。"

姜晏维彻底被他妈鄙视了一会儿，不过他倒是没玻璃心，而是得意扬扬跟他妈说："妈，霍叔叔说下个月带我旅游去，想去哪儿就去哪儿。"

于静就一句话："你信不信我一句话，就得带上我？"

姜晏维哭笑不得。

等着他俩又进屋，霍麒已经和周行止聊得不错了。周行止十分和蔼周到，对姜晏维都能找出一堆话题来聊，时不时地还照顾于静，体贴地替她布菜，时不时跟他妈小声说句话，也不知道说的什么，他妈脸上就露出了甜蜜微笑，一瞧就是特幸福的模样。

姜晏维以为这就是极致了，结果等到吃完饭还有一出，周行止帮他妈穿大衣。姜晏维寻思饭桌上大家不过是认识认识，其实聊不出什么来。这样水准的人，他要是不愿意，半点都看不出问题来。姜晏维就想再找个地方聊聊，结果他妈还嫌弃他们烦，说："你们自己玩去吧，你叔叔说要带我去看海边日出，刚给我说的，飞机下午的，我要回去收拾东西了。"

然后人家走了！没几步就手拉手了！最后手拉手走了！

姜晏维站那儿都愣了，他从来不知道被人秀恩爱是什么滋味，这会儿终于知道了。

霍麒推推他："走吧。"

姜晏维回头就说："叔叔，我妈跟人飞走了。"

霍麒笑着说他："坐飞机走了，会回来的，走吧，咱们研究研究报哪个学科去？"

姜晏维还是挺担心的，毕竟他妈对京城的人都不熟悉，这年头骗子也不少。霍麒还专门找人打听了一下这人，这才发现真挺靠谱的，是个隐形富豪呢。

周行止今年四十五岁，父母都是公家人，自己创业，结过婚，有一个女儿，五年前妻子病逝了，一直单身到现在。这人温和宽厚，名声很好，没什么不好的传闻。

姜晏维一听这才放心，由着他妈谈恋爱去了。周行止显然也是个嘚瑟起来气死人的性子，八成原先是因为顾忌姜晏维高考收敛了，一正式见面，就彻底暴露了。

姜晏维不得不说，从那天开始他妈的活动就没停过，什么看日出，什么潜水，什么爬高山，什么去沙漠，反正姜晏维觉得跟人家比，他和霍麒也就在家里玩玩而已。

不过他妈高兴他也无所谓，就是有时候会泛酸："你说他天天忙活这些，他生意不做了啊！他怎么挣钱啊？"

霍麒就乐了，给姜晏维解释："发展到这个程度，老板不可能很忙了，事情都有专业人才处理，他把握大方向就成了。"

姜晏维点点头："你什么时候能到那时候啊？我不想你太累！"

霍麒揉揉他的头："再干两年。"

被秀完恩爱后，姜晏维就彻底投入到自己的报考事业中。作为状元，姜晏维能选的范围大很多，而且京大听说他想学医，专门派个老师过来给他介绍了专业。

他这个分数能够直接本硕博连读，人家介绍的时候就细了些。于静秀恩爱的同时不忘他，周晓文的舅舅不是在中心医院吗？专门找他带着姜晏维在各科转了转，让他感受一下各科的风采。

姜晏维转回来就给了答案，他想学生殖遗传学，对于他这个选择大家都有点不可思议，都以为他想去心脑外科之类的呢。周晓文都说："我舅舅医院生殖科早分出去了，你怎么想到这个了？"

姜晏维就把自己的理由说了："首先这个领域需要探索的地方有很多，有发展前途，其次忙但加班不多，我虽然想学医，可还是霍叔叔最重要。"

周晓文给他竖了大拇指："哎呀，维维你的脑子居然够用了。挺好的，我还担心你当医生太忙了怎么办呢！"

姜晏维给他一脚。

志愿报上，一伙人就各自玩各自的。张芳芳已经提前出国了，说是先去适应适应环境，周晓文和姜晏维去送的她。她倒是适应性很强，没几天就发回了照片，笑得那叫一个灿烂，看样子适应良好。

周晓文则是报考了秦城大学，在本市读书。用他的话说："我也不知道他们到底离不离，也不知道他们最终会过成什么样，我想一直守着，一天有家我就守一天。"

姜晏维倒是比他们舒坦，因为于静和周行止在四处游玩，姜晏维羡慕得不得了，霍麒等他没事了，就带着他也出去玩了，反正暑假的朋友圈里，于静和姜晏维是轮番上阵炫图，连他舅妈有天都不愿意了，姜晏维给姥姥打电话，就听见她和舅舅正吵架呢！

他舅妈已经怀孕九个月了，说话倒也底气十足："你什么时候也带我出去玩玩啊，你瞧瞧人家！"

他舅舅也急了，怒道："你九个月了玩什么？！"

日子欢欢乐乐过，八月的时候，姜晏维收到了京大的录取通知书，他美得不得了，发了超多朋友圈显摆。周晓文也如愿以偿上了秦城大学。

姜大伟知道后挺高兴的，想给姜晏维摆个谢师宴，不过姜晏维拒绝了，他觉得挺没意思的，还不如一家人庆祝庆祝。当然，现在父母离婚了，所以一家人都分了好几块。他、霍麒、和于静、周行止一起庆祝了一次，最终大家满意而归。

然后姜晏维又去陪他爸吃了顿饭，他爸点了不少他爱吃的东西，说了不少叮嘱的话，姜晏维吃着听着也没反驳，他觉得他爸已经挺惨的了，他没必要还跟他爸对着干。再说，不管晚不晚，这话里都是一片好意，他也没不知好歹。

八月底，姜晏维就收拾东西去京城，他舅妈也在这个月提前生了个六斤重的儿子。于静这时候已经结束了游玩状态，也收拾了秦城的房子搬回了京城——谈恋爱归谈恋爱，她骨子里还是想要做一番事业的，上次因为姜晏维中断了，这会儿要重启。

而且周行止挺支持的，这个男人非常开明，用于静的话说："他更欣赏独立自主坚强的我，他说就是因为瞧见我的努力才动心的。"

姜晏维忍着被酸倒的牙问他妈："你俩都这么好啊，准备什么时候结婚啊？对了妈，我有个问题特别好奇，你说亲妈结婚，我用不用包红包啊？"

于静直接给他一脚，她最近谈恋爱温柔许多，即便动手都不下死力气了，所以姜晏维就拍拍屁股，"嘿嘿"笑了两声接着说："妈，说正经事呢。"

于静就说："他倒是求了，就在看日出的时候，不过我没答应。"

姜晏维自然问："为什么啊？"

于静就说："恋爱没谈够，而且并不想很快踏入婚姻，我希望能更多思考一下，沉淀一下，再决定。"

这想法真挺成熟的，从一段感情里解救自己的方法不是立刻投入另一段感情，而是反思自我。姜晏维就给他妈举举大拇指："妈，你果然不一样，要不能生出来这样优秀的我？！"

于静这次没客气，直接踹了。

开学前一天，霍麒就和姜晏维开车到了京城，在家里住了一晚上后，第二天霍麒就带姜晏维去报名了。学校里的学长学姐们都特热情，很快带着他们办理了手续，姜晏维原本还想着能不能办个走读，可被霍麒否决了。

两个人一起在校园里逛着，金秋九月，正是一年里校园最美的季节，繁茂的树枝相连形成了林荫道，年轻而又有朝气的学生们说说笑笑闹闹地从身边经过，每一样都跟高中不一样了。

自由，欢快，轻松，还有美好。

姜晏维瞧了瞧左右没有人，就忍不住跟霍麒说起了悄悄话："你说这里没有朱主任了吧？"

霍麒就挺惊讶的："你怎么想到他了？"

姜晏维的成绩出来后，虽然没有办谢师宴，但该有的礼数都没有少。霍麒带着姜晏维专门去拜谢了他的老师，尤其是朱主任——这位特别负责的教导主任，去谢谢人家的关心和负责。

朱主任那时候也特别高兴，一个劲儿地说："我应该做的、应该做的。可真没想到姜晏维能考得这么好，这下我可有得聊了。"

这倒是真的，一中已经开学了，听说新生大会上，朱主任上台发言，姜晏维就成了他的实例。不过这会儿姜晏维已经不是那个不好好学习逃课翻墙的落后分子了，而是听从朱主任教导好好学习天天向上的好学生。

根据周晓文熟悉的学弟照片为证，姜晏维作为状元，他的照片已经挂在了学校的宣传栏里。

回想起这段，霍麒以为姜晏维是怕有人管他，就说："大学没有人这么管你了，所有都靠自觉。我倒是希望再有个朱主任，省得你天天捣乱。"

"那还是不要了。"姜晏维压根就不是这意思，他小声说，"我其实知道，就是想确认一下，我终于是在大学了，不是在高中。"

霍麒无奈道："你脑子里天天想的什么呀？！"

姜晏维自豪地说："想我终于长大了，没有走错路，没有做错事，没有因为别人而耽误自己，终于迈出了人生最正确的步伐。"他说到这里，就认真看向了霍麒，"想我太幸运了，在如此关键的时刻，遇到了叔叔。叔叔，我能拥抱你一下吗？"

他说得那么认真，都不像是那个跳脱的小男孩了。

他在霍麒的耳边小声而郑重地说："叔叔，谢谢你，谢谢你把被仇恨委屈不解纠缠的我，从泥潭中拽了出来。是你告诉我，谁也不如自立自强更重要，我的胡闹是在挥霍我的时间生命，也在毁了我自己。谢谢你的关心、帮助、教导，我要和你一起努力一起奋斗，变成你这样的人，一定！"

霍麒的心都软化了："好！"